U0439443

2018
QCX

人民文学出版社

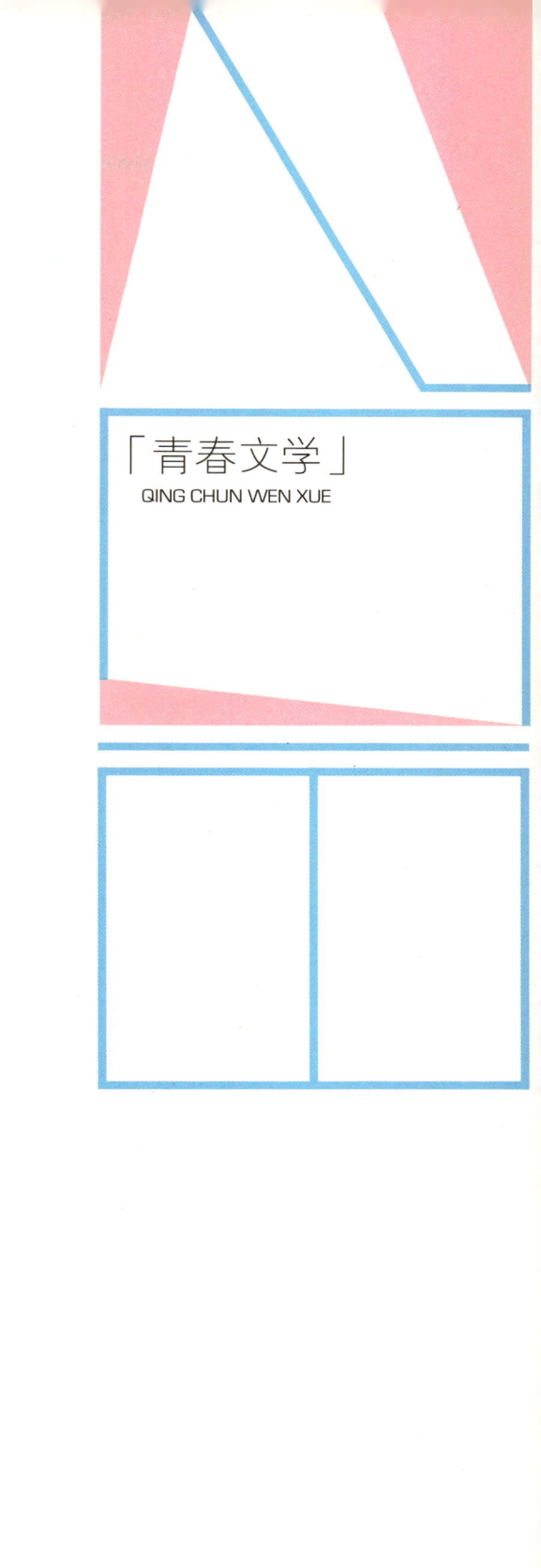

「青春文学」
QING CHUN WEN XUE

图书在版编目（CIP）数据

2018青春文学／人民文学出版社编辑部编．—北京：人民文学出版社，2019
（岩层书系）
ISBN 978-7-02-015051-9

Ⅰ．①2… Ⅱ．①人… Ⅲ．①小说集—中国—当代 Ⅳ．①I247

中国版本图书馆 CIP 数据核字（2019）第 031265 号

责任编辑　欧阳婧怡
装帧设计　崔欣晔
责任印制　任　祎

出版发行　人民文学出版社
社　　址　北京市朝内大街 166 号
邮政编码　100705
网　　址　http://www.rw-cn.com

印　　刷　三河市航远印刷有限公司
经　　销　全国新华书店等

字　　数　275 千字
开　　本　710 毫米×1000 毫米　1/16
印　　张　22.25　插页 4
印　　数　1—5000
版　　次　2019 年 5 月北京第 1 版
印　　次　2019 年 5 月第 1 次印刷

书　　号　978-7-02-015051-9
定　　价　42.00 元

如有印装质量问题，请与本社图书销售中心调换。电话：010-65233595

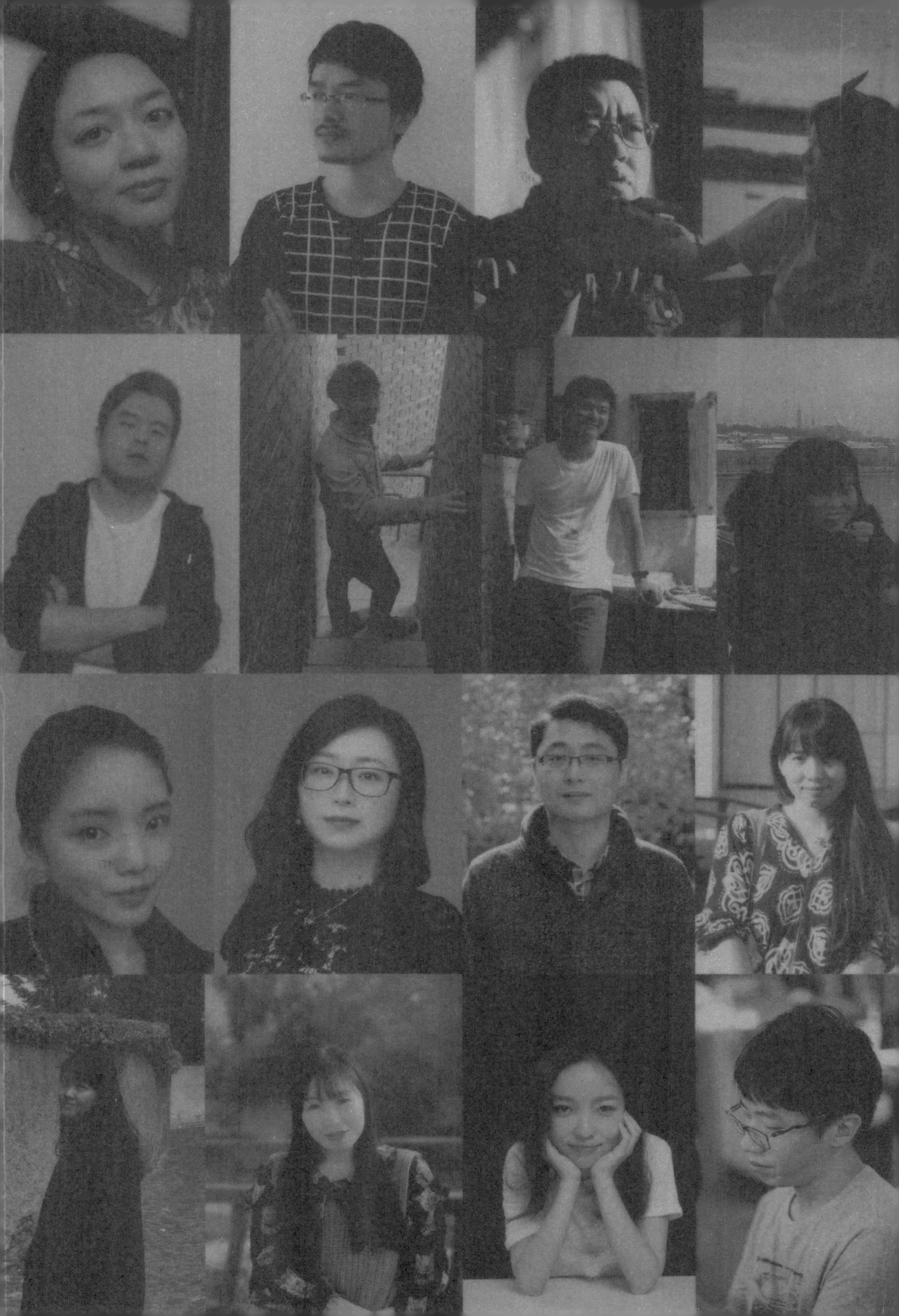

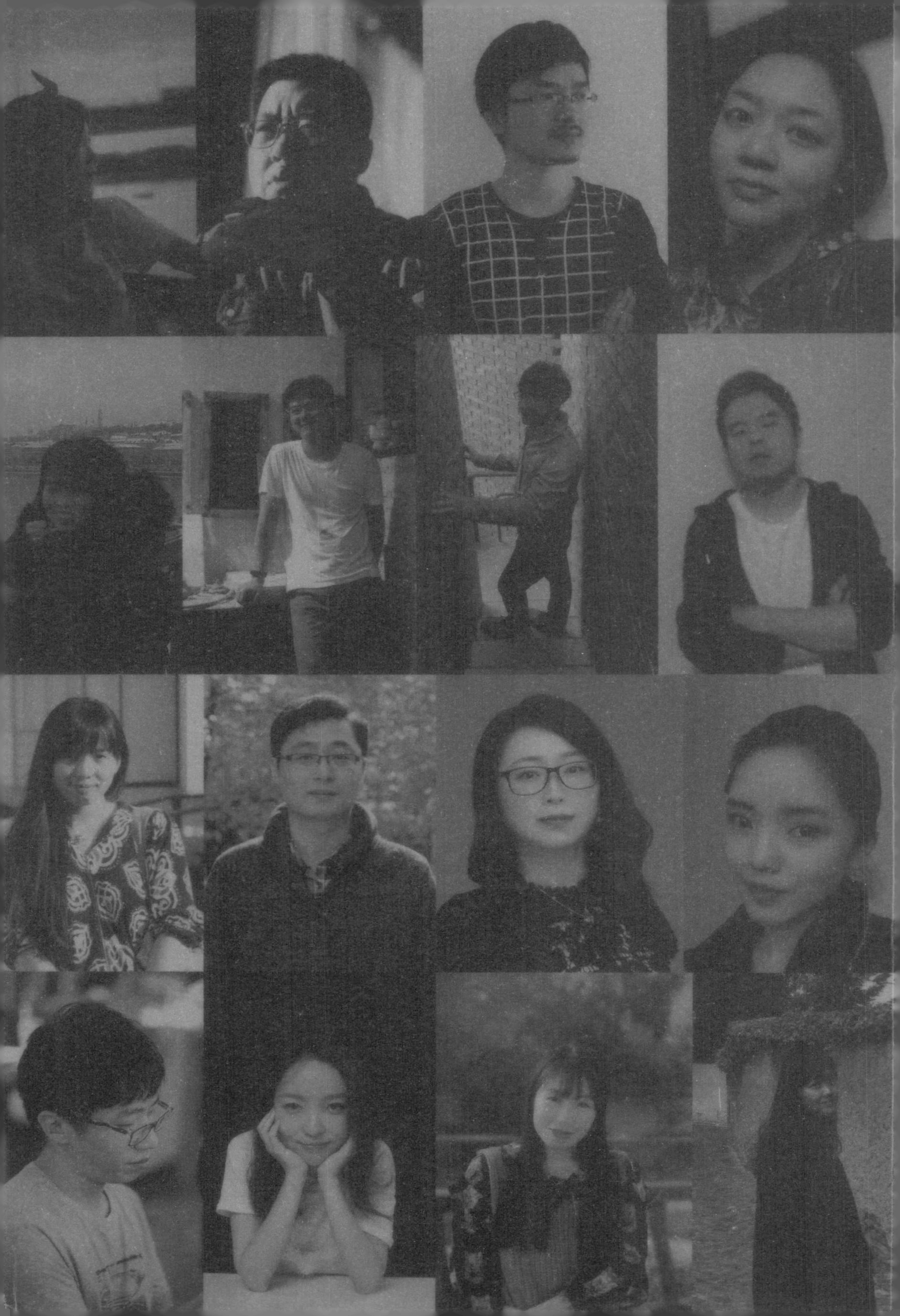

出版说明

我社多年来坚持出版各类年度文学选本，在文学界和读者中具有广泛影响。这些选本，视线多集中于成年作家队伍，在青年作家、青春文学这一领域，一直较少涉及。新世纪以来，80、90后群体的创作渐成一股引人注目的潮流，从中发掘新人力作，为富有潜力和才华的作者搭建展示平台，成为我社亟待完成的工作重点。基于此，我社决定推出"岩层"年选，以便及时总结年度青年文学创作的成绩，向读者集中推荐优秀作品，也为新世纪的文学积累做出贡献。

"岩层"年选拟每年出版一本，以小说为主。所选为年度最具代表性的青年文学作品，力求反映该年度青年作家队伍最主要的创作流派、题材热点、艺术形式上的微妙变化。更多关注成名作者以外的新人，探索青年文学新现象、新发展、新风貌。坚持精品至上原则，不排斥网络作品。

"岩层"年选的编选工作得到许多著名文学评论家和编辑家的支持和帮助，他们应我社之邀，对当年的青年创作状况进行深入、广泛的研讨，提出许多极有价值的选目。我们在广泛阅读的基础上，充分参考专家们的意见，严格进行编选。在此，谨向诸位专家深表谢忱。

人民文学出版社编辑部

新　界 / 韵　竹　003

消失的村庄 / 刘　浪　027

冬　泳 / 班　宇　041

不平行宇宙 / 韩今谅　067

逃跑公路 / 赵　挺　085

宝　儿 / 青　原　111

夜雪堆积如山 / 林　森　125

垃圾堆小公主 / 白　琳　137

目 录

目 录

雄　狮 / 伊熙堪卓　161

松　针 / 李潇潇　183

人间小团圆 / 李君威　209

那只狗它要去安徽 / 朱　婧　225

九重葛 / 郭　爽　241

你不只是你自己 / 虞　燕　299

幻听音乐史 / 大头马　319

水果与他乡 / 陈志炜　329

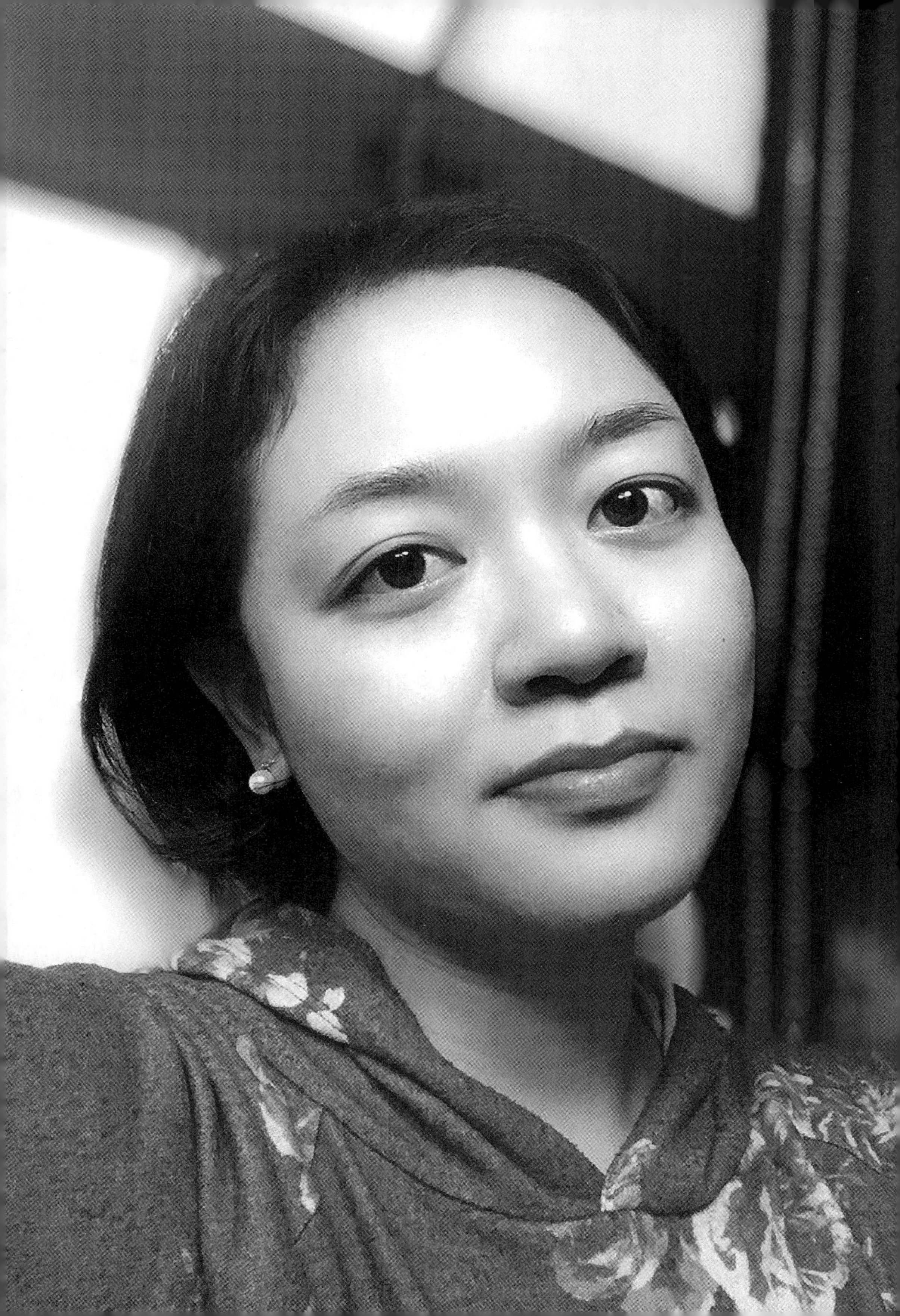

韵 竹

韵竹，1991年生于南京，香港中文大学英文系文学硕士、美国俄勒冈大学东亚系博士研究生在读，主攻现当代文学与华语电影。另有译著《学术写作指南：100位杰出学者的写作之道》(人民日报出版社，2018年)。

新　界

一

看到吉米进来的时候，安琪心里是有点紧张的。俩人并非来自同一系所，她是英文系，他是哲学系。前段时间因研究计划卡壳，又摊上个对学生不管不顾的"逍遥派"导师，让安琪守着一大堆文献无从下手。绝望之余，她只能四处寻找救兵，多亏学友菲奥娜，推荐了讲师吉米——一位年轻的加拿大人。其实也没什么好紧张的，吉米与大家的关系亦师亦友，更何况这个小老外也年长不了她们几岁，完全可以叫他一声"哥哥"的。

现在在茶餐厅，与他距离这样近。安琪定了定神，很快调整好情绪，起身上前打了个招呼，一切自然而然。

他也是来喝下午茶的。今日恰逢周末，没课也无须坐班，就出来透透气。

这是Z大风景最秀丽的一处茶餐厅，面积虽然不大，却有着辽阔的海景，近处是郁郁葱葱的树林，不知道的人绝对想不到这是香港的高校。不远处有一座五星级酒店，可景观却是二流的。推开窗，只能见到高速公路。仅凭这一点，师生们也得对这所学校的创始人感恩戴德。

"研究计划进展得怎么样了？"吉米问。

"您提示让我关注德勒兹的理论，对这个课题帮助很大。"

"OK。但要记住，理论对于你们文学研究，可不能生搬硬套。不过我还是很看好你做的项目，资料整理非常齐全。我当年读博士，写得可远没有这么好。"

吉米半鼓励、半称赞地说。

他真是个帅哥。隔着手里的玻璃杯，安琪瞥见吉米遮蔽在浓密的睫毛下湛蓝色的瞳孔。他的五官有点像布拉德·皮特，阳光下，给人一种温暖的感觉。

"哦，是吗？"她渐渐恢复了自信，于是大胆说出自己下一步的想法……

"你的论点很有拓展潜力，"吉米评判道，"如果视野放得更宽，比如到北美去做，我想会更好。当初你是否考虑过申请那里的博士项目？"

"只有短短的十几天，来不及一个个选校，仓促中只报了Z大。况且我和男友都喜欢这里，想留下来。"说到最后几个字，安琪放低了声音。

"这恐怕很难。你知道，现在本地教职非常难找。除非在北美拿到学位，并且能带科研项目回来。"

安琪皱了皱眉，没有作声。吉米用餐叉优雅地将水果布丁放进嘴里，继续说："你别泄气啊，我觉得你做学术很有潜质。可以考虑申请一个访问学者，比如加拿大的S大。"

"那不是您的母校吗？"

"是啊，威尔曼教授就在那里坐镇。"

听到威尔曼的名字，安琪眼前一亮。她几年前在网上看过他的论文，心里佩服得不得了。

"本科时他教过我，是个超级 nice 的人。"吉米接着说。

"原来你们认识。"安琪脸上满是羡慕。

"其实你也可以直接发电邮给他啊。教授下个月来Z大讲学，由我主持。有时间的话来听听吧，也许可以找机会让你跟教授见一面。"

安琪感激得说不出话来。她从包里摸出一板青柠檬黑巧克力，原本这是带给男友天野的，可在这种情况下，转送给吉米是最好的选择了。

吉米望了望巧克力糖，露出天真的笑容。她想，这种孩子气的表情，在一个大学讲师的脸上看到，真是难得。

"对了，刚才在义卖会上，有学生给了我这个，"吉米拿出一个木制的玩偶娃娃说，"可以把钥匙穿在上面。像不像你？"

安琪看了看，这玩偶短头发、大眼睛，还真与自己有几分相似。

早春三月，台风季。没完没了的阴雨天，空气潮湿得可以挤出水。

进入公寓楼道的那一刻，安琪的好心情荡然无存。粉岭的租屋里，壁式空调发出轰隆隆的响声。房间是逼狭的，她伸手一推，门就撞到了椅子背。

天野拿着一张旧报纸，往壁橱上啪地一拍。"终于打到你！"他大喊一声。望着已然跌落在地的蟑螂，安琪尖叫起来。

"在香港待久了，也打出经验来了。这里的小强可比北京厉害得多，有翅膀，还会飞！"天野故意把声音提高八度，冲安琪做了个鬼脸。

"哎呀，真恶心！"安琪厌恶地躲向一边。

"怎么才回来？"天野蹲在地上，用报纸拈起蟑螂的尸体。

"跟朋友多聊了会儿。你的申请怎么样？有回复了吗？"

天野回到书桌前，把电邮里的拒信调出来给安琪看："都是一个套路：'你很优秀可惜竞争太激烈了，很遗憾……'"

"感谢你的申请，希望未来一切都好！"安琪与他异口同声地说。

"好个屁，呵呵呵……"两人都笑了起来，语气是一种无奈。

"吉米说他们系里正在招研究助理呢，要不要去试试？"

"给钱不？"

没等安琪回应，天野突然话锋一转："嗯？吉米？又是那个小老外？"

"人家是正经讲师好不好！"

"哎，怎么的，有情况了？"天野带着不怀好意的笑。

安琪亲昵地撞了他一下："借题发挥，无聊死了！"

天野转过身去翻她的包，他的手指被一个硬东西硌了一下，掏出来一看，是一个小小的玩偶。

"给我，给我！"安琪冲过去，同他拉扯起来。

"这是给我的吗？"天野笑着眨了眨眼睛，"短短的头发，还真有点像你。"

安琪夺过玩偶，暧昧地笑了一下："钥匙呢？"

天野乖乖地从裤兜里掏出钥匙，递给她。

安琪把玩偶拴在上面，丢给天野："看好啦，别把'我'给丢了。"

二

不知从哪天起，天野对安琪有了一种讨好的意味，成了这段感情的主动方。这让他感觉怪怪的，像拴着的一根丝线，扯断了，与她的联系也就断了。年轻人脆弱的小感情，经不起一丁点儿折腾。

他隐约记得第一次见到安琪，是在首都 P 大英文辩论协会招募助理的时候。他是辩协主席，又是保送生。高中时包揽了华东、华南两个地区的辩论赛大奖，入学后又远赴英伦参加世界大学生辩论赛，与最顶级的选手同场过招，那真是风光无限，令一众同学羡慕不已。这次前来报名的人，多数是冲着他的影响力去的。

面试那天，门口挤满了人，安琪是诸多应试者之一。论实力和相貌，把她放到人堆里，压根儿挑不出来，唯一与众不同的是，她能说一口标准的伦敦腔，吐字优雅而不失铿锵。正是这一点，让天野一眼相中。

于是，她顺利当上了辩协助理，整日埋头做事，一声不吭。其他助理干事一得闲，就免不了议论这个、议论那个。相比之下，她的寡言少语倒显得有几分讨喜。

一日，轮到 P 大做东道主举办辩论赛，压轴戏是冠军争夺战。安琪在后排找了个座位，边听边做笔记。天野在赛场上舌战群雄，收放自如，毫无悬念地将冠军头衔收入囊中。比赛结束后，安琪鼓足勇气，来到他的面前："这场辩论太精彩了，真佩服你！"她的声音有些发颤。

"你是……？"天野觉得面熟，一时间又想不起她的名字。因为平时这个人实在太不出众了，大家都没把她当回事。

"我叫安琪，是咱们辩协的干事。主席的演讲真棒，论点无懈可击。我要是能有你的一半儿，可就烧高香了！"她双手合十，一副呆萌的样子。

天野有些发窘。说他恭维话的人多的是，可是此刻，女孩轻柔的声音和真诚的眼神，竟让他有了几分感动，于是推着自行车，与她边走边攀谈起来。

从这一刻起，他们成了朋友，安琪在他面前像个小学生一样，每次见面都会主动请教问题。让他没想到的是，这女孩的悟性很高，只消天野略加指点，就能准确找到对手的漏洞，并利用合适的时机发起攻势，摆出理由一二三，让辩方哑口无言。师出有门，她跨出这一步的勇气，是天野给予的。

学习之余，他也发现了这女孩子的乖巧。有一日，辩协组织全体成员去香山郊游。及至傍晚，大伙儿沿着山路，一溜烟跑下来，他俩走在最后，一个铺子一个铺子地逛。安琪看到有卖燕山板栗，马上挑了十来个大颗的放进牛皮纸袋里。板栗刚出炉，她伸手去剥那滚烫的栗子壳，把还冒着热气的果肉塞进天野嘴里，催他快吃，又去剥第二个。栗子肉没有想象中的甜，可是这个简单的动作，却让天野倍感温暖，他也学着安琪的样子去做。这一来一往，让两个人心里都有了点什么，感激也好，喜欢也好。

大三那年，天野、安琪公派出国交换，一个去了缅甸，一个去了英国。

跨越大洋的异地恋，听起来甚是奇特。男方这边正顶着日头，在原始部落里考察，女方那边才刚刚起床，啃着面包赶往大学去听西文课。不过再怎么忙，他们每天坚持视频，不同的经历令二人世界更加丰富多彩，情感日益笃深。

转眼间到了大四，海外归来的他们，开始为各自的出路而奔波。天野是系里的高才生，可以外派到驻华使馆工作，不料缅甸爆发战乱，出国的事一拖再拖，天野不得已放弃了这个打算。结合在当地的考察经验，他决定改行从事人类学研究。对这一选择，家人颇有微词。在长辈看来，以他的自身条件，去国企谋个稳定的职位，不是什么难事。可是天野偏偏不要，他想去外面的世界闯一闯。

这正是女友一直以来的愿望。

看到安琪也有相似的学术志向，天野喜不自胜，决定与她相伴左右，比翼双飞。安琪估摸了一下自己的实力，认为直接申请美国常青藤有困难，不如先借香港为跳板，硕士毕业后再"直攻美帝"。于是两人报了同样的学校，选择了各自心仪的专业，相互帮衬着一路走来，最后双双被亚洲顶级名校Z大录取。

成功的喜讯，让天野在朋友圈更有威望了。高中学校的校长三番五次请他回校做报告，为学弟学妹传授考学经验。一群群"小粉丝"簇拥而上，有问他要邮箱地址的，有专门跑来献花的，安琪紧跟在他身边，依然是少言寡语，不抢风头。生活上，她对天野的照顾更加无微不至。港铁上，空调温度过低，安琪从手提袋掏出线衫，亲手为他披上；新界的天气阴冷潮湿，身为北方人的天野不习惯，安琪就学当地人，煲老火汤给他喝；到了论文提交日，安琪也总是亲力亲为，帮他把论文呈交到系里。久而久之，天野变成了甩手掌柜，大事小事处处依赖女友，让身边的朋友无不羡慕。

有的说:"这女孩对他可真够死心塌地的!"

还有人打趣:"谁让她找了个垃圾双鱼座,可不就是这个命?"

三

计划赶不上变化。他们对香港的生活逐渐适应,想法也有了一些改变。这个被誉为"东方之珠"的城市,对年轻人而言充满诱惑力。单是Z大的环境和设施,就让两人目瞪口呆。七座图书馆依山而建,研究生一口气可以借八十本书。地下一层的自习园地二十四小时开放,网速号称世界第一,电脑是最新版本的苹果,大尺寸液晶屏幕,视觉体验感一流。除此之外,Z大依山傍海,风景开阔辽远。就连同学菲奥娜居住的学生宿舍,也是一座标准的海景公寓。紧挨着宿舍楼的,是一座希腊圣托里尼装修风格的甜品店。吃着甜品遥望窗外的碧海蓝天,那情景简直美轮美奂。

当然,他俩只是蜗居在离学校三站地的公寓里,面积不到三百尺(约三十平方米),月租却要近万元。晚上,安琪窝在床的上铺,一一细数Z大的优越。至于那个像梦境一样缥缈的美利坚,她感叹道:"去了又如何?一读就是七八年,最后能否顺利毕业,也很说不准。有朝一日,咱们若是能留在Z大当老师,在象牙塔里过一辈子,远离社会的纷争,该有多好啊!"

天野沉默不语。他闭上眼,脑海里浮现出一个高瘦的人形,是本地的一名学生,与天野同班。白天上课时,此人当着一百来号人的面,与教授对答如流,而他林天野竟然一点思路也没有。他感到一种隐隐的不安——的确,课程难度日益加大,他有点力不从心。可是下课后发生的一幕,让他心里更加窝火:大家在校巴站排队等车，这名学生竟和同伴一起，眉飞色舞地模仿大陆师生学习广东话时的蹩脚发音，然后窃笑不止。尽管人类学系为全英文授课，尽管天野不必为了刻意融入本土而学习广东话，但他的的确确感到自己好像被人打了一巴掌。安琪这时候讲的话，他一个字也没听进去。烦闷中，他摁下手中的播放器，重金属音乐在耳机里咚咚作响，声音大得吓人。

翌日清晨，他的头脑恢复清醒。想起昨夜的痛苦，一时又觉得没什么大不了：林天野啊林天野，你可是堂堂Ｐ大出来的人才，跟这帮小鱼小虾米有啥可理论的？让他们笑去吧！只要你埋头苦干，在成绩上赛过他们，那才是真正的王者！

他终于笑出了声，速速起身，开始新一天的学习。

过了几天，安琪提出想报考Ｚ大的博士，问天野愿不愿意一起。他一口答应："报，一定要报的！"

看到男友这样斩钉截铁，安琪露出了欣慰的笑容："若是考上，咱们就能长期留在这儿了！我打听过，硕士一两年，博士三到四年，比美国能早出来好几年！到时候咱们去找教职，哪怕先去一个专科院校，从讲师做起，再一步步往上爬，熬过七年考核，拿到终身教职保障，就算成功。纵使不能如愿，读完博士也能凑够七年，稳拿香港永居。"

安琪的如意算盘，不是没有依据。先前就有一些人通过考学，去争取签证延期。听说有个女的，为把孩子弄过来上学，先后读了好几个专业，论文也是一拖再拖，终于修成正果，凑够了七年"移民监"。

可天野还真不是那么功利的人。他只是想借考学来证明自己的实力：只要使出狠劲儿下苦功夫，没有他林天野做不到的事。

当天晚上他就填写了报名表。

进入十二月，留学申请季刚好和期末考试的时间撞车。这二十余天，他们几乎天天泡图书馆，白天翻书查资料，晚上在自习室刷夜，随身带一条毯子，困了就倒地而睡，醒了爬起来继续干。死赶活赶，终于在截止日期前提交完所有材料。

过了新年，两人喜滋滋地迎来了面试，之后便音讯杳无。就在他们以为没戏了的时候，英文系突然发来通知，说排在安琪前面的那个人决定放弃不读，她顺理成章拿到了录取通知书，每个月还有数万元的奖学金。得知女友的好消息，天野瞬间如同打了鸡血一样，立马向系里发邮件询问。

结果是，他的申请被拒。

那天晚上，他感到一种前所未有的孤独，几乎无法面对自己。本科的同学，包括身边这个小小的安琪，都要开始读博了，自己却还在原地踏步，没有一点起色。这让"学霸"天野如何能够接受？

安琪不知怎么安慰他，只能说："好在每个月还有两万元的奖学金呢，我的就是你的！"

这话堪比雪上加霜，让天野更难受了。这么多年来，他可从未失败过，怎么偏偏这次栽在香港了？以后还有什么资格跟别人说"我很牛"呢？他把被单揭得死死的，压低声音，一个人默默啜泣，直到哭不动为止。

安琪读了博士，就像换了个人，整天欢天喜地的。大清早夹着课本来到学校，见到系里的教授、秘书，连同打扫卫生的阿姨，她都主动道一声："早晨好！"然后兴冲冲地跑进办公室，不是写论文就是备课；晚上回到租屋，饭还没吃两口，就开始批阅本科生的作业，忙得不亦乐乎。难得有闲，就在屋里播放广东话新闻，模仿主持人的发音。为了入乡随俗，她甚至还把邮件里的个人签名改成了粤式拼音。

天野倒是沉沦下去，感觉自己越来越平庸了。他包揽下所有家务活，还去深圳找了份兼职，在留学机构给高中生教 AP 和 SAT①，下了班就与朋友结伴去罗湖附近的 KTV。

至于他同安琪的关系，俩人好的时候照样好，亲昵的时候还会亲昵，可是谈到有些话题，就会躲躲闪闪。比方有一次，安琪讲到自己与其他博士生一起讨论问题，天野很是好奇，就进一步询问。安琪才刚说了几个专有名词，就有些不耐烦："我累了，咱们能聊点别的吗？最近有没有什么好看的网剧可以追？"

久而久之，两人之间添了生分。天野依稀察觉到自己与她隔着一层薄膜，一捅就完蛋。或许安琪也有同样的感觉，所以两人都对这段感情小心呵护，有意让谈话飘浮在薄膜之上。后来，两百多名境外博士生联合建了个微信群，她是其中的成员，而他不是。每次群里贴出最新学术动态，都让天野眼红得要命。起初安琪还主动施舍一些资料，后来事情一多，就顾不上了。

天野当然是看在眼里，气在心里。眼看唯一的救命稻草开始靠不住了，他的脑海里闪出一个念头：安琪之所以能申请上，不就是因为她前面的那个人放弃了吗？运气的成分不是很大吗？既然如此，他林天野不是没有机会。

于是他决意第二年重新申请。

材料提交完毕，他就一直期待着，第一封拒信来的时候，难过了一个晚上，又等到第二封拒信，再难过一个晚上……前前后后共收到了六封。眼看自己就落到一个"全聚德"②下场，情急之下只好屈尊，补选一个最低档次的 X 大做保底。

结果依旧是泥牛入海。

---

① AP 指美国大学预修课程，SAT 指美国高考。
② 谐音"全拒的"。

手机响了。"你在哪儿呢儿子？"是天野妈妈，"申请结果出来了？"

"呃，还没有。"他支吾着。

"上次跟你说的事儿，想好了没？ 抓紧啊，李总今天还问起你呢。国企现在进个人，多难啊！ 越来越难。"

"行了，别说了。"

"一年一年地申，一年一年地被拒，三四年过去了，你还在等什么？"

天野憋着没有说话。安琪转过身，屏息听着。

"小野啊，为了女朋友，难道要搭上一辈子吗？"

"知道了！"天野挂机，闷头玩起手游"三国杀"。

安琪放下书，轻声问："晚上吃什么？"

四

台风季过去，雨后的校园重又打起了精神。阳光下的山道一尘不染，行政楼前挂起了迎宾的流苏，威尔曼教授就要来了。

由于与会者多是国际学者和专家，校方批准使用最高规格的会议室——圆桌报告厅，人文学科所有师生皆可参加。各种肤色的男教授西装革履，围坐在圆桌前窃窃私语，看不到一位女学者的身影。其余人等分坐后排，呈阶梯状依次向上排列。

安琪和天野步入会场。坐在观摩席前排的菲奥娜突然蹿了出来，拍了拍他俩的肩，兴奋地说："今天有吉米的主持！ 一会儿分会场还有他的发言！"

"是呀，我刚刚看到他和教授们在一起。"安琪说。

"对，没错！瞧他身边的那位，就是大名鼎鼎的威尔曼教授！"菲奥娜指了指远处。

安琪顺着她手指的方向看去，见吉米身旁站着一个白人，大胡子，胖乎乎的，谢了顶。虽然已同威尔曼教授邮件联系过多次，现在见到本人，心里还是有点忐忑。可是这样下去怎么行？对于学界大牛，怎能只是仰望？要想引起教授的注意，必须主动出击。

她想走上前去毛遂自荐，这时观众席的灯暗了下来。主持人吉米登上讲台，以一口标准的英语开场，听到这熟悉的声音，她的心终于安定下来。

硕大的投影幕布上，那些远在耶鲁和普林斯顿的元老级学者，在视频前一一亮相。他们白发苍苍，身着燕尾西服，打着黑色领结，带着强烈的仪式感向大会表示祝贺。围坐在圆桌前的教授，或抬头凝视，或托腮沉思，或与屏幕上的前辈互动交流，全场观众凝神谛听来自大洋彼岸学术殿堂的清音。作为"头号学术粉丝"的菲奥娜，激动地举起手中的单反相机，拍下眼前这难得一见的情景。

安琪心想，在这些大师面前，自己真是太渺小了。要奋斗到哪一天，才能成为圆桌舞台上的一员呢？考上博士只是万里长征的第一步，要想跻身这辉煌灿烂的学术圣殿，还有很长很长的路要走。

天野也禁不住发出"啊"的惊叹声，随之而来的是一系列心神不宁。吉米做发言时还好，等到威尔曼教授一上场，他就开始捉襟见肘。因为讲座内容与自己的领域相差甚远，一遇到专业术语和相关历史背景，简直就是在听天书。威尔曼教授性喜幽默，在现场说了好几句俏皮话，逗得人人哈哈大笑，天野却完全笑不出来，看着安琪在一旁笑得合不拢嘴，他也只好跟着"呵呵"了两声。他感到自己要废掉了，当年学生领袖的光环消失殆尽。现在，他不仅不能融入，反倒觉得自己成了全场人的笑料。

他在座位上抖着腿，一个字也听不进去，抽拉式扶手板上的笔记本也是一片空白。而安琪则是聚精会神，一边用录音笔录音，一边跟着教授的思路在电脑上做笔记，必要时还把教授提到的文献在网上搜索出来做好标记。她一开始还怕自己跟不上，心里抖抖索索，可是半场会议听下来，却是收获满满。

中场休息，安琪出去拿甜品和饮料，正好碰见吉米和威尔曼教授。吉米同她热情地打招呼，转身对威尔曼说："这就是我同您说过的安琪。她对您做的研究项目很感兴趣。"

"啊，我记得你，咱们终于见面啦！"威尔曼几乎要叫起来。他的两只眼睛瞪得大大的，脸上的表情夸张得像个老顽童，这让安琪彻底放松下来。

天野愣愣地站在一旁，见安琪和教授聊得认真，便一个人拿了几块巧克力饼干，大口大口地吃了起来。不吃白不吃，反正是来参会的，又没人拦着。

"你看，吉米今天真是帅极了，讲话有条有理！一会儿下半场还有他的发言。"菲奥娜来到天野身边，一脸崇拜地望着侃侃而谈、眉飞色舞的吉米。

"你的男神怎么没能坐到圆桌上去呢？"天野瞥了一眼菲奥娜，揶揄地说。他被会议的强大气场压得够呛，现在休息时分，说话便没了顾忌。

"那是因为他还年轻。过个几年，等这帮老教授一个个都退休了，就轮到他啦。"菲奥娜力挺他说。

"那我倒要看一看了，"天野说，"区区讲师，在系里的江湖地位能不能保得住。"

菲奥娜觉得再说下去就自讨没趣，开始转移话题："对了，你知道今年你们人类学系最终把申请名额给了谁？一个'歪果仁'。"

"你怎么知道的？"天野问。

"他去年来 Z 大交换过,跟我住同一栋宿舍。那人可奇怪了,每天一大清早起来到食堂喝牛奶,老是跟我们讲,他家门前有座山,山上的牛老大老大了,怎么挤它们的奶,怎么怎么好喝,听得我都要反胃了。"她做出一副要吐了的表情,"不过据说他背景很牛,硕论导师是学科理论创始人 Y 大师的大弟子,等于是嫡系传人。一听说录的人是他,我嘞个去,这个奇葩男,我认识的!而且还是九三年的,比我们都小!"

听到这番话,天野更加不淡定了。真是长江后浪推前浪,前浪被拍死在沙滩上。心想继续留在这里听天书,也没有什么意义,于是趁人不注意,悻悻地离开会场。

五

天野百无聊赖回到住所。进了门厅查看邮箱,除了水电账单,还有一封来自加拿大的信,收件人写的是安琪。

这么多年来,他俩过日子没分过彼此,自然也就不存在什么个人的小秘密。起码天野是这样认为的。他拆开邮件,是一封访问学者邀请函,发件人正是威尔曼教授。

天野愣住了。申请访问学者的事,安琪对他只字未提。

他走进电梯间,按下自己所在的楼层。门开了,他低着头走出去,掏出裤兜里的钥匙,试了几次,居然打不开自家的门,这时才发现自己上错了楼层。他瞥见钥匙链上拴着的木偶娃娃,联想起安琪把这个交给他时,脸上挂着的笑,一种奇怪的感觉涌了上来。是她在玩我,还是老天在玩我?为什么偏偏在这时候,让我看见这些呢?

安琪回到家，已是深夜。桌上摊着邀请函，天野坐在阴影里，似乎有意等她解释。

"本来想给你一个惊喜的——你不祝贺我吗？"安琪有点尴尬，冲他眨了眨眼睛。

天野面无表情地说："是你早就计划好的吧？我真是笨，到现在才明白过来，把我留在这里，不过是你的陪衬。"

"我也没想到威尔曼教授的动作会这么快，一切进行得超顺利。"

"呵呵，你是顺利了。"天野冷笑两声。

"我原本计划咱们一起去加拿大，给你申请陪读，兴许可以批得下来，我抽空再去问问。"

天野沉默了一会儿："这游戏你还是自己一个人玩吧。几年下来，我已经受够了，玩不起。"

"你什么意思？"

"什么意思还不明白吗？你，去加拿大；我，回内地。"

安琪以为天野是在说气话，语气顿时软了下来，声音流露出久违的温柔："小野，你的心情不好，是饿了吧？要不咱们去沙田消夜？你就不想为我庆祝一下吗？"

"对了，有件事我还忘了跟你提，"她继续说道，"如果你不愿意去加拿大，我可以去求吉米啊，让他帮你在Z大申请RA，也许今年还能争取到一个位置，这样你的签证就能延下来，就能继续留在香港啦！"

"够了，少来这一套！吉米？怎么又是他！"天野把食指深深插进凌乱的发丛中，在狭小的空间来回踱步，"你居然还要为我去求他！到底还有多少事瞒着我？"他脸色一紧，回转过身，激动地挥了一下手臂，那一巴掌刚好落在安琪的脸上。

　　安琪掩住半边脸，一时间说不出话来。天野怒气爆发，冲着角落里那堆啤酒罐和饮料瓶撒气，将它们踢得咣当乱响。安琪一把从后面抱住他，带着哭腔，压低声音说："我错了我错了，都是我不好！你别吵了行吗？我求求你，别弄这么大声响，邻居们都听得见！你不知道周围墙都是隔板隔出来的吗？一会儿有人找上门，咱们可不好收场啊！"

　　"咱们？谁跟你是'咱们'？我就要踢，就要摔，怎么着？"天野厉声喝道。

　　"你不要再喊了，整个屋村听到的都是你的声音！"安琪冲上前，一把捂住他的嘴。

　　"我去你的！"天野猛力一推，安琪的背撞到书架的棱角上。她"啊"地叫了一声，脸上露出痛苦的表情。

　　天野不去管她，一个人走了出去，砰的一声把门关上。

六

　　第二天下午，天野拎着行李离开租屋。他迈着大步自顾自地向前，头也没有回一下。

　　安琪隔窗望着他的背影，神色有些黯然。

　　这眼神早已今非昔比，想起以前在 P 大，自己老是围着他转，一副小女生崇拜的样子。天野在赛场上叱咤风云的情景，仿佛是上个世纪发生的事了。她这时才意识到，过去与当下竟有了那么深的断裂：自打来到香港，一切的一切，节奏都太快了，快到她压根没有时间去顾及两个人的感情，更别说把心思放在他身上，在他最困难的时候安慰他、照顾他。

韵 竹 | 新 界

　　少了个人，屋子里显得空荡荡的。书桌上摆着天野留下的一些物件，其中有他随身携带的房门钥匙。上面吊着的那个玩偶娃娃，脸上一如既往地笑着，不知是欢乐，还是嘲讽。她心里咯噔一下，有一点惋惜，却又没有急切的欲望把他追回来。算了，过去的就让它过去吧，也许我命中注定要失去他的。

　　话虽这么说，还是揪心地痛。她知道这次的不辞而别，也许就是永别。安琪抚摸着下铺的床单，白色的条纹在阳光下显得格外刺眼，依稀可见天野留下的枕痕，连同他身上最后的一点气息。她把脸轻轻贴在上面，枕巾的一角蹭到瘀伤，有一点轻微的痛。她把脑袋放空，缓缓闭上了眼睛。

　　醒来时，发现天色已晚，窗外的屋宇都亮满了灯。先前的纠结和睡意一扫而空。"我有什么错呢？什么错也没有啊。"她心里默念。按一下手机，看到屏幕上显示六点一刻。哦，之前同吉米约好的，晚上去他家搞派对。差点儿忘了。

　　大埔墟附近的村屋里，七八个男女挤在一起席地而坐，你一言我一语地闲聊。吉米看到安琪进来，激动地上前拥抱，先是恭喜一番，然后打开话匣子，说威尔曼教授怎样怎样，加拿大气候如何，有什么好吃的、好玩的。安琪都一一听着，点头默许。吉米递给她一杯香槟，她用手轻轻推开高脚杯，这时大家才发现她嘴角上的瘀伤。吉米关切地问："还好吗？没事吧？"她只是淡淡地说，没什么。

　　酒过三巡，生分的人也都熟稔起来，开始互问家常，比如谁谁谁是什么星座，谁谁谁的老家在哪里，为什么来到香港云云。安琪第一次了解到吉米的另一面：他先是在世界各地旅行，以教书为生，后来到了中国，对汉学产生兴趣，就跑来Z大读哲学博士，然后顺理成章留校教书。他做事全凭兴趣，一路走来不紧不慢，倒也持久。这给了安琪一种启示——自己从来都是急吼吼的，小学、中学、大学、硕士，再到博士，从来没有停下来过，也从来没有认真考虑过"追随"一种学术信仰。若不是当年碰巧有一个博士名额空出来，还不知道自己会在哪里飘着。而吉米却是一个懂得边走边欣赏风景的人。听他娓娓道来加拿大的风物志，诉说温哥华风景秀丽，气候宜人，是个做学术的好去处，安琪也情不自禁地憧憬起未来的生活——我也要过他那样的人生！在香港的这几年，她体会到什么是真正的拥挤和憋屈，眼看着马上就要离开这里，去迎接崭新的生活，在感叹命运的无常之时，心里好像还是高兴更多一点。

临近午夜，参加派对的人陆续离开，安琪留下来帮吉米收拾碗筷。听着窗外轰隆隆驶过的港铁，她一瞬间想到天野，或许他这时候已经坐上了北上的列车。夜深人静，车轮碾过轨道的声音格外清晰，然后逐渐变淡、变淡，好似她与天野的一切都在随风飘散，渐行渐远。

留声机里放着舒曼的钢琴曲《爱之梦》，这旋律是她再熟悉不过的，于是放下手中的活，认真听起来。一曲终了，唱针在上面继续游走，却没了声响。

"估计是最后一首了。"她向吉米指了指留声机，"我刚进门的时候就在放，一首接一首，全是钢琴曲。"

吉米点点头："做学术做久了，就会渐渐远离摇滚乐、重金属，转而喜欢听这些古典的。很多学者都这样。"

安琪表示赞同，开始细数平日爱听的音乐专辑，什么普罗科菲耶夫、拉赫玛尼诺夫之类，都是些雄浑的协奏曲，配器、和声复杂得很。这让吉米有些惊讶，他自己喜欢的，却是类似萨蒂、德彪西这类精致的法国小曲。两个人就这么你一言我一语地说着，谈论学术之外的话题，这还是头一回。

"本以为会一直在这里待下去，结果……"安琪说。

吉米友好地笑了笑，好像知道她要说什么似的。

"谢谢。"安琪说。

看到吉米又笑了，她觉得自己再继续下去，真有点儿多余了，也不好意思地笑了起来。

"其实，我们本就不是师生关系的。"她突然脱口而出，以至于这话讲出来，让她自己都感到惊讶。

吉米望了望她绯红的脸："对，我们本就不是师生关系。"

厨房内，俩人慢吞吞地干着活。他们把洗好的碗筷擦干净，依次放入橱柜。屋子里湿气很大，她的鼻尖和额头渐渐沁出细密的汗珠。吉米忍不住凑上前去，轻轻吻了她一下。安琪有点发蒙，想也没想，转过身揽住他的腰，两人就这样在厨房的阴影里相拥而立。房间里很安静，静得只听到水龙头的滴水声。见吉米半天没有动静，安琪感觉到他的怯懦，就像平时跟他聊学术，总是被自己牵着话题走一样。

她叹了口气，将他引领进客厅，倒在软毛地毯上。这一次，她掌握了主动权，这是前所未有的。以往同天野在一起，都是被他健硕的胸肌狠狠压在下面，哪有她翻身的日子。而吉米是不同的，他顺从地仰望着安琪，任由她摆布。

安琪如同胜利的占领者，享受着心理和生理的双重快感，就像天使一样飞了起来。吉米也很享受这一刻，但又不太明白这算什么。他和她之间没有任何利益关系，如果有，也就是介绍威尔曼教授给她认识而已。仅凭这一点，就该接受爱的报答吗？虽然这不是一笔交易，却染上了一点交易的色彩。

安琪紧紧抱住吉米，让他没有一点喘息的机会。他惊讶这女孩子的热辣，不过也没来得及去细想，只是希望时间过得慢一些，再慢一些。吉米望着她的脸，此刻她是高高在上的女王，表情中带着骄矜的微笑，好像连他也不放在眼里了。可是很快又看到她嘴角上的瘀伤，那微笑便显出几分怪诞。她像战神一样兴奋的脸上，隐隐闪现出一丝泪光。吉米一下子明白过来，或许自己只是一个替代品——可那又怎样？他甘愿被她这样占领着。

　　第二天一早，吉米从沉睡中醒来，不见了安琪的踪影。

　　茶几上有个什么东西，在阳光下晃了他的眼。伸手摸过来一看，是个钥匙链。这个东西有点眼熟，哦，他想起来了……

　　玩偶娃娃依旧笑着，仿佛提醒他昨夜缠缠绻绻的场景。

　　中午，他像往常一样，去茶餐厅点了份咖啡和奶油三明治。一眼瞥见菲奥娜，于是捧着托盘挪到她跟前。这时，两部手机不约而同地响了一声，他们分别打开脸书，看到最新动态，是安琪上传的图片：一座美丽的桥，铁索高悬，只少了板。上面还配了一句英文：Burnt the bridge after crossing，旁边是中文解释。

　　短短几分钟，下面留言爆棚。有人说，动词用了过去时，不知是否有所指？还有人问，莫非是前任？关于那个桥，大家一致指向了天野，版主却没有做任何回应。

　　吉米望着屏幕上的中文，嚅动的唇拖着英腔，缓缓吐出"过河拆桥"四个字。"什么意思？"他问菲奥娜。

　　"我走了，你不可以跟过来。"菲奥娜回答。

　　"哦。"吉米把手机放在一边，似乎有些明白过来。她或自己，只是这城市的过客，孤独时彼此陪伴。到头来，终究还是各走各的路。

　　"我应该就是那可怜的桥。"他喃喃地道。

　　"吉米你在说什么呢？天野才是她男朋友。是她不要人家的好吗？"

　　"不，天野对她施暴了。昨天晚上，和她在一起的是我，是我给她安慰。"

　　菲奥娜瞠目结舌，愣在那里。

　　"都是成年人了，有什么好大惊小怪的。"吉米耸了耸肩，"我们不是师生关系，合理合法啊。"

七

  几年后，Z 大的公告板上贴出海报：威尔曼教授将再度来校讲学。
  这位举世瞩目的学界大牛，突然把研究方向拓展到香港和东南亚地区，引发众多学子的追捧。离开讲还有一周，已是一票难求。
  作为威尔曼在香港的联络人，吉米亲自去赤腊角机场迎接。他在接机口晃来晃去，看见有位戴着墨镜，身着吊带连衣裙的长发女子，从过境关口走出来。再望过去，与她十指相扣的，正是令他望眼欲穿的威尔曼教授。
  吉米冲上前去与教授拥抱。对方身上浓重的古龙香水味，连他这个西方人都感到刺鼻。更令他惊讶的是，紧挨在威尔曼身旁的女子，居然是安琪。
  "好久不见！"她摘下墨镜，用手撩开额前的长发，微笑着同他打了招呼，眼神中透露出一股成熟与自信。吉米注意到，她的无名指上戴着一枚钻戒，与威尔曼手上的同款。
  他仿佛明白了什么，冲她点点头。
  安琪的皮肤晒成了小麦色，平添了几分国际范儿。吉米情不自禁地叫道："你的变化真大！"
  安琪咧了咧嘴，似笑非笑："前阵子陪教授去开会，刚好在加州，阳光好得很。"她的视线与威尔曼的眼神交会，露出几分亲昵。
  "看来我们的消息都晚了一步。"吉米接过行李，抽空在安琪的耳边说，"您很快就要成为我们的师娘了。"
  安琪笑了，依然是那样的不置可否，依然是那样的神秘。

（选自《人民文学》2018 年第 4 期）

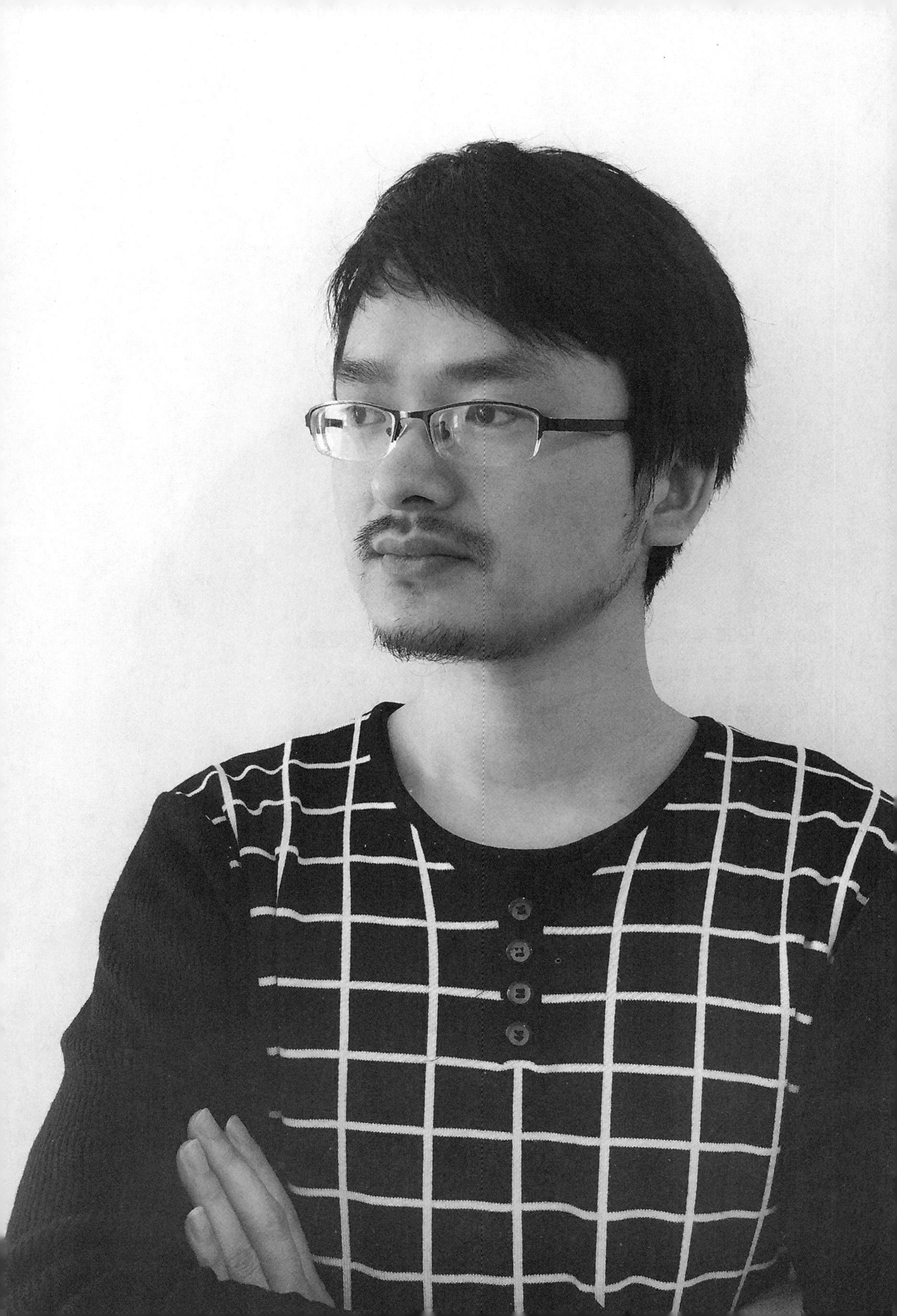

刘　浪

刘浪，1992年生，湖北广水人，现居北京。作品见于《星星》《长江文艺》《中国诗歌》《青年作家》等刊物，部分入选《中华文学选刊》《中国90后诗选》。

消失的村庄

一

村里最后一个年轻人走了，剩下一堆老人。这个年轻人和所有之前走的年轻人一样，轻装上路，不像要出远门。临行那天，他照例撒一句，我会回来看你们的，然后头也不回地离开。老人们揉着眼睛，目送他向天地的接缝处走去。他们知道，这是最后一眼，年轻人将被永远缝在另外一个世界里，回不来了。

但是，多年后的黄昏，这个年轻人又站在了村口，身上落满尘埃。他像被一场风刮到远处，绕了一圈，又被另一场相反的风刮回来。其间发生了什么，没人知道，只知道他的头发变白了，视力衰退了，牙齿脱落了，身体佝偻了，成为一个行将就木的老人。他东奔西跑大半生，岁月还是追上了他，把他收拾成现在这样。落日如旧，老人凝视前方，浑身开始颤抖起来，他万万没有想到，这个生他养他将来也必定埋葬他的村庄，竟然消失不见了。

房子不见了，牲口不见了，树不见了，路不见了，田不见了，荒草连天，全都不见了。如果不是村后那座标志性的山坡，他几乎以为自己走错了路。但这就是他的故乡，没有错，山坡上散落的坟茔，尤其证实了这一点。

这是王木匠，这是李寡妇，韩三也在。还有刘傻子、孙独眼、周疙瘩……

老人一边走，一边弯腰去认墓碑上的文字。一个个活蹦乱跳的生命，如今都进入了文字，凑成一份死亡名单，在老人口中轻声念着。老人若干年前离开他们，从未想过若干年后会是这样的见面方式。

都死了，一个也不剩……

老人喘息着，一屁股坐在坟堆中间，喃喃道。

二

年轻人走后，这个村庄最大的事情就是准备死亡。

死亡和出生一样，是人生大事，需要花很长时间去准备。村里曾经有一个人，忙乎了一辈子，别人都闲下来准备自己的后事，他还在忙。直到他要死了，躺在炕上，十几天都闭不了眼，村长让他安心去吧。他呆呆地望着屋顶，说现在要死了，自己还没有准备好。人到老年，就会遇到各种孤独和病痛，干什么都费劲，吃什么都没味儿，看似没啥活头。但他们很少会选择轻生，相反，他们比年轻人更懂得活着的可贵。老年是天然为死亡准备的，老年的孤独和病痛，是一种死亡训练，经过训练的人，身心得到调整，就不那么惧怕死亡了。

人到死如果还怕得要死，那就太该死了。

准备死亡，首先需要储存充足的粮食。全村的老人趁自己还能下地干活，都把余生的活放到这几年里干完了。干到啥程度才算完，这里有一笔账。先看自己还能活几年，再估摸吃多少粮食，吃多少种多少。并非越多越好，有人野心勃勃地种了够吃五年的粮食，结果第二年就死了，累死的。也有人以为自己挨不过明年，早早地收起农具，回家歇着等死，但是到了明年，没死成，后年又没死成，大后年才姗姗死掉。这种情况就要依靠别人的接济度日了，后死的有义务接济先死的。先死的若留下粮食，就要分给后死的，没有年轻人管他们，他们只能互相养老，互相继承遗产。

其次需要妥善安排死前的生活。活干完了，粮食也够了，就把圈里的牲口放出来，让它们自己去野外觅食吃。秋天割好干草，垛在棚顶，帮助它们熬过漫漫长冬。牲口为主人卖了一辈子的命，现在也该享受主人为它们做点什么了。主人也为自己劈好柴火，码在墙角，以备过冬之用。天晴的时候，就到太阳底下抽烟打盹儿，晒晒骨头里的寒气。碰到大雪封山，就糊好窗户，挂上棉门帘，坐在黑黑的屋子里，偎着火炉取暖。这点温暖虽可抵挡屋外的冬天，对于生命里的冬天，却显得无能为力。锅还能将就用两年，暂时烧不透，灶拿砖头垫垫，也没什么大问题，烟囱得趁腿脚能动爬上去捅最后一次。院墙太薄，要拍几锨泥，檩子不结实，算尿了，塌了当棉被盖，就看自己和房子，谁耗得过谁。

最后需要准备衣服和棺材，衣服由老太婆亲手缝制，样式颜色任你选，保证称心如意。棺材是个技术活，一般人干不了，村里只有一个姓王的木匠能担此大任。村长提议，王木匠不用下地，就在家里做棺材，他的粮食由大伙儿分摊，众人附议。从此，王木匠家里就叮叮当当地响个不停，和鸡鸣狗吠一起，成为这个村庄的一部分。王木匠也有一笔账，他要赶在自己伸腿前把所有人的棺材做好。村里共有二十八个老人，要做二十八口棺材，这是一项不小的工程。王木匠夜以继日地赶工，和当年跟老婆在炕上要孩子一样热切。老人们只要得空，就会跑来探视，递递工具，唠唠嗑，问问进度。有时他们好像等急了，一天探视四五回，生怕自己撑不到棺材做好的那一天。

一切准备妥当，心无挂碍，便把自己关在封闭的屋子里，提前适应死后的孤独和黑暗。死亡来了，就跟着它去。

三

第一个死的，是王木匠。

那是一个秋天的傍晚,人们干完活回来,村里静如太古,连鸟雀都缄默了。正常情况,是能听到王木匠敲打东西的声音的。村长瞧见刘傻子蹲在树下看蚂蚁,就问他,王木匠呢?刘傻子说,死了。全村人急忙赶过去,发现王木匠倒在一口半成品棺材旁边,手里捏着鲁班尺,脸上带有一丝余业未竟的恨意。这是第二十八口棺材。前面二十七口都已经上好漆,停在后院棚子下,用条凳搁着,像一辆辆等待客人的车。谁也想不到,王木匠会是第一个客人。

王木匠的死太突然,来不及准备。村长说,他把人生最宝贵的用来准备自己死亡的时间,都用来准备别人的死亡了。大家念着他的好,很隆重地为他举办葬礼。出殡那天,下着微雨,四个腰背硬朗的老头扛着棺材,向事先挖好的墓穴走去。全村人身披白色丧服,垂手跟在后面。李寡妇双目红肿,早已哭成了泪人儿,中年丧夫的她对晚年丧妻的王木匠有意,平日秘而不宣,直到今天才表露出来。走到墓穴,要下葬了,李寡妇哭天抢地,趴在棺材上,狼狈得像个乞丐。众人拉开她,七手八脚地放下棺材,铲土埋掉。李寡妇因为悲伤过度,晕了过去,最后被众人一脚水一脚泥地拎回村里。

回到村里的李寡妇水米不进,没几天就死了。全村人都说,王木匠前脚刚死,李寡妇就后脚追了上去,他们应该会在天堂相逢吧。李寡妇的遗愿是与自己的亡夫合葬,全村人却擅自把她和王木匠葬在一起,就是为了撮合这对死去的鸳鸯。

此后,死亡成了这个村庄的家常便饭,有时一个一个单独死,有时几个几个扎堆死。他们从不事先打招呼,你以为他们活得好好的,活着活着就没了。今晚有多少人合眼睡去,明早未必有多少人睁眼醒来。空气中会忽然少了一个人的呼吸,你无法察觉,死了,就抬过去埋掉。开始还有哭声,后来只是啜泣,最后无声无息。葬礼一次比一次冷清,上一次还跟在棺材后面送行,下一次就躺进棺材被人送行。直到有一天,大家猛然抬头,村里只剩下五个人了。

刘　浪 ｜ 消失的村庄

　　村长还活着，他把另外四个人召集起来。这四个人分别是：韩三、刘傻子、孙独眼、周疙瘩。村长说，把你们叫来，是要商量几件事，现在全村死得就剩咱五个了，往后的日子咋过，得有一个规划。你们先把家里的粮食、牲口情况汇报一下，一个一个说。韩三先说。韩三说，两缸米，半缸面，一头牛，一口猪，六只鸡。孙独眼说，一缸米，一缸面，一头驴，两只羊，四只鸡。周疙瘩说，两缸米，一缸面，一口猪，三只羊，没鸡。村长说，咋没鸡呢？周疙瘩说，吃了。轮到刘傻子，他还愣愣地看着油灯出神。孙独眼用胳膊肘捅了他一下，没反应。村长说，他家的情况我知道，不用说了。照你们说的，都还够吃，啥时候不够了，再到我家来拿，周疙瘩待会儿捉两只鸡回去。

　　村长顿了顿，接着说，咱们都快活到头了，蹦跶不了几年，我和孙独眼、周疙瘩离得近，走两步就能到；韩三你就不行，住在村西头，隔那么远，喊破嗓子都听不见，我建议你搬过来，住在王木匠家。刘傻子他姐刚死，没人照顾，也搬过来和我一起住。大家挨在一块儿，好有个照应。韩三说，我一辈子没挪过窝，对那房子有感情，就是死也要死在那儿。我每天放牛都会打这儿过，哪天你们看不见我了，就直接去我家收尸。村长等人面面相觑，默然无语。

　　村长又说，还有一件事，咱们要提前做。虽然咱们有五个人，但劳动力只有四个，要是这四个中间再死一个，谁来抬棺材，总不能叫刘傻子来抬吧，所以我的意思是，趁咱们还活着，提前把墓穴挖好，把棺材抬进去。谁死了，就背到墓地，在那儿入殓，背死人一个劳动力就够了，这叫人尚未死，棺材先行，出殡在入殓前面，你们看怎么样？孙独眼、周疙瘩纷纷表示赞成。韩三说，可是棺材不够，王木匠就做了二十七口，现在剩四口，那个半成品没法儿用。周疙瘩挠头说，对呀，这倒是个问题。村长说，四口先用着，我再想办法。事不宜迟，明天开始行动，你们早点回去休息。

四

　　事实上，他们刚把墓穴挖好，把棺材抬进去，就有人死了。

　　死的是韩三。整个白天，村长没见他出来放牛，问孙独眼看见没，孙独眼说没看见；问周疙瘩看见没，周疙瘩也说没看见。村长说，出事了。三人去村西头，赫然望见韩三的房子倒了，四面墙只有一面站着，瓦砾撒得遍地都是。昨晚既没有刮风，也没有下雨，好端端的房子，怎么就倒了呢？三人徒手挖掘，把韩三从废墟里拽出来，冷硬冷硬的，已经没救了。红日西斜，孙独眼、周疙瘩坐在地上喘气。村长说，抬去埋了吧。

　　对于房子为什么会倒，村长的解释是，不为什么，房子到寿数了，自然会倒。任何从土地上站起来的事物，终会归于尘土，堆出于岸，流必湍之，你一站起来，就会有东西消磨你。风要来吹你，雨要来淋你，阳光要来晒你，蝼蚁要来掏空你，积年累月，直到把你抹平为止。韩三的房子也许早就不行了，早就在等一个轰然坍塌的理由。韩三上炕睡觉，也许不动就没事，他一翻身，或者一打呼噜，房子就撑不住了。没人能救韩三，这是他跟房子之间的私事，谁也插不上手。

　　埋掉韩三，分了他的粮食和牲口，四个人继续把日子过下去。他们在墓地搭起草棚，用油布裹住棺材，以免雨水落进墓穴，将棺材沤烂。这是他们最后的住所，必须看管好。少一口棺材，村长嘴上说再想办法，其实无法可想。那个半成品已经被孙独眼鼓捣坏了，他单只眼睛看不清距离，把铆全钉歪了。赶着牛车去邻村弄吧，来回得有五天的路程，拉着棺材还要翻越沟沟梁梁，再牛的牛也办不到。最重要的是，即便有棺材，也用不上，因为最后一个死的不可能躺在棺材里把自己埋掉。所以村长说，与其想办法弄棺材，不如想想怎么自己埋自己。

刘　浪 ｜ 消失的村庄

可以去邻村请个人过来埋，周疙瘩说。村长摇摇头，说，非亲非故，别人未必肯帮这个忙，况且啥时候死又摸不准，贸然把人请来，要是一时半会死不了，还让人耗在这里不成。孙独眼负气地说，我看谁活到最后，干脆搬走得了，反正埋在哪儿都没人惦记。村长说，后人不惦记我们，我们可惦记着先人呢，先人在这里，我哪儿也不去。

这个问题足足讨论了两年，依然未果。

两年后，孙独眼、周疙瘩相继死去。他们想不出怎么自己埋自己，所以抢先一步离开，把这个难题抛给最后的那个人。偌大的村庄，只剩下村长和刘傻子了，俩人盯着一口棺材，看谁先躺进去。

五

村长的坟在哪儿？

老人突然想起没有看见村长的坟。他站起来，重新在墓地里转了一遍，仔细寻找村长的名字。太阳沉下去了，暮色从天边压过来，老人弯着的腰快要贴着地面了。他忽而希望下一座坟就是村长的，忽而又希望找不到村长的坟。天快黑了，老人有些焦急，他用木棍拨开蒿草，深一脚浅一脚地往山顶登去。

山顶洒满星光。老人坐下来，极目远眺，清澈的瞳孔里映着一轮弯弯的新月。

难道村长没有死？

老人自言自语，忽然发现山坡背面，飘浮着一团青绿色的鬼火，明灭不定，像狼在眨眼。老人觉得奇怪，全村的坟都在山坡正面，谁会埋在背面呢？他对准鬼火的方向，摸黑下山，虽然步子很轻，但还是惊起了潜伏在暗处的蝙蝠，一挫身，向月亮飞去了。等老人走近，鬼火就像宿雾见了朝阳，消散干净。老人擦亮一根火柴，借着熠熠的火光，看见一块墓碑，斜斜地插在峭壁前。原本平缓的山坡，到了这里，急转直下，仿佛被削去一刀，形成一段两人高的峭壁。火柴燃尽了，老人又擦亮一根，凑到墓碑前。村长的名字，一如他冷峻的面容，隐匿在蛛网之下。

村长到底还是死了，老人叹口气，可为什么埋在这里？

六

刘傻子并不操心死亡的事情，对村里其他人的生死也不闻不问，他似乎不知道年轻人都走了，老人都死了，依旧蹲在树下看他的蚂蚁。他双手支着头，一看就是大半天，谁也唤不动他。有时没有蚂蚁，他就盯着蚂蚁洞看，好像蚂蚁会从洞里运出金子似的。其实一个人真要啥事不干，一天到晚盯着一个地方看，肯定是能看出些名堂的。但刘傻子从未告诉别人，他看出了什么名堂，如果刘傻子会认字，说不定能写出一部有关蚂蚁的惊世巨作来，可惜他不会。他用他傻头傻脑的外表，藏住了一个也许足以轰动世界的秘密，藏得严严实实，藏得不露声色。

村长除了每天做好饭，端给刘傻子吃以外，其余时间都在忙一件大事。这件大事他谋划了很久，一直装在心里，没有告诉任何人，他在等一个合适的实施时机。孙独眼、周疙瘩一死，剩下刘傻子，他觉得时机成熟了，便开始采取行动。他要把整个村庄带到地下，一起面见先人。他用一个月的工夫，推倒所有房子（除了他住的那间），砍掉所有树（除了刘傻子看蚂蚁的那棵），毁坏一切道路，又用半年的时间挖坑，清扫，掩埋。他把村里十几代人的生活痕迹，全部埋入土里，插上荒草，伪造成荒无人烟的假象。年轻一代已经远走，年老一辈

刘　浪 ｜ 消失的村庄

也已经死去，没有谁会找到这里，它将成为消失的记忆永存于地底下。村长站在山坡上，扫视一周，对自己的成果很满意。等刘傻子死了，他再把残留的一屋一树埋掉，就齐活了，那时即便自己投胎转世，骑着马匹经过这里，也不会认出来了。

然而，村长刚干完这件大事，就病倒了。他过分透支自己的体力，身子已经大不如前。刘傻子却傻人有傻福，虽然头发和胡子看起来比过去更苍白蓬乱，但脸上没有病容，四肢也还康健，一副很耐活的样子。村长怕自己熬不过刘傻子，死在他前面，那就麻烦了。一来刘傻子啥都不会，自己肯定要落个暴尸荒野的下场；二来自己一死，不仅村庄的掩埋工作无人收尾，刘傻子也会活活饿死，他的后事也同样无人料理。想到这里，村长不得不强打起精神，争取多活。

一天，村长赶着牛车，要出远门，他对蹲在树下的刘傻子说，我去趟野地，三五天后回来，屋里有米有菜，饿了自己做。刘傻子闷哼一声，算是回应。村长目视前方，甩了几声响鞭，牛车吱呀吱呀地出村而去，把刘傻子一个人丢在村里。没走多远，村长跳下牛车，原路小跑回来，躲在一蓬深草后面，偷窥刘傻子。他以为刘傻子会不安地四处张望，但刘傻子没有，他还是那样蹲在树下，纹丝不动，像只鸵鸟。村长解开包裹，里面有干粮和水。他打算驻扎下来，看看刘傻子在没人伺候的情况下，会不会饿死。两天过去了，刘傻子不吃不喝，仍然蹲着，白天蹲着看，晚上蹲着睡，没人喊他吃饭睡觉，他就原地不动。村长有点泄气，几次想出来，但都忍住了。有时他会故意弄出点声响，让刘傻子听见，可刘傻子不知道是没听见还是听见了假装没听见，连眼皮也不抬一下。到第三天，村长忍不住了，忽然从深草里钻出来，想给刘傻子一个惊喜。村长喊，刘傻子。没有回应。村长走过去，碰了他一下，他就像一堵破墙，直直地栽到地上，再也起不来。

七

　　村长背着刘傻子，踉踉跄跄地走到墓地。风在怒号，从天上掼下来，搅得大地一片凌乱。村长费了很大的劲把刘傻子拖进棺材，合上盖，铲土埋掉。隆起的新坟，像刚出生的婴儿，很扎眼地挤在林立的旧坟中间。

　　刘傻子，我对不住你，也对不住你死去的姐姐，你姐临死前憋着最后一口气把你托付给我，我却这样平白无故地让你饿死了。你姐在天上，肯定都看见了，我不知道死后怎么面对她，怎么面对你。你俩要是碰上了，就商量一下怎么罚我，扮成鬼来吓我，设道坎来绊我，或者直接把我带走，都没有问题。要是还不够，等我死了，我会去天上继续受罚。希望你们给我时间，容许我做完最后的一点事情，再去找你们。我已经把村庄埋了，你们早该找到自己的房子，住进去了吧。村里一定很热闹，每家都是十几代人，吃着累积几百年的粮食，养着漫山遍野的牛马猪羊，无忧无虑地生活，生孩子。大家肯定快乐得忘了我这个村长，这个村长生前管束着大家，大家不想死后还受他的管束，如果是这样，你们就托梦告诉我，我会留着房子，当个孤魂野鬼，决不跑去打扰大家。你喜欢那棵树，过两天我把它埋给你，你一进村就能看见，不过你要答应我，往后多陪陪你姐，别还跟过去一样，只知道看蚂蚁，对谁都爱搭不理。

　　村长这样想着，离开了墓地。

　　最后的一屋一树村长忍着病痛用了半个月的时间才掩埋完毕。多余的粮食埋了，没来得及吃的牲口也拿绳子勒死，刨坑埋了。村长踏着步子，四处打转，把土踩瓷实。这个曾经生活了十几代人、炊烟不断、充满鸡鸣狗吠牛哞马嘶的村庄，现在就剩下村长、村长身上的衣服和村长手里的铲子。很快，他会带上这些东西从这个世界里彻底消失。

　　黄昏，村长扛着铲子，要去埋自己了。他绕着山坡走了好几圈，终于在山坡的背面，找到了一处峭壁。打量周围，环境还不错，当下就决定埋在这里。村长爬上山顶，把预先准备好的墓碑推下来，栽在峭壁前。栽得有点歪，村长歪头一看，挺直的。接着开始挖洞。洞的直径只有一米，村长弓背缩头，跪着往里挖。他怕直径大了，会塌下来。洞内潮湿阴冷，挖到两米深的时候，抛出去的土几乎把洞口堵死了。村长放下铲子，转身趴下，头冲外，透过缝隙看了一眼美丽的晚霞，然后抓几把土，将缝隙塞住。村长翻个身，黑黑地躺在洞里，什么也没想，就像躺在自家炕上一样，沉沉地睡去了。

八

　　老人带着疑问，也睡去了，睡在村长的墓碑前。

　　从此，再没有任何黎明能使他醒来。

（选自《山东文学》2018年第2期）

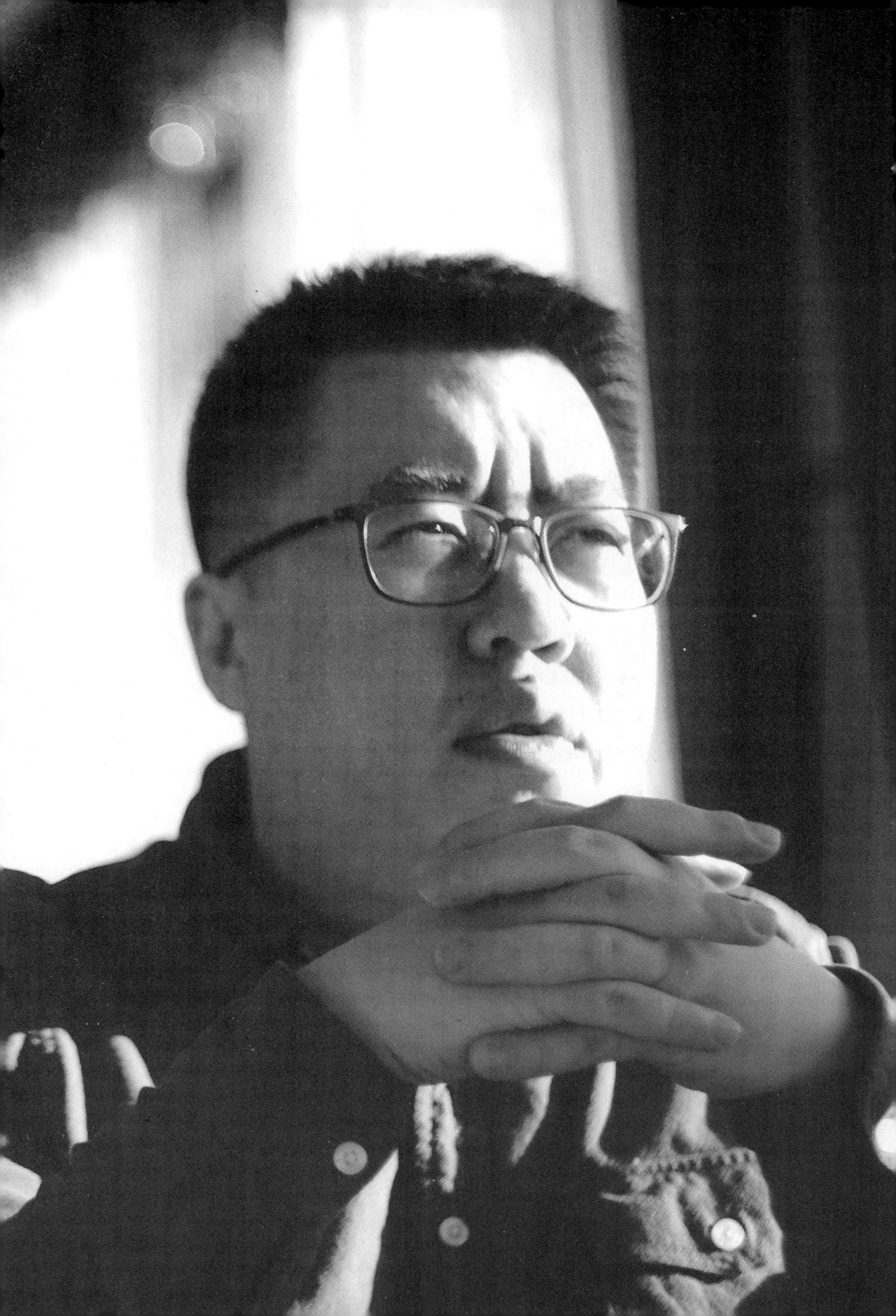

班 宇

班宇,1986年生,沈阳人,小说作者。作品见于《收获》《当代》《上海文学》《作家》《山花》《小说界》等刊,曾被《小说选刊》《小说月报》《中华文学选刊》《思南文学选刊》等转载。小说《逍遥游》入选2018收获文学排行榜,并获短篇小说类榜首。有小说集《冬泳》出版。

冬　泳

　　我跟隋菲约在咖啡厅见面，万达广场后身，约的三点，我提前了半个小时。咖啡厅分上下两层，周日楼上搞活动，投影仪放电影。我走上去，发现二层漆黑一片，窗帘拉严，大家坐在小板凳上，对着一面白墙，目不转睛，身体前倾，姿势不端正。楼梯旁的小黑板上写着电影的名字，我盯着看了半天，总共四个字，其中三个我都不认识，就认识一个鸟字。我站在最后面，看了不到五分钟，便退出来，又闷又热，透不过来气，电影也看不明白，提琴配乐，一惊一乍，拉得我脑袋嗡嗡的。

　　我脱掉外衣，窝在沙发深处。店里的女老板走过来，跟我说，有埃塞俄比亚的咖啡豆，新上的，要不要尝一尝。我说不了，怕坏肚子，总觉得非洲埋汰。她问我，那你喝点啥？我说，这样，你先给我来一杯白开水，我等朋友呢，她到了，我再一起点。放心吧，来都来了，肯定消费。

　　女老板收起饮品单，又端来一杯水。我捏着杯沿举到嘴边，温度太高，喝不进嘴儿，便又放下来，盯着它看，热气缭绕，屋内人不多，但空调开得挺足。我看了一圈挂在墙上的电影海报，全是外国字，没一个看过的，便掏出手机，给隋菲发了一条信息：我到了，一楼沙发，不急。

　　等了半天，她也没回我，手机马上没电，我收进怀里，又在书架上找了本书，胳膊拄在沙发扶手上，开始翻书，刚看两页，困意袭来，眼睛睁不开。半梦半醒之间，听见旁边桌的一对男女在说话，他们跟女老板好像挺熟，男的对女老板说，最近生意怎么样？女老板说，一般，平时晚上也不行，就指着周末呢。女的又问，能回本不？女老板说，费劲，现在来的都是粘夹儿，一杯咖啡能坐半宿，有的刚喝一半，就让你续杯，我说咖啡不能续，他说不用兑咖啡，往里倒点热水就行，你家太甜，我口淡。

不知过了多久，我听见对面有挪动椅子的尖锐声音，便试着睁开眼睛，光线很强，一时还不太适应，只见一团模糊的黑影坐在我对面，然后跟我说，等着急了吧？我伸个懒腰，揉揉眼睛，说，还行，几点了？隋菲说，快三点半了。我打个哈欠，说，困了，昨天夜班，没休息好。隋菲说，要不你接着睡吧，补补觉。我说，现在精神了，唠一会儿，别白来。你想喝啥？

隋菲向女老板询问半天，最后点了一杯美式咖啡，我告诉女老板，我也要一杯一样的。隋菲问我，你平时爱喝咖啡吗？我犹豫了一下，然后说，爱喝，尤其是上夜班时，咖啡比较提神，还解乏。隋菲说，我也爱喝。我说，是不是？有共同爱好。隋菲说，你总来咖啡馆吗？我连忙说，总来，每个月不来几次，我浑身难受，真的。

我说的句句属实。三十五岁一过，安排相亲，已经成为我父母最紧要的一项事业。我的家庭条件还可以，父母退休，旱涝保收，身体健康，没有负担，但个人条件一般，主要是个儿矮，穿鞋勉强一米六五。最近一年，我大概见过二十个女孩，高矮胖瘦，中专大专，各种型号款式，应有尽有。相亲这件事，对我来说，日益熟练，手拿把掐，但对我父母来讲，却开始变质，他们已经忘却初衷，忽视过程与结果，转而深陷于统筹规划的游戏里，每周为我安排时间，定时定点，错峰出行，催我去相亲，有时一天能见俩。

下午两点半的咖啡馆，相亲首选，这是我历经一年总结出来的经验。这个时间段，通常已经吃过午饭，双方坐一会儿，喝两杯饮料，没有额外开销，成本可控。如果没相中,一拍即散,没啥损失;假如聊得比较好,到了四五点钟,还可以直接一起吃晚饭,继续加深了解。但自从相亲以来,我只跟对方吃过两次晚饭,其中一次,吃完饭后就散了,嫌我烟抽得太勤;还有一次,开始时比较顺利,聊得愉快,女孩是替亲戚看鱼塘的,我们相处一个多月间,见过两次,一起去吃过冷饮,我还特意买一副鱼竿,去找她钓鱼,几乎每天都发信息,后来把能说的都说完了,我认为这种情况就可以谈及下一步,准备结婚,对方告诉我这种情况是处到头了,应该吹了。

隋菲看着比照片要老一些,眼角皱纹明显,头发带着小波浪,远看有层次,近看像好几天没洗过,穿着一身深色毛衣,灰白坎肩,上身整得挺素,底下穿个皮裙,长款皮靴箍着小腿,裙子和皮靴之间露出短短的一截灰色裤袜,材质好像挺有弹性,接近于衬裤。

隋菲说,我本来不是特别想来,我妈非让我来的。我说,我也是,咱不勉强,走个形式,坐会儿就行,我也没指着非得怎么怎么样。隋菲说,你这么说,我压力也小一些,咱俩到底是谁介绍的呢,没弄明白,你知道不?我说,知道,兴顺街有个卖奶的,长啥样不知道,总围着一条大纱巾,天天下午四点多钟,骑着三轮车,吹着口哨,拉两大罐鲜牛奶过来,我妈总去那里打奶,说是新鲜,当天现挤,你妈有时候也去,她俩跟卖牛奶的都挺熟悉,一来二去,卖牛奶的对我们彼此情况都有所了解,所以就牵了根线儿。隋菲点点头,说,那你住得离我妈家挺近。我说,应该是不远,你没跟家人住一起?隋菲说,没有。我说,挺好,自由,愿意干啥干啥。隋菲说,好啥,我跟我妈没法一起住,老干仗,处不来。我说,处不来,但是还得处,接着处,往死里处,这就是血缘关系。隋菲笑着说,总结得挺好,我的情况你知道不?我说,一知半解。她说,离异,有孩子,归男方。我说,男孩女孩啊?她说,女孩,快上学了。我说,挺好,老话讲,闺女是妈的小棉袄儿。她说，跟我一点都不亲，爱臭美，谁给买衣服就跟谁，整天围着她爸后找的转，气我。我说，孩子小，长大了就好了，谁也不行，还得是亲妈，母女连心。隋菲说，你啥情况？我还不知道。我说，我啊，没结过婚，新华电器的，普通工人，三班倒。隋菲说，待遇不错吧？我说，不行，到手两千五百八，但保险上得挺全，单位比较正规。隋菲说，也行，自己够过。我说，一般化。隋菲说，你们厂子是生产啥的？我说，这个说来话长，经营项目比较复杂，我刚去的时候，是做电褥子的，生产长条儿的电热元件，后来几年，暖气烧得都挺好，就不做这个了，给我安排去连接器车间，干印制板，焊爪簧，应用挺广泛，这几年，厂子规模逐渐扩张，接不少新项目，有的产品还能用在武器上呢，属于军工企业。隋菲说，好单位，需要保密不？我说，保啥密，想告诉别人，都不知道说点啥，我去了就是干活儿，别人咋说咱咋干。隋菲说，挺好，省心。我说，听介绍人说，你在医院上班。隋菲说，以前在，化工厂医院，当护士，现在不了，状态不好，休长假，半年没上班了。我说，也行，好好休息。

我们正聊着，楼上传来一阵响动，我们抬头看去，狭窄的楼梯上拥出十几个人，互相沉默着走下来，表情深沉。隋菲看着他们，问我说，这是干啥的？我说，楼上周末有活动，放电影，现在应该结束了。隋菲问我，啥电影啊？看得都挺沉重。我说，叫什么鸟来着，四个字儿，什么鸟怎么怎么地。

我推开咖啡馆的门，与隋菲告别，门上的铃铛在身后一阵乱响，很好听。隋菲照着玻璃捋几下头发，然后问我要回哪里。我其实挺相中她，长相好，气质佳，说话也不招人烦，于是特意留个话头儿，说也没啥地方去，自己转转，问她有没有推荐。隋菲说，没有，要不陪我走到前面吧，好打车。我说，那行。走到路口，等了半天，也没有出租车过来，我说，要不一起吃晚饭，搭伴吃，能多点俩菜。

班宇 | 冬泳

隋菲想了想，说，那也行。

　　两瓶啤酒下肚，我又点了根烟，心情不错，跟她说，你是第三个。隋菲说，啥？我说，相完亲一起吃饭的。隋菲说，主要我回家也懒得做。我说，做完还得收拾，麻烦，不值当。隋菲说，你会做饭不？我说，别的不行，做饭还可以，酸菜炖牛肉、滑熘里脊、家炖三道鳞，都是绝活儿。隋菲说，学过厨师啊？我说，没有，就是愿意琢磨，愿意做，但做完自己不愿意吃，愿意看别人吃。隋菲说，有机会尝尝。我说，你这话也不实诚，很多事情，没有必要说开吧，今天吃个饭，咱们都挺高兴的，回头一散，谁也不打扰谁，也挺好，我再去你家，或者你上我家来，做顿饭，那不像话，关系到不了那一步。隋菲说，你挺现实啊，没看上我呗。我说，主要是你来了就说那话，本来不想来啥的，听着不对，明显是没看上我，我这人比较随和，谁看得上我，我就能看上谁，看不上我的，我也不上赶着，那不是买卖，我有啥说啥。隋菲说，那你还想说啥？我说，我还想说，我根本就不爱喝咖啡，喝完睡不着，我就爱喝老雪，闷倒驴，劲儿大，喝完回家蒙大被一睡，爱谁谁。隋菲听后捂着嘴笑，我说你乐啥？隋菲摇摇头，说，有那么好喝吗？我说，好喝，这酒有回甘，喝完回回口干。她继续笑，然后朝着服务员举手，说，再来俩，我也陪你喝一瓶。

　　我打车送隋菲回家时，已是半夜，我喝了不少，走道儿发飘。她住的小区较新，附近荒凉，住户不多，几乎没有亮灯的，开到附近，隋菲让司机停下，我也跟着一起下了车。隋菲转头问我，你下来干啥，直接坐车回去呗。我说，送你走几步，有点喝多了，想见见风，吹一吹，能好受点儿。隋菲说，别合计歪门邪道。我说，你放心，我不是那种人。隋菲说，那你是哪种人？我说，你看不出来吗？隋菲说，看不出来。我说，那你眼神儿不行。隋菲说，正经的，我都到了，你回去吧。我说，今天吃饭花多少钱？隋菲说，没事，我请你。我说，这个不好，吃饭花你钱，总觉得欠你点啥。隋菲说，有机会还的。我说，有吗？隋菲笑了笑，说了句，你先回去吧。我便在路灯底下停住，看着她穿过马路，走进小区，然后又转过头来，跟我挥挥手，我也挥挥手，想朝着她和她身后的黑暗喊一句什么，但张了张嘴，始终没喊出来。

我到家之后，头晕得厉害，没去卫生间洗漱，直接上床，准备睡觉。我妈听见动静，进到我屋来，皱着眉头说，没少喝啊。我说，还行，有点困，睡了。我妈说，别，今天情况怎么样？我说，就那样。我妈说，到底咋样？你说一说。我说，明天再说。我妈将我脑袋底下的枕头抽出来，告诉我说，不行，现在就得说，不然我睡不踏实。人家对你啥态度？我坐起来，靠在床头，想了一会儿，说道，怎么说呢，不反感。我妈说，那你什么态度。我说，我也不反感。我妈说，不能吧？我说，什么不能？我妈说，这个结过婚的，还有个孩子，这礼拜没别的安排，让你去是锻炼锻炼，保持状态，你俩不能对上眼了吧？我说，相亲还锻炼啥，你天天到底合计啥呢，妈？我妈说，不让你去好了。我说，别管，这个挺好，兴许能处上，最近不见别人了，我睡了，明天再说。我妈表情懊悔，垫着手转身出门，一步一步，走得很慢，低声念叨着，这事儿整的，这事儿整的。

隋菲问我，你觉得我长得怎么样？我说，听实话吧？隋菲说，实话。我说，再年轻几岁，算是比较透溜，挺撩人儿，现在一般，但是对我来说，绰绰有余了。隋菲说，还挺拿自己当回事儿。我说，自己都不把自己当回事儿，谁还能把你当回事儿。隋菲说，有事儿求你。我说，我尽量办。隋菲说，我想我闺女了。我说，想就去看。她说，那家人不让。我说，那没办法了，派出所去告他们，能行不？她说，够呛能管。我说，那你有啥办法？她说，你帮我去一趟幼儿园，趁着他们午间活动，照几张相片，给我看看。我说，能行吗？她说，有啥不行，不偷不

班宇 | 冬泳

抢不拐卖，拍照又不犯法。我说，那你自己咋不去？她说，我怕跟那家人碰上，以前就有过这种情况，要是他们再把孩子转到别的园去，以后就更找不到了。

我骑自行车沿着轨道的方向前行，以前这边都是杂草，附近住户自己圈地种菜，这几年统一规划，种下一排矮树。树是种上了，但无人修剪，里出外进，不太整齐，树底下还有许多杂草，这个季节里，无论是草还是树，基本都已枯掉，没有一丝绿意。我在这些矮树的缝隙里骑行，抄一条近道，时快时慢，偶尔抬头看天，风轻云淡。旁边有火车轰鸣着开过来，后面挂着几车油罐，开得不快，我用余光数着总共多少节，数到一半，有点乱，便停下来，转过头去，看着火车逐节经过，它掀起一阵微风，裹挟着石头与铁轨的气息，轻轻吹过来，相当好闻。

车开过去之后，我才发现，铁轨对面有人正望着我，穿一身警服，歪戴大檐帽，八字胡，矮瘦，栽着肩膀，口涎外溢，死死地瞪过来。我与他对视几秒，开始还以为是警察，后来觉得他的眼神不太正常，我便移开视线，继续往前骑，他在铁道对面，默不作声，与我并行，走得很快，我逐渐开始加速，他在另一侧也小跑起来。这时我才发现，他的手里拎着一根老的交通指挥棒，红白漆，十分破旧，我骑得越来越快，他也一直在加速，甚至开始奔跑，跨过铁轨，向我追来，并用指挥棒指着我，嘴里发出奇怪的呵斥声。他的嗓门很大，十分骇人，像是在追捕罪犯，我心里发慌，便在前面拐了个弯，向着另一条小路疯狂地骑去，那喊声始终紧随，更加急促，我没敢回头，但能感觉到他离我也就几米的距离，正在步步逼近，地上的一群鸟飞起来，我在它们中间穿行而过，仿佛也成为它们之中的一员，朝着前方飞去，我奋力蹬车，丝毫不敢放松，经过楼群，转到一条主干道，逐渐放缓，回头一看，后面已经无人跟随，这才松一口气。我浑身是汗，又渴又累，十分狼狈，将衣服敞开怀儿，站在路旁休息了半天，才又继续出发，我边骑边想，我为什么要做这样一件事情呢？想不明白。

我跟几位家长共同守在幼儿园的小操场旁，隔着栏杆往里望。幼儿园由两层门市房改造而成，面积不大，操场在小区里面，器材丰富，滑梯、转椅、秋千，应有尽有。课间音乐响起，十来个孩子从二楼跑下来，扑通扑通，下饺子似的，跟着老师做操，伸胳膊踢腿，连蹦带跳，模样可爱，也不吵闹，家长们纷纷掏出手机拍照，我也掏出来，隋菲向我描述过她女儿的模样，长头发，眼睛挺大，皮肤有点黑，翘鼻尖，眉毛旁边有颗痣，特乖，不爱说话，也不咋合群，愿意自己玩。我跟那些孩子有一段距离，痣是看不清，努力分辨半天，总算找到一个符合其余条件的，穿着一件嫩黄色外套，眼睛有神，做操也挺认真，动作虽然总是慢半拍，但很努力盯着老师看，我连拍好几张，各种动作，看着十分乖巧。做完操后，几个小朋友跑到栏杆这边，来跟家长说话，有的家长还给准备了切好的水果，这个小女孩向我这边看了一眼，但没走过来，我看着她默默走向大象滑梯，从背面绕着走上去，再在顶端滑下，从象鼻子里钻出来，整理好自己的衣服，面无表情，又绕到背后去，再次滑下来。我举着手机，又拍了几张，回家自己欣赏半天，越看越有意思，还是闺女好。

当天晚上，我跟隋菲约吃烧烤，我点了两盘烤牛肉，一盘鸡脆骨，一盘墨斗，还有一份拌花菜，又等了将近半个小时，隋菲才到，风尘仆仆，一进屋就管我要手机，我起开两瓶啤酒，分别倒满，再将手机递过去，说道，看了半天，整个幼儿园，就你闺女最好，一看就听话，招人稀罕。隋菲来回翻着照片，速度很快，我又说，你还别说，长得跟你挺像，尤其是眉眼之间，有股英气。我还没举杯，她自己边看手机边喝下一口，然后抬头问我，这穿黄衣服的小女孩，谁啊？

我愣住片刻，说，不是你闺女吗？她举着手机，放大照片，指着旁边一个穿红毛衣的小孩儿说，这个是我闺女，三十多张照片，你就拍了两个侧影。我说，

班宇 | 冬泳

这不是短头发吗？她说，铰头了。我挺尴尬，说，对不起，走眼了，刚下夜班，有点累，精神不集中，改天再去给你拍。隋菲摆摆手，情绪低落，说，再说吧，看不着闹心，看着了也闹心。我撒谎说，你女儿我也看见了，挺好的，健康成长。隋菲说，谁接的她，没看见她爸吧？我想了想，说，这个真没注意。隋菲说，要是有下次，你注意一下，她爸的右脸有道疤，挺深。我说，行，这个特征明显，不能认错。她又说，以前我划的。

隋菲穿得很厚，这在外面还看不出来，一层又一层，毛衫套了俩，我忙活半天，才全部脱完，累得满头大汗，衣服在椅子上都堆不下了，掉落在地上。隋菲缩在床的角落里，屋里没开灯，窗帘也没拉，幽光映入，她看起来又瘦又小。我坐在床边，擦着汗说，咋穿这么多？隋菲一把抓住我的胳膊，说，你管呢，快，上来。我借着酒劲，趴在她身上，换了俩姿势，干了挺长时间，呼哧带喘，本来对自己的表现挺满意，但隋菲一直没怎么出声，我的心里也就开始犯嘀咕。做的时候，她一直紧抓着我的腰，两腿绞在一起，最后我一激动，没能及时抽出来，全射里面了。做完之后，她一直没说话，我也没吱声，不敢轻举妄动，我直挺挺地躺在床上，很想抽烟，又不敢说，抓心挠肝，一个劲儿假咳嗽。过了半天，隋菲吐了口气，说，想抽烟了，去吧。我回应一声，连忙翻身下床，掏出烟盒里的最后一根，点燃之后，借着火光，看见身边的隋菲双目紧闭，右手搭在额头上，胸口明显起伏。她太瘦了，肋骨都能看得出来。隋菲说，诚心处不？我说，我心挺诚，今天虽然喝了点酒，但没喝多。隋菲说，你以前跟过几个女的。我说，这话怎么说，对象处过一个半，都没成。隋菲说，咋还出来半个。我说，手都没拉，就分了，只能算半个。隋菲说，干这事儿，跟过几个？我说，咋说呢。隋菲说，实话实说。我说，有一阵子，老去舞厅，黑灯里跳过几曲。隋菲说，啥意思？听不懂。我说，反正有那么四五回，后来觉得没意思，不去了，具体的情况，别问，不好，我说出来了，以后咱没法往下处。隋菲说，不问也行，但是我之前的事儿……我连忙接过去，说道，那我也不问，如果要在一起，咱们往前看。我这个人实在，我妈暂时不让说，但是我也得告诉你，我家其实还有一套房子，回迁楼，六十平方米，两室一厅，八院附近，一直没动。咱俩以后要在一起，不用租房，按你的想法装修，这个钱我也攒出来了。隋菲说，想得太长远了，我话还没说完。有个事情，我先讲好，你看看能不能接受。我说，你说说看。她说，我不能生育，生完头胎后，身体报销了，所以刚才敢让你射在里面。我停顿片刻，在黑暗里猛吸两口烟，问她，定死了吗？她说，医院判的，你要是觉得不行，就再想想，不逼你，无所谓。我想了想，把烟掐灭，跟她说，没啥行不行，以后别划我就行。

　　隋菲说，你先走吧，俩人在床上，有点不习惯，睡不着，别耽误你上班。我点亮台灯，起身下床，她的房间很空，除了这张床之外，只有一个简易衣柜，一张写字台，两把椅子。我穿好衣服后，又把地上散落的衣服归拢到一起，在床尾逐件叠好，规矩地摞在椅子上。隋菲一直在看着我，做完这些之后，我披上衣服，准备走，她告诉我说，门有点紧，往右边拧，使点儿劲推。我按照她说的方法，用身体将门撞开，来到门外，又把门带上，然后并没有立即下楼，而是站在走廊里，听着她下床的声音，拖鞋擦过地板，有气无力，她走到门边时，我的心也提到嗓子眼，然后听见她在里面反拧门锁，锁簧咔嚓两声，像是在跟我进行一场冷漠的告别。

　　我妈问我，处上没有？我说，差不多。我妈说，啥意思？我说，按照社会普遍经验分析，一个女的，要是能单独跟你去吃烤牛肉，关系基本就算定了。我

班宇 | 冬泳

妈说，你俩还真处啊？我说，要不然呢，不是你介绍的吗？我妈说，她到底哪好呢？我说，说不明白，反正身上有股劲儿，挺吸引我。我妈说，你别上当受骗，她可有个孩子。我说，女孩，我还见过呢，没归她，人家骗我干啥，一穷二白。我妈说，那可不好说，你这礼拜天再见一个，我逛早市认识的，丫头挺胖，但人实在，摆摊卖小吃，吃苦耐劳，我看也不错，骑驴找驴，你去看一眼，也没啥损失。我说，不看，礼拜天我不休息，得去加班，连轴干，单位最近管得严。我妈说，那下礼拜去见。

其实礼拜天并不需要加班。下夜班后，我骑着车直奔文化宫露天游泳池，秋天过半，这里还能游最后几天，马上就要闭馆，再来游的话，就又得是明年了。我赶到游泳馆，花五块钱买张门票，正在更衣室换裤衩，隋菲给我打来电话，问我在哪里，说有事要商量。我说我来文化宫游泳了。隋菲说，这都几月份了，外面还能游吗？我说，不怕冷就行，最后几天。隋菲说，你啥时候游完？我说，一般情况，我来这都得待一天，从早到晚，饭都在里面吃，反正不限时，今天你要是有事，我就早点走。隋菲说，不用了，等着吧，一会儿我过去找你。

我披着浴巾来到游泳池旁，虽是周末，但由于天气转凉，只有三五个人在水中，他们站在里面，忽上忽下，相互观望，也不怎么游。池中的水比前几天更绿，漂白粉味道浓重，几把破旧的折叠靠椅摆在岸边。我戴好泳镜，又把浴巾搭在椅背上，走到池边，试探着下水，水很凉，我咬着牙，深吸几口气，一头扎进去，四肢僵硬，游了十几米，才逐渐舒缓开来。池面如镜，双手划开，也像是在破冰，我继续向前游，上下起伏，耳畔的声音越发嘈杂，水声轰鸣，我潜到水底，憋一口气，向着黑暗的一角游去，直至抵达滑腻的池壁，才又转身浮起，双手扶在栏杆上，那些声音又忽然全部消失，四周仿佛静止，只有几片枯叶在水面上打转。

隋菲来的时候，已是中午，太阳高升，晒干地面，水汽荡漾在半空之中，我裹紧浴巾坐在长凳上，隋菲从后面拍我两下，然后绕着走过来，在我身边坐下。我问她吃饭没有，她说还没吃，我说那你等一下。我去旁边买了两个鸡蛋饼，回来递给她，说道，文化宫特色，卖十多年了，酱刷得足，多给你加了根肠。隋菲看着鸡蛋饼，跟我说，今早我做了个梦，完后给你打的电话。我说，梦见我了吧？隋菲说，没有。我说，那梦见啥了？隋菲说，梦见我怀孕了。我说，不能吧？隋菲说，按说是不能。我说，身体有啥反应吗？隋菲说，本来没有，现在不敢说了。我说，都是梦，别吓唬自己，就是怀上，咱也不怕。隋菲说，我怕。我说，怕啥？隋菲说，怕有人又抢走。我说，谁要抢？隋菲说，我前夫，我还总能梦见他监控我的一举一动，总偷摸回来，有时候半夜醒过来，总觉得屋里还有别人。我说，打住，你再说的话，以后我都不敢过去了。隋菲顿了一下，说，手机再给我看看。我返回更衣室，取来手机递给她，她又翻看一遍我拍的照片，然后跟我说，穿黄衣服的，其实就是我女儿，那天没告诉你，你拍得没错。我看看她，说道，你还能有句实话不？

　　我扔掉浴巾，转身跳入游泳池，中午游泳的人逐渐多起来，很热闹，水里其实比岸上要暖和，我在里面漂着，阳光照进来，池水闪光，十分惬意，我心里数着，再有不到一周，这里差不多就又要停业，都说明年这边要动迁，那到时我去哪里游呢？隋菲在岸上，默默走向另一个泳池，那里水深一米，夏天时都是小孩在游，现在没人去，已经荒废，几天后就会抽干。她独自站在水池边上，俯视着池边缓缓浮动的绿藻，我光着脚走上跳台，站在高处，俯视着下面的人，隋菲在最远处，跟她的影子融为一体，我大喊一声，人们望向我，然后我迈步上前，挺直身体，往下面跳，剧烈的风声灌满双耳，双臂入水，激起波浪，像要将池水分开，这是今天的第一跳。我在水底，那些嘈杂的声音再次袭来，没听错的话，有人在为我鼓掌，也有人在喊，大概是池水溅到他们的脸上，路旁有车经过，不断

班宇 | 冬 泳

鸣笛。我闭起眼睛，依然能感觉到光和云的游动，太阳的踪影，这时，我忽然想起一首久违的老歌：孤独站在这舞台，听到掌声响起来。

舞厅的刘丽给我发信息，问我最近咋没去跳舞，我骗她说去了，但没找她，刘丽说嫌弃我了？以后断了吧。我说开玩笑呢，其实没去，最近单位忙。刘丽约我晚上一起吃饭，我合计一下，有点犹豫，但实在不太想回家，下班之后，便直奔她家楼下的冷面店，要了一箱酒，几个拌菜，我俩边喝边唠，天南海北，其间隋菲给我打了个电话，问我在哪儿，我说在外面，跟单位同事喝酒，她说今晚你回哪儿住？我说还没定好，隋菲说我又想闺女了，我说改天我陪你去看，隋菲说，我又做了个梦，梦见我下面一直淌血。我说，别吓唬自己，等我喝完，要是时间不太晚，我过去陪你。挂掉电话后，刘丽说，要去陪谁啊？我说，没谁。刘丽说，没谁就陪我唱歌去。我说，不去，就俩人，没意思。刘丽说那我再找几个，来都来了，没喝好呢，要上哪儿去？

我喝得有点大，横躺在包房的沙发上，天旋地转，打不起精神，刘丽一边唱歌，一边吃果盘，没过多久，刘丽的朋友来了，一男一女，看样子也是刚喝完酒，说话舌头发硬，我勉强起身迎接，男的比我高一头，低下身来，跟我握手，然后坐在我旁边，起开两瓶酒，我说我真喝不动了，刚干了半箱。他说，咋的，瞧不起我啊？我说，那没有。他说，初次见面，多少整点儿。我点点头，接过酒来，跟他碰一下瓶，抿了一口。刘丽唱得很高兴，关掉大灯，打开闪光灯，边唱边跳，还想拉着我一起，我摆手拒绝，新来的一男一女起身跳舞，搂在一起，相互摩挲着，我看见那男的手从女的领口伸进去，往里面掏。一曲完毕，男的坐下，喝口啤酒，我给他递过去一根烟，并点着打火机，他的脸凑过来迎，一束火光正好照在他的右脸上，我清楚地看见一道长疤。

我问他怎么称呼，他说，都叫我东哥。我说，东哥，脸是咋整的，挺酷啊。东哥没回话，看我一眼，目光不太友好。我缓了一会儿，继续问他，东哥，在哪边住呢？他告诉我一个地址，我想了想，说那边有个铁道，对不对？两侧都是矮树，去过好几次，还总能遇见个精神病，戴大檐帽，拎根棍子，装他妈警察。东哥说，对，你挺熟悉啊，他逮谁追谁，夏天时候，天天出来，现在少了，你说可笑不，神经病还知道冷热呢。我说，是挺可笑，你一般咋对付？东哥说，他不敢找我。我说，怎么呢？东哥说，他挨过我揍，知道我下手黑。我说，怎么个黑法？东哥说，兄弟，你啥意思？我说，没啥意思，东哥，我给你点个迪克牛仔，我听你这嗓子，挺适合唱他的歌。东哥说，我不会。我说，听听原唱，学一学，唱好了震撼全场。东哥说，×你妈，小×个子，我说我不会，你听懂没？我说，行，懂了，那我给你唱一个，三万英尺，词写得好，飞机正在抵抗地球，我正在抵抗你。东哥坐过来，搂紧我的肩膀，脸贴过来，皱紧眉头跟我说，不是，兄弟，你今天晚上到底啥意思？我没整明白。我把东哥的胳膊从我肩膀上拿开，说，我能有啥意思，就是忽然想唱歌了。刘丽看见我们这边不太对劲，连忙过来，将我们分开，另外一个女的拉住东哥，说着悄悄话，没过一会儿，他们便说还有事，先走一步，让我们慢慢玩，于是收拾东西离开。我掏出手机，想给东哥照张相，但灯光太暗，拍了几次，都是乌黑一片，什么也看不清。

　　他们前脚刚出门，我也紧跟着出去，刘丽在后面追我，此时已是半夜，刘丽非让我跟她回家，我说，今天不行，抽出二百块钱，打发她走，她还挺不乐意，扭过头又低声骂我一句。我没搭理，三步两步，转过马路，紧跟着东哥和那女的，还没走几十米，便看见他们走上一间二楼的小旅馆。旅馆的铁楼梯悬在外面，十分狭窄，满是锈迹，他们一前一后走上去，踩在上面，咣咣作响，楼梯摇晃，仿佛随时会散架，走到二层，掀开棉帘进屋。我转到楼的另一侧，隐在暗处，风的

班宇 | 冬 泳

回声在其中穿梭，听着也像在旷野里，我点了根烟，望向二楼，看见其中一间灯亮，缝隙里透出一点微光，随后又黯淡下来，我抽完烟，踩灭烟头，深吸几口气，朝着家里走去。

那天在文化宫游完泳，已是黄昏，凉风阵阵吹来，阳光将云染成金色，隋菲跟我说了很多话，我的耳朵进水，有一些没太听清楚，出来之后，我说请隋菲吃饭，隋菲提议在家里吃。我们推着车去卫工市场买菜，我买了豆角和排骨，还有鲜族拌菜。出来之后，天色已晚，我骑着自行车，隋菲坐在身后，车把上挂着我们的菜。骑车过卫工街时，隋菲说，我不敢来这边，今天上午，听说你在这边，我挂电话后，犹豫半天，闭着眼睛摸过来的。我说，有啥不敢的？她说，你右边是啥？我说，卫工明渠啊，以前叫臭水沟，我小时候就在这边住，前面就是我的学校，标准件子弟小学，现在扒了，改饭店了。隋菲说，我住得也不算远，小学上的是启工二校。我说，好学校，当年亚洲最大。隋菲说，你小时候总来卫工明渠吗？我说，天天来，夏天抓鱼食，飞虫多，活物儿，还能卖钱，冬天在上面溜冰，抽冰尜。隋菲说，有一年寒假，掉下去过一个小孩，你还记得不？我说，那不记得。隋菲说，咋能不记得呢，当时闹得动静挺大，小孩滑到中间，冰面裂开，掉进去了，当时没人发现，晚上家长回来，这才开始找，那时候里面不是清水，有油污，冻不结实，后来就再也没有小孩去了。我说，小孩没了，但有大人，每年俩指标，冬天一个，夏天一个。隋菲说，这啥意思？我说，年年淹死人，其实也不是淹死，都是整死了抛尸，扔进去的。隋菲说，你对这边还挺熟悉。我说，也一般，以前晚上吃完饭，有时候过来，动动脑筋，在路灯底下打两把六冲。隋菲说，去年，我爸就是在这儿没的。我说，啥？隋菲说，差不多也是这个时候，还没等我们报警，警察先来找的我们，环卫工人发现的，漂上来了，警察跟我说是喝多了摔进去死的。我说，节哀。隋菲说，我挺怀疑。我说，怀疑啥？隋菲说，怀疑跟我前夫有关。我说，为啥呢？隋菲说，当时我们正在闹离婚，孩子的事儿没整明白，我爸那天喝完酒，又去找过他。我说，后来调查他没？隋菲说，查过，有证明，没在场。我说，那就不是。隋菲说，不见得。我说，相信公安的办案水平，别想太多，我快点骑，咱得赶紧到家把豆角炖上。

每周大概有三天，我会住在隋菲家里，她平时并不总在家里，偶尔也去接一些上门护理的工作，换药、拆线、导尿、鼻饲都能干，一次三十元起，收费合理，冬天一到，找她的患者还挺多，有时候从早到晚，不得空闲。我一般是下夜班过来，买点菜，给她做两顿饭。隋菲挺爱吃我做的，吃过晚饭，我给她泡一杯速溶咖啡，然后陪她看电影，通常还没演几分钟，我就会昏睡过去，直到半夜，电影结束，隋菲总会把我摇醒，跟我说，你帮我分析分析。我说，分析啥？隋菲说，我爸的死，跟我前夫有没有关系，我感觉有。我说，警察说没有，那要是有的话，也是间接关系，不好判定。隋菲说，我爸那天晚上肯定去找过他。我说，可能吧，那天晚上你干啥来着，当时咋没报警？隋菲没说话。我说，咋没动静了？隋菲说，我跟我们院的大夫开房去了。我点了根烟，隋菲接着说，捞上来时，兜里有个打火机，半盒烟，钱在，手机也还在，不是为财。我说，许是意外，老年人脆弱，摔一跤，脑出血，不会走道，就跌下去了，没爬上来。她说，这一年来，我天天想这些事儿，还老做梦，感觉自己都不正常了。我说，过去的事情，别想太多，我还是那句话，在一起，得往前看。对了，我好奇问一句，你前夫叫啥名？隋菲说，问这个干啥？刘晓东。我说，没事，他是不是挺花啊？隋菲说，废话，不花我能跟他离吗？总他妈不着家。我说，是吧。隋菲说，你提他干啥？我说，没啥，总觉得有点熟。隋菲说，见过咋的？我说，应该是没。

班 宇 | 冬 泳

周末我妈包饺子,我买了几样熟食回去。从进屋开始,我妈没给过我好脸色,我也没吱声,饺子煮好了,我刚夹起来一个,她用筷子打掉,跟我说,啥前儿黄?我说,黄啥?处得挺好。我妈说,咋的,还要结婚啊?我说,搭伙,对付着过。我妈说,不要脸。我说,你再这么说我走了啊。我妈语气缓和过来,跟我说,儿子,妈找人算了一下,这女的命里跟你犯克,黄了吧,妈再给你介绍,有的是。我说,太累,真看不动了。我妈说,最后一次,以后不逼你,这个摆摊的胖丫头,等你仨礼拜了,啥话没说,心多诚,怎么你也得去见一下。我说,不去。我妈说,提前约好了,就今天,妈求求你。我拿我妈真是一点办法也没有,我要不答应,这顿饭都没法吃,只好说道,在哪儿啊,几点?我看一眼就走。我妈说,就附近,不远,你现在就吃饺子,这一盘都是你的,吃完就去,去了就好好唠。

我到咖啡馆时,胖丫头已经端坐在椅子上,袖子撸到小臂上,见我进来,兴高采烈地跟我举手打招呼,她的胳膊浑圆,挥动也十分有力。我在对面坐下来,她很主动,问我想喝啥。我说,白开水就行。她帮我叫了一杯水,她穿的衣服上都是卡通图案,脸蛋红润而光滑,相比之下,我更像她叔,聊了几分钟,我俩之间实在没有共同语言。我两口喝完咖啡,跟她匆匆告别,她跟我一起出门时,说自己有点饿,我说要不然给你买个面包香肠,她没说话,扭头便走。

我骑车回到隋菲家里,车停在小区门口,锁在栏杆上,我拐进超市买了盒烟,出门刚点上一根,看见有个人影在我面前一闪而过,穿着皮夹克,绒裤子,挺邋遢,右脸经过那一瞬间,我看见一道长疤,心里一惊,立即跟在后面。走了几步,他忽然站住,也点上根烟,扭过脸来往后看。我装着没看见,继续往前走,刚经过他身边,他从后面拽住我的衣服领子,朝着我吐了口烟,说,你叫啥来着?我假装刚认出来,说,我操,东哥啊。他说,你住这儿啊?我说,来看个朋友。他说,男的女的？我说，女的，打麻将认识的。他仿佛仍在回忆，犹豫着说，有机会聚一下，带出来看看。我说，行。东哥又抽了两口烟，然后拍拍我，说，走吧，我想起来了，你是刘丽的对象。我说，不算，认识而已。东哥，你住这个小区吗？他说，不住，来办点事。

我走进另一栋楼，从二楼走廊的窗户望出去，半个小时后，东哥从楼洞里走出来。待他走出院门，我转身返回隋菲家里，她眼神慌乱，我说，咋回事，有人来过？隋菲说，没有。我说，不对。隋菲没说话。我说，今天回来有点晚了，我妈包的饺子，太香，全让我造了，没给你带一份儿。隋菲说，没关系。我说，那我给你下碗馄饨去。隋菲说，不用。我说，不麻烦，冰箱里有虾皮，多放点儿，肯定好吃。我刚打开冰箱，忽然有人在外面敲门，像是用拳头在砸，力道很大，声音让人心惊，隋菲神情紧张，没有说话，又敲半天，声音忽然停止，随后隋菲的电话响起来，铃声飞扬，她迅速挂掉，门外的人开始边敲边喊，大呼小叫，言辞难听。我走向房门，隋菲抓住我的胳膊，我将她甩掉，把门打开，东哥站在门外，看见我后，愣了片刻，然后说道，咋的，原来是你啊？我没说话。他跟隋菲说，你就找的这人啊，小×个子。我说，东哥，啥事？东哥说，行，以后我就找你要抚养费。我说，可以，东哥，明天联系，今天不多说了，太晚了，影响邻居休息。东哥说，你要是不给，我就找刘丽，反正肯定能找到你。隋菲盯着我看，我的头很疼，像要炸裂，强忍着问，东哥，差多少？东哥说，三个月的钱，两千四，其实她要是没找人，这钱我要不要都行，但是找了，那这钱我就必须得要。我说，我给你。隋菲说，给个屁，跟你有啥关系。我说，兜里没那么多，这样，东哥，我送你出去，找个提款机，取给你，你看行不？东哥看看隋菲，拍着我的肩膀说，那有啥不行，隋菲啊，你也算找了个明白人。

班宇 | 冬 泳

  我穿鞋出门，轻轻把门带上，又听见隋菲奔过来，反锁两次，楼道空旷，回响激荡。我站在楼梯上，咳嗽两声，给东哥点上根烟，小声说，东哥，别来气，有啥好商量。东哥没说话，嘴里叼着烟看我。我走在前面，他在我后面，出了楼洞，东哥说，你挺有主意啊。我说，东哥，有啥主意，家里介绍的，不处不行，我也为难。东哥没说话。我继续说，前面不远有银行，你咋来的，我这有自行车，带你一轱辘？东哥说，用不着，两步道儿，走着过去。我说，行。
  路上照明不好，附近商铺都已关门，风挺硬，吹得我脸生疼，我拉上拉锁，脸缩进去，双手插在裤兜里，低着头走，东哥在我旁边，穿得少，冻得直哆嗦。走到路口，天空飘起一点雪花，在昏黄的路灯映照之下，细密纷飞，我说，东哥，下雪了啊。东哥说，下点儿雪好，杀菌。我说，是，感冒的太多。东哥说，你感冒了？我说，没有，隋菲这几天事儿多，上门给老头儿扎滴流，全天忙活。东哥叹了口气，语重心长地说，兄弟，你得理解我，这钱我也不是非要不可，但是我要过来这钱，最终也是给孩子花，对不对？我说，那对。东哥说，一切为了孩子，为了孩子的一切。我说，都不易。东哥说，老弟，刚才有句话，一直想问你。我说，东哥，你问。东哥说，你感觉隋菲咋样？我说，什么咋样？东哥说，别跟我装。我说，挺好的，方方面面。东哥说，是不，有时候我还挺怀念，她有那股劲儿。我没说话。东哥又说，但是你放心，没别的意思，我早都干够了。我还是没说话。东哥说，还有个问题，我想问问，你俩谁个儿高啊？我说，不知道。东哥说，没比量比量？我说，没有。东哥说，你光脚有一米六没？我看她比你还稍微猛点儿，在炕上能够得着吗？不行就垫个枕头。我说，东哥，这有个提款机，我进去取钱，你等我一会儿。
  我推门进入，把卡插进去，输入密码，查了一下余额，又退出来，机器咔咔直响，仿佛在跟谁说着话。我推门出来，跟东哥说，机器里没钱了，换一个，前面还有个农行，我跨行取。东哥说，那不有手续费吗？我说，没事儿，钱给不到你手，我心里也不踏实。于是我带着他一起又向前走了十分钟，农行在一条暗街的转弯处，我走进去，提出两千四百块钱，钱吐出来之后，我在里面又数了一遍，东哥隔着玻璃盯着我，出来之后，我递给他说，你数一数。东哥直接收进怀里，说，不数了，回头见，哪天叫上刘丽，咱们一起涮火锅去。我说，再说吧，东哥，以后别提刘丽了，行不？东哥看着我，笑了几声，说，X样。然后搂紧夹克，转头离开，雪越下越大。

  我掉头返回，走了几步，又转到另一边，没有往家走，靠在墙上，点了根烟，抽了不到一半，烟头便被雪浸湿，我扔掉烟，从地上捡了半块砖头，三角儿的，带尖，拎了几下，还挺趁手，便揣在兜里，又转回去，东哥已经消失不见，我连忙追几步，在一个丁字路口看见了他，我紧随其后，他正缩着脖子打电话，在前面又转入一个老式小区，在进铁门时，被绊一下，滑倒在地，单腿跪着，然后便对着电话大骂一声，缓缓起身，低头拍掉裤子上的雪。就在这时，我几步奔过去，攥紧砖头，露出带尖的那面，不等他回身，跳起来直接砸在他的后脑勺上，力度很大，他立即扑倒在地，捂着脑袋回头看我，说了句，哎，我操？充满疑问的语气，像是不敢相信，然后对着电话说，你等会儿，先挂一下。我心想，还挺顽强，我使那么大劲，还没撂倒。于是没等他起来，我便又扑过去压倒，他比我高将近一头，但身体素质比我差太多，废物一个，我拎着砖头，照着眼眶猛砸，左右左右，轮着一顿搂，打得我掌心发麻。开始他双手还扑腾着，后来老实了，两臂垂下来，不断干呕，我站起身，看见他捂着脑袋，吐出一地秽物，混合着眼泪、血、酒精与食物，气味难闻，吐完之后，趴在地上一动不动，哼唧不止，我几乎没费什么力气，便将他拽到小区电箱后面的夹缝里，在电箱后面，我又砸几下，然后将砖头扔向远处，起身离开。走出几步，我转过去看，他仍一动不动，鼻孔冒着

班宇 | 冬 泳

白气，忽深忽浅，偶尔身体还抽动几下，眼眶已被我打烂，看不清是睁是闭。

回到隋菲家时，她看着我，没敢说话，我脱掉衣服，先从后面跟她干了一次，有点粗暴，隋菲叫得很凶，后来还带着哭腔。完事之后，我到厕所里把衣服裤子都洗干净，东哥有一口吐在我的裤脚上，我搓了半天。我洗衣服时，隋菲站在厕所门口，仿佛想问我点什么，又不敢问。我说，你睡吧，估计没啥大事，有事的话，跟你也没关系，放心。隋菲说，明天我想把孩子接过来。我说，我陪你去。我把衣裤晾在暖气上，然后便上了床，半天没睡着，隋菲转过身去，背对着我，自言自语道，钱给他了吗？我没回答。她继续问，刘丽是谁呢？我也没回答。她说，你又是谁呢？我还是没有回答。

我躺在床上，一宿没睡，闭上眼睛，也不得安稳，眼前全是雪花点，像收不到信号的电视机，茫然闪烁。隋菲在我身边，枕在自己的胳膊上，头发低垂，发丝弧度迷人，她的呼吸很轻，眼皮颤动，不知道是不是又在做梦。凌晨时分，雪映得天空发亮，我轻轻下床，拉开窗帘一角，看见地上已经积了很厚一层，有人骑着倒骑驴，戴一顶皮帽，斜着身体，艰难地向前蹬去，雪地没有倒影，我看了半天，直至他消失在我的视线里，才转过身来。隋菲仍躺在床上，保持着刚才的姿势，不过眼睛睁开了，直直地望向我，像一汪刚刚化开的雪水。

隋菲洗漱时，我收拾冰箱，拧开炉灶，做了两碗烩锅面，点上葱花，我饿极了，吃得狼吞虎咽，隋菲显然没什么胃口，基本是在看着我吃。我说，今天夜班，吃完饭，我陪你去接孩子。隋菲说，有点早，中午再去，现在刚送，不方便接出来。我说，那也行，咱们先出门转转。

雪已经停了，光线刺眼，让人对不上焦，外面还是冷，街上的人穿得都很臃肿，步伐笨拙，双眼盈泪。我拉着隋菲去商场，逛了三层楼，刷卡给她买了一双灰色的雪地靴，一千多块，看着暖和，她说不要，我非买不可，处这么长时间，一件像样的礼物都没送过，说不过去。隋菲说，那我也送你点啥？我说，不用，啥也不缺，以后再说。

从商场出来，已近中午，我拎着那双鞋，跟隋菲一起坐公交车，车上全是泥水，人们小心翼翼地挪着步，我们坐了四站，又换一辆，才来到幼儿园门口。此时大概是午睡时间，幼儿园内外都很安静，大象滑梯上也覆盖了一层白雪，看过去像披上一条白围脖，我在外面抽着烟等她们，不大一会儿，老师送隋菲和她的女儿出来。隋菲的女儿穿着粉色羽绒服，鼓鼓溜溜，跟老师挥手说再见，然后一蹦一跳，向我走来，她戴的帽子上面还有两个小毛球，走起路来一摆一摆，可爱极了，像是从动画片里冒出来的。走到近前，她也没问我是谁，只是躲在隋菲的另一侧，故意不看我。我跟她们一起走过铁道，不慌不忙，速度很慢，像是标准的三口之家，前方仿佛有着整整一生的时间，在等着我们度过。火车在我们身后缓慢开去，轰隆作响，替我们挡住一阵吹起来的风雪。隋菲的女儿说想吃糖葫芦，我走到街的对面，给她买回来一串，我举着它，在车流之间穿梭，如同高举一把火炬，冰天雪地里唯一的颜色。隋菲蹲下身子，为女儿整理衣裤，娘俩的脸都冻得通红。在她们身后，我又看见了那个大檐帽，他穿着绿色的棉服，缩在墙角里，沉着脸望向我，我也看着他，这次，他的手里不再有武器，指挥棒不知所踪，走到近前时，他忽然抬起一只手，笔直地指向我，眼神凝滞，欲言又止。我转过头不再看他，跟隋菲说，去找个商场，进里面吃，别伨到风。

我和隋菲带着她的女儿，又在商场里玩了半天，晚上一起吃火锅，点了不少菜，最后没有吃完。隋菲的女儿问她，晚上回我爸家吗？隋菲说，今天不回，跟妈妈住。女儿问她，那我们赶快走吧，我有点困。隋菲说，今天是你姥爷的忌日，跟妈去烧点纸，然后再回去。女儿说，行，我也想我姥爷了。隋菲说，你有啥要

班 宇 | 冬 泳

跟姥爷说的，先想好。

我们去医院门口买来一刀烧纸，来到卫工明渠旁，走下河岸，我掏出打火机，帮他们点着，隋菲和女儿蹲在岸边，迎风烧纸，风很大，纸灰四散。隋菲边烧边说，爸，这边一切都挺好的，不用惦念，外孙女也来看你了。她女儿说，姥爷，我以前总梦见你，带我打滑梯，又领我上楼，给我热牛奶喝。隋菲说，爸，你给我托个梦，告诉我到底是不是刘晓东干的，我跟他没完。女儿说，姥爷，我好长时间没喝过牛奶了。隋菲说，爸，我离完婚了，又找一个，工厂上班的，挺勤快，对我也还行，你放心。她女儿说，姥爷，你想我不？我还想让自己梦见你，但我最近不怎么做梦了。

那些话语声在我身后，逐渐减弱，我向前走去，水面上结有薄冰，层层褶皱，吞噬光芒，随时可能裂开，我走到一棵枯树旁，抬头望向对岸，云如浓雾一般，遥远而黏稠，几乎将全部天空覆盖起来，我开始活动身体，伸展，跳跃，调整呼吸，再一件一件将衣裤脱下来，在水泥地砖上将它们叠好。

我走入水中，两岸坡度舒缓，水底有枯枝与碎石，十分锋利，需要小心避开，冰面之下，那些长年静止的水竟然有几分暖意，我继续向中央走去，双腿没入其中，水底变幻，仿佛有一个运转缓慢的旋涡，岸上的事物也摇晃起来。这时，我忽然听见后面声音嘈杂，有人正在呼喊我的名字，总共两个声音，一个尖锐，一个稚嫩。我想起很多年前，也有这样一个稚嫩的声音，惊慌而急促，叫着我的名字，而我扶在岸边，不知所措，眼睁睁看着他跌入冰面，沉没其中，不再出现，喊声随之消失在黑水里，变成一声呜咽，长久以来，那声音始终回荡在我耳边。我一头扎进水中，也想从此消失，出乎意料的是，明渠里的水比看起来要清澈，竟然有酒的味道，甘醇浓烈，直冲头顶，令人迷醉，我的双眼刺痛，不断流出泪水。黑暗极大，两侧零星有光在闪，好像又有雪落下来，渠底与水面之上同色，我扎进去又出来，眼前全是幽暗的幻影，我看见岸上有人向我跑来，像是隋菲，离我越近，反而越模糊，反而是她的身后，一切清晰无比，仿佛有星系升起，璀璨而温暖，她跑到与我平齐的位置，双手拄在膝盖上，声音尖锐，哭着对我说，我怀孕了。然后有血从身体下面不断流出来。我很着急，又扎进水中，想游到她身边，却被一阵风浪吹走，反而离她越来越远，我失去方向，不知游了多久，望见一道长廊横在我面前，很多人从上面经过，我抬头看得出神，后来发现有一位老人与我同在水底，并肩凝视，他的头发湿透，仿佛刚刚染过，脸色发白，嘴唇紧闭，我认出他来，一年之前，我们曾一起在路灯下打牌，他坐在我的旁边，酒气冲天，我默默出牌，他在一旁叫骂，从始至终，不曾停止，牌局结束，众人散去，我将最后的一把牌扬到他的脸上，他拉住我的领口，几乎将我提起来，众目睽睽之下，将我拖入黑暗之中。黑暗位于峭壁的深处，没有边际，刚开始还有拉拽声，争吵声，后来我们几乎同时发现，那是令人极度困乏的黑暗，散发着安全而温热的气息，像是无尽的暖流，我们深陷其中，没有灯，也没有光，在水草的层层环抱之下，各自安眠。

我赤裸着身体，浮出水面，望向来路，并没有看见隋菲和她的女儿，云层变得稀薄起来，天空贫乏而黯淡，我一路走回去，没有看见树、灰烬、火光与星系，岸上除我之外，再无他人，风将一切吹散，甚至在那些燃烧过的地面上，也找不到任何痕迹，不过这也不要紧，我想，像是一场午后的漫步，我往前走一走，再走一走，只要我们都在岸边，总会再次遇见。

（选自《当代》2018年第6期）

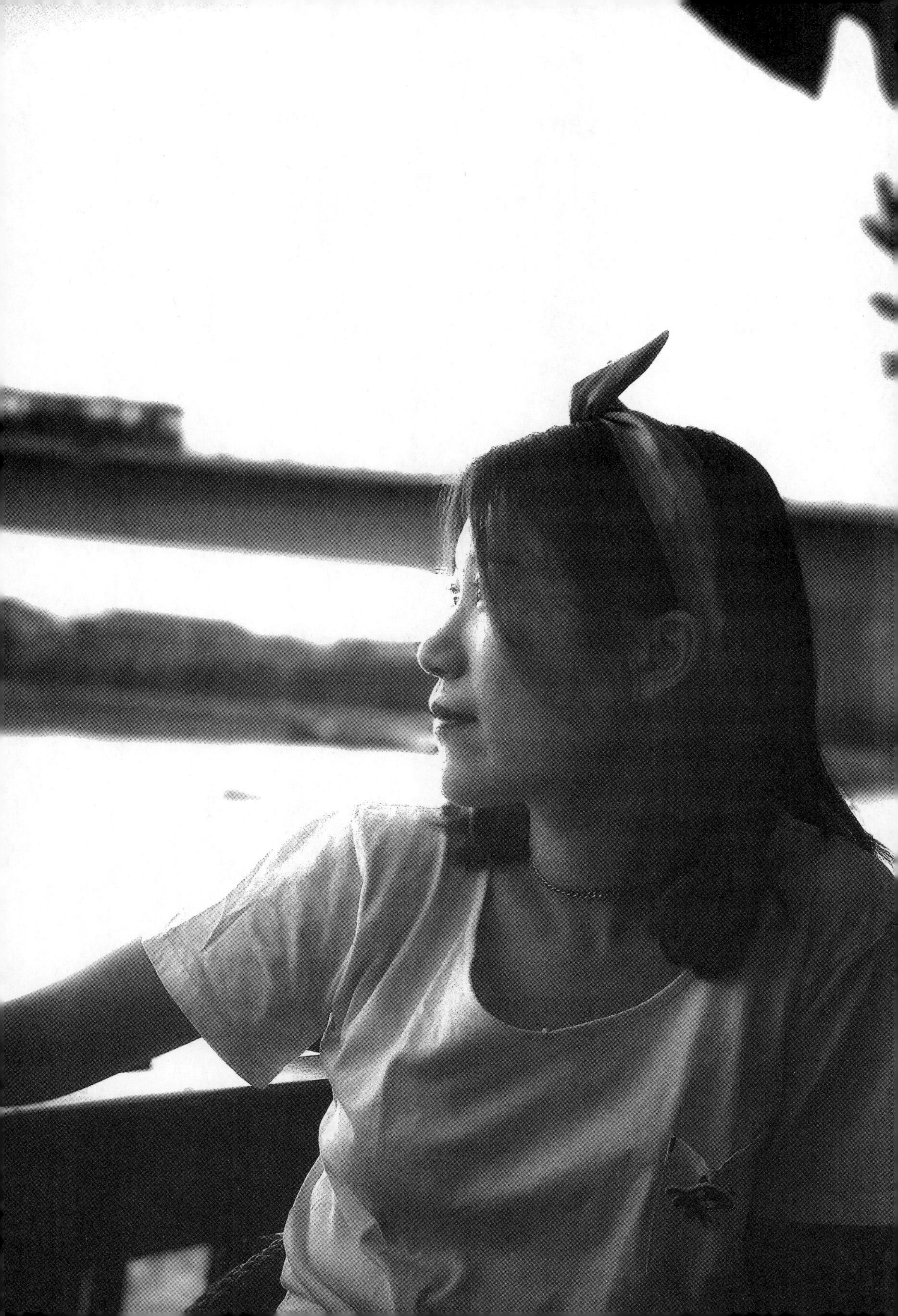

韩今谅

韩今谅，1987年生，影视工作者，著有小说集《天真人类》，
诗集《一颗苹果宣布成为星球》。

不平行宇宙

一、小苏

  这块半黑半灰的蜂窝煤已经被李小苏踢了一路,顺着人行道滚东滚西,停下来,又被迫前行。学校到家这段路不远不近,刚好适合走着。如果换算成随身听里的歌,许是两首或者三首的时间,换算成课文,差不多有几个自然段——大马路算是一段,行道树是里面的逗号,路口的红绿灯是句号;菜场小街是下一段,里面有三个叹号,分别是叫卖羊头的白帽子老伯,现宰活鸡摊子上扯着脖子尖叫的家禽和永远嚷着跳楼价的南方皮鞋店。拐进岔路闷头到底,绕过一座潦草的花坛,就是李小苏住的教师新村了。拐弯之后,她会奋起一脚,把陪了她一路的蜂窝煤,踢碎在墙上。没有完整燃烧却碎得彻底,像这样的命运,于蜂窝煤界其实并不少见。

  在其他初中女生开始把自己打扮得干净出挑时,她不厌其烦地把鞋头踢脏,踢破,浑不在意地穿在校园,像几年前的陶心平,带着满身粉笔末子味,浑不在意地回到家里。

  进了教师新村宿舍大门,李小苏不再张狂着一张小脸。她面目谦恭,朝目所能及的每一位闲坐的长辈打招呼,迎接每一句包裹着善意让你无从拒绝的盘查。

  "小苏,你们要搬家了吧? 爸爸这次挣到钱了哦? 也算熬出头了!"

  "小姨还在家里住着呢? 最近她是不是胖了啊?"

  "在家住着也好,一家人嘛,你妈放心,将来大家也都踏实。"

"陶老师还好吧？上次去看她，插着管子，真受罪啊……"

奇妙的是，你若回答说"好点"，他们就不再感兴趣；你说"最近不好，下不来床"，对方倒要打听清楚些，桩桩件件都要掰开了讲，有助于小苏走后，发酵成故事的其他版本。好像他们能把自己的日子过下去，无非是靠着对别人生活的一点叹惋。

只有盼盼，永远少言寡语。盼盼和所有苏牧不一样，和所有狗都不一样。她也懂得等候、陪伴，也躺在你身旁，蜷缩成伴侣动物的常态，可就是不肯履行狗的本分。你扔球，她任球掉在旁边；你拿着食物做诱饵，她不为所动；你蹲下身子冲她拍拍膝盖，她缓缓走来，既不扑进怀里，也绝不亲昵地舔舐。她深沉的眼睛望着你，迎接你开门回家；你抱过她，她就与你长久地对视，交换一些平静的呼吸；没人陪她的时候，她人儿也似的望着窗外，乃至学会了叹息——这代替作揖钻圈成为她唯一掌握的宠物技能。

小苏深知盼盼并不愚笨，因此更加满心愧疚，觉得是她害了这只狗。

两年以前盼盼还是只奶狗，也还不叫盼盼，和宠物店其他奶狗一样待价而沽，却一直沽不出去。奶狗渐渐不是奶狗了，店主的价码低了又低。小苏每天放学混在宠物店，知道这狗的兄弟姐妹相继被领走，剩下这只无非是长得小一些，虽有一样的血统证，但总被怀疑做了假。在小苏看来，这只秀长的狗是这里最美丽的狗。比起去恳求陶心平把这只狗买下来，她更倾向于祈祷卖出去的是其他狗，隔着笼子摸着这个柔软的脑袋，想到终究有人要夺取这份快乐，李小苏就忍不住在心里默演了种种破坏行为，她想过了，如果有必要，她会做一个对买家诋毁这只狗的小人。狗在漫长的等待中越发沉默，似乎发现了身价的与日俱减。某天小苏忽然意识到，狗一定是盼着能被领走的，一日日失望却一日日与她欢喜的脸孔相遇，不知是何种的折磨。在这场意念的较量中，她赢了，狗就输了。狗什么都知道,如今狗不爱她,或者爱得不彻底不甘愿,她要负主要责任。

可惜小苏是在陶心平把盼盼抱回来的那天才意识到这些。她激动得几乎撞倒母亲,才发现陶心平身上干硬的手潮湿冰冷,眼中有不祥的笑意。不久之后,她对母亲也满怀愧疚,不过那是出于另一个原因。

如今的陶心平没有粉笔味了,中西医结合的药味取代了家里的大部分气息。身子好的时候家人会给她放上小炕桌,她把枕头下的本子和笔拿出来,在上面写写画画。数学老师陶心平有一个绝技,可以在黑板上闭眼徒手画出准确的立体图形,再大的黑板也绝不失手,这大概是她过于严肃的课堂上唯一的花絮。小苏没有直接走进母亲的卧室,一间客厅之隔,另一个房间有淡淡的飘香。以前小苏住这的时候,从没有这种香。

陶娜见她进来,皱着眉头数落她没有先脱下脏鞋子就进来。陶娜努嘴,小苏看到自己的另一双鞋已经被小姨刷干净晒在了窗台上。陶娜坐在床沿,垂着头叠衣服,泛黄的头发柔顺纤细,发尾开叉,像一束毛茸茸的芦苇,那些衣服跟小苏全家的衣服从同一个洗衣机里洗出来,却散发着不应该的香气,她的头发,总会在李正海回来的那天被清洗梳理,散成好看的弧度,这个规律让小苏最早察觉了陶娜和父亲之间的那点不寻常。

李小苏对此毫无敌意,跟父亲的志同道合让她更踏实了。谁会不喜欢陶娜呢,陶娜睡沙发的时候,客厅就变了模样;陶娜搬进次卧的时候,次卧就变了模样。她有着无穷无尽的巧思,"家"不足以形容她营造出的感觉,应该说她在哪"闺阁"就在哪,即使她已经三十多岁,放之于哪个时代,也不是名正言顺的少女了。

李小苏记得那天李正海当着全家跟她说:"小姨照顾你妈快两年了,在客厅不是个事,让她睡你屋吧,以后我睡沙发,反正我也不是天天回来。"说完家里静了一会,提议的人脸上浮动着惭愧,好像自此就明确了照顾病姐姐的责任将长期归陶娜所有。陶心平假装虚弱地闭上眼，小苏也没抬头，但她知道陶娜眼中一定闪过了光芒，因为那一刻整间屋子都亮堂了。

李正海帮小苏把东西搬去壁橱和走廊改造成的新的隔间，陶娜则开始装扮她的地盘。李正海已经有计划搬家了，这是连邻居都渐渐听说的事，陶娜难道不知道吗？她一定知道，就算不久后就会搬家，小姨也带着空前的兴致，悄然打扮，遮掩着也张扬着，像是一场阶段性胜利的庆功会。"等不及了吧？"陶心平语带讥讽地给女儿说，陶娜每天拉进新的，清掉旧的，陶心平已经代入自己将是最后一件被扔掉的东西。小苏难以和母亲同仇敌忾，她知道这样于情于理都说不过去，可就像她对不起盼盼一样，对陶心平的愧疚同样无法挽回。

逢李正海回来的每一夜，小苏都在壁橱后谨慎地听着，希望捕捉父亲从沙发上起身走进香软邻国的声响。她从被子里伸出手笼罩上方的灯泡，突如其来的温暖让她一个激灵，手指边缘透出血红的光，她没有窗了，耳朵便更灵了。她确定某个夜晚李正海走到过那扇门前，脚步就此停住，停得太久，她就睡着了。

"盼盼我给你喂了。"陶娜看小苏一直愣神，出言打断，"去看看你妈。"她放好衣服走去厨房，在铝合金盆响了一下之后无声无息地择菜。两姐妹之间话越来越少了，陶娜刚来的那阵子不是这样的，那时候她像储存冬粮的松鼠，精力过剩似的寻找可以为姐姐做的事，日日在床前握着陶心平的手垂泪，陶心平反而要安慰她。那时候谁都夸陶老师有个好妹妹，不像现在，一个个打点起精神审视这位早逾嫁龄的女人，因为她体重的些许波动就生出揣测来。

而那间屋子里，陶心平一定正被那种越是刻意轻巧越是无法忽略的存在声惊扰。她总说陶娜从小就拧不紧水龙头，被爸妈骂了那么多年也改不掉，此刻厨房里就这样滴滴答答。小苏可以想象陶心平躺在床上忍受着，这声音说明外面的世界已经被陶娜主宰。是的，除了她躺着不能动的那间屋，所有地方都是外面的世界。小苏已经忘了最初是谁提出让陶娜住下来，想必母亲也已经记不清了。似乎等所有人反应过来，陶娜就成了主人，成了李正海进门第一个说话的人，出门前最后告别的人。而陶心平听到丈夫回家时的一点期待在他与陶娜交谈过后都变成痛恶。所有人都在赞美着他的忠诚，赞美她的福气，仿佛福气不是她没有病倒在这里，而是她屎尿横流之前那个消失两年的丈夫奇迹般地回到了她身边，从此鞍前马后，无怨无悔。"小李还那么年轻，不容易。"谁都知道年轻和不容易产生的联系是什么。小苏也是很多年之后才理解了这样的母亲，如果有什么比疾病带来的病痛更可恨，一定是疾病带来的耻辱感。

二、陶心平

巩校长自作主张，把陶心平排在最后一节的课挪开，让她有时间接还在上小学的女儿回家。陶心平直接拒绝了。"没几步路，她爸不在了，又不是她腿不在了。"巩校长下不来台，这话如果是别人说的，你还可以冷却两秒判断是不是玩笑，既然是陶老师说的，大可省略了这个步骤，直接进入尴尬。

巩校长是个念旧情的人。陶心平学校里没有人不认识李争海，用巩校长的话说，小李"有路子，有脑子，有胆子"。每年学校搞活动都有用得着李争海的地方，要车他能弄来车，要场地他能弄来场地，奖品实惠体面，发票明明白白，账目算得不输于陶心平办公室的任何一位数学老师。这样一个人怎么会听信合伙人的哄骗借上高利贷，任谁也想不通。

工人散了，一车一车的纸被争相拉走，谁抢到就是谁的。与此同时李争海的造纸厂被人举报污染环境，卖了全部资产才刚够罚款。陶心平坐在沙发上，李争海欠身坐在对面的茶几上，在这场叙述中，他一直称兄道弟的合伙人终于成了

"王八羔子"。

她接受了李争海的权宜之计,在事情没有更坏之前结束婚姻关系。这债眼看是还不上了,千万不能让那帮流氓打这房子的主意。只要他们离了婚,想来也没人敢在教师宿舍撒野。李争海说得飞快,显然已经盘算了好几遍,中间还把梦游的小苏重新抱回床上。天一亮两人就去办了手续,李争海斜挎着一只包,在民政局门口与她各奔东西。

没多久讨债的人三三两两来了,恐吓有之,自残有之,陶心平家门口成了一处鬼哭狼嚎的景观。"李争海还钱!"被扩音喇叭从夜空中一声声递到窗前。躲不过了,陶心平就客客气气地展开她的离婚证邀请对方观看,带头把不见人影的李争海骂个狗血淋头。后来她干脆用宽胶带把离婚证贴在了门上,敲门也避而不开,在年关将近的一众福字中态度鲜明。

唯一让陶心平觉得不安的是,女儿从来没问过爸爸去哪了,她每天听十遍"李争海躲哪了",自己却从不好奇。这无论如何不合常理,小苏一直跟爸爸近些,以至于陶心平原本是想逮个机会,等女儿为李争海说好话的时候借机向她发个火。可小苏就像没事人一样,考一些忽而六十分忽而九十分的卷子惹人生气,又飞快地认错,继而沉默如谜。陶心平敲着总是疲惫的双腿,在客厅里一坐一夜。奇怪的是李争海走了之后,小苏的梦游不治而愈。

李争海走的第一个大年初一,家门被泼了血红的油漆,陶心平就势把门刷成了红色,离婚证被刷在了漆里,像一块要掉不掉的血痂子。她的神经质暂时唬住了要债的人,"红门"却成了女儿的新绰号。李小苏的个子眼看是随了她,一寸一寸高起来,长高一寸,似乎就离她远一寸。

陶心平的糖尿病严重到避不过去了,拿到体检报告那天她从医院直接去了宠物店。宠物店老板上前招呼,陶心平忽然发现自己说不上任何狗的品种,只好形容了女儿的样子，"就是她每天来看的那条，老卖不掉的。"

"起个名吧。"小苏接了狗欢喜得不行，她越高兴，陶心平心里越是不舒服，这孩子这么爱狗，为什么就是不肯试着问她要呢？

"叫盼盼。"

"我以为你能想出更好的名字。"

"我能。"小苏给狗搭了一个窝，"但是我想叫她盼盼。"她抬眼望着陶心平，"要是我早说要这只狗，你会给我买吗？"

"买啊，只要你好好说。"陶心平知道自己，她不会的。

陶心平等到李争海时，她的脚已经肿烂得穿不上鞋子了。李争海怕扰了娘俩睡觉，在门口站了半夜，徒手抠出了难以辨认的离婚证。天一亮，小苏开门了，李争海脖子上戴着一个颈椎牵引器，豁然夹起闻声开门的女儿，大踏步走进屋去，"复婚吧。我还上钱了。"陶心平掀开盖在脚上的毯子，仿佛变了一个失败的魔术，鸽子死在了帽子里。

她的身体得到错误的暗示，并发症纷至沓来，她的肾脏、她的皮肤、她受尽委屈的每一根血管和神经爆发出漫长的痛哭。本应该措手不及的李争海像是掰成了几个人，用几乎不可能的精力一边照顾她和女儿，一边开起一间打字复印店，好像他躲着的那两年都没有活，攒着力气一股脑用在了现在。最初她请假的时候还惦记着下周谁来代课，转眼间，学校里再没有认识她的学生，除非以后小苏考进去。小苏模仿父亲的字迹在试卷上签了名，试卷的成绩并不差，动机在陶心平看来不可理解，她装着闲聊，说起李争海还上钱的内情。

小苏没怎么回过老家，只知道她的伯父和姑姑们当年各自下乡，李争海年纪最小，原本可以留在父母身边，他却偏偏越走越远。哥哥姐姐一个个艰难回城，坚持打了很多年的官司，要回了小苏奶奶家被收缴的老洋房。如今一个连父亲葬礼都没参加的人回来讨要遗产，毫无悬念地被严词拒绝。

"那怎么还是要到了？"

"你爸骑着摩托车，加足了油，冲着老宅的墙就撞过去了。"

"就给了？"

"给了。"

李争海再也没骑过摩托。他拿着自己那份钱，断绝了满门血亲，宣布从此是个北方人。"你爸把名字也改了，现在叫李正海，他说了，人争不过海。"李争海把坏运气归结为名字口气太大，改成一个在他看来不再有侵犯性的字眼。陶心平讲完，小苏也终于明白了她拐弯抹角的用意，从她手中抽出了卷子。揭穿了这个小把戏，小苏大概更加不愿意陪她了，陶心平努力不去后悔，只留下怨怼和依恋交替支撑着她等候李争海回到她的床前。陶心平隐约认定如果没有李争海留下的磨难，她根本不会得病，可这样的假设永远无法证明，她被迫成为受惠者，一个患难与共的典范。

这家人崩溃比她想象的要晚，可还是来了。李正海在日后说了很多遍，那天他是准备开煤气的，如果他们两口子要死，他不能把孩子孤零零地留在世上。当然这很多遍都没有当着小苏说，也许这只是李正海感激陶娜的一种夸张说辞。"妹妹，你是救命的。"陶心平听到这句话短暂地惊心，小时候爸爸对刚出生不久的陶娜也说过这句话，彼时陶心平的妈妈已经夭折了两个襁褓中的孩子，再也不能担负悲伤。陶娜发出洪亮的哭声，比她一生中任何时刻都要大声，让陶爸爸如释重负。

陶心平屋里病重的气味一点点消减，每个人在陶娜的照护下都缓过了气，见了光。陶娜在这里不是一个幼师毕业从未工作过的老姑娘，不是一个父亲去世后被继母和她儿子侵占的无能孤女，是神。

神住在了她家的沙发。

神成了女儿最崇拜的朋友。

神把暗沉的窗帘换成了碎花，厨房墙上糊的报纸换成光洁的瓷砖，沙发背上盖着的破毛巾被换成松软的靠枕，即使这些事让她工作量倍增。一切都好起来了。他们都说。陶心平不明白这"一切"包括什么呢？如果她的"好"只是勉强坐起身，别人的好就显得过于好了。李正海的精神百倍，陶娜的得心应手，都像是对面车道开着远光灯的车辆一般毫无公德。李正海被她的不近情理逼急了，问她到底想要怎样，她也无法作答，唯有喝令他搬离她令人难堪的身子。的确，畸形的脚掌，自溃烂中渗出的液体，被压住会回流的尿袋，实在不值得分享。陶心平看着李正海眼中的怒火冷却下去，转身出去，太阳穴忽然擂鼓一样大跳：她只是推远他，可全然不想让他离开。李正海若无其事地叫进小苏和陶娜，让小苏腾出房间，给陶娜常住。陶心平心里一阵踏实，明白他不会走，他还在挑衅她，就不会离开她。陶心平想笑，只好闭上了眼。

一夜又一夜的窸窸窣窣，陶娜的屋子布置好了，李正海拎了羊肉片回来给她庆祝，两人就在客厅里涮起了火锅，一个有心高了声，一个刻意低了声。陶心平的无所谓，被腥膻湿润的空气溶解了。此时她大可服软，示弱，给他任意一个台阶让他回到她身边，可她恰恰被激起了一种躺在床上的人最不配拥有的斗志。

药还是那些药，病还是那种病，陶心平撑过大限，又活出好几年。李正海成了小有名气的礼盒制作商，陶娜软黄的头发褪出参差的白，只要看着妹妹脸上的隐忍，陶心平就不会意兴阑珊，她在一天，就是一夫当关。

小苏已经读到高中，就在陶心平教过书的教室上课，不知情的老师见到来开家长会的陶娜，还会夸李小苏妈妈真年轻。巩校长的老婆来看望她，字斟句酌地说着这些，不知眼前光景是基于隐瞒还是三人已有协约。陶心平没听懂似的笑笑，她知道陶娜和李正海没有任何事落在明处，她还远远算不上受害者。她也知道陶娜在等，等她耗尽，等她自动退出在生活的尽头，然后勉为其难，黄袍加身，成为却之不恭的继任女主人。

陶心平觉得自己状态还不错，前几年市里不让放鞭炮，春节显得鬼鬼祟祟，今年说是可以放到正月十五，外头一响，屋里也跟着精神。她穿着李正海和陶娜为她买回来的新衣服，自己挪上了轮椅。

三人凑在厨房里忙活，听不清在商量什么，爆发出一阵笑声，平凡得像是任何一个家庭的笑声。陶心平的轮椅停在客厅的中央，陌生的、喜气洋洋的客厅。这个家太好了，好丈夫、好女儿、好妹妹，陶心平的手抚过巧克力包装纸亮金色的褶皱，突然由衷地意识到，如果他们迫不及待要忘记她带来的苦难，她将毫无异议。这些不属于她的烟酒糖茶，理应有人好好享用。

小苏一脸笑从厨房出来，看见陶心平愣了一下，她举着手里的垃圾袋说："小姨真逗，提前买这么多水果，都放坏了。"她把袋子扔到门外，回来推陶心平，"怎么自己起来了呢？药打了吗？"

李正海也从厨房出来，露出和小苏同样的惊讶。每个人见到她，都一脸的如梦初醒。

"叫娜娜出来吧，菜够多了。"

李正海点点头，又钻回厨房，转述了不止一遍。

饭吃到一半陶心平提议拍张全家福，李正海答应得痛快，看她的眼神却加了小心。

陶心平面目慈和，把相机递到陶娜手上。陶娜怔着，节庆的光在她眼中隐去。

李正海俯身，手搭在她的肩膀上，女儿依偎在身前，陶心平在与妹妹的对视中绽放笑容。

"垃圾袋不是扔出去了吗，怎么一股烂苹果味？"这是陶心平昏迷前，听到小苏说的最后一句话，她顺着小苏的目光往外看去，身子已经不听使唤。在医院过完年之后，陶心平才知道散发烂苹果味的正是她本身。

谁也不知道酮症酸中毒会这么猛烈，谁也没告诉她小苏在她新衣服口袋翻出了本应当晚使用的胰岛素，明白这一切是她有意为之。陶心平只记得她被推出来的时候李正海正在哭，她猛地睁眼，陶娜后退了两步。

春节后，陶娜搬走了。距离她芦苇一样的头发第一次舒展在李家的沙发上，过去了六年。

三、陶娜

陶娜离婚了，听说前夫去把介绍人好一顿埋怨。

她回到父亲留给继母的房子小住了几天，已经有传言说她和亲姐夫不清不楚，跟谁也过不到一块。继母的儿媳妇在陶娜离婚后半个月内给她介绍了三个对象，被陶娜拒绝，便摆出一副"我就知道"的表情，好像坐实了天大的铁案。

陶娜拎着一保温桶的糖醋小肋排，在陶心平楼下仰头确认楼号，他们搬家后，她一直没有来过。这次小苏从大学放假，陶娜本来跟她约了在新街口见，没两天小苏跑去割了双眼皮，肿着眼不愿出门，非要小姨上家来找她。陶心平的事小苏一直都说，说她前几年能下地走了，只是跛了一条腿，说不知怎么又不行了，重新躺回了床上，换了新的药。高考的时候小苏想填本地的大学，陶心平死都不肯，在家盯着她填了北京的学校，又给巩校长打了几个电话，生怕小苏主意大，到学校就瞎改回来。

上了大学的小苏话多了，看样子有了不少朋友，来不及跟陶娜说几句就要接起一个电话，重新讲述她双眼皮的恢复进度。

陶心平靠着几个枕头半躺着，其中一个眼看就要掉下床了。陶娜走进去，这幅场景带她回到决定照顾姐姐的那天：陶心平也是这样，靠着摇摇欲坠的枕头，只是那时候，床边还跪着一个男人的背影。李正海转过头，血红的眼睛滚出泪水："妹妹，你是救命的。"

仅是想到，陶娜的胸口就又是一震，两腮也酸涩起来。

而今陶心平的新家又是陶心平的样子了。

"你又肯来了？"

"有用得着我的地方我就来。"

陶娜听得出这是指控她不愿见到陶心平好转，只会在其越发病重的时候前来蹲守。她不愿争辩，因为她只要开口必然诚实，只要诚实她就难以否认那个隐秘的愿望。

"租个房子吧，我给你钱，别跟他们住了，生闲气。"继母的儿子媳妇不是好相处的人，陶心平也是知道的。

陶娜点头，"找到工作就搬。"又摇头，"哪能要你的钱。"

"什么工作？"

"看孩子。"

"你不是不喜欢小孩吗？"当初陶娜就是因为这个才没去当幼儿园老师。

"也不是不喜欢……"陶娜沉默了一会，"这个年纪了，还挑什么。"

"要是还年轻，你挑吗？挑和等，哪个省事？"

陶娜感到陶心平衰败的气息，才注意到她的眼睛比以前更浑浊了，她凑近的脸变得咄咄逼人。"你凭什么这么看着我，我干什么了？我什么坏事都没做。你明明知道！"

陶娜想说的话一阵阵翻涌，她只是在等一件早晚会发生的事，只是个排队的人，规矩是应该在一米线之外等候，她就在一米线之外等。仅此而已。而陶心平应该是这世上最不该责备她的人。

"你知道秃鹫吗？"陶心平转过头笑了，"咱爸年轻的时候在草原上见过。他有个战友，被狼咬了，狼被赶跑的时候那人窝在血坑里还剩一口气。大家忙着找大夫，牵牲口，咱爸抱来一卷布，不知道从哪包扎是好。他看见一只秃鹫就守在旁边，直愣愣地跟战友对眼，那个眼神他一辈子都没忘了。别人盼着战友活，只有秃鹫，是等着他死。后来都说那个小伙子是血流干了死的，爸知道，他是被吓死的。"

陶心平停了一会，"它也什么坏事都没做，它就是秃鹫啊。"

陶娜站起身，她的委屈已经够多了。

谁的痛苦都能说，只有她的见不得人又任人猜测。这两个人明明在她到来之前就已经不是夫妻，明明她对这个家比所有人都要热爱，却永远是拍全家福的时候举相机的那个。她连抱怨都站不住脚，更不可能责怪姐姐没有及时而识趣地死去。她不是不能往前走，撕下一张脸皮就能解决的问题，根本不算大问题。有些事她没做，不代表她做不了，可眼前这个她曾经为之流泪的面孔，不打算承认。

"别胡思乱想，对身体不好。"陶娜涩着声音告辞。

"我知道你去年联系过李正海。说你家进了老鼠，对象出差不在家，你害怕。"

陶娜身子一冷，在即将走出房门时听到陶心平的话。她当然记得她联系过李正海，她等到半夜，在暴雨里推开窗户往天上看，意图刚好抓住哪位神明叫他前来对质。事后丈夫带回来一包老鼠药，说是前几天李正海送到他单位的。

很长一段时间陶娜都告诉自己，李正海是因为下雨没来，但没有勇气故伎重施。陶娜转头看着似笑非笑的陶心平，那神情跟她除夕病危时如出一辙。那一天陶娜曾经离幸福无限接近，她备着年菜，李正海站在旁边，徒手从锅里捞出一块排骨，给小苏和陶娜一人喂了一口，烫得直跺脚。

李正海当然没给过她任何承诺，没有人给过她盼头，但那"盼头"曾经是明摆着的。可如今陶心平试图告诉她那些都是幻觉，陶娜只得细细思量，他到底有没有引领过她。

李正海进门就坐在她已经铺开被褥的沙发上，只是熟络后的不拘小节，怪她自己刚洗了头，湿漉漉的头皮才会跟着他裹挟着的风雪发麻。

李正海在雾气迷蒙的窗玻璃上为她写上"早餐"，画一个箭头和鬼脸，只是他天性逗趣，怪她自己的心软，轻轻易易跟着水汽化了一地。

李正海说我们小苏可怜啊，前几年没有爸爸，后几年说不定又没有妈妈了，只是有感而发，怪她自己对号入座。

他没有一个把柄，代表着别有用心。

小苏大喊着小姨，叫陶娜帮她再盛碗饭。陶娜奔也似的逃出陶心平的房间。

小苏眼肿着，胃口却好，滔滔不绝地说着陶娜不可能感兴趣的事。盼盼趴在小苏脚边，已经老了，你给她食物，她礼貌性地摇摇尾巴，几乎不吃。

小苏的房间还是孩子气，陶娜在一堆毛绒玩具里发现了她们一起抓的娃娃。那天小苏站在抓娃娃机器面前怎么都不肯动手，陶娜问她为什么不肯抓，小苏说自己从来不抓，因为害怕。

"怕什么？"

"怕抓不到。"

"那你这个人，真是没什么意思啊。"陶娜笑了，她站在机器前一个一个投进硬币，最终花了八十几块钱，给小苏带回了这只黄绒绒的小鸡。

"你连上我家的网吧，给你发个照片。"

陶娜掏出手机。

"密码是19980830。"小苏说,"我爸随便改的。"

这是她来到李正海家的那天,她来救命的那天。

陶娜笑了,她不需要别人相信了。六年之于她的惊心动魄,是真实存在过的。

四、小苏

小苏回国签字,把李正海和陶心平安排进养老院。她这次只能待一个星期,女儿太小,她的伴侣Manna独自照料还很吃力。李正海变得絮叨了,他跟小苏说了好几遍老两口住养老院如何比一个人划算,每次说都保持着第一次说的热情。小苏还没走,李正海已经迫不及待地报名参加了旅游团,独自出行了。

小苏憋着火,没去送别。陶心平已经开始脑萎缩,还不知道能不能适应养老院的生活,出去玩有什么好着急的。小苏担心陶心平心里难受,没想到她听了只是点头说出去玩是好事。陶心平让小苏回去找出她小时候戴过的银锁,带去给外孙女。她坐在阳光里,被一滴滴注入的药水滋养着,空前的温柔,似乎对于幸与不幸,都无所期待而有所准备。

小苏找到银锁,还找到陶心平在床上写写画画的那个笔记本。

本子里面一个字都没有,全是立体几何图形,开始几页还画得简单,越往后越惊人地复杂——正方体里有锥,锥里有球,球里又是圆柱……如同一个层层叠叠永不贯通的世界,陶心平闭上眼睛,用最擅长的语言给自己画出了日记。

小苏在飞机上睡着了,梦见她踢着一块蜂窝煤,一路往家走,走着走着她变成了李正海,在摩托车上加足油门朝一所从没见过的宅院冲去,身体像蜂窝煤一样碎在墙上,满目烟尘。

飞机下面是大片笔直高耸的铁杉，小苏小时候没见过这种树。教师新村的院子里只有枝干干瘦的落叶乔木，它们旁逸斜出，变幻莫测，枝杈伸展在她的窗外，像横亘整个冬季的闪电。

（选自《小说界》2018年第2期）

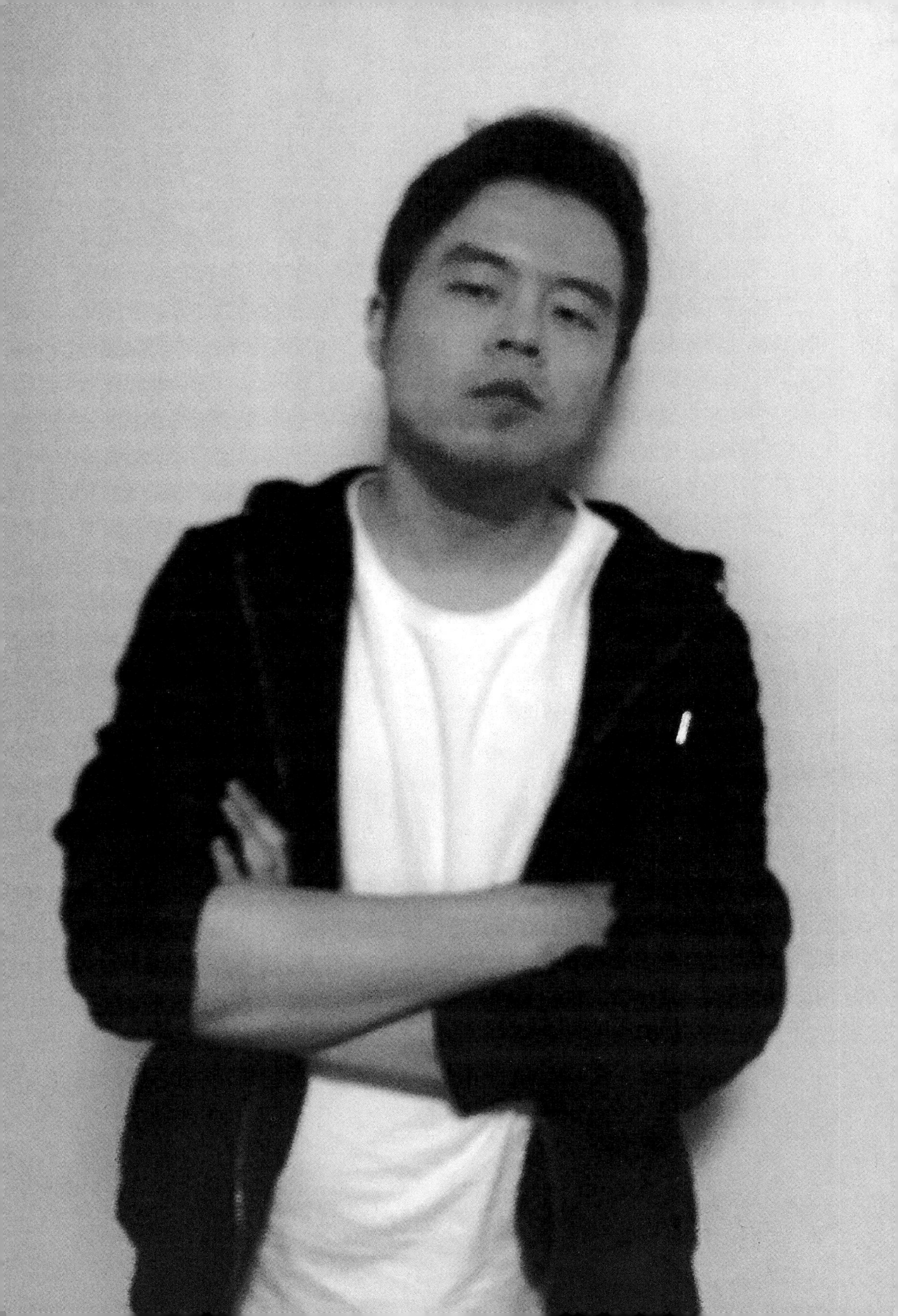

赵 挺

赵挺，1988年夏天出生于宁波，著有长篇小说《我与世界无关》《晃荡光年》，另有《寻找绿日乐队》《南方，慢速公路》《青年旅馆》《最后的吉他手》等中短篇小说。

逃跑公路

1

这个夏天我二十岁,想要改变世界,想要获得自由,所以没什么朋友,也很无聊,只能蹲在路边看老枪偷窨井盖。老枪偷窨井盖也很无聊,所以就与我开始讨论美式民主与政治献金的终极博弈。我接过老枪给我的廉价香烟,站在夏天的阴翳里,让凉爽的风灌进我的T恤和大裤衩,然后也正儿八经地和老枪谈谈中日关系与美国重返亚洲的内因形成。这个样子有时候像个老干部,有时候又像个自由女神。偶尔我也朝老枪喊一声,警察来了。老枪丢下窨井盖跑个十米然后回头看着我说,生活不易,别老骗我。

我抽老枪的烟,喝老枪的酒,吃老枪的饭。大部分时候,老枪撬窨井盖,我只是站在旁边看看日出日落,晚霞云彩,阴晴圆缺,或者躺在老枪那辆二手小奥拓里,听着绿日乐队、林肯公园,R5以及各种各样我听不懂但却很好听的音乐,然后把双脚翘到方向盘上想想自由到底是什么。

我还借用老枪的二手小奥拓,带着小诺,在一个充满星星的夜晚开上了杭州湾跨海大桥,然后我们迷失在上海纵横交错的高架上。我和小诺还在外滩接吻,在我啃掉了小诺一半的劣质化妆品之后,我看到夜空中的东方明珠塔也熄灭了灯光。这个建筑在很长的一段时间里象征了上海的巨大和庸俗,而我又特别喜欢干一些庸俗无聊的事情。

此时我的同龄人正坐在惨白无趣的教室里,姿势刻板思想统一地为了理想而苦读。等他们有一天来到上海的时候，我一定已经换到另一个巨大又庸俗的埃菲尔铁塔下和姑娘接吻了。我的理想可能就是这样进一步的庸俗与无聊。于是我和小诺回到二手小奥拓里谈了一会儿人生。我们的车被贴了罚单。我发动汽车驶出依旧拥挤的上海，跨海大桥上连绵不绝的黄色路灯横亘在深夜的海面，罚单被吹落在凌晨的杭州湾。

此时我和小诺听着一支加拿大小众朋克乐队的音乐，他们的名字叫 Hawk Nelson，小众到从来没有人给他们翻译过好听的中文名。这时候我已经做了两个重大的决定，我决定不回学校了，也决定不回家了，但除了这两个决定我并没有其他的决定。

小诺说，人的一生做一个重大的决定太难了，而我已经做了两个重大的决定了，再做重大的决定就是神了。

小诺说这种话的时候，周围突然变得夜色很好，空气很香，小诺很美，好像真理就在面前，并且真理长得像一个女朋友。这个时候我就又做了一个决定，我要亲吻小诺，亲吻真理。

我看着小诺说，我做了第三个决定。

小诺说，你想干吗？

我说，我想做神。

小诺并没有像大部分姑娘那样劝我做人，而是说，你想做神就去做神吧。

这个时候我就在时速150迈的车里开始吻她，这可能是二十岁的我至今为止做的最美好且危险的事情。加拿大的小众乐队正在唱他们无人问津的代表作《36 DAYS》，已经单曲循环了五六遍。

我就是在这个时候接到老枪的电话，老枪说他偷了半个夏天的窨井盖，所以得离开这儿去外面了。我说了一句"一路保重"就把电话挂了。三秒后老枪又来

赵 挺 | 逃跑公路

电，他说，妈的，我话都还没说完你就挂了，我跟你说你也得和我一起逃。我说，我又没偷窨井盖。老枪说，你看着我偷了半个夏天的窨井盖，抽我的烟，喝我的酒，吃我的饭，我们难道不是一伙的？

我看了一眼小诺，我想我反正待在这里没什么事，逃就逃吧，但是小诺作为一个女高中生，她还是应该回去好好学习。于是我右手握着小诺的左手说，接下来你回去好好念书，我要去环游世界了。

小诺说，去做神吗？

我说，对。

我们回到自己的城市，我把小诺送回家，没过多久太阳就从东边升了起来。我问老枪我们应该去哪里。老枪说，到了哪里算哪里。这话一听，就知道很远。我们要开始四处流浪，居无定所了。老枪还告诉我，我们不能用交通工具，不能用通讯工具，不能走大路，不能住大旅馆，不能没事找事，不能暴露身份，不能各怀鬼胎，不能相互伤害。

我说，我们这是杀人了吗？

老枪说，这样才能自由。

我从来没有长时间离开过这个城市，现在却不知道什么时候能回来，我告诉老枪我得准备一下，但发现也没什么好准备的，没什么好准备的时候就只能心理准备一下。我突然为此感到有点悲伤和焦虑。我总得跟谁告别一下，于是我又打电话给小诺，但是高中生的手机并不是二十四小时都开机的，可能正在补习班里埋头苦读，我也不能跟我爸妈去告别，不能跟老师去告别，我只能跟成绩比我还差的大鸟去告别，我打电话给大鸟，我说我马上要离开这里了，我们告个别吧。大鸟说他正在玩魔兽世界，等他打完游戏再告别。

于是我买了一罐可乐，爬到一个楼顶，我想好好看看这个城市，人在这个时候都有一种莫名其妙的留恋,至于在留恋什么并不知道,因为突然发现连可以告别的东西都没有。这时候就想到了曾经养过的一条小狗,我想和小狗去告别,但是它已经死了四五年了,死在哪里都不知道。夜幕降临的时候,城市开始灯光琉璃,我只能在楼顶打电话给老枪说,我准备好了。

2

我和老枪坐在郊区一个废弃的集装箱顶部,头顶有许多的星星。我和老枪莫名其妙地看了很久的星星。我用MP3戴着耳机听音乐,老枪说给他一个耳塞一起听,我不给。我想给小诺打电话,手机在老枪那里,他也不给。我说,你这辈子就休想碰我的MP3。老枪说,你下辈子也别想拿到我的手机。我们就没什么话好说了。于是过了一分钟老枪就让我猜哪颗是牛郎星,哪颗是织女星,我觉得老枪是个神经病。

这之前我经常穿着短袖、大裤衩和拖鞋,搂着小诺晃悠在炽热的阳光里。我这样子在小诺眼里一点都不正经,但是她还是挺喜欢我这样的不正经,她说她不怎么喜欢穿得一本正经的人。我说可能穿得一本正经宽衣解带的速度相对慢一点,像我这样抖几下衣服裤子就全掉了,小诺就会笑嘻嘻地说我是个神经病。这种笑嘻嘻地说我神经病的样子,相比一本正经地为了我好,实在太让我着迷。

于是我再三对老枪说,把手机给我,我要打电话。

老枪表示电要省着用,其次打电话很容易被警察发现。老枪又掏出一包烟,我也问他要了一根,我说,其实偷窨井盖只是属于违法,不属于犯罪,这是我的一个表哥告诉我的,他念法律,懂法。

事实上我并没有表哥。

老枪说，我没念过法，但我犯过法，你说你表哥厉害还是我厉害？

我说，那我表哥没你厉害。

老枪吐了一口烟说，那当然，这还用说吗，况且你又没有表哥。

我猛吸了一口烟说，老枪你别这样。

老枪说，该逃的时候还是得逃。

在我眼里老枪就是一个不专业的老流氓，不专业的老流氓都是干一票就逃走的，这就像我想要寻找自由就爬个墙从学校里出来了。这说明我和老枪都是不专业的人，专业的人都是通过十年寒窗苦读获得自由的。

我说，其实为了偷几个窨井盖逃，还不如被抓进去关几天呢，很快就出来的。

老枪说二十年来，他干了太多杂七杂八的事情了，要是被抓住了，从法律角度来说肯定没这么简单。

我说，什么叫法律角度？

老枪说，我们来聊聊法律。

老枪和我坐在郊区废弃的集装箱顶部，在美丽的星空下聊起了法律。老枪说，有一次他看见两个人当街打架，另一个的手机掉落在地上，他就走过去趁机捡走了，但那个人发现了马上追了上来，老枪隐约听见他的叫声，也跑了起来，最后老枪就逃走了。

我说，这算抢劫还是捡东西？

老枪说，这算我跑得比他快。

老枪对着浩瀚的银河吐了一口烟。老枪说，还有一次别人聚众赌博，警察从天而降，那些人四处逃窜，而老枪只是路过，警察却对他紧追不舍，然后被警察追上摁倒在地，他就开始挥拳反抗把警察打伤逃走了。

我说，这算是袭警还是自卫？

老枪说，这算他打不过我。

老枪用力将烟头掐灭说，给你说最厉害的一件事。有一次老枪的朋友和对方打群架，本来想吓唬吓唬对方的，结果局势没控制住，老枪一个朋友捅了对方一个人好几刀，结果双方见状都一哄而散，只有老枪觉得害怕就上前去问那哥们，那哥们肩部还插着刀，瞎鸡巴乱打手势，老枪以为他疼，就把插在肩部的刀给拔了，结果那哥们一阵吼叫，一股血喷了老枪一脸，老枪一激动又把刀给插了回去，结果那哥们昏死过去了。

我说，这算是杀人还是救人？

老枪说，生死听天由命。

这个时候我看着满天的星星，虽然很想念小诺，但是更加不好意思问老枪拿手机了。老枪说，谈谈你对法律的看法？

我像一个哲学家一样面对夜空繁星说，其实法律是约束人行为的一种方式，当然作为一个神圣的东西，它本身肯定会有一点问题的，况且法律本身就是人制定的，人制定的东西就不可能是完美的，不完美的东西我们就不能把它当作神明那样神圣，这就是一个很矛盾的东西，当然法律虽然神圣，但是它也是可以修改的，不修改的法律也保持不了它的神圣，但是这种修改又不是轻易的，其实法律有时候对某些人来说就是一种信仰，信仰这个东西怎么说呢……

老枪终于躺在集装箱顶部睡着了。

我从老枪的背包里摸出那部诺基亚老年机，老枪为了省电还关机了。我开机之后，拨通了小诺的电话。小诺的声音从电话里面传来，我就感觉头顶的星空更美了。我和小诺开始说一些美好的废话，譬如在干吗、吃了吗、洗了吗、睡了吗等等之类。小诺还问我现在在哪里，我说在一个集装箱的顶部，头顶全都是星星。小诺说，我意思是你还在宁波吗？我说，这个我也不知道。小诺说，你真酷。我说，我就是中国的杰克·凯鲁亚克。小诺说，杰克·凯鲁亚克是谁？我说，那我们还是换一个话题吧。小诺说，等我毕业了，我也要和你一起去环游世界。

我趴在集装箱上和小诺说了很久，月亮都已经快落下去了，然后小诺就在那边不知不觉睡着了，连电话都没有挂。电话那边传来小诺的呼吸声。我趴在生硬的集装箱上感觉小诺就睡在我身边，这种感觉比说话都美好。我于是又对着电话听了很久，直到手机自动关机，然后将手机放进老枪的书包里。

这个时候老枪就醒了，他看了看我，又看了看星空说，刚说到信仰对吧？来，我们谈谈信仰。

人在无聊的时候，就只能谈谈信仰。老枪又抽出一支烟说，我们逃跑是为了什么呢？是追寻。追寻是什么？追寻才是本质。本质是什么？本质就是意义。意义是什么？意义就是人生。

我想老枪能说出这样一番话，一定还没怎么睡醒，如果这样谈下去我可能会睡着。我也不知道现在几点了，大概两点多吧，但是我还是很清醒。我就这样，坐在集装箱顶部，在美丽的星空下，总是时不时看看远方有不知名的灯光闪现。老枪一一解释说，这是汽车灯光这是飞机灯光这是村庄的路灯。

我说，老枪我不喜欢太合理的解释，我喜欢谜。但为了打发无聊的时光，我说，你继续说。我就是喜欢听老枪瞎编扯淡，这事情比抽烟还提神。

老枪说，其实我也不喜欢太合理的解释，我也喜欢谜。

这他妈我们就没话说了。我就这样睡着了。

醒来的时候，东方露白，老枪听着我的MP3正在呼呼大睡。我小心翼翼地摘下老枪戴着的耳机，然后收起MP3。这时候我就把老枪叫醒。老枪醒来的时候，摸了摸耳朵，然后看了看四周，就像什么都没发生过一样。

我说，怎么了？

老枪从包里拿出一块面包掰成两块说，来，吃面包。

我说，接下来去哪里？

老枪说，你跟着我就行。

3

夏天的傍晚非常舒服，我就一直跟着老枪往前走。老枪说大概走个三四天就可以走出浙江了，到时候可以进入江西地界，然后呢，横穿江西，就到达湖南了，湖南之后我们就一直往西南走。老枪还告诉我，在这里还是得小心点，等走到了云南那边，我们就可以理所当然地混入那边的徒步大军了，那边徒步是一件很正常的事情，每年都有一大批人从云南走到西藏去。我心想，这简直要远走高飞的意思。然后看看自己两条腿，有一种伟大与悲壮的感觉。

我说，只有杀人犯才这么逃，我们不就偷几个窨井盖吗？

老枪说，我们可是偷了大半个夏天的窨井盖，偷了大半个夏天的窨井盖比偷了大半个夏天还严重。

我说，老枪你真是一个诗人啊。

老枪说，我都是瞎说的。

我说，我知道你是瞎说的，你认真地说哪会说得这么好。

老枪递给了我一支烟。

我说，那就不能坐车吗？

老枪认真地说，徒步是一种方式，更是一种精神你懂吗？飞机一下子就过去了，有意义吗？目的地只是逃跑意义的一小部分，逃跑大部分的意义就在于逃跑，不断变换地方，在路上，懂吗？

我说，懂，杰克·凯鲁亚克。

老枪说，啥？

老枪突然站住不动了，一脸凝重地看着前面。

我说老枪，怎么了？我没看到警察啊。

老枪指指前方说，狗，一群狗。

一群黑的、白的、黄的狗突然一起向我们狂叫，并且慢慢逼近我们。我一把挡在老枪面前说，老枪，你先走，不要管我。

老枪打了我头一下说，管你个头，拍电影啊，赶紧掉头逃啊。

我伸展双臂说，老枪你要淡定，不要说话，慢慢掉头，不要跑太快，你越快狗也追得越快，这是我小时候的经验，相信我。

我边说边慢慢转身，却发现老枪人已经不见了。那些狗就上来围着我狂叫。我没有办法，人在这种危险的情况下，就只能语无伦次地跟狗讲起了道理，最后求狗们放我一条生路。这时候老枪在三十米远的地方出现，大吼一声，小畜生们，你们来呀。老枪这口吻有点奇怪，事后我回想起来有点像怡红院的老鸨。结果老枪话音刚落一群狗向着老枪一拥而上。

我平复了一下紧张的心理，缓过神之后沿着路去找老枪。半个小时后，在一条落差两米多的臭水沟边找到了老枪。此时黑夜已经降临，老枪一脸狼狈地坐在臭水沟边说，妈的，比警察还追得紧。

我上去扶了老枪一把，却发现他手臂上有血，我说，老枪，是血。

老枪看着我手上沾着他的血，还来不及作出反应，我又发现他的一条裤腿也黏糊糊的。我说，腿上也有。

老枪双手摸了摸两条裤腿说，两条都有。

老枪一下子又瘫坐在地上，说，完了。

我借着微弱的灯光，把老枪的裤腿卷起来，看了一下伤势，我说，老枪……

老枪像断了气似的说，你先闭嘴，听我说，我可能真的要不行了，如果我死了，去帮我找一个叫晓梅的女人，我电话里有她联系方式，你告诉她我死了就行了，其他你就不用管了，哦，对了，还有，我告诉你，人还是要走有路的地方，不要相信什么世上本没有路，走的人多了便成了路，郭沫若都是瞎说的。

我说，老枪……

老枪说，哦，对，这是徐志摩说的。

我说，这话是鲁迅说的，还有，就算两条腿没了，也不一定会死的，还有……

老枪喘着粗气说，哦，对了，你有女朋友吗？你知道爱情是什么吗？晓梅就是我的爱情，这个我都没和任何人说起过，我这个人专业偷蒙拐骗二十年，外加赌博，敌人朋友无数，追债的就有一个连，还是加强连，所以不能让人知道晓梅是我女朋友，连晓梅都不知道，你知道吗？

我说，那只能我知道了。

老枪说，你知道吗？我也会感动，我参加狐朋狗友的婚礼，他们在婚礼上说那些烂俗的海誓山盟的话，我竟然也会感动，你说奇怪吗？明明是一些烂俗的人加一些烂俗的话，但竟然会感动，你知道这是怎么回事吗？

我掐指一算说，可能负负得正吧。

老枪咬咬牙，拿过他的背包，拉开拉链，掏出那部诺基亚老年机说，我不轻易打电话的，我现在要给晓梅打一个电话。老枪按了半天说，操，怎么没电了？怎么一开机就电量不足自动关机了？操，这怎么回事？

我脑海里反复着那晚星空下趴在集装箱上和小诺打电话的情景。我说，老枪，你要和晓梅说什么？

老枪说，说我爱她，我他妈活了这么大了，都没和人说过，我爱你。

我说，老枪，你裤腿上黏糊糊的都是泥，不是血。

老枪一把撩起自己的两只裤腿看了半天说，我操，你怎么不早说？

我说，你一直打断我说话。

老枪说，但我被狗追得摔到了这么深的水沟里，我感觉自己内脏都快摔破了。

于是我就背着老枪往前面走，医院在哪里我都不知道。老枪趴在我身上说，死马当活马医，一直往一个方向走，生死听天由命。

我说，老枪你这话吓得我都走不动了。

老枪就从我背后跳下来说，妈的，还不如我自己走来得快。

我们从没路灯的地方走到有路灯的地方，从荒野走到了郊区，走进了一个乡村诊所。我和老枪坐在昏黄的灯光下，老枪打着吊针说，老板，哦，不，医生，给我手机充点电。

医生说，你苹果几啊？

老枪说，我诺基亚，我自己有充电线。

老枪边充电边开机，看了几个未接来电，挑了一个熟悉的号码回过去，表情兴奋地应了几声，然后就挂了。这时候老枪左手插着吊针，右手夹着香烟，看着小诊所昏黄的天花板说，你有偶像吗？

我说，刚才你和偶像打电话吗？

老枪吐了一口烟，那烟缓缓上升环绕着吊瓶，老枪慢悠悠地说，我跟你说过，警察可能会抓我，追债的也要找我，但是朋友也多，路也广，五月天，认识不？

我瞪大眼睛说，我靠，五月天你都认识？

老枪看着天花板说，我们去五月天演唱会上卖黄牛票卖假票，干完这票我们就逃，嗯，逃到天涯海角，知道吗？天，涯，海，角。

我看着微微晃动的吊瓶说，知道，在海南，门票95块。

老枪顿时收回目光说，我操，啥？

此时，吊针的水在一滴一滴地往下滴，昏黄的小诊所内烟雾弥漫。我高中听了三年的五月天，小诺也很喜欢五月天，我们曾经翘课一起出去玩，MP3里总是放着五月天的歌，我给小诺唱"那天你和我那个山丘，那样地唱着那一年的歌"，小诺第一次躺在了我怀里。我甚至想像五月天那样自己组建乐队，但一直碍于没有钱，所以也没办法去现场听五月天的演唱会。明天就是我离偶像最近的那一刻。

我说，老枪，那我能看得见五月天吗？

老枪说，你看着点警察。

4

夏天的六点，太阳刚刚落下去，暑气未消。我在体育场外，看到了这辈子最多的人，比学校里做广播体操时人还要多。有大批的姑娘在我身前身后走过，有穿着屁股都快遮不住了的超短裙，还有露了半只胸的超低领，十多厘米的高跟鞋，背部全裸的上衣。还有各种荧光棒，标语，充气棒。

二十岁的我本来是想改变世界的，那时我只看过一堆广播体操的世界，现在我想世界就保持这个样子挺好的。让这些姑娘走来走去，永远不要停，还有各种香水味混杂在空气里。我拿出半包从老枪那儿顺来的烟，点起一根，像一个哲学家一样欣赏起了那些各种各样的姑娘。从哲学的角度来讲，这些姑娘长得都像小诺，反过来讲，小诺就是这些各种各样的姑娘。

我抽了五六根烟，演唱会开始。我在外面听见五月天开腔，一万多人在里面尖叫。我隐约听到了那首"那天你和我那个山丘，那样地唱着那一年的歌"，我竟然有点像老枪听婚礼的海誓山盟那样感动。我分辨感动与否的方式是鼻子有没有点酸，但这也有可能只是鼻炎。我拿出老枪临时给我买的另一部诺基亚老年机，马上打电话给小诺，我说听到什么了吗？小诺说，我在补习班。我说，你仔细听。小诺低声说，五月天。我说，真厉害，你等等，我让你听得更清楚一点，别挂电话。

我拿着手里的票一路狂奔，检票，进门。我说，听见了吗？小诺在那边低声哼：你就像天使一样，给我依赖，给我力量。我整个人就特别激动，比小时候看中国男足冲出亚洲还激动，好像中国男足冲出了宇宙。我左手堵着左耳，右手用手机紧贴右耳说，我看到五月天了。小诺说，感觉怎么样？我说，很好，就五个点。小诺就在那边哈哈哈笑，然后电话就断了。我正准备打过去，老枪打来了电话，于是我躲到厕所里，周围顿时安静了不少。我按下接听键说，怎么了？

老枪喘着粗气说，我们卖票被警察发现了，我同伴被抓了，你现在往体育场的东边跑，然后过马路，右转，上天桥，下天桥再左转，往前一百米，我在那个丁字路口等你。结果我左右不分第一个方向就拐错了，直接绕了一大圈才到老枪指定的地点。我打电话问老枪，人呢？老枪说，妈的，这么久，警察是不是已经在你旁边了？我说，老枪你想多了。老枪说，确定你现在还没被抓？我说，老枪，我他妈都走得累死了。老枪说，行，那你原路返回，到体育场南门地下车库出口等我。于是我又原路返回，到了那边，我问，你人呢？老枪说，到地下车库来找我。我说，老枪你是不是香港电影看多了？我真的一个人。老枪说，我知道，妈的，我在地下车库迷路了，走不出来了。

我和老枪出来的时候，演唱会已经过了一半了，我表示可以在外面再听会儿，老枪说，听个屁，赶紧走。

我说，去哪？

老枪说，往人少的地方去。

我说，你这个思路不对，人少的地方目标就更大，人越多的地方就越不容易被发现。

老枪说，没空跟你废话。

我说，最厉害的罪犯一般犯罪之后，就会混在围观的人群里和大家一起看会儿，最后随着大家一起散掉。

老枪低声说，警察来了，淡定。

我说，我操，老枪，怎么办？往哪边逃？

老枪说，给你一个表现的机会，上去问，同志，北门往哪里走。

我对着过来的两个警察说，同……同志，那个……

那两个警察根本就没什么反应，自顾自地从我面前走过，连看都没有看我一眼。此时，我听到五月天在唱：当我和世界不一样，那就让我不一样，坚持对我来说就是以刚克刚……老枪转了个身说，赶紧走。我说，老枪，听完这首再走。老枪拉着我，身后传来越来越缥缈的声音和一万个人的呐喊声：最美的愿望，一定最疯狂，我就是我自己的神，在我活的地方。

这个时候我的那款诺基亚老年机响了起来，是小诺的电话，我一接听，小诺就说，刚老师来了，我现在偷偷跑了出来，你还在五月天现场吗？

我说，在，一直都在。我边说边往回走。我往月亮升起来的方向走，往人声最沸腾的方向走，往站着大片警察的方向走。五月天的声音又越来越近，他们在唱：对，爱我的人别紧张，我的固执很善良……小诺又在那边跟唱：逆风的方向，更适合飞翔，我不怕千万人阻挡，只怕自己投降……

我在夏天的大风里说，小诺，我爱你。

老枪一把夺过我的手机说了两个字，妈×。然后把我拉了回去。我看见自己地上长长的影子，踉踉跄跄地朝跟充满声音和亮光相反的方向走去。

5

我们往郊区方向走了十多公里。我走得实在太饿了，就又吃了一盒饼干。老枪说，现在只剩下最后一盒饼干了，不到万不得已的时候谁都不能吃，谁吃谁死。于是我把最后一盒饼干死死捧在手心。黑夜笼罩在我们四周，我问老枪这到哪里了，老枪说反正不是云南。我说，这我知道。老枪说，知道他妈还问我。此时我看见一辆破普桑因故障打着双闪灯停在前面，在这黑漆漆的夜里简直就是世界之光，但是我们不能坐车。

老枪决定上车去靠和司机谈人生讲道理把这辆破车骗到手。我问老枪，不是说好的不使用交通工具吗？

老枪说，连法律都是可以修改的。

我说，这么快就忘了初衷。

老枪说，我初中都没毕业。

老枪虽然没什么文化，但是说出来的话总是这么有道理。老枪靠着开了八年小奥拓积攒下来的经验，十分钟之内帮普桑司机重新发动了汽车，然后我和老枪就上了这辆车。老枪坐在副驾，我坐在后座。

老普桑缓缓穿梭在黑夜里。司机问，你们是干吗的？老枪分了一支烟给他说，我们是徒步旅行者，刚从西藏走到这里。司机接过烟说，听你们口音是浙江的。老枪点燃烟说，对，我们两年前从浙江徒步到西藏，现在又走回来了。我还是很饿，靠着老枪吹牛×分散一下注意力，手里还是紧紧捧着那盒饼干。司机也吸了一口烟说，那你们接下来要去哪里？老枪摇下车窗，弹弹烟灰说了两个字，北方。司机还没吐出一口烟，老枪继续说，北方天地广阔。司机也朝窗外弹弹烟灰说，南方山水温润。老枪盯着司机说，真有文化啊。然后盯着前方说，北方豪迈奔放。司机笑了笑说，南方小家碧玉。老枪又猛吸一口说，大漠孤烟直，长河落日圆。司机说，喧鸟覆春洲，杂英满芳甸。此时老枪已经把放在扶手箱边的钱包慢慢挪入自己的裤袋里。老枪叼着烟看着我说，厉害，这从来没听到过。

我手捧着饼干说，你们继续。

老枪看着我，拿出一句压箱底的，说，床前明月光。

这时候车就突然一下熄火了。司机看了看老枪说，我下去看看，你们坐着。然后自己打开车门下去看了看。老枪立马又翻了翻前座的角落，掏出一部手机，连同之前的那只钱包一起扔给我，我就塞进了包里。这时候司机说，这车还是老问题。老枪说，没事，我们下去推一下就行。于是司机回到驾驶室，我和老枪下车去后面推。我下车的时候还是本能地捧着那盒饼干，老枪说，谁吃谁死啊。我边推边说，要不我们现在从车里拿了包就逃吧。老枪使出吃奶的力气说，逃个屁，我们要把这破车也拿来。我说，这难度好像有点高。老枪小声说，一会儿骗他下车，我上驾驶室，你就见机行事。我说，见机行事，这难度太高了。老枪憋着气说，高个屁，我跟你说……老枪突然身体往前一倾说，哎哎哎，慢点慢点，这么用力干吗，下坡了？我说，不是，是发动了。老枪，好好好，没问题。

普桑的尾灯重新亮起来，在这黑夜里就像一把火生了起来。我和老枪本能地用手遮了一下眼睛。红色的尾灯就像夜空中的两颗星星，这时候普桑停顿了三秒钟，然后一下就蹿了出去，还伴随着夸张的轰鸣声划破这周围的寂静。老枪在那边掸了掸手，看着我，我看着老枪一脸茫然的表情。

此时我和老枪往前跑了五六米，看着普桑渐渐消失在黑夜中。老枪回过神来瞪大眼睛看着我说，妈了个×，包呢？

我说，全在车上。

老枪瞪着我手中的饼干说,就拿下来这个?

我说,幸好我一直捧着。

老枪双手猛一拍说,这下全完了。

我说,这不还有饼干吗?

老枪说,我这种没有家的人,包就是我的一切啊,里面有钱包、衣服、手机、水、饼干、晓梅的照片……

我说,什么,你还有饼干?

老枪说,激动什么,关注点转移一下,来,我和你讲讲晓梅的故事……

我和老枪就地坐在这条不知名的公路边,偶尔有一辆车开过,也是快得像一阵风一样。我说,要不我们还是报警吧。老枪说,谁报警谁死。我说,关在里面好歹有吃有喝。老枪说,有手机吗?老枪捡起一颗石头一扔说,看到没?石头跑到天上变成了星星。我捧着饼干说,老枪你一定饿昏了,吃一块吧。老枪不屑地看了我一眼,然后让我把饼干放在地上,谁也不许动,接着摆开一副讲故事和人生道理的架势。老枪说,对了,你知道那些徒步者的故事吗?我说,知道。老枪说,那你知道朝圣吗?我说,知道。老枪说,那你知道转山吗?我说,知道。老枪看着我说,你他妈怎么什么都知道?老枪无法对我展开故事和人生道理,于是只能和我继续茫然地坐在公路边。

老枪摸了摸口袋,没有烟。于是说,人呢,要懂得在困难的时候坚持,这么多年我就是这么过来的。我实在觉得没什么事情做,又不想听老枪这种老掉牙的扯淡,于是说,你讲讲你和晓梅的故事吧。老枪说,我喜欢她,她不喜欢我,就这样。爱情故事三秒钟就讲完了,于是我饿得只能坐在路边拔小草,拔完小草再用手指刨坑。老枪也跟着拔起了小草,边拔小草边说,贫穷就是富裕,失败就是成功,失去就是获得。从老枪的话里我明白了一个道理,任何话你只要一正一反两个词搭配着说，总能显现出高深莫测的意味。譬如，雨即晴，乱则安，瞬间就是永远，死亡就是重生。

我还是想着吃饼干的事，于是为了让老枪尽快睡着，我照例和老枪谈起了法律、信仰等问题，谈了半个多小时，竟然将话题引向人类对宇宙的思考，老枪滔滔不绝地和我谈论起宇宙黑洞与时空扭曲的内在关系。老枪的确是一个神奇的人，而我开始睡眼迷糊。在我半睡半醒间，我感觉有一只大爬虫朝我这边爬了过来，我睁眼一看，是老枪的手。老枪的手就像一只大爬虫一样在饼干盒前停下，然后单手撕开包装，就这样将一块饼干取走了。我顿时睡意全无，睁大眼睛仰躺着，依旧是满天的繁星。十分钟后我见老枪没有反应，我的手也变成了一只大爬虫，单手取走了一块饼干。这个晚上我五次化身大爬虫，我不知道老枪变了几次爬虫，在我最后一次变身爬虫的时候，发现饼干盒已经空了。但是，此时，饼干盒一直纹丝不动地放在我们两个的中间，甚至没有一丝移动的痕迹。

早上五点钟的时候，我和老枪醒来。老枪揉揉眼睛，看了看公路两端说，没错，就沿这条路走。然后看了一眼饼干盒说，这个带上。

我起身说，饿吗？

老枪说，你饿了？

6

我们好像已经走到了另一个城市，在一个小旅馆前犹豫了很久，老枪问我有没有什么朋友过来接济一下我们。我说，我的朋友都还在学校里，你不是有很多朋友吗？老枪说，我大部分朋友都是靠欠他们的钱维持着的。我说，那好歹还有小部分。老枪又思考了一下说，我有一个女网友，认识了七八年，就在附近，关系非常好,不是那种利益朋友。我说,不靠利益,用什么维持的? 老枪说,哲学。

老枪说和这个女网友聊了七八年的哲学,生日的时候对方给老枪寄来的礼物都是《尼各马可伦理学》《第一哲学沉思录》,害得老枪都不敢回赠礼物。老枪走进背后的小旅馆,问老板借了一下手机,开口就是,我是你本华叔……然后和女网友交谈了三分钟。

老枪打完电话笑嘻嘻地走出来,我说你怎么叫本华叔,老枪看着我说,你懂不懂哲学,叔本华嘛。我说,厉害,那你叫她什么。老枪说,你猜。我说,我不猜。老枪说,我说的是,尼采。我们就这样等在破旅馆前面,等着尼采的到来。按照老枪的说法,尼采一听说老枪有难,半小时内就会赶到,把我们吃住都解决了。

我们在公路边吃了半个小时的灰尘,尼采就到了。老枪笑着说,虽然第一次见,但犹如长久见。这个女人有点微胖,但是脸蛋长得还可以,看起来就是一个哲学青年,因为我很难用语言概括。尼采帮我们付了房费,于是我们三个上楼,尼采说,你们先安顿一会儿,我下楼帮你们去买点吃穿的东西。

等那女人一出门,老枪就开始脱鞋,一股臭味顿时飘了过来,我说,老枪,你到厕所去脱。老枪说,你懂个屁。老枪脱掉右脚的鞋,甩出五百,脱掉左脚的鞋,又甩出五百。我一惊说,套路这么深,骗我又骗女网友。老枪甩着那一千块说,这怎么叫骗? 只是留一手。我说,人家好歹跟你认识了八年。老枪说,说不定有一天她需要我帮忙。说完我和老枪各自洗了个澡。

尼采给我们买了一些零食,然后到点的时候下去请我们吃了一顿饭。吃饭的时候老枪还在感慨,那个普桑车司机真的太坏了,这样子骗我们。尼采安慰老枪说,也许他也没骗你们,只是在另一个地方等你们呢。老枪说,你这说法太哲学了。吃完饭我们三个人又回了房间。我在房间里对着滋滋响的破电视看起了无聊的肥皂剧。老枪和尼采在一旁饶有兴致地谈起了哲学。老枪说,柏拉图的柏,肯定是念 bǎi，第三声，松柏。尼采说，应该念 bó，第二声，柏杨。老枪说，不对，张柏芝。尼采说，不对，潘玮柏。后来他们就聊起了尼采的《悲剧的诞生》，老枪说，这个我最有发言权。尼采就认真聆听，老枪说，我三岁那年……所以现在和你一起坐在了床上。这期间时间过去了四五个小时，尼采表示要回去睡觉了，老枪说，太晚了，你洗个澡就在这里睡吧。老枪还不忘加一句，都是喜欢哲学的人，不会怎么样的，放心。

尼采去洗澡的时候，老枪说，这世界上还是哲学最靠谱。然后将一千块钱又左右分开塞进了鞋子里并且穿上鞋子。老枪靠在床上想了想说，你说哲学真的这么靠谱？没等我回答，老枪又从鞋底抽出两张一百块放到口袋里说，如果这钱明天早上还在，说明哲学真的靠谱。我说，你这样试探人家就没意思了。老枪说，这不叫试探，如果两百块她拿走了，那就当作今天吃住我请你了。

这时候尼采洗好澡出来了，头发湿漉漉的，皮肤更加白了。老枪笑盈盈地拍拍床说，来来，坐。然后又尴尬地坐到我床边说，来，你去躺着。老枪半躺在我床上看了会儿尼采，回忆起往事，说，你还记得那一次我生日，你送我的礼物吗？你要知道除了你根本就没人知道我的生日。尼采带着悲悯的眼神看着老枪。老枪继续说，我还记得你送我的，你妈个伦理学……尼采忙纠正，是《尼各马可伦理学》，老枪说，哦，对，那一晚雨很大，我第一次阅读，就进入了哲学的世界……

我们很久没睡在床上了，所以我和老枪来不及脱衣脱鞋就在床上睡着了，醒来的时候太阳已经升得很高，强烈的阳光透过那廉价的窗帘，使我们没法再睡觉。对面床上的尼采已经不见了。老枪见尼采不见了，立即摸了摸自己的口袋，然后摸出两百块钱，笑着说，哲学这东西妈的真有点用。老枪躺在床上甩着两百块钱说，你说她是不是给我们买早餐去了。我说，这个人是不是喜欢你？老枪说，哎，别别别，这样我就对不起晓梅了。老枪起来洗漱了一下说，等她十分钟吧。我说，十分钟后呢？老枪说，那不管了，以后再说，我们得尽快走到江西去。

十分钟后我和老枪走出了小旅馆。国道上充满各种各样的车子和声音，在夏日的阳光下一片混乱。我眯着眼睛跟着老枪往前走。老枪突然脚一软停住了。我说，有警察吗？老枪三秒钟内脱掉两只鞋子说，妈了个×，鞋里的钱全没了。

7

在炽热混乱的国道上，我们待了整整一天。我们吃光了尼采给我们买的几只面包，但我们还是很饿。在我们还是很饿的时候，老枪把两百块钱分开塞进了鞋底里。我总觉得老枪混迹江湖这么多年，一定有别的办法，至少套路肯定有。这时候老枪走到路边的角落里，解开皮带，露出了内裤。我盯着老枪说，内裤里是不是还有钱？老枪看着我说，我撒个尿，你别这样看着我。

在夜色降临的时候，我和老枪看着国道上来来往往的车辆，决定去碰瓷搞点钱。老枪说，那我们猜硬币吧，输的人去。我说，老枪这么重要的事情能不能仔细分析一下考虑一下，别这么草率。老枪说，重要的事情都是交给老天决定的，世界杯分组不都是抽签的吗，你想知道你未来的命运不都是去抽签的吗？所以，我们就猜硬币。我从来没干过这事情，只能说，那好吧。老枪说，对了，我们没有硬币啊。于是我们只能石头剪子布。老枪输了。

老枪也从来没有干过碰瓷这件事，他说现在女司机太多了，别说刹车油门分不清，连雨刮转向灯都分不清，碰瓷风险太高了。老枪碰了三次。第一次距离太远就摔倒了，司机都没看见他。第二次距离太近车也没停吓得老枪赶紧逃，第三次距离终于适中但司机及时刹车骂了老枪一句神经病就开走了。

老枪舍不得脱掉鞋子用掉那两百块钱，而我大概二十岁身体发育还没完全，所以一直觉得很饿，很想吃东西，此外，二十岁的我还很想念小诺。我环顾了四周一圈，在一个车站问一个中年男子借了一下手机，我说，我不是骗子。中年男子说，谅你也不敢。说完就把手机借给了我。我拨打了小诺的电话，但电话一直没有人接。于是我给她编辑了一条短信：等我回来我们一定去现场听五月天，而你现在要好好念书，争取考上一个好大学。转念一想，这话有点像我妈说的，于是我又删除了重新编辑：人活着就应该追求自由，做自己想做的事情，等我回来我们就去听五月天的演唱会，世界多离别，喜欢多坚持。发完这条之后我想了想似乎应该再加点什么于是准备再发一条，这时中年男子说，快，手机给我，我车子来了。我说你等等，于是又加了一句，在这个复杂的世界里我一直等着简单的你。想了想这他妈太肉麻了。中年男子焦急地过来夺手机，我不给，他就一把把我拽了过去，然后我手一松，他就拿着手机上车了。之后他从窗口伸出手拿着手机指着我说，小赤佬，竟然抢我手机。我说，大哥，我短信还没编辑完。中年男子继续用手机指着我说，你信不信我报警？这时候一只像大虫一样的大手，瞬间抢走了中年男子手里那部手机，那辆汽车缓缓朝前开去。老枪一把将手机塞到我手里说，赶紧，往反方向跑。

　　我们在充满远光灯的国道上疯狂地逆向行驶，这个时候我接到了小诺给我打来的电话。我看着前面狂奔的老枪说，小诺……小诺说，世界多离别，喜欢多坚持，很好呀。我喘着粗气说，对……小诺说，你在干吗？我说，环……环游世界。小诺说，世界怎么样？我说，世界复杂，但你很简单……小诺在那边说，肉麻。我说，我说我要改变世界，我要做神，其实……这时候我听见一个刺耳的急刹。我揉了一下眼睛，看见老枪倒在了一辆小货车的面前，小货车迅速倒退几米，然后开走了。

　　我走过去扶着老枪说，老枪，撞了？

赵　挺　｜　逃跑公路

老枪就像那晚躺在臭水沟边那样喘着粗气说，废……废话，这次是真……真的，不是碰碰碰……

我说，我知道，你碰瓷哪有这么逼真。

老枪说，打……打电话给晓梅，我可能真的要死了。

我说，老枪你淡定。

老枪说，这次我看过了，都不是泥，全都是血。

我说，老枪，那这次我真的要报警了。

老枪咽了咽口水说，谁报警谁死。

我听了这话，只能把老枪拖到国道边的绿化带里。在一棵大樟树下，谁都发现不了我们在黑暗的国道边。我说，那不报警我们现在怎么办？老枪盯着我说，我刚说的是，谁不报警谁死。于是我立即用那款手机报了警。老枪说，你记一下晓梅的电话，我感觉真的不行了，刚才你拖我到路边，我觉得眼前又黑了许多。我说，老枪，那是大樟树遮住了灯光。老枪说，我眼睛里有大樟树在不停地长大，马上就要看不见了。我说，老枪你挺住，警察马上就到了。老枪笑了笑说，我们真的要一无所有了。我说，不，你鞋底还有两百块钱。老枪喘着气说，这世界太坏了，比我还坏，还记得演唱会的时候吗？我朋友一被抓住就把我供出来了，幸亏我逃得快，我跟你说，你要逃得快，再走一天就可以到江西了，然后去湖南，再去云南，从云南丽江你就可以去东南亚了，那边一年四季都是夏天，阳光灿烂……

我已经听见警车鸣着警笛呼啸而来。

我说，老枪，世界并没有你想的这么坏，其实女网友没拿你的钱，那鞋底的钱是我拿的。

老枪笑笑说，那破普桑司机是不是你分身的？

我也笑笑说，是的。

此时我手里的手机铃声响了起来，我看着老枪接过电话说，刚信号不好，小诺，我想要改变世界，想要做神，其实就是我喜欢你，真的，你不要觉得这话滥俗……

你他妈的，你这是抢劫你知道吗，我已经报警了。电话里传来中年男子的声音。

老枪在那边喃喃地说，到了东南亚，你就自由了，那边没有一年四季这么复杂，只有旱季和雨季，你一年就只做两件事，看雨和晒太阳，自由不？

警灯在国道边不停地转，我看着老枪忽明忽暗的脸说，自由。

（选自《西湖》2018年第8期）

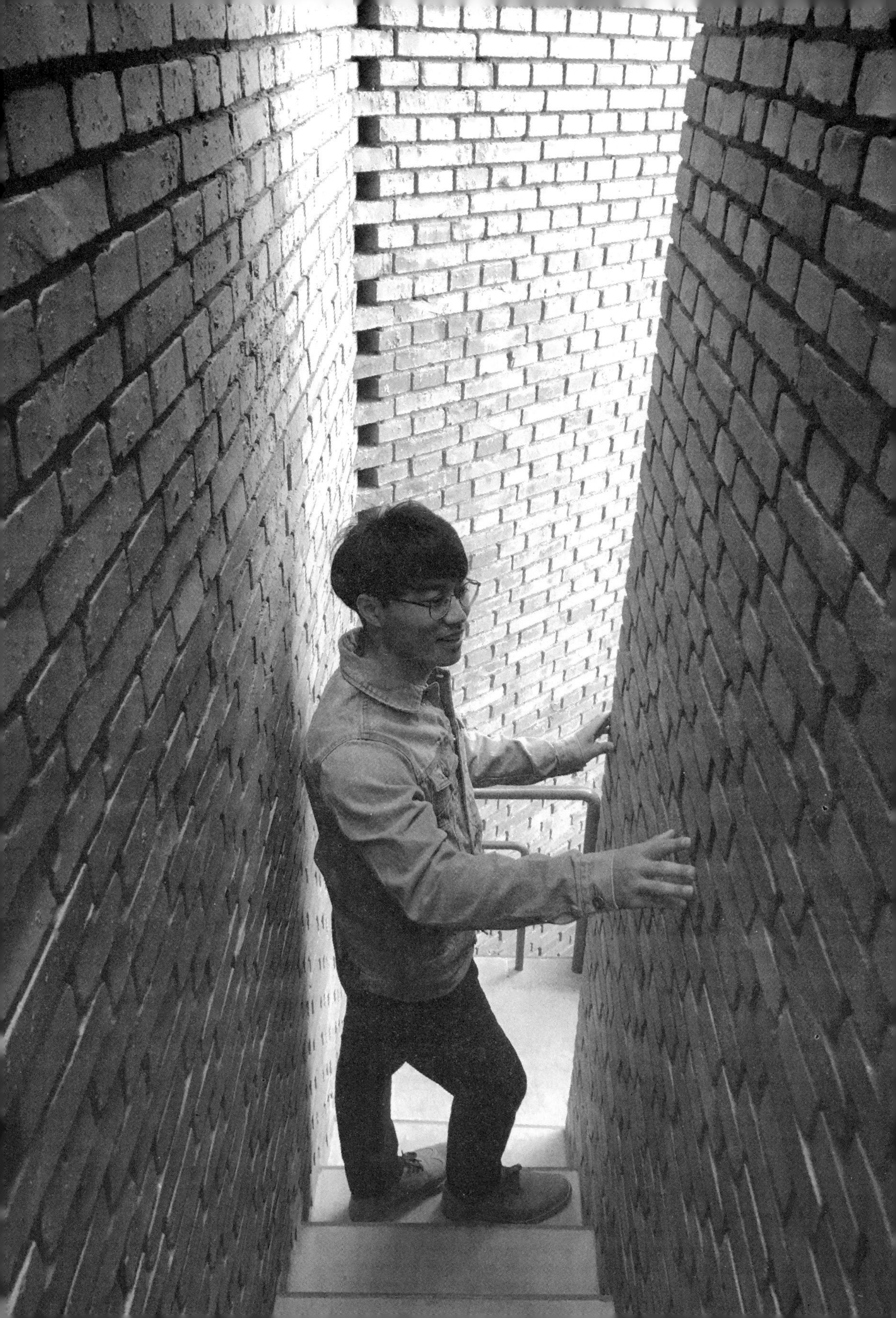

青　原

青原，90后，诗人，现居北京。有《木心诗议稿》即将出版。

宝 儿

　　一开始没说话，那是后来。那是在陈先生家的花园里。宝钞胡同与菊儿胡同交叉口前面，美术馆东街那边。一转弯，就看到他家门嘴儿里那对石狮子，个个口中衔只镂空的石球，让人感觉是三只。感觉那石球里还有个狮子衔着花园。宝儿站在那里，身后一大丛简直要咬到她的遥远的月季，在说些什么，跟空气兴奋地交谈？上次见她还是在温榆河那边的一座私邸。是那个陈先生的私邸吧，到的时候别的地儿也都黄昏了。天空白得像有年头的象牙，不远处几座欧式风格的庭院，在河边也就是在天边站着。仿佛随时准备亲切地交谈。既然是私邸，那么理应在乡郊，但这里是没有年轻人爬树摘柿子的，没有年轻人，柿子失去上半句似的仍旧落，我避开地面上这些橙红的，狗子一样的话，随即同一起推开车门的程先生攀谈起来。"就像曼特斯的黄昏，不是吗？"此君是某高校艺术史教授，因此一出门就已艺术，倘若开口，则必定要论史了。"柯罗是喜欢给房屋塞一圈儿树的围巾，不过曼特斯那幅，倒是空白处有一张脸的。"程先生随即莞尔，有人接他的话，接得好，让他有一种是自己说出的感觉。我们到得早，黄昏适合散步，至若酒会，那是散步散不成了的晚间事宜。柯罗没什么好聊，程先生支烟熏毕，即转身去拜会那比他少一个韵尾的陈先生去了。我还不打算进去，想着没什么好想的柯罗，身子竟一转再转至河上的疏林。深秋的树，有些偏偏是不黄的，有时惊讶于眼目的无距离，竟懂得重叠远近，好使天空有树之近而树有天空之远，远远近近，这样叠起来，就获得朋友的适中，就觉得它们在亲昵彼此地亦使眼目可亲。但此时却又有一种返观，比如左侧一丛孔雀般的树，斜影垂散，边缘处同乎旋复花浓密的头状花序。右侧横逸,是人远眺时常从手下拨开的三两枝。更远处绣球的一蔟,不知在开什么花,近了,亦看那花合欢般抖索,知道不是合欢,但也不知用什么植物来命名它。天空稍稍蓝起来,象牙因而有了石蓝,云的静娴似都知道树在它前面,不一会儿,那排庭院上空有了螺钿的光彩。走近了看,也就是走近河边,水影中那种马车轮子沾了泥土颜色的村庄颤摇着,河岸草皆蓝绿,不只是眼睛这样想的缘故,那株稀树要被云叫走了似的愈发稀。水是棕色,多处棕中带黑,树叶就是这样,夏水绿,秋水棕,冬水黑,树叶的归宿在水中。我旋即起身,知道河水在流,但此时亦加入了它似的看不见它,廿年前我在乡下,那块有水闸的草地,草肥得让人以为旁边就坐着几匹母马,植物们长叶抽茎,让此地成为喷泉,芦苇菖蒲那样深,叶子绿得花也不必开了。后来人走到青灰的旧时代的废弃水闸,是想惆怅来着,但水清得使我惊异,终于脚略过几丛树枝,也那样回看了黄昏的河湾。有户人家的木门还在河面呢,在一处偏蓝的水中,那锁也看得清。

一进门,又遇到程先生,长脚杯牵着他,像一匹灰驹,他转过头来,心里未必一直惦记着什么地说"对了"。

"对了,那幅《圣巴提斯特教堂的内景》你想必是看过的。"

"何止看过。"我毫不谦逊地拿起酒杯,还未摇动,酒香先模糊了眼前的一片空气。

"画得都很模糊。"

"是模糊,模糊得像一家子亲戚。"

他又笑了,"那盏吊灯是低了些。像个热气球的点火装置,就等着那雕像一打火,嗖,教堂就飞起来。"

青原 | 宝儿

我也笑起来,"那是敦煌壁画一类的东西,玩儿的是修饰关系。倘若真飞起来,敦煌的飞天也要看不到了。"知道他在说俏皮话,我正经起来。正经不起来,还是碰杯,微笑,稍稍欠身,暂以美酒的名义走开。

凡有空气处皆有音乐,主人家的音乐品味,是擅奏没人听过的曲目。我习惯独饮,见小圆桌只当荷叶般略过。对剖的大客厅内,长木桌敷浅绛色桌布,红提鱼卵般躺着,各色点心静如宫娥,透明玻璃水罐,玻璃有玻璃的颜色,水有水的颜色。小柠檬,卷发那样削了皮,这次是树叶铺于其下,旁边橙子;也切好置于花堆。必得是一小块肌肤那样的牡蛎或别的贝类来构成其底座吧,不,是宝石般的刺身拼盘。让人想起橘子树柠檬树及许多高耸在赫斯帕里得斯花园上空的高大丝柏树,黑色塔尖,覆盖一长条躺卧在嵯峨果盘下的面包海岸。

苹果连叶带枝拿到木桌上,主菜是一整只小羊羔,烤得落日一样,无花果几乎不用想象其心已红如铁矿,最重要的是面包,牛角面包牛角已经说过了,粗黑的巴伐利亚碱面包,不能只用刀叉来配它,须拿在手中,情人的手背手心。酒那边带平滑窝孔的那种奶酪,带蓝色霉癍的,黄如蜜蜡的,有淡青色苹果心的,或圆或方或矩或三角,学生们的习作,贵妇们也拿来润手。我个人尤爱鲔鱼三明治,三角形,槭木桌腿没它忠恳,成片如厚蜜瓜的鲔鱼,一口咬下去,急匆匆的穿黑衣的男侍脚底收住了打滑,音乐戛然而止。

陈先生是谁?那次压根没见到。倒是宝儿,脸上暖云似的起着水波,银耳钉不遮住兔毫般柔滑的耳垂,白鸽子的手拿住暗红窗台。从哪儿看,她都在窗内,却意兴阑珊地一个人看着窗外柿树的渐渐发蓝。

"你一个人呀。小心有人过来跟你谈画。"酒杯举起我的时候我也在举起酒杯。

转头，几乎同时，笑，淡卷发在耳侧收成海浪，让人以为其头发今日乃由风做成。"那我得请你来跟他谈诗"。酒杯碰撞如牙齿扣打在一处，室内暖风打算着从谁的脸上吹过来。我跟宝儿多年前就相识，但近一年都不曾见，她在798那边的画廊工作，我去看画，恰好看到她。后来就不看画了。

不记得聊了什么，酒好，只顾喝酒了。画也好，当时却接受了她的邀请，离开了画廊。我还是更爱酒。其实是接受了自己的邀请。一想着夜也会这样邀请别的夜，人在白日里就白日般感到了人的安心。夜主动暗下来，熟透的柿子要在夜间跌落，曾邀请她到那边的空地去了吗？后来是起了风，吹得夜想有陶瓷的裂片，有年头的油画也争相錾出蓝绿的褶纹，风是很模糊的，我说的是手的模糊，来时绿树脱掉了什么似的换了黑衣，她是穿了凌霄色的什么，再里面就不知道了，啊，再里面是池塘，夜的卡拉瓦乔。突然想起她的高跟鞋，一脚踩进有柯罗匍匐其上的草地，不能再走了，前面有水。真的吗？你听，一会儿棕一会儿黑一会儿蓝。今晚有月亮，预计又白得像大卫的屁股。她哪里肯信，诗人的话，自己伸手去摸了，这才全蹭在我蓝灰的大衣上。

我决计从月季中走出来。她啤酒都要吓出来了，轻轻地尖叫，像夜被踩到了裙角（夜也知自己被踩到了裙角），一只手甩出夏日光景。我笑，其实不该笑的，哪见过哈哈大笑的月季。

"是你啊。"眼角又现出那种攥紧了什么的皱纹，细滑的。

"不是我，是月季。"我向前拥抱了她。

知道我的伎俩，也就很乐于从伎俩展开交谈。

"你是月季我是什么？"

青原 | 宝儿

这次她是倚在了红墙上。

"你是月季的影子。"

"我可不愿做月季的影子。"

"那你做月季的影子在月季中。"

满意地笑了。就那样坐着喝酒，也让人想用她的嘴唇来喝酒，她喝一种"梅子烟熏"的果啤，我尝一小口，首先是酸，然后一种上升感矗立起来，这才知道那酸是烟囱状的。

"怎么样？"她说。

"房间里烟跟梅子都在，但不够黑。"

我喝黑麦酒，橡木桶中窖藏的老黑啤，它们话少，总是馥郁地不开心，她也尝，"像药一样"，差不多嘛，我跟她讲，酒跟药的关系就是九跟十的关系。又喝"Death of Mango"，我译为"芒果腐尸"，皮尔森永远一副你搭理他他也不搭理你的样子，一款加了芫荽籽的，淡黄色，喝一口满嘴绿影。宝儿爱淡啤，有酸的意志的那种，侧躺于水果的甗瓾。啤酒，还是德国与我亲近，音乐的亲近。

谈了什么，都记不得。很奇怪的，每次见面，必谈那种奇酸奇苦的话题，但事后又都不记得，或许是因为酒，清晨起来穿衣服，衣服不记得自己被穿过。偶尔想起了什么，也是因为酒，快乐之所以快乐就在于它的无情。

这样想的时候，就想起要看向她。还未这样想的时候已经在看了。那是两年前她送我的照片。是她十岁的时候，第一次领圣餐。"就像从什么猛兽的嘴里掏出来的，那食物"，她半张脸隐在红色窗帘下这件事，"一伸舌头，刚想舔就感觉被舔了一下，我都十岁了，还是当场就哭了出来。"但照片上她还是很开心，脚下铜皮一样的黄泥路，远远看着她的父亲、叔叔蒙特利尔，书柜上的黑色小人，小皮鞋般的《圣经》，银白念珠，从手中垂下的溪水，她穿成了个新娘，八九点钟的样子，纯白衣裙，空气那样的光线，那样卷着边儿的一丛丛乐谱，黑头发，让人想起苏丹宫廷里成熟的妃嫔，头纱下的黑桑葚，动物式香膏，娴静得随时准备扑起来咬住英俊男仆的嘴唇，还有那串金项链，什么人的头像，贴在她尚无苹果的起伏胸口。"我一哭，他们就全哭了。"明亮的教堂里全是她说的小孩子的哭声。

陈先生家的花园种了大片秋英，午后三四点的样子，宝儿话也少，秋英们开到女士们的帽子上去了。男人们都在饮酒交谈，天色还早，稍稍暗下来的时候，就能看到他们也开到女士们的帽子上去了。但今日帽下的女士尤少。倒是中央，男短发般的绿地，站满了白蜡树丛的少年青年，绿地偏右，自裁出一块儿白色喷泉，雪白的揩嘴布，愈发觉出那草地笔挺，两侧花坛，裤兜里装满薰衣草与线儿菊，男人们都像骑在马上赶来，以至直到现在，还能看到其胯下隐约的枣红、毛棕及栗灰。花园外仍是红墙，花园很乐于外面是红墙的样子，恨不能用到内裤边儿上去，花园不大，不大的花园竟置有一块沙地，专门腾出来种仙人掌与龙舌兰。仙人掌是一块块马赛克那样又晃在树荫下，龙舌兰花如其名，不过龙的种类绝不多于舌的类型，更不能与馥郁沁珠的兰科同张并举。龙舌兰后是茂盛如白墙的雀稗，科塔萨尔小说中常种的植物，此时在这里出现了，那是已读过没读完的他短篇小说中的几节。

五点钟，散落的人群突然荷叶般往中央收拢，一粒珍珠的人儿，是陈先生吗？我对这类酒会的主办者一向罕有了解，无非工作在媒体，所以总会有此类邀请，又因总得闲，主编知道我素爱酒，所以总赏我这类晃动杯子的工作。至若宝

青原｜宝儿

儿，她漂亮，走到哪里身后都侍有一大丛墨绿的茉莉，又且谁不乐意邀请著名画廊的一幅著名画作呢？

是个外籍男子，拉美裔，三十多岁模样，身上长满牡蛎似的长满一圈儿少年，哪儿来这么多柠檬男孩儿，一下全从喷泉中钻了出来。"陈先生的男朋友。"宝儿说，彩色眼影妆盒那样开阖了一下。是这样，拉丁美洲，水果多，人也熟得水果一样，Viva La Vida，生活是用水果切开水果。在分一些菜肴，自己做的，墨西哥菜，远远闻到羊肉的味道，彩糖似的 Tacos，Tlayudas，可理解为有着拉丁系皮肤的比萨，一种叫做 Churros 的茶点，端到这边来了，宝儿擎了一支，烟那样拿了，又替我拿一支，他开口，"要蘸上热巧克力才好吃。"中文流利，他也笑，巧克力有了波纹，我不喜欢不讲中文的外籍友人，那是牛顿站在苹果树下，树倒了也砸不到他。

音乐声大起来，差不多五点了，日光奄拉下来，我觑着一侧白衣男侍左右交替弯下来的膝盖，"看那儿，"我对宝儿说，"那对膝盖。"宝儿马上笑了，好像即将猜到我要说什么。"几点钟了？"她大惑不解，眉头攒成了莎草的花，即将无以即将了。所以是我笑，"我们一会儿再来看。"日影斜下来，这时才看到墙外白杨，都远远地站着，是很懂银色，俄罗斯人也说白杨是远些才近，请他喝酒吧，在他头发那里。都在谈论，那几段没读完也不必读的科塔萨尔的小说，这样谈论到午夜，年轻人都会得到另一些年轻人的结论，精巧的科塔萨尔，"要蘸上热巧克力才好吃"。墨西哥人的吃法，年轻人，夏日草地上，尤当如此。

在宝儿的视线中，是那两人向我们走来。或许七点钟？白天叠多几层就是天黑。年轻些的，中国人，说了自己的名字，Tristan，一副从城堡走出的样子，刚结束他在北方的旅行，脚上还带着浪花，头发可看出是刀割的，请他喝杯酒吧，端着酒杯来的，捧着本小小的圣书，四只手捧着的？稍显壮硕的，叫什么木的名字，跟宝儿耳语几句，转到她身后的宴会去了。

"你们应该见过。"宝儿看着 Tristan。是见过，在哪里呢？黑石纵横的海岸，或奔赴英格兰的有铠甲性格的船中？"我倒是记得很清，在罗马桥那边，北京就一处罗马桥。"

"啊，那个良夜。"前行一步，穿靴子的脚走进树林，"记得是十五吧，月圆之夜，应该去骑马的，以前在英国那会子……"

我什么都想不起，什么人的身姿半伛着？洋地黄堆成巧克力那样的宴会。也穿着这样的裙子，不远处那人。几支白花石天使般支撑着夜色，这天气露水早来了。别的什么花，一丛丛的，也鸟雀般蹲在地上。只能微笑，宝儿的卷发翻越出来了。样子是熟悉的，还是割掉的那半截海浪。

"Do not go gentle into that good night," 宝儿像丛树枝掉在我的肩膀上，不，不是她，她还没有到。在夜里树也是绿的，绿得不一样而已。说罗马桥她就倚在了月亮上，简直像水里钻出来的那些东西，与人相比，植物总是提前赴约。咱们把这儿的小荷叶先拨开一些。是该说些什么了，总央人代我回忆，不然就诉诸宝儿的风仪，但这个 Tristan 我是一根野蓟的印象也没有，至若北方，我飒爽起来，"要说狄兰，他的诗我只喜欢一首。"

一起看向我。

"Fern Hill."

他点头，靠着棵橡树那样，马上背了出来，就像空气中凫着这些。不是竖琴的缘故，什么白花吧，树看见人也激动，落了四十分钟得有吧？马蹭树的时候也这样落花。

青原 | 宝儿

Now as I was young and easy under the apple boughs
About the lilting house and happy as the grass was green,
The night above the dingle starry,
Time let me hail and climb
Golden in the heydays of his eyes,
And honoured among wagons I was prince of the apple towns
And once below a time I lordly had the trees and leaves
Trail with daisies and barley
Down the rivers of the windfall light.

啜饮过红酒的成年人的嗓音，宝儿带头鼓起掌来，惹得周遭空气"哗啦啦"响动。我贪看他上下浮动的亚当的喉结。宝儿又看我，那意思明白不过。他显出年轻人满足的神情，同时顺着宝儿的目光攀过去，压低了第一行诗里的苹果粗枝。

"Now as I was young and easy under the apple boughs. 好在是苹果的粗枝，不然那 young 与 easy 是 now 也都统统 was."

"About the lilting house and happy as the grass was green，那这里好的也是草了？"他轻巧地问道。

"不，此处好的是 was。"

能看出他觉得有趣了，比他背诗有趣。宝儿满足地笑起来，我是担心她把我也满足得绿起来。她总是这样，一喝多就罔顾自己的颜色。

"你最喜欢哪一行？"这次是纯金的眼睛向我发问。

"And honoured among wagons I was prince of the apple towns, And once below a time I lordly had the trees and leaves, Trail with daisies and barley——我是很喜欢那个 wagons，好像在里面做什么都是美的。lordly 好在后面是 trees 与 leaves，王子吗，还是苹果镇的好，倘若是别的，就得再商量。第三行，是我就把 trail 改为 rail。"

他孩子那样笑起来，羊齿山，什么人都没有地有什么人在上面。

"你是个诗人。"

宝儿大笑，夜里的柔媚老虎。我从月季里走出也没这样笑。我是什么？我是没说完，"And green and golden I was huntsman and herdsman, the calves/Sang to my horn, the foxes on the hills barked clear and cold."我是猎人是牧者又是金啊又是黄，牛犊唱啊对着角，山上狐狸叫得清晰又清凉。

借口去了趟卫生间，酒喝多了，未必，好像这里是有条船。确切来说，三条。你知道的，第一条，载满鲜花，香柏枝，炒香的谷物，就那么漂到那里，火把甲板都烧透了三层，而你毫发无损。还有那一条，回去的，到了岸上，枞树用粗麻绳缚于桅杆，船壁则是金凤花、荨麻、雏菊、紫兰们着手做成，火把让火也感到白盔甲在发热。你捂住我的嘴，示意我不要再说下去，再说到那两棵柳树上，罗马人的废墟，爱的废墟，只剩下一截拱廊，哪里能找到两个更好的半球，没有严酷的北，也没有下沉的西，谁先死去都是上天的不公。

推开木门，宝儿不知哪里去了。木门也不知道。那 Tristan 亦不见。终于在墙后那排白杨下找到她，孱弱得像一丛蜷伏的兰草，有什么人同卧在这里了吗？互相看一眼，什么都没发生似的继续饮酒，继续剧烈地交谈。谈到了她的家乡。到处是木瓜树，绿尼龙那样的叶片，我要是树，就一片都舍不得扔，就看着那些

青 原 | 宝 儿

果实，看它们从花里面把自己擒住，拖出来，到阳光下，膨大，像小孩子腮帮子那样鼓起来，一直到成熟，变色，有了裂纹，每年都这样地让人不知道每年。还有葡萄，远看像非洲人那种田埂的头发，常常就在木瓜树旁边，木瓜的小兄弟，它们秋日的苍色是相同的。说到时间，有时感到北京的时间也有那种绿色的，秋天太短啦，她说，不是这个秋天，你看过安东尼奥·洛佩兹·加西亚的画吗？他在房顶上看到的那种秋天，秋天一样的时间，分列在葡萄园与木瓜树旁的，对，"Now as I was young and easy under the apple boughs." 还有他旧报纸一样的哥哥，嫂子则像旧油画，他们俩算是绝了，白天你读我，晚上我看你，时间落在他俩身上，灯光一样地被吸收了，每次见面，不是老，是又旧了一些，有些本子，很奇怪，你不写什么东西，它新得画廊一样，一写，旧了，写得越多，越旧得像刚从地窖取出的奶酪。对，甭管什么衣服，穿起来都跟希腊人似的，那种刚从地里挖出来的希腊人。是很想家，委拉斯贵兹，很痴情地去描绘做针线活的妇人或一顿普通的晚餐，我就是那种心情。突然间欣赏起培根来了，发现那瓶龙舌兰也在欣赏它，就是那种快乐，看涂了蓝漆的门半掩半开。我妈很喜欢煮豆子，豌豆，露出小岛般的几块羊肉，地球上有这块儿地方吗？陆地豆子煮成，岛屿趴在地上就能啃，哈，附赠莳萝，当然有，就在白瓷的碗里，银匙还烫手呢。那样的晚餐我一顿能吃三顿。你们中国人都吃快递，刚到北京，还以为你们吃餐盒和快递员呢。景色啊，就说我们家门口那条街道，平静、空旷，走上去就跟踩在男人臂膀上一样有力量，各色窗户啊、墙壁，水果摊就是那样，一直到远方的地平线，什么都看得很清楚但你自己就愿模糊下来，什么房顶、星空啊，炸薯条那样，蘸番茄酱第二天也未必有朝霞，要我说我最爱那里的空气，你知道吗，容器里的空气、家里的空气、天空中的空气，都不一样，空气是有表情的，对，你别动，现在你头发里那些东西就有铜绿。

她突然停下来，嘴唇因过多交谈而翻出折角的皮屑，喝口酒润下喉咙吧，这里只有酒，她推开我的手，又自顾自讲下去。我打住她，示意她看那个男侍，膝盖已不再交替弯曲，"十二点了"，我说，白膝白裤，黄铜做的，夜里的这时候，该回去了，提醒他摘去那些落花。她正讲在兴头上，没看到那男侍好在哪里。急什么，回家又不用乘汽轮。不确定那是梦，是我家附近，你见过的，火车站旁边，不知道几点钟，空气静得这边儿的空气听着那边儿的空气，灰色电线杆像文学史教授那样歪着头，电线上大大小小的配件，让人感觉是项链，就这些电线杆，戴着这些项链，在早晨的空气中闪闪发光。天空胸脯那样发红，谁的胸脯不知道，有些地方甚至发青，那些房子，你都知道的，人脸一样，看起来没人的样子，单凭颜色也知道没人住在这里。但广场上，皮鞋底颜色的广场，有一对男女在做爱，男人在女人身上，都不是年轻人，笤帚努力地往簸箕里面扫，就那样，男的看不见脸，女的，我是转身才看到是我自己。她停了一下。是很久了，一直没告诉你，现在我满脑子还是他们身上那些干掉的青铜的颜色。

（选自《山花》2018年第7期）

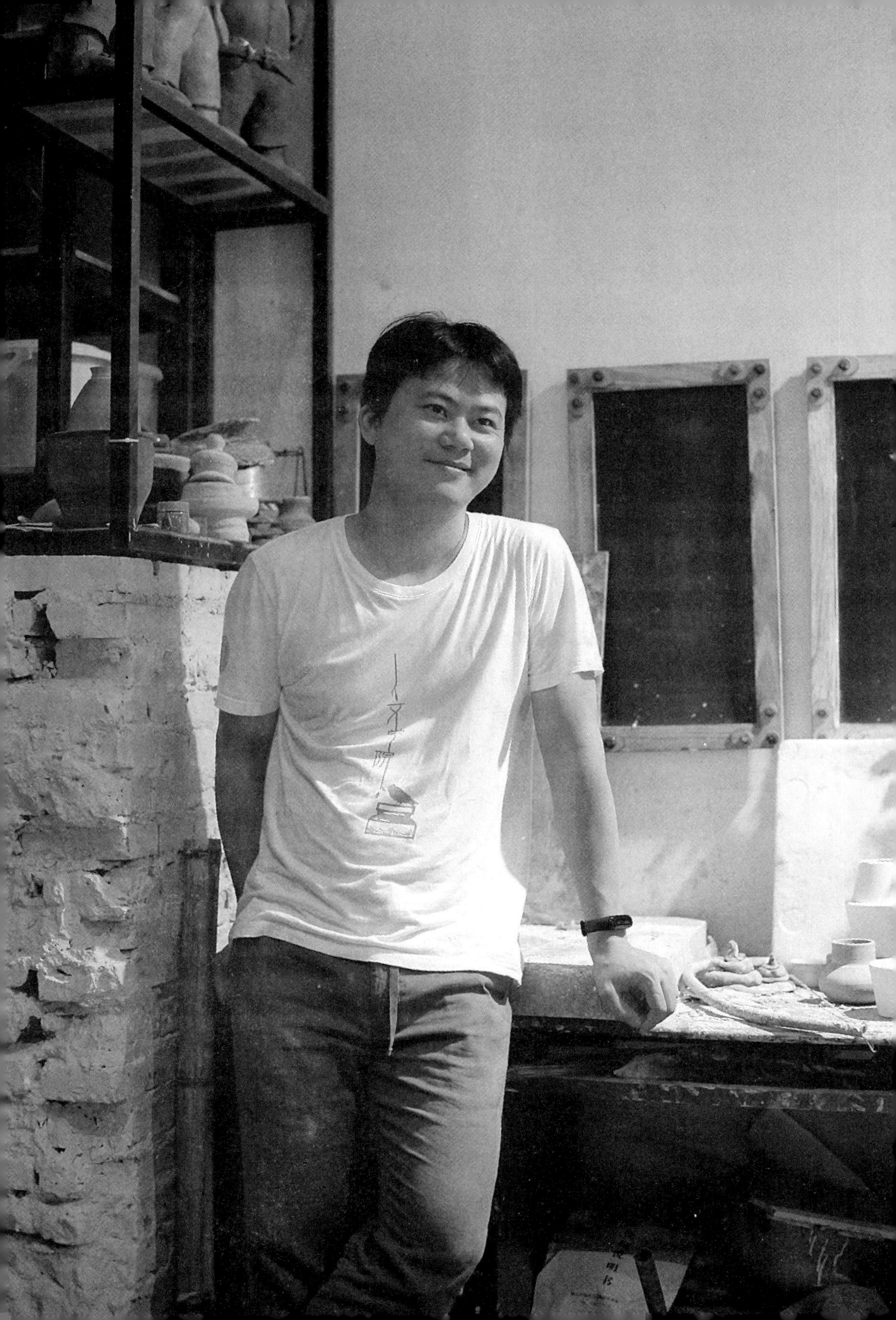

林　森

林森，1982年生，现居海口，《天涯》杂志副主编。作品见于《人民文学》《作家》《钟山》《十月》《诗刊》《中国作家》《山花》《长江文艺》《作品》《大家》《青年文学》《小说选刊》《小说月报》《中篇小说选刊》《中华文学选刊》等。曾参加第30届青春诗会。出版小说集《小镇》《捧一个冰椰子度过漫长夏日》《海风今岁寒》，长篇小说《关关雎鸠》《暖若春风》，诗集《海岛的忧郁》《月落星归》等。曾获人民文学奖、中国作家鄂尔多斯文学新人奖、海南文学双年奖等，作品入选2018收获文学排行榜、2018中国小说排行榜、《扬子江评论》2018年度文学排行榜等。

夜雪堆积如山

车停在这个无名小镇了。天色愈加深黑，一场雪已然赶到半途——但这并非司机停车的真正原因。司机踩停刹车的时候，倒也望了望天色，无边无际的黑涌来，像极了和这边疆远隔千万里之外不断涌上沙滩的海潮。司机往右一偏头，对戴着耳机摇头晃脑的温少蔚说："不走了，今晚在这里歇歇！"

温少蔚摘下耳机："什么？"

"不走了。"

温少蔚看看天色："杜师傅，你……精力真旺盛，你又想了？"

"雪要来了，下个镇子还远。"杜师傅也知道温少蔚不信他随口抛出的理由，反正方向盘在自己手上，他要停，这小温也没法子。这种长途的奔驰，不适时停下来，在这荒无边际的路上以同一种姿势向前，人会在单一、枯燥当中疯掉。路两旁都是戈壁滩，朝哪个方向看，都是一个模样。车窗外的场景很适合拍武侠片，随便放匹马，都是策马啸西风，都是天地苍茫。当这样的场景时时见到，并持续了有十年之久的时候，温少蔚只觉得内心空荡荡，对眼前的景物熟视无睹。

这些年老是从京城往边疆跑，公司里所有的司机都和温少蔚一起出来过，这杜师傅并不是一起同行最多的。大卡车运的是公司的一些大型变压器，他带着各种资料和表格，把这些机器运给全国各地——他觉得自己就是个镖师。需要这种大型变压器的地方，往往比较偏僻，他也因此钻到了各种别人听都没听到过的地方，尤其是新疆，那是他的主战场，一年之内，他至少有四个月都在戈壁滩上狂奔。早先还有新鲜感，拿个相机四处拍，现在别说携带不便的单反，连手机上的照片也没存几张，偶尔翻看手机相册，净是大半年前拍下的荒无人烟的空镜头。

镇上只有一家"福华旅店"，要了两间相邻的房间，推开门就是一股浓重的霉味。行李安置好之后，温少蔚就先洗漱了。头发没干，就先翻看随身带着的一本书。电子书和手机已经很方便，他也在包里塞着一本下载满满的电子书，可是没有一本可以翻页的纸书，他心里就不踏实。倒也不一定是为了看，只是不太想改变习惯而已。这些年，远离老家海南岛，身上残余的痕迹已经越来越少，发现一个都跟宝贝一般藏着，哪舍得改掉。书没翻两页，不隔音的墙壁，又传来了司机那压不住的寻欢声。

这么多年跑在外，温少蔚已经习惯了公司里这些司机的脾性，他们不解决一下，这辆车是没法开往下一站的——司机坚持在此过夜的真正原因，就是因为早憋坏了。司机好像是故意发出声音来刺激温少蔚，担心他听不到，不时伸出巨大、肥厚的手掌，拍打着墙壁，提醒温少蔚要注意力集中，要声声入耳。温少蔚恨得咬牙切齿。还好，这时手机铃声响起，把他从复杂的情绪当中挽救出来。

是母亲的电话。

"妈！"

"怎么好多次打不通？"

"路上有时没信号。"

"又在路上？"

"又在路上。"

……两人沉默了好一会儿，母亲还是忍不住发出了叹息，她本想压住，却没压住。叹息声一出来，她就有些后悔，为了转移注意力，她说："祖屋那事，又吵起来了……"

"还吵？这事有两年多了吧，不都说好怎么建了吗？还吵什么？"

林　森 | 夜雪堆积如山

"族里的人，就那样嘛……"

"妈，他们要吵，让他们吵，你别多嘴伤神。该出的钱，我来出，别的你不用管，不要想太多……"家里一旦有点什么事，他唯一能做的，就是先把应该出钱的部分承担下来——这，几乎算是远离海南岛的他，唯一能给父母做的了。这种做法直接、磊落，把所有的嘘寒问暖，全部折算成转到父母卡里的一个数字。温少蔚怕激起心中的波澜，赶紧说："近期要能请假，我回去一趟。"

"好好好，我把那几只鸡养肥点……"

温少蔚知道不能多说了，立即挂断。通了电话，这书也没法看了，他只能躺在床上，看看外头的天色。已经一片黑压压了，这场夜雪在快马加鞭，愈加临近了。他没露天站在外头，可空气里的压抑和沉重，已然渗进肌肤上的毛孔里。他没见过这种天色，如果夜雪降下，明天确实不好走了。他并不为这天气担心，他心里想得更多的，是母亲在电话里提到的祖屋翻修的事。这些年，族里的人都在外迁，祖屋的唯一作用，是逢年过节才去祭拜一下祖先，三年多前的那场超大台风，把这间老屋吹得东倒西歪后，翻建的提议在族人里一次次被提及，但总是耽搁下来。族人分支散叶，生活早就千差万别，想法也不同。在要不要翻修上，意见很统一：修。但怎么翻修？在哪翻修？则各有心思。有人认为在原址上简单翻建一下就好，毕竟大家多在外谋生，手头都紧，修得再好也没用，还不是给苍蝇老鼠蟑螂住？又有人认为，祖屋不修好一些，不把祖先伺候得舒服点，不得影响了子孙们的发展吗？肯定要重新选址、往大里面修、修得阔气些、得和村里修得最好的那家人比一比……吵来吵去，也没分出一二三来。

温少蔚上过大学，又长期在外省工作，算是有见识的人，前年春节在家，族里人问他的意见。他问："我的话算数不？"族人反而不说话了。温少蔚就摊牌了自己的态度："你们先商量好吧，按人丁该出的钱，我一分不少就是了。"可那么久了，祖屋的修建还是没一点眉目。温少蔚的母亲心事又多，听信了外人的口舌，认为她儿子在外漂泊无定，谁敢说跟祖屋的破败没一丁点关系？她一度把温少蔚回海南岛工作的希望，寄托在祖屋的尽快修建之上。后来，她又放宽了要求，不管回不回海南，至少他得有个地方安定下来，不要整天奔跑在荒郊野外，风餐露宿——旅途漫长的大卡车，对于闻不得汽油味、上车就头晕的她来说，是想想都是绝望的画面。

很多话他没法跟母亲讲。

啪啪啪！门被敲响，司机自带回音的嗓门儿响起："开门……开门！吃饭去……"他毫无饥饿感，还是把门打开了。一股风重重推来，雪花将至的气息充溢在风中。没来得及回话，司机一把抓过他的肩膀："肚子饿！吃饭去，我们点好的。"他只得苦笑："杜师傅，你又耗了多少精力呀，需要这么补？"司机笑笑："是，得补补。唉，你这人，没趣……跟公司的人出来，就数你最没趣，人家谁像你这样，老憋着，搞坏身体了。不能太亏待自己啊……"

下楼到了前台，司机问前台小姐："附近有什么好吃的？"

那姑娘头都不抬，看着手机屏幕，手指在上面划来划去，声音冷冷："出门左拐五十米，就一家馆子，开就开，不开也没别的店了。"司机大步走出福华旅店，温少蔚跟上，司机压低声音："别看她那个鬼样冷冰冰的，刚才在房间里，叫得什么似的……"温少蔚惊奇："刚才跟你的……是她？"司机不再说话，运动后的饥饿，让他想快速抵达饭馆。风是间歇性的，一会儿猛地扑来，带着尖锐的刺；一会儿又全然停歇，混合在黏稠的压迫里。饭馆也没有名字，直愣愣地挂着LED灯组成的昏黄大字——"饭馆"。门半闭着，有灯光射出来，司机闪身就进去了。

里头不大，稀稀拉拉坐着几个人，各自面前都摆着菜肉，但好像都不是为了

林　森 | 夜雪堆积如山

吃，仅仅摆个样子而已，似在静静地等着什么——他们是在等着即将降落的这场雪吗？温少蔚翻看手机，查看实时天气，显示有雪将至、注意出行等等的提示。这个年代，最了解人想要什么的，早已不是人了，是这无所不能的手机，它掌握着一个机主所有的心事和秘密。靠门边就有一张桌子，司机坐下来，温少蔚也拉开椅子坐下，桌子好久没擦过了，每动一下就有灰尘被激起。老板娘和所有夫妻店里的老板娘一样，即使就站在眼前，即使瞪大眼睛去细看，温少蔚也没法形容她长得怎么样。

老板娘说："新到我们镇的过路客吧？"

司机点点头。

"我们地方小，没菜单，厨房有啥你们就吃啥了。"

司机说："好吃就行，得搞份汤，这天要变，喝喝汤，暖一暖。"

"好！"老板娘转身就下厨了。

油烟味在小饭馆里环绕，温少蔚有种恍惚的错觉，瞬间穿越了。眼前并非一个二十一世纪的边地小饭馆，而是十八世纪之前的任何一个朝代的任何一个边城小店——比如说，眼前不就是武侠小说中最有可能会出现的场景吗？这些稀稀拉拉的江湖客，是不是都藏着刀剑，只等待一个荒诞理由，就立即拔刀拼命？靠窗边那个瞪着酒杯的大胡子，谁说他前世不就是那手握重刀的虬髯客？挨着中间的那三位瘦子，很有可能就是曾让半个江湖头疼的漠北三剑……漫长单调的长途奔波，使得温少蔚本能地具有一种能力，看到任何一个画面，他都能瞬间转换成另一种想象。这样的想象，充斥着他孤独的长旅，使得他的每一次出行，其实是无数次的重叠之旅。重叠的感受出现多了，哪个更接近真实，就变得难以分辨——大卡车每一次带着变压器奔往空旷，也把他带向久远的时光深处。

叮咚——手机短信的声音。

根本没看，他就知道是谁的消息。微信风行以后，只有一个人，还和他用短信保持联系。这种坚持，有着某种无比庄重的仪式感。他妻子的短信："你海淘的德国汤锅已到，品质很好。今天，小宝贝踢腿三次。一切很好。"这是每日例行的报平安的短信。这条短信一来，老板娘什么时候把菜端上，菜到底是什么，他都看不到了。他大学在湖南长沙读，毕业前公司直接到他们班上招聘，一纸简历把他带到了北京，也带到了全国各地的荒野。妻子是湖南人，却并非大学同学，而是一个朋友介绍的网友，后来他正好出差路过长沙，和她见了一面，两人火速升温，那年年底，她就跟着他回海南过年。春节后两人就在长沙登记结婚了。婚后，他的生活依旧没变，不出差时在北京的总公司，出差时不知道在哪个角落；而她仍住在长沙的丈母娘家。这种生活竟然转眼也有四五年了，朋友甚至他的父母都不看好，觉得长期下去会有很大问题。这几年里，他曾数次寻找长假去长沙造人，也失望了数次，最后就不抱任何希望了。当几个月前妻子在短信里说："有了。"他看到奔腾的大卡车窗外，是无边的戈壁，天地空荡无一人，眼泪顿时就下来了。司机吓得赶紧刹车，哄婴儿似的哄他半个小时，他还是什么也没说。司机把车熄火，站到路边撒尿。两个大男人靠着跑得发烫的车轮胎，眼前没有大漠孤烟直，只有长河落日圆。

　　和妻子待一块的时间少，给妻子网购东西寄回去，成了为数不多的表达心意的方式。指头在手机页面滑过，商品让人眼花缭乱，各种厨具，成了他最热衷购买的东西。自妻子怀上之后，购物车里又增加了奶粉、尿不湿等。把妻子怀上的消息告诉海南岛上的母亲时，母亲在兴奋之后，发出长长的叹息。他知道母亲叹息背后的含义，他也多次想过生活的另一种可能，但每到了最后衡量得失利弊之时，他都得把自己从这纠缠难解中迅速撤出。他甚至会想，是不是自己早已习惯了这种漂泊无定的日子，所有的稳定，对他来讲，其实是埋藏在生活深处的巨雷。

林　森｜夜雪堆积如山

他租房在北京公司总部附近，可他长年在路上，租的房子老是空着，妻子则在长沙，这不能不让他感到某种荒谬。他就像被注入管道的水，只能沿着被限定好的曲曲折折的管腔转向，往前奔去。

司机竟然叫了瓶啤酒，给温少蔚也倒了一杯，这是从未有过的事。公司的司机，绝不允许有喝酒的行为。这点酒不能算酒的，对司机来讲，也算是难得的破戒了。司机说："你看这天气，明天怕是走不了，在这地方待几天也说不定，喝两杯没事。你不会回公司告密吧？"温少蔚笑了："我哪有那癖好……你尽兴，不耽误事就行。"司机竖起拇指："够意思！"司机夹了块肉放到温少蔚碗里，又夹了一块塞到自己口中。以半杯啤酒把肉送走，司机长长舒了一口气："小温，你是读书人，不像我这种老粗，除了会开车，别的都不会。你说啊，人怎么那么奇怪呢，老爱做自己后悔的事？"温少蔚饮了一小口，冰凉的液体一进入喉咙，就带凉了他："……你……做了什么后悔的事？"司机说："也不是后悔……就是，说不清，比如，比如，刚刚，旅馆前台那姑娘到我房间来，走了后，我总是想扇自己巴掌，哎……你说，一拉上裤头心就全变了。这事不也就那样嘛，我怎么偏偏忍不住呢……我不像你们读书人，自律，管得住自己。每次回北京，见到我老婆，也是不好受嘞……"温少蔚苦笑："你回北京还能见到老婆，我哪见得着……"司机说："你的事，我也听说了，也是，长期这样……"话没说完，司机又干了半杯。

没关严实的门，被外头的风吹得又关又开——风又急了一些。

怎么结束吃饭，怎么回到旅馆房间，温少蔚后来一直没想起来。他的注意力一直在手机上，准确地说，是在一个微信群上。他几乎卸掉了所有的微信群，却保留了一个"茶局"群。里面汇集了八个高中时的朋友，除了他之外，其他七人都在大学毕业后，回到了海南岛。这个群里时常组织各种饭局、茶局，温少蔚当然是没法参加的。这个群已经成立快三年了，三年里，有些话题从没改变。比如：嘲笑 A 工作的公司差不多要倒闭了，现在已经叫所有男员工剃光头，每天高喊"加油，努力"以获取精神力量了；比如说，B 说他又买新房了，又有哪个富婆邀请他出游了，他是伴游摄影师；还比如说，C 热衷健身，把胸部练得比女人还大，可这好身材却无处展示，他母亲生病，他只得辞掉工作，回到村里照顾，现在跟人合伙做酥饼给县城的一些糕点店送，把一身肌肉浪费在面粉和水之中……关于温少蔚的话题，则永远都是他什么时候彻底回海南岛呢？微信群里的这几个人，说起每件事都尖酸刻薄，无所不用其极。有说群里众筹给他买机票的，有说给他找工作的，有笑他整天押送变压器与核燃料，人都被辐射得阳痿不举了……这帮当年的少年，已变得越来越适应这个社会，变得和所有朝中年奔去的人一样，唯有彼此之间的话语，一直都带着不变的、温暖的刺。温少蔚并没有因为他们的话而介意，他甚至觉得，这个群没有把他这个参加不了茶局、酒局的人踢出去，是因为这屏幕、电波之外的远方海岛上，有着一股看不到的真情在涌动。

他也并非永远没法参加。有一次，群里有人提议，如果温少蔚能回去，就买一头羊来招待他，有人自告奋勇出酒，有人说自己开车去机场接他，有人说他来安排消夜和茶水……他们认定温少蔚没法回来，不断把筹码升高。由于他们的鼓动，温少蔚开始查机票信息，得知四天后机票便宜，他说："你们得说话算话，我四天后回去。"他把航班信息截图发到了群里。沉默一阵后，群里每个人都表态，所有许诺都会兑现。他真的跟公司请了假，飞了回去，到老家去看看已经听不到别人说话的祖父、长吁短叹的父母。从家里离开时，祖父带着他去了那间破败的祖屋拜了拜，什么也没说——族人意见不统一，争执还在继续，这祖屋还得破败下去。

林　森 | 夜雪堆积如山

　　当然，他回来最主要的事，是要赴局的。那只嫩羊的肉在水中翻滚，他一滴酒没喝，身边那七个朋友全都倒下了。倒下后，他们的话各种喷射：A的光头已经冒出一层黑，最近又得再剃一遍了，公司的境况仍没有好转，他还得每天早上跟同事一起高喊口号，给自己注入麻醉剂。B已经游了好几个东南亚国家了，可有一次他正在外地游玩时，听说他一个住在城中村里的舅舅，在一场席卷而来的拆迁中，被倒塌的房子压成肉饼。C的肌肉已经退化成了赘肉，他借来的钱全花在母亲身上后，母亲越发卧床不起了……那一刻，温少蔚有一股庆幸之感，自己终日在路上，或许也是在某种程度上，对此类鸡零狗碎的一种逃离？

　　今晚"茶局"群的话题，是关于温少蔚的。此前温少蔚把自己老婆怀孕的消息告诉他们后，他们开始了各种劝慰与威胁，认为如果温少蔚不能在小孩生下来之前回到妻子身边安定下来，一定给今后埋下争执和隐患。温少蔚不知道怎么回话，只能手指滑动，看着一行一行文字、一条一条语音，把自己悬空起来，像晾在竹竿上的腊肉。司机发现了他的异样，在回各自房间之前，用力拍了他的肩膀，还想说些什么的，没说出来。

　　靠在床头的枕头上，温少蔚把音乐播放器的声音开到最大，也没能把内心涌起的情绪压下去。他把耳机戴上又摘下，戴上又摘下，戴上又摘下……终于，任由播放器滑在床垫上，若有若无的声音从耳机流淌而出，声音虽小，却溢满了整个房间。他呆呆出神，忽然听到，隔壁司机的房间里，传来了奇怪的声音，他听了好久，才确信是司机在哭。那哭是不连贯的，一声巨大的喝叫后，是漫长的无声，接着又是喝叫……温少蔚把播放器关了，隔壁的声音没有变大，也没有停止的意思。他听了足足有十分钟，那怪异的声音频率加快了，他赶忙起身，到隔壁敲门。

　　门响后，哭声停止了。过一会儿，门开了，司机一只手的五根手指塞在嘴巴里，显然是要硬生生把自己的哭声截断。温少蔚说："师傅……怎么……怎么了？"司机把嘴巴里的手抽出，马上一声喝叫连着一声喝叫，他又赶紧把手塞进去堵住。温少蔚很尴尬，说又不知道要说什么，要扭头走也不是。三分钟后，司机下定决心，抽出手的同时，给自己狠狠扇了一巴掌，总算把情绪稳定住了。他说："我不是人啊，不是人……我……老婆……刚接到家里电话，我老婆都那样了……我还这样……我……"他举手又是一扇。温少蔚伸手要拦，司机却往后一退，奋力把门一关，话也斩钉截铁："没事了，睡吧！今晚可以睡个懒觉了。下雪了，明天不用着急走了。"

雪果然来了。

房间的玻璃窗隔开两个世界，外头的雪花悄然无声。

十来年了，他第一次在旅途当中遇到大雪。在他记忆里，好像每次出差，都是夏天，都伴随着昏黄的落日，连雨天都很少。这一次遭遇大雪，倒是很难得。他心中想着，要怎么跟公司还有客户解释，半途遇雪，恐怕送达的时间暂时不详。

这么大的雪，竟然是没一点声音的！这么大的雪，就静悄悄地覆盖这座小镇，并堆积成连绵之山？温少蔚躺下。这个晚上适合入眠，适合睡到自然醒，可他能够睡着吗？他伸手拔掉房间座机的电话线。这是他的强迫性习惯，住旅馆里，不拔掉电话线，就老是会觉得座机会在半夜响起。把手缩回时，他看到了座机上贴着一张纸，纸上是前台的号码。他的手停住了，不知道要不要把电话线重新插上，让那前台姑娘，在这下雪之夜，来陪他一个小时？

（选自《作家》2018年第1期）

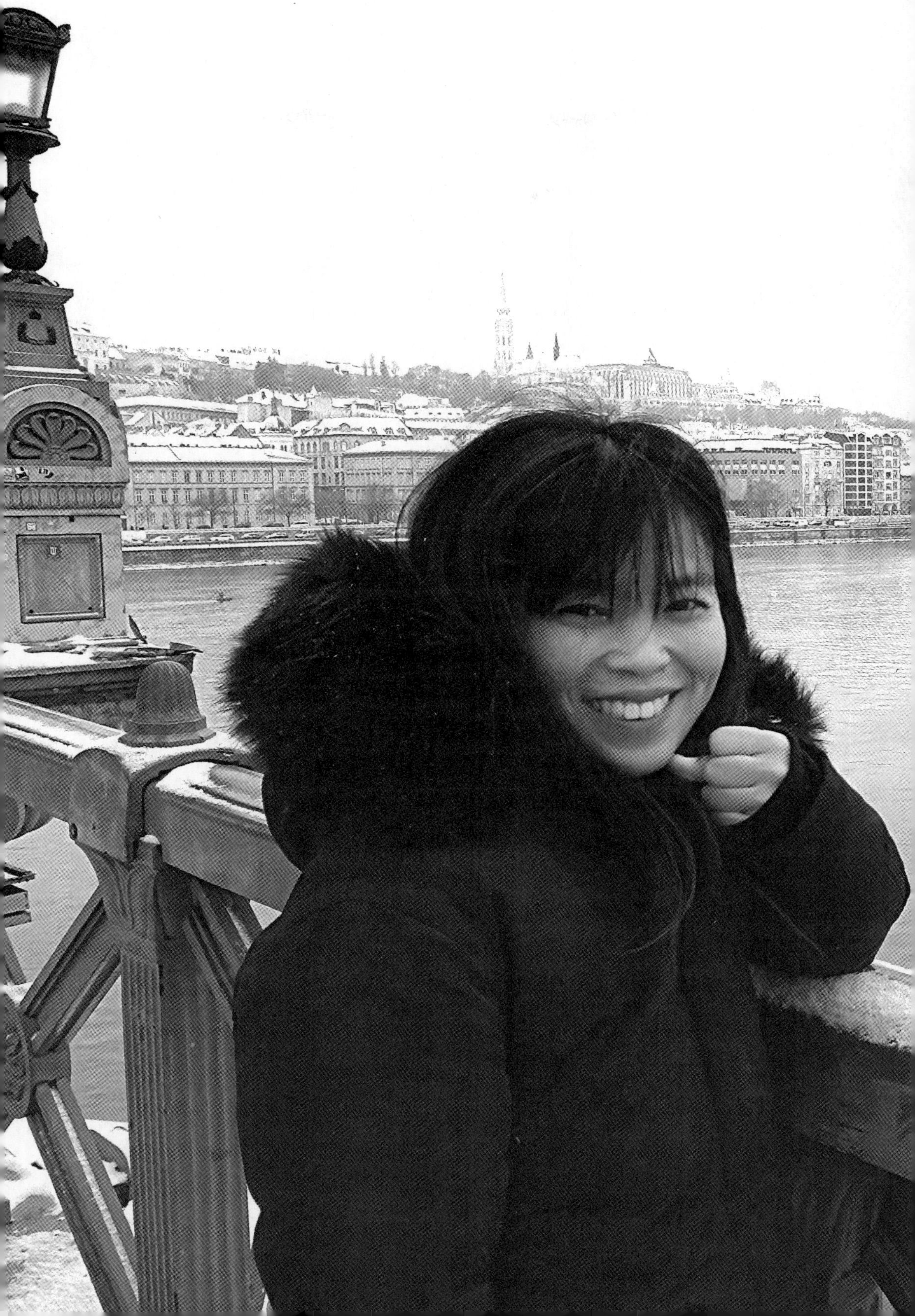

白 琳

白琳，80后，生于新疆维吾尔自治区，艺术学硕士。2013年开始文学创作，2015年获新经验散文奖，2016年获赵树理文学奖新人奖。作品见于《当代》《天涯》《小说月报》《青年文学》《长江文艺》等刊物。

垃圾堆小公主

1

米兰达是我的大学同学，法语专业的班花。

法语专业只有一个班。班上有二十三个学生，二十三个学生里有二十个女生，三个男生。这是2002年我们毕业前的状况，或者说是我以为的状况。等到2017年，二十三个同学里面，有十八个女生、两个男生，还有一个想要变成男生的女生，一个已经变成女生的曾经的男生和一个性别模糊的人。不管男生女生怎么分配，米兰达都是曾经的班花。不过，再过几年大概就要让位给一个现在在法国做外贸的女同学了。因为从聚会的状态来看，米兰达脸上注射的内容物没有对方多，看上去就有点像放久了瘪掉的气球，已经气势不逮。不过谁知道呢？也许过两年苹果肌不那么流行了，蔫苹果的自然美却可以重登审美平台。

米兰达长得还不错，但就是和淘宝上卖的很多时装一样，仔细研究会发现车工不齐，线头有点多。她脸盘不正，下巴有点偏左，鼻子有点翘，后来身边有好多人开始整鼻子，结果都整成了米兰达那样的翘，露出一半的鼻孔，一不小心就要露出两个完整的黑洞。黑洞里长着钟乳石还是荒草，有潺潺流水还是供着什么形状的神像，有时候借着光线，孔洞的前半部分还是可以被外人瞧个模模糊糊。米兰达其实是有一点点忌讳自己的鼻子的，经常拿左手的拇指和食指把鼻尖往下压，但后来当她看到大家都整成这样也就释然了，或者说当她不再特别需要美貌的时候，她就有点释然了。有几年米兰达常常被陌生人质疑鼻子的真实性，她就用手大力地拧自己的鼻子给人看，大力到像是要拔出红酒瓶的软木塞。有一次她把自己的鼻子真的拧出血来，鼻腔内的毛细血管放开了往外喷热烘烘的鼻血，米兰达的酒瓶子就开了。米兰达反而觉得很痛快。

　　米兰达总是喜欢证明，蛮荒有力地去证明。

　　大部分时候，米兰达不表演拧瓶塞流鼻血那一套。但是她的鼻子会被拧得发红。红扩散到两颊，渐次晕染成橘红和桃红的混沌。米兰达的脸上，眼睛大，有卧蚕，皮肤白，嘴唇就现出了强烈的朱红色。那时候她不缺血。流鼻血流多了也没事，连笑一笑两颊上也有红晕慌慌忙忙跑出来。好多人觉得那是娇羞。但是米兰达不常笑。如果那些红晕真的是"娇羞"，米兰达不乐意别人觉得她"娇羞"。

　　都说性格好坏体现在脸上，生活态度体现在身体。这个真难判断。米兰达看上去没什么好性格，因为太白了，就有点尸凉的感觉，像在太平间关了好几天才放出来的样子。米兰达的生活态度还挺积极的，这个主要是她又瘦又高，其实倒也未必瘦，米兰达最胖的时候有一百二十斤，最瘦的时候也不下一百斤。她骨架小，腿直，天生敢往嘴里塞东西，塞到脂肪把皮肤撑薄也看上去像是个瘦子。再加上她常年鼓捣哈达瑜伽、热瑜伽、流瑜伽，搞得肌肉匀称，所以体态良好。不过更重要的大概是因为米兰达还有张小脸，至少那时候我们看人还是习惯从脸开始看。很多人以为瘦下来就好了，我觉得一半一半吧。还是得看脸。等到真的瘦下来，就会发现，其实需要的还有整容。脸确实是时尚的中心。

　　在学校时，米兰达总是说自己身高一米六九，实际上她的净身高是一米七二，我很不喜欢和她走在一起，因为会显得自己像一只小鸡。米兰达虽然又高傲又矜持，但仍有男生知难而上，所以她屁股后面常年缀着两三个追求者。那会儿米兰达就像是一株会开花的植物，一会儿长出来一朵花，过段时间谢了，一会儿又长出一朵花。有时候花们此消彼长，和米兰达似乎又没有什么关联。米兰达

白　琳　｜　垃圾堆小公主

由着这些花跟在后面，偶尔回头去看看彼时有几个，长得是不是漂亮。米兰达除了是班花，学习也好，二十三个人里面总是前三名。有时候学习学得烦了，瑜伽练得枯燥了，和我吃饭吃得没胃口了，米兰达就想着要谈个恋爱。米兰达想谈恋爱的时候，也想过从那几朵花里面挑一个顺眼的，后来还是忍住了。她老是对我说一句话，但我每次听到这句话的时候，都知道实际上她是在向自己喊话。

她说，货比货得扔，人比人得死。

米兰达在挑货。米兰达不想被比死。

米兰达把自己收拾得很整洁体面，有很长一段时间，不，直到很多年后，我们班的很多女同学无聊了要仔细回味一下过去时，想着想着不知道想到哪一个细节，才陡然惊觉米兰达当时并不像她们想象的那么有钱。也或者，我们也真的不是因为长了一点年纪就长了一点见识。我们只不过因为足够老了，扔掉了足够的时间，所以可以看看事件的走向，于是过去的暧昧不明到现在就有点光，可以照出"啊当初原来是这样"的感叹。但念书那时候，大家都认为米兰达是一个富裕家庭出身的幸福的 Mademoiselle（法语，小姐）。

说米兰达富裕出身，是因为那时候她用什么都要比普通大众好一点点，衣服鞋子护肤品，手机相机笔记本，米兰达总是买得快又买得贵的那一个。米兰达财物并不多，但是再回忆一下，想到的只有"贵"这个字眼。那时候公务员月薪才一千多块，米兰达的一双鞋就要五百多。

米兰达长年套在脚上的，是一双黑色短靿的皮靴，一年四季都可以穿，角色多变。米兰达有时候光腿穿；有时候穿一条 leggings；有时候套上牛仔裤穿，腿长，怎么穿都好看。好多次我去米兰达的宿舍玩，米兰达都在擦鞋子，她说这种鞋皮子软，娇气，得好好保养。

米兰达把自己收拾得光鲜亮丽，她的床上却衣服袜子卷成一团。有一次我闲着无聊随手帮她整理一下，刚收了两件衣服，米兰达就说，啊，不行，那件没洗，这件可以再穿一次，那件刚洗过……后来衣服袜子还是卷成一团。米兰达睡觉时就把这些东西往墙边推一推，混着她的听力磁带语法书耳机线发圈眼罩或者还有一些卫生纸和换了还没来得及洗的内裤，侧着身子睡在垃圾堆里一般。

垃圾堆小公主米兰达，确实睡在垃圾堆上。衣服卷开之后，床单上还可以看到米兰达月经干涸的红褐色印记，还有姜黄色的饼干渣和灰赭色汤水落下的痕迹，连枕头上都有漏了油的油笔芯浸的一团又一团黑乎乎的痣。米兰达说，这是小时候养成的坏毛病，改不掉。她早已经习惯了这么乱糟糟的生活。

2

没有人计较米兰达怎么在垃圾堆上生活的，把下铺的帘子拉上，米兰达的垃圾堆就只存在于米兰达的世界，谁也不会看得到。

缀在米兰达后面的男孩子们，有几个曾经很荣幸地光顾了米兰达的口腔，但是他们并不知道他们曾经黏在米兰达用来念法语的嘴巴上。米兰达说到他们的时候会嘴干，嘴干了她就会用舌尖快速地舔一下那两片薄薄的海绵。舔完之后海绵干得更快，米兰达就把他们从自己的嘴巴里迅速卸下来。

卸下来的，基本上就等于消失。我现在还能记得的，也只剩下两个。一个是矿老板的儿子，那时候据说身家有四百万。他爸刚刚包下来一个矿没几年，二〇〇〇年的时候，搞煤炭还没有成为一个像烟花一样绚烂的产业。不过四百万也不是小数目了，米兰达考虑了一阵子，但是没有考虑太久的时间。那年五月赶上米兰达过生日，煤老板的儿子给米兰达买了一个皮包，操着一口怎么也纠正不过来的方言 Plus 普通话，表达了对米兰达的爱慕。米兰达说，连一句我喜欢你都

白　琳｜垃圾堆小公主

讲不成普通话这一点，实在让她无法忍受。那时候我们都还是有点太嫩，不太知道后来的煤老板们大部分都是从自己村或者周边村里挖煤挖出钱来的，也还没见识过更多阔太操着更浓郁的土话背着手工串珠的包包去买几十万的奢侈品几百万的车子和几千万的房。米兰达太着急，不知道修炼也是需要耗费时间的。不过米兰达也不会像我这样见识浅薄，日后反复替她感到可惜，她从不回头，很少纠结过往。再加上，反正煤老板的儿子表白失败后就很快不知道缀在另外的什么植物身上去了，米兰达也没有太在意。这个故事实在短到没有开头。

我知道只不过米兰达的理智战胜不了情感而已。

念到快要大四的时候，米兰达终于开始谈恋爱了，从六月份开始，她频频去见一个外校的男生。这个人是念计算机的，建设大学计科系的系草，也是校学生会副主席。米兰达每一次打扮体面地出门，留下一屋子的狼藉。我时常坐在米兰达的垃圾堆上，看着米兰达走向两极。也唯有我知道米兰达的人生观，就是在垃圾堆上建立的。

约会回来的米兰达，从来没有欢天喜地过。她把说不出的心烦意乱端在睫毛上。

有一天晚上米兰达要我陪她到体育场上坐坐，我们在乌云密布的天空下看操场上影影绰绰的跑着步的人。他们的脚踩在一片黑暗的虚空中，要挣脱地球的牵绊奔向自由。米兰达说，嘴里好苦。她发烧了。

那天大概是米兰达最后一次和计科男系草约会。等我们坐在体育场的看台上的时候，米兰达才确定那是最后一次。我们常常猝不及防地迎来最后一次。就像是从天而降的神的安排一样，并以此擅自结束一种关系。这个月黑风高的夜晚，米兰达发着烧，高温烫穿了她所有的情感，那上面只剩下一个个缩头缩脑的窟窿。

那天中午米兰达在约会的中途突然来了例假，从公园的座椅上站起来的时候裤子上沾满了血。计科男系草用背包帮她掩住，在附近开了一间钟点房。然后他跑出去给她买裤子和卫生巾。

米兰达垫着卫生纸在房间里睡着了。计科男系草回来的时候她发现自己犯了更大的错，酒店的床单被浸红了一片。

那是一家很简陋的酒店，外墙贴着白瓷砖，建在一处城中村里，被一群红褐色的五六层小楼包围着。村民们把地变成了楼，在楼的身体上凿出一个又一个小洞，密密麻麻蜂巢一样，洞里面挤着小小的一条一条的肉体，这些肉体里淌出来的汁液把村民们一个个养成了百万富翁。楼中一小格一小格，填满了这样多汁的肉体。酒店在千百个身体中间挂上了一张红色招牌，招牌上流水一般淌着字。三小时多少钱，五小时多少钱，八小时多少钱，一天多少钱。

酒店叫着一个洋气的名字，实际上长着招待所的脸和身材。床单、被罩，都泛着潮灰，是再也洗不干净的污浊之色。三小时四十块，就是这个房间的钟点价，米兰达躺在许多男女躺过的床单上，在许多男女留下特殊液体的地方印上了自己的血液。

酒店老板娘站在房间里。她矮，瘦，文眉，脸庞扁平，素面朝天的油亮。她嘴里长着两颗虎牙，但是一点也不可爱。她刻薄地说，赔吧，两百块。

米兰达坐在床沿上，望向计科男系草，这个男人说着好听的普通话，有至少一米八的身高，也算相貌堂堂，还是学生会副主席。现在，学生会副主席淌着汗，汗那么缠绵不绝地落下来，他的白色T恤前后都湿了一片。因为湿，他整个人显得窄了许多，似乎还缩着肩，白T恤不是纯棉的，上面结着许多毛毛糙糙的小颗粒，是在学校后面的创意园买的十五元一件的T恤吧。很多人拿这样的T恤作画，他直接就穿了。学生会副主席对米兰达的目光毫无知觉，他低声下气不断恳求老板娘算少点。老板娘的眼睛先在他的脸上戳了好几个孔，又用一种鄙夷的眼神扫

白　琳　｜　垃圾堆小公主

　　描了坐在床沿上脸色发白的米兰达，一丝不乱地说，你们办事儿时为什么就不注意点，现在只能赔。

　　计科男系草沉默了很久，他出了太多的汗于是头发都湿了，湿了头的他看上去有点奇怪，有点猥琐甚至有点臭。臭是可以通过看来感知的吗？米兰达感觉到这种臭的时候不相信地闻了自己。然后还不等她感受到更多的气味，计科男系草有点尴尬地转过来对她说，刚才买东西的时候钱花了不少，现在也就只剩三十多块……忽然间，他像是想到什么，扯起米兰达躺过的床单冲到卫生间。他打开水龙头一边搓洗一边说，我给你洗干净不就行了。

　　有一阵风吹着，在初秋格外清爽。米兰达看着招待所里开着的风扇，它试图搅动这密闭空间里的一切。这个房间有一扇打不开的假窗，窗外是一条有回声的走廊，白天像黑夜一样潮湿。他们三个人，像是被冻在皮冻里的碎肉片，胶着着凝固了。风扇吹送的风，也迟滞也缓慢，它假装和外面的风一样，阔大而自信，但是在这小小屋宇内显露的只有卑怯和畏缩。它从一角送来冷风，一波一波吹动了他的发音，那声音像是翻越了一堵又高又厚的墙壁。米兰达心头像是被电风扇扇叶绞扭了，她从包包里掏出了两百块钱。

　　过了几天，米兰达请我们吃饭。她带来了一个面目崭新的男生，她挽着他的手跟我们介绍说这是她的男朋友。那个男生长得很憨厚，个子不高，中人之姿。

　　还有两个月就要毕业的时候，米兰达敲定了工作。她进了建设大学，手续办得很顺利。

　　同一个宿舍的女孩羡慕她：你老公爸妈那么能干，现成的大房子好车子，起码比我们少挨二十年！

　　这是真的。

　　米兰达志得意满。

所以你以后也要找一个有条件的男人，结婚生子，再也不需要学习进步挣扎向上。米兰达诚挚地说。

刚考上研究生的同宿舍女孩子撇撇嘴：这么个看脸和身材的世界，那种豪门贵戚哪能看得上我。偶像剧里那些脑残桥段，还不是多少人意淫过了的。

谁说不是。

所以她现在考了研，未来还会考博。她早早认清楚了得靠自己。

米兰达不吭声了。她的脸有点黄黄的，像是在生病。她开始整理自己的行李，把衣服翻来覆去地看了又看，放进箱子里，又拎出来。她的床上盖满了花花绿绿的物件，她把这些东西拿起来看看，扔在一边，一层叠在一层之上，然后再从下面抽出来看看。她在床上翻来翻去，床前所未有地凌乱着。月经的赭石色还是沉淀在她的世界之下，被杂物覆盖。最后，她拿了英德字典和几本教材放进箱子里。出门的时候跟大家说，她留下来的所有一切，直接叫学校里收废品的人来收走就好，什么都不要了。卖得了钱大家分了吃雪糕。

那双黑色短靿小皮靴横倒在床底下，米兰达把它也抛弃了。

3

人人都说米兰达势利。我认为确实如此。

半年之后，米兰达要办婚礼，找我来和她一起采购。

我们一起去逛家具店，米兰达在所有高档的大床上都躺过一遍。那一天她没有来例假，肢体很舒展。最后我们俩睡在一张售价三四万的床上，讲着话讲着话渐渐迷糊了眼睛。大学时代开始，偶尔我们也躺在一起，但是从来没有躺在这样高级的床上。米兰达躺得很安心，她侧着身子，渐渐蜷曲成了一只虾米。米兰达

白　琳 ｜ 垃圾堆小公主

睡着了。睡着的米兰达永远都是这副模样，缩成一团，紧挨床沿，留下大片大片的空白。羽毛被子很轻也很暖和，像一团温暖的雾浮在我们身上。我快要睡着的时候想，这里和她曾经躺过的那家酒店真是云泥之别。

我们在卖场里睡了两个小时才醒来。

销售像是冬天里冻过的白菜，脸垂坠得要萎缩成一摊水。

米兰达对我说，就买它吧。她淡定地从包包里抽出了卡片。

冻白菜销售惶恐地赶忙为我们介绍：床是进口品牌，实际上，床垫才是它身上最有价值的那部分。我带您检视一下这款奇高价格床具的部分要点：首先是床架，木质床架的厚度诚如您所了解的是四厘米，这样的厚度是盖房子用的厚度，床架接口大部分采用了古老的榫卯方法。其次是弹簧，弹簧采用了惯用的六圈式弹簧系统。再次是马鬃，这里有个级别的选择，选用的是白色马尾毛，道理有二：马尾长度保证了在咔剪的时候没有碎屑，基本上是整齐一致的弯曲，而白色马尾稀少，毛的直径更粗，保证了高级床垫的弹力需要……

他讲得飞快，唾沫横飞。每一字每一句都是金钱。好像从他嘴巴里吐出的字上，他可以碰撞出一个又一个的五块十块。他追逐着这些字句，越讲越通畅。我看着他的嘴一张一闭，开开合合，刚睡醒的大脑里混沌一片。我想，啊，原本他是要为顾客说明这些的。

那张床上，有一种淡淡的怪味，但是说不出地和米兰达契合。

米兰达买了一整套，她要了样品，这样的话可以少三千块。她还要求赠送上面所有的床品，也就是我们躺过的一切。她刷卡时我在想，那张红色的卡片上应该还有很多钱。

紧接着米兰达就带我去看便宜货，一套沙发衣柜组合八千块，一套书柜四千块。米兰达买得很快，她说没啥钱了，这些边角料随便买买就好。

米兰达总是在我以为她很有钱之后，来告诉我她很缺钱。我们看完了家具，米兰达卡里只剩下一万多的余额。米兰达要一鼓作气把钱花得干干净净，她打算把那张卡片剥脱成真正的卡片。出了家具城她说，走，咱们去看婚纱。

米兰达看的婚纱平均五千起跳，她刷尽了卡里的钱要了一件有长纱的礼服。大概因为刷得痛快，店里送了她一条红色的敬酒服，细肩带。米兰达说，这下好了，省得再去买裙子。米兰达挑婚纱挑得很快，前前后后用了不到二十分钟。结婚这个事，米兰达从头到尾都是在应付。她没有像别的女人那样要预约做个脸弄个头发搞个按摩，我也怀疑到最后她都没有试过随手买的婚纱。她结婚那天，红礼服的肩带一直往下滑，有一阵子，她左侧的肩带没有好好在锁骨的边缘兜着，而是懒散地横躺在肩侧。它把嵌在米兰达肩膀上的牛痘切成两半，因为肩带太细，远远看上去就像是一道血线。有人不断提醒她肩带滑落，米兰达一开始还把它拽上去，后来看着这根柔弱无骨的肩带，就任它继续柔弱下去。米兰达不在乎它究竟是不是可以站得起来。

那天晚上我们随便找了一家小店去吃麻辣锅。米兰达吃到一半跑去卫生间吐。吐完了回来坐下，再跑回去吐。等她最后吐完，我说，你又怀孕了？

如果不是这个孩子，我还不知道结不结婚呢。米兰达说。

后来我看好多无聊的电视剧故事书，都说一个女人要用怀孕拴住一个男人。那不是米兰达的故事。米兰达要拴住的并不是对方，而是她自己。

毕业前，米兰达已经怀了一次孕。多年来一直坚守童贞不恋爱的米兰达把处女之身供奉给了农业厅副厅长的公子。她怀了孕，对方家里知道了，也挺高兴，急急忙忙帮她办好进建大的手续。

但是她犹豫了。

流产手术是我陪她去做的。那一天到那家女子医院来看病的病人很多。在目

白　琳　｜　垃圾堆小公主

睹一个女人被老公抱着飞奔的过程中淌了一地血之后米兰达开始流泪，她在医院的等候区里哭得声嘶力竭也百无聊赖。医院里的哭声，总是那么多，嘤嘤呜呜地盛放着一个又一个关于血液和伤口的故事。大家奇异地看了她一会儿，又各自忙碌。偶尔，人们也是有一点善意的，知道要回避别人的痛苦。

米兰达哭完，哆哆嗦嗦地准备进手术间之前，还问我：最近一个他以前的女同学一直在联系他……可是我就算知道他有这个事也不觉得怎么难过……你说我是不是不该拿掉这个孩子？

那个憨厚平庸的男人，因为不太平庸的背景，平白生出许多花边。几个月前还是少女的米兰达，现在成为要杀死自己孩子的未婚妈妈。

米兰达为杀死自己的孩子争取一点时间，留给后悔的时间。她把子宫里的异物清除出去，就腾出了思考的空白。米兰达在空白里仔细研究爱和未来，她的研究做得很糟糕，彻底逻辑混乱。她连在别人的经验里找论点的机会都没有。她周边的我们都睁着无知的眼睛傻里傻气。

米兰达进手术室打胎，在四十秒之后进入最平稳的无感世界，我在外面等了六七分钟，还在想怎么回答。

我不知道该怎么回答。

我真不知道该怎么回答。

我还没想好怎么回答，米兰达的答案已经出来了。挺快的。米兰达在任何事情上写答案都挺快的。她会做的写得挺快，不会做的也写得挺快。

4

米兰达又一次用试纸测出怀孕的那天傍晚，她坐在新房里刚装好的马桶上四处乱看。

墙壁上贴着浅灰蓝的瓷砖，每一块上面都有凸起的花枝和不规则的细小的裂纹。她从一条裂纹移向另一条裂纹，果然，这世界上并没有两条完全相同的裂纹。她看到头顶装好的风暖，最好的风暖，价钱最高功能最多的风暖，在即将到来的冬天，她终于可以在家里洗一次澡，这是她从未做过但一直向往的事情之一。

原本她还想要一只浴缸，扔花瓣喝红酒泡牛奶浴，但是看到公公婆婆家那难以清理的巨型浴缸，她打消了这个念头。卫生间里的五金挂件，脆亮脆亮地放光，毛巾浴巾也买好了，和酒店一样齐齐整整地摆放着。比酒店的干净，比酒店的纯洁。她开始看窗外，窗外是婆娑的树影，微凉的风吹进来，是流动的活着的风。

房间阔大舒服，身下坐着的马桶，是全自动的冲水烘干马桶，她的手抚过遥控器，也心生满足。什么时候过得像这般好过呢。她想起了肚子里的孩子。孩子还是豆芽一般的存在。她想，在这个充满装修毒气的空间里，它会不会再一次死去。然后她从马桶上跳下来，决定离开这个房间，到婚姻里去。

米兰达的幸运在于她想结婚时就可以结婚。她老公三心二意了几天，复又比较出米兰达的各种好来。于是三心二意之后的一心一意就成了死循环。

米兰达是一群 Mademoiselle 里，最先结婚的人。

我去参加了他们的婚礼，看到了计科男系草。我是在大门口迎宾的时候看到计科男系草的。建设大学派了一辆校车专门接送参加米兰达婚礼的领导和老师。这是我后来多次参加高校婚礼再也没有见到的情形。

米兰达的婆婆是高院的法官，她和农业厅副厅长站在豪华酒店的大门口迎接每一位客人。他们热络熟识亲昵自然地和每一位领导寒暄说话，计科男系草夹杂在一群大学教师中离语言的中心很远。

但他还是十分出挑的。穿着黑色的呢子大衣、白衬衫、牛仔裤。远远的冷

白　琳　｜　垃圾堆小公主

冷的。

他也终于即将留校了，千辛万苦。一开始考取了本系的研究生，紧接着兼任低年级学弟的班主任。曾任校学生会副主席一职帮他在团委认识了一个管事的领导，这一年年底，他的档案就会归为专职班主任那一区，是学校内部的行政人员了。

好歹。好歹。

在高校里了。

和米兰达不同，他的路注定艰难险阻。Mademoiselle 中有人说，他的失败是因为穷。"穷"这个字是那时候的他唯一不能掌控的东西，出生在犄角旮旯不是他可以选择的，因为这一点而失去所爱，真是一件值得惋惜的事情。Mademoiselle 们说其实他也算是米兰达的贵人，如果不是他带米兰达去参加同学聚会，米兰达也不会嫁到好人家去。

他来不是米兰达请的，请他的人是米兰达的老公，农业厅副厅长的儿子，省高院高级法官的儿子，与他同窗四年的室友。他在这位室友的眼里，像是一顶扎在沙滩上的帐篷，还不等狂风暴雨来袭，只呼出一口气，就翻了。

又过几年，我重新回校读书，遇到一个女孩。我们熟悉之后，她问我认不认识米兰达。她说她是计科男系草的前女友。

她是计科男系草的前女友。恰恰好是在米兰达那一任之前的前女友。在大学里，他们短暂地谈了一场恋爱。他家境贫寒，这一点她也不是没有丈量过，她手里扯开一根软尺，还没来得及仔仔细细地量好，就犹犹豫豫地被追到。只不过当她心一横把皮尺扔到一边正打算海枯石烂地进行下去，没承想自己却像被计科男系草随手拔下的一根狗尾巴草那样不一会儿就又被随手甩掉。

她耿耿于怀的，除了被甩，还有对计科男系草的怜悯。

计科男系草很爱米兰达，爱到一定要把手上握住的女朋友甩脱，但是后来呢，他更快地被甩了。有一天，他大概故意把自己灌醉，或者只是用酒精给自己的嘴巴消了个毒，忽然整个人变得有点干净起来，他打电话给她，说，这些都是报应。

后来他就变了。女同学说。

为了留校，他和校团委的那个女领导走得近，学校里风传了各种与他们有关的桃色版本，多到无力校勘，每个版本各有爆点。后来真的留校了，他就不再理会那个四十多岁的老女人。人人都说他是小白脸势利鬼，他也不以为意。他热衷相亲，但条件不佳，始终都没有最好的对象出现。什么是最好的对象呢？他好像没有给出来一个近乎标准的答案。后来，他三十岁了，遇到一个三十二岁的女人，是一个区领导的女儿，有短暂婚史。他娶了她，开着她的车，住着她的房，研究生毕业念了博，身份换成副教授。这样看，也不比米兰达的人生际遇差。

我不知道这是不是一个可喜可贺的消息。米兰达从来没再提过他。从那晚我们在体育馆看台上一个接一个看着那些脚不沾地的黑影绕着四百米环形跑道绕圈的时候开始，米兰达就决定不与自己绕圈了。

5

米兰达在小县城里长大，爸爸是政府里的工勤人员，负责开车往村里送化肥什么的，后来又帮着城关镇一个马场看马。所以父亲的身上永远都有一股马的味道。这味道被母亲咒怨，她骂她的男人，说无法忍受和一个浑身臭味的马夫同睡一床。后来父亲就很少回家来，回到家之后，也只在卧室外面的窄过道里拉出一个行军床。行军床吱吱扭扭地乱叫，米兰达常常在黑暗中感受父亲的翻身。那个翻身是坚忍的。她可以感觉到父亲的呼吸停止了，那一团气缩在胸腔里，他慢慢

白　琳　｜　垃圾堆小公主

地把自己的身体抬起来，像是一种瑜伽姿势。然后再慢慢地从另一面落下。落下的时候，气息会隐忍着缓缓地长长地喷出来，隐忍而热烈。但即便这样，床还是叫，母亲的叫骂比床更响亮。

母亲在小县城电影院门口开一间五金杂货铺。生意寡淡。杂货铺自打开张就没有收拾过，米兰达长到十八岁，杂货铺也快二十岁了。杂货铺背阴，只有进门时的一点光明，有一个小小的玻璃柜台摆着，里面塞满了螺丝起子。米兰达的妈没事干的时候就去隔壁或者院子里打牌搓麻将，杂货铺扔给米兰达照看。米兰达一边写作业一边卖货，收了假钱烂钱还免不了一顿打骂。来杂货铺买东西的人，没有一个是高级的，全都穿得邋里邋遢。男人们洗朽了的二股筋背心长到可以盖住大腿，背面挂着三五只窟窿也没人会觉得不妥，有女人穿着自己老公的运动短裤就来了，蓝底子红边，蓝底子上钩出了一条一条的丝线，毛擦擦，裤腰上松紧带很松了，拿绳子捆着。冬天就更简单，来的人好像从来没洗过，和衣服一起活着，它们像是长在他们身上的毛皮。有时候米兰达可以看到某个人的背后有一片虱子在蹦，噼噼啪啪像是跳跳糖在表演。米兰达知道自己家的杂货铺也少不了这些虱子。米兰达想，原来什么人就要往什么地方去。

米兰达不写作业也不卖货的时候，就尽力把塞得乱七八糟的杂物整理一下。有时候突然翻出一箱快过期还没卖完几乎要干掉的强力胶什么的，也不会受到表扬。米兰达妈妈只会怒气冲冲地说，要死了，把这个塞到柜子底下，叫谁能看见。等米兰达爸爸晚上回家，就是一顿大吵。吵架的内容常常围绕三毛五分钱。米兰达一面洗漱一面背课本，早就习以为常。

再长大一点，米兰达处理事情的办法就圆滑很多，她不再和母亲交流每一件事。整理出来残货，能卖就卖，卖不了折价也要卖。总有人愿意买。米兰达觉得，这世界上永远都不会缺少穷人，反正穷人买杀虫剂也不过是为了心安，并不是真正要杀虫。那么多虫子哪能杀得完？低劣丑陋的虫子在穷人的世界里爬行，爬着爬着，人就和虫子一样了，要什么杀虫剂呢。

米兰达不怕蟑螂这样的动物。在五金杂货店里，米兰达经常看到几只大大的蟑螂从杀蟑胶和灭蟑清上施施然地爬过去。心情不好的时候，米兰达会卷起一本书，朝那几个大胆的不要命的动物身上拍下去，力度控制好了，就会听到一声噗的爆浆声。力度大了，噗声就没有了，卷过的书面上只剩下一张躯壳，内在的容量有时候是一片，有时候只是一条线。米兰达觉得杀死什么，是一件多少有点快感的事，不然怎么有那么多的孩子乐意用开水烫蚂蚁，用砖头拍死一条肉虫子，把青蛙扔到电线上电得抽风，掰去蝉的四肢插上火柴棍叫它安着假肢继续行走。也有接受不了的时候，米兰达看着隔壁的小姑娘从一罐蜂蜜里挖出一勺子吞进肚子。那罐蜂蜜里面有好多的小黑点，是蟑螂们，还没长大的蟑螂们。它们会在她的肚子里长大吗？米兰达很好奇。但是从那时候起，她一口蜂蜜也不吃了。

和五金店一同挤在电影院西边的拐角处的，还有一家冷冻店，卖冻鸡腿冻肉冻排骨什么的。到夏天，会有一只冰柜摆在门口，批发冰糕。冰柜里面塞满了各种各样的雪糕，米兰达很想仔细看看，但是她从来也没有去看过。她的好奇比自尊力气小。虽然这些小卖铺五金店馒头铺冷冻店都挤在一起，但冷冻店在身处夏天的米兰达看来，格调也比自家的五金杂货铺高级不少。穷人里也分等级吗？这是米兰达少女时代的永久性提问。

冷冻店确实也比米兰达家过得好。开店的也是一个女人，年龄比米兰达妈小上几岁，人看着也精神。重点是，不知道是不是因为生活宽裕一点，老板娘为人处世比米兰达的妈大方。米兰达从来没有主动去买过一只雪糕，但是到了夏天也有那么几次收到对方的施舍。当然是最便宜的那种五分钱的冰棍。米兰达妈妈在家里关起门说，给人也不给个好点的，叫娃吃这么便宜的，要么就别给。晚上回

白　琳 | 垃圾堆小公主

来又和她爸吵架，说你看人家男人多有本事，在高速路上当个交警，吃拿多少好东西，一个月挣五百不说，还有各种回扣。听说查住一个大车就是五十，不开罚单五十就到手了。路上那么多大车，那得多有钱，不知道他媳妇为啥非要在这儿碍眼，回家享清福就行了呗。不过也真够抠门的，今天中午给咱女儿就一个五分钱的冰棍，糟蹋人不是？你看看你，这么没本事，叫我们母女受这罪……

小学四年级之后，米兰达就礼貌地拒绝了这种施舍，她说，阿姨，我不想吃。实际上因为吃一根冰棍，米兰达在学校里被老师叫去问话。老师说，陈米，我听说你总是偷吃张晓燕家的冰棍。米兰达说，我没有。老师仍然严肃地说，有不少同学爱借别人的钱不还，今天下午一班做了个调查，每个同学都要把借他钱的人说出来，张晓燕说你一直在偷吃她们家冰柜里的冰糕，咱从小不能养成这个坏习惯……

米兰达认了罪，第二天拿了十块钱给老师。第一次，有一种叫作"恨"的情感和米兰达熟悉起来。从此米兰达很明白，"恨"很复杂，那里面有不甘委屈怨愤和自卑，等等，很多很多。

但是米兰达没有恨多久，冷冻店就遭遇了大变故。当交警的男人在高速路上被撞死了，据说是拦一辆车时车没停稳就把他卷了进去。具体的情况，相当隐秘。冷冻店的女人一直在告状。一开始说自己男人是执行公务身亡，要抚恤金，后来说这是一起人为的杀人事件，等等。但是一个女人，失去男人的庇佑，只靠着一个犄角旮旯里的冷冻店，能干出什么惊天动地的大事？

那时候所有人都假装很关心那个冷冻店的女人，他们热心地提出了很多很多意见与建议，但是当他们把这些话说出口的时候，他们眼睁睁看着这些词句从自己的嘴巴里跑出来的时候，连他们自己都不会相信这些语言竟然是从自己身上的一个孔洞里冒出来的。偶然，真有人提到了比较可行的建议，连他自己都会惶恐起来，生怕冷冻店的女人真的按照这个建议得到什么好处。所以后来，大家都闭口不言。

她根本告不赢。人人都知道。看着她每天焦灼着煎熬着，电影院周边的饭馆、五金店、小卖部都很放松。没有什么比别人遭受痛苦更让自己放松的了。只有这样的对比，自己的痛苦才不那么痛苦。不是吗？

不是吗？

米兰达在小山上问我的时候，我无言以对。

如果不是因为那个下午，我也许永远不会和米兰达这样的女孩做朋友。即便是很多年后，我回想起那个在图书馆后面的小山上偶然遇到米兰达的下午，都还能仔细记住她递送过来的大部分语言。我不知道是在什么契机之下她要来同我讲这些话，但是我记得微风中送来的甜甜的草木香味，遮蔽了她身上所有不耐闻的味道。

贝蒂·米兰达说，如果你要结婚，一定一定选一个条件还不错的。货比货得扔，人比人得死。这世界，消亡最快的不是钱，也不是权力，而是所谓感情。有情饮水饱，那也只能管一顿水饱，饱也不是真饱，难道不心慌吗？真是那句，贫贱夫妻百事哀。

米兰达拿树枝拨弄着几只虫子，它们急惶惶地四处奔逃，它们急于挣脱这种邪恶的摆布，没头没脑慌不择路。米兰达很淡定很放松，那一刻她是它们的命运女神，只要她想，下一秒，它们惶恐战栗的身躯，就会轻而易举地僵死成一小团。

6

同学们四散之后，一开始在人人网上建了群，毕业之后的一年里，我们还时

白　琳 ｜ 垃圾堆小公主

常去上面说话留言，把自己的生活状态表露一番。后来，这些表露忽然就局促不安起来，有一些人发欧洲出差的各种照片，有一些人发在法国公司总部的照片，也有一些人发出来被美国某名牌大学录取的通知，沉默的一些人，时时刻刻保持沉默。不久之后，就像忘记一些单词那么容易的，几乎所有人，把这个群的账号密码都忘得一干二净。

我和米兰达保持了持久的联系。她过得很好。至少表现给别人看的时候还不错。

时光易逝，米兰达公婆的权力渐渐流失，他们可得的资源越来越少，米兰达重新说起一些过去和他们夫妻玩在一起的朋友，无限怅然。她说，他们出去住个酒店一晚上就一万多，我们现在是跟不上这个节奏了。有一天在海南，半路下雨，一群人找酒店临时避一下，也找了个五星级酒店，每个房间两千多，还算便宜。中午吃饭，一小碗白面要价六十八元。那天咬牙，吃了四百多，回来之后，就知道泾渭分明。

她的家里很乱，阳台上常年晒着一群乱七八糟的纺织品。衣服还是卷着的，它们猥琐地进了洗衣机又蜷缩着被捞出来。沙发上总是扔着巧克力、沙琪玛、维之王、山楂和各种坚果、苹果、橙子、iPad，还有几张灰着脸的米色的丝质沙发垫，偶尔还会有穿过的男士衬衫、小朋友的书包和一堆各种插头的充电器头绳和小卡子。米兰达总是把东西推到一边给我腾出一块完整的空地来收纳我的腿脚。我很感念她，她始终并未待我客气如外人。

现在的米兰达花在自己身上的时间少了，她人生的大部分时间都穿着睡衣。睡衣也是洗不出来的赭红，她脸色土黄，两相映衬，有一种说不出的浑浊。她把更多的精力放在了孩子身上。她给孩子请了最好的钢琴老师，为了督促孩子自己也跟着学。每半个月到北京找一次老师，每次上两节课，四千块。她带孩子去考过一次音乐学院附小，差点过了。那一次花了二十万。她们住在地下室。地下室有很多父母带孩子考试，有一家考了三年，每年二三十万。她笑着说，这些艺术院校都是拿钱烧出来的，你以为普通人家能撑起来？除了那些天赋异禀的孩子。

米兰达说这些时并不紧绷。比起上帝交到她手中的资源，她已经成功给自己增值了。她能力有限，这样的人生，已经是她所可以拥有的最好的人生。米兰达聪明，知道人要知足。她很爱说每个人的际遇，她知道所有的人生都是好坏参半。她算是幸福，女儿很争气，除了琴弹得好，成绩也拔尖，在最好的小学考第一，未来比她光明得多。

米兰达常说，你我不如人，不是我们资质差，而是没有遇到好父母。也不全是没有钱，而是他们看世界的眼睛都那么窄。他们不知道的事情太多太多，所以你就不会开阔。她举了很多例子，很多发生在我们这群 Mademoiselle 之中。她仍常常谈到其他 Mademoiselle，比如去了美国的梦露，在德国的伊莉莎，在深圳的美乐蒂，还有玛丽。

你看那个玛丽，不是她爸死缠着她待在小县城教书吗？你说能有什么出息。好在自己后来出去，到了航空公司，不比在县城强？好歹为下一代考虑，也是在上海长大，那眼界能和我们一样？

米兰达所说的一切，我都无力反驳。十多年过去了，我们渐渐明白一些 Mademoiselle 当年的选择是有目的有节奏有规划的，她们都拥有自己的人生设计师，一双好父母，比我们的父母懂得更多的父母，比我们的父母看得更远的父母。我们不是站在同一起跑线上的。即便站在了同一起跑线，也有人迷路，也有人绕弯，也有人沿着轨道顺利地跑。

当然，也有跑着跑着脱了轨的。

米兰达说，你看看尼基塔，一手牌打成现在这样。你们还有联系？

白　琳　|　垃圾堆小公主

我说，还有。很偶尔。

米兰达起来到冰箱里取巧克力。她拿着一只一次性保鲜袋，给我装散装的巧克力。

我们家现在就是这些吃的不缺。她总是一边说一边装。她老公所在的部门，以前常常会有各种卡片，花样多到米兰达要专门找只卡包分门别类。米兰达不定期找机会带着我出去胡吃海喝，胡吃海喝的理由是，不吃不喝卡片就要真的成为卡片了。显然米兰达一家三口吃喝不完这些卡片里的内容，我就勉为其难地装一部分在自己的肚子里面。

现在管得紧了，没有人再送卡来，但是米兰达他们还是会收到各种各样的小零碎，食品是其中的一部分。好多食品都没有包装，我不知道它们原本应该是个什么模样。不，是我知道它们原本是个什么模样，但不知道它们披上皮壳之后在世人眼中的模样。巧克力很浓郁很好吃，我只看到了它们赤裸的身体，没有负担吃得很开心，所以米兰达也很开心地给我装更多回家。这么多年过去，米兰达也不再需要穿着很漂亮的包装袋，一次又一次，她套着洗褪色的赭红色睡衣给我装巧克力，源源不断。而我，因为不知道价格而坦然，因为看不到华丽的外表而坦然。也因为，我们其实都并没有离垃圾堆很远而坦然。

（选自《广州文艺》2018年第2期）

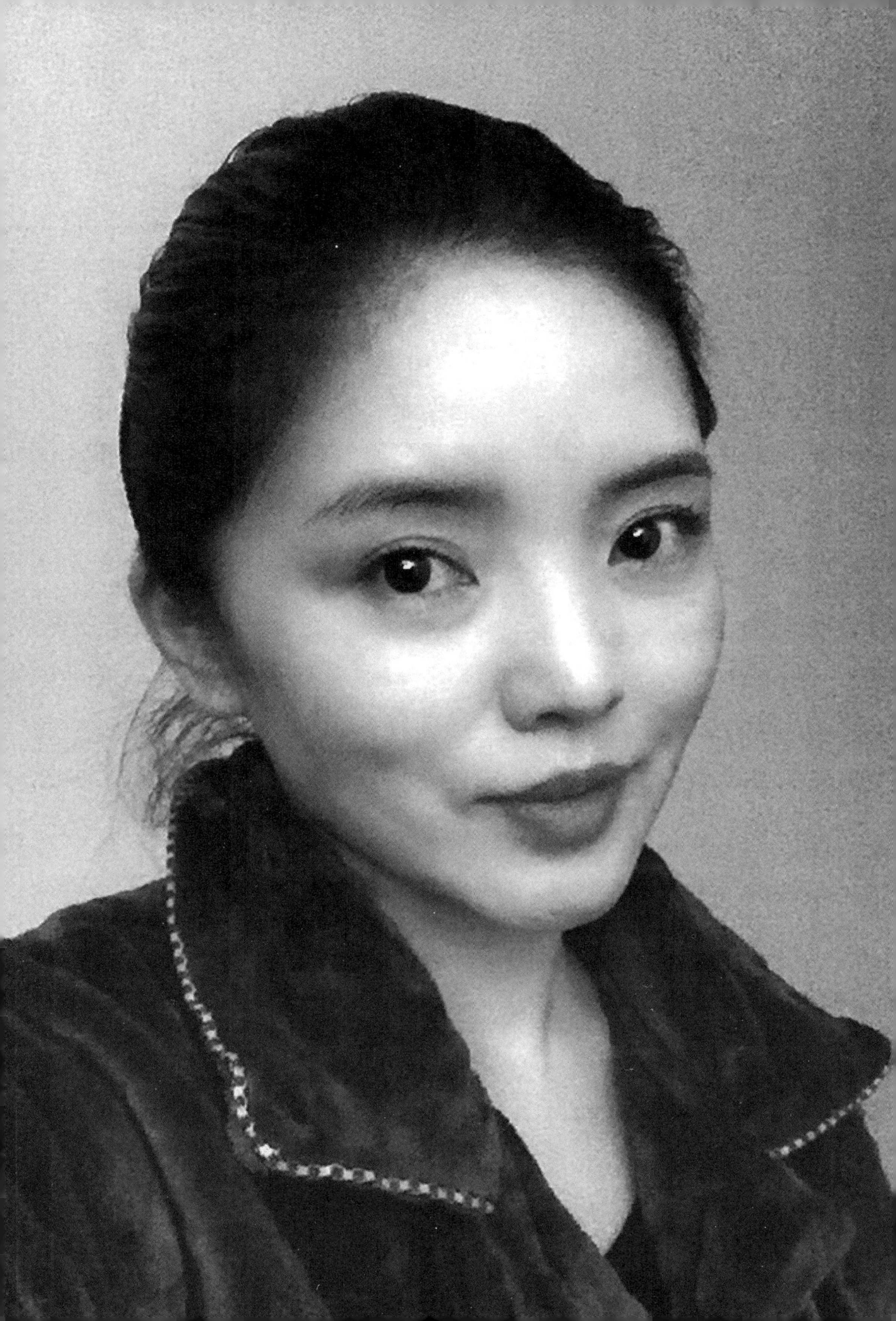

伊熙堪卓

伊熙堪卓，本名泽仁康珠，中国少数民族作家协会会员，四川省作协会员，巴金文学院签约作家，公职，现居成都。主要从事小说、散文与诗歌写作。作品见于《当代》《十月》《中国作家》《青年文学》《四川文学》《长江文艺》《青年作家》《西藏文学》等。获第七届四川省少数民族文学奖。出版有散文集《边地游吟》《穿越女王的疆域》，作品收录入《21世纪中国文学大系》散文卷。

雄 狮

"江嘎，快回去，把我们村的宝贝拿出来给贵客们参观参观。"

村长多吉兴冲冲对江嘎说。

"好嘞！我马上去找阿妈要锁柜子的钥匙去。"江嘎离开大队人马，屁颠屁颠往家跑去。

"这可是我们梭坡的镇村之宝啊，整张狮皮做的垫子！雄狮哦，各位老师，是凶猛的雄狮嘞！这可是江嘎家爷爷的爷爷的爷爷亲手打死的嘞！"

村长说完，笑呵呵地捋捋没有长胡须的下巴，仿佛自己已经披上了那张珍贵的雄狮皮在梭坡游走。

"不可能吧？"

一位白白净净，脖子上挂着一架傻瓜相机戴眼镜的中年人轻轻说了句。

"按照我的理解，狮子主要分布在非洲和亚洲小部分地区，你们藏区是没有狮子的。青藏高原的地理条件不允许狮子生存。"

说话的是这次省里下县来做基层工作的韩干事，是个喜欢读书的人，冷静的动物保护主义者，对动物生存习性也十分了解。

"嘿嘿，韩老师，我可没骗人啊！这张狮皮可是江嘎家祖传的，对于我们藏族那可是十分祥瑞的动物，我们全村都拿它当宝贝哩，只有过年才让江嘎家拿出来给大伙看看沾沾福气。若不是你们贵客临门，我们可舍不得拿出来嘞！"

村长不以为然地说。

"等会儿江嘎拿来了，您再看是不是狮皮嘛，那可假不了，一整张嘞，缝得可精致了！那手艺是下了大功夫请了好匠人做的，不是狮皮谁会做那么好的垫子呀？"

村长自信满满地说。

当然，村里谁不知道江嘎家祖上是土司老爷的千户大头人，他奶奶措姆精明又能干，"四清"的时候，人人都把自己家里过去留下的手镯耳环腰饰珊瑚绿松石金的银的交给了公家，唯独她把家里祖传下来的各种宝贝偷偷藏到了村东的原始森林里，村里都在传说她在那里发现了一个石洞，江嘎家所有值钱的东西都在那个洞里，包括那张威风凛凛的狮皮。

后来工作组也派人上山去找过那个山洞，却愣是没有找到措姆的山洞和隐藏的任何东西。工作组的人对当时还是中年妇女的措姆也很无奈，她态度很温顺，这种温顺是建立在自己身为农民，听不懂工作组的问话是天经地义基础上的。工作组对措姆一筹莫展，章谷县城不大啊，组里都是熟口熟脸的乡亲，谁也不好真把妇女措姆给办了，也没真凭实据，即使要办她，也得寻到适当的理由不是吗？

人们不知道，这些传说并非没有根据，措姆自己也是铁了心要守护牧果家族的财物。这些财产中除了那张狮皮，还包括一张清代懋功府衙发给牧果家族的土地契约。这张泛黄的纸里写着村子里所有土地，甚至于大渡河对岸的一溜漫长土地也是属于牧果家族的。

人们都知道的是，大小金川流域在清代之前都归懋功屯管理，章谷这边也属于懋功屯，后来才有的章谷县府。

"好吧，即使那真是一张狮皮，也绝对不可能是江嘎的祖上打获的。整个青藏高原就没有狮子存活的空间，这是绝对的，雪豹倒是极有可能的。"

韩干事对村长的不以为然有些反感，这些农民什么都不懂，估摸着拿张不知什么动物的皮就当狮皮来糊弄游客了。狮皮哪是那么好弄的？现在，就连虎皮都

伊熙堪卓 | 雄　狮

是少之又少的,这些年藏区旅游发展势头良好,这些老百姓也学得奸猾了,他心里琢磨着,有些不屑。

"到了,到了!各位工作组的领导们,你们先在这里休息休息,吃点东西,回头我们让人给老师们介绍村里的情况。"

村长把工作组一行的客人们带到晒麦场,晒麦场花里胡哨地铺着一张巨大的人造纤维地毯。地毯上喜气洋洋地摆着一溜四方藏桌,桌边是一张张长索索的条凳,桌上摆满了搪瓷碟儿,里面满盛着苹果、梨、糖、瓜子、花生。藏桌正中间一只铝制的脸盆里还装着一大盆麦子酒,几根麦管妖娆地插在被酒精泡涨的麦粒间,耐心等待着客人们赏脸喝上一口。整个晒麦场就像是哪家要举行婚礼似的热热闹闹的。

江嘎背着一卷大布包,满头大汗地从村里的泉眼边走过。他趴在泉边美美地喝了一气凉水,满鼻子是麝香和樟脑的味道,这味道让人心里喜滋滋的。

说实在的,这张狮皮他也很少见到,奶奶把它深深锁在顶楼经堂的柜子里。每年春节村里举行锅庄舞会前,村长扎西多吉会让江嘎或者家里其他某个男性背着它,在晒麦场或者孜木寺给全村人展览一番。森格(藏语,狮子)啊,可是雪域高原的瑞兽啊,那是多么的吉祥,能看一眼得多么有福气呀!

奶奶是舍不得把狮皮拿出来的,毕竟这是牧果家族所剩不多的祖传之物。那狮皮里面包的那颗防虫的麝香都是爷爷以前打猎打到的,现在谁要有一颗麝香囊子,那可值大钱了。

措姆不喜欢人们把这张狮皮拿来到处展示,毕竟,这是牧果家族私人的东西,更是梭坡人的吉祥物。就像那张地契,她从未给任何人看过,她知道那张地契是她不大了解的那个年代的产物,可是她对那枚鲜红的印章却充满了敬意。它是那么清晰而庄严,像一个斩钉截铁说一不二的男人那么让人无法小觑。就算现在它什么也证明不了了，可是那上面游龙惊凤般的小楷汉字，就像一个威严的衙门在对她说话，她总觉得只要那上面的字还在，牧果家族曾经是大渡河两岸管理者的身份就不会消失。

当然，这一切只是措姆老奶奶个人心里的想法。江嘎来找儿媳妇取钥匙开柜门时，她无可奈何地唠叨了句：

"哎哟！扎西多吉，他又去人家面前骚包了，我们牧果家哪里架得住他的热情啊！"

扎西多吉确实对这张狮皮充满了空前的热情，这并非是他想将之据为己有，实在是他比任何人都知道一张狮皮出现在高原上得有多珍贵。要知道在这雪域高原上，要说虎皮，过去十家有九家都能拿得出，不是虎皮镶边的藏袍就是虎皮垫子。虽然这些年大家觉得杀生不好，都把动物皮毛交给了寺庙，但措姆家的这张狮皮却一直没有交出去过，毕竟，谁也没有胆量大甩甩说："我们家有张狮皮，是祖上亲手打的。"

就像韩干事说的那样，在康巴藏地几乎没人见过活着的狮子，何况还是把它做成了狮皮垫子。

"来了！来了！宝贝来了！"

江嘎呼哧呼哧地背着长布包出现在晒麦场时，多吉扎西故意大声对着韩干事喊了一句。

扎西多吉和韩干事两个中年男人，都似乎看透了对方心里琢磨的那点子事。扎西多吉心里嘲笑着这个酸腐的读书人，这些读书人四体不勤五谷不分，十分迷信自己在学校和书本上学到的东西，他们打心眼里看不上乡下人，觉得乡下人眼界低，愚昧又冥顽不灵。扎西多吉得拿出这张狮皮打打他韩干事的脸，他得让姓韩的知道书不是万能的，他意想不到的事只会发生在像梭坡这样看着毫不起眼的

伊熙堪卓 | 雄　狮

泥土地里，而不是他活着的那个叫省城的地方。

"放到那张大圆桌上去打开，不要弄脏了，这样的宝贝可没法清洗。"

扎西多吉笑呵呵指着旁边一张大四方桌，这是村里开婚宴用的大桌，收起来是一张四方桌，将四个边上吊着的板支起来那可就是一张大圆桌，可以坐下十五六个人哩。

早有勤快的女人扯来抹布，把大圆桌擦得镜子一般光亮。江嘎把布包放在桌上，这是措姆奶奶的婆婆亲手缝制的长布包，一水浅灰色的老土布。据说是她以前在章谷县城里花了七八角钱才买下的，尺幅和口面都宽布料又厚实，她使密密的针脚缝成桶状，两头又系着相同的土布做的棉带子，既方便包裹又好收藏。

江嘎轻轻打开系在袋口的棉带，从里面露出鲜红的富贵牡丹的床单。这是很多年前流行的厚棉床单，看样子牧果家族十分爱惜自己的东西，包得密密实实的。

一大群省里县里的工作组成员都赶紧围上来观看这传说中的宝贝，毕竟县里宣传部的小伙子在接待大家时，也把这张狮皮当新闻讲述给了大家。狮皮确实是难得一见的东西，作家里有人在老家见过狗皮垫子、牛皮垫子，确实没见过狮皮的。

打开富贵牡丹床单，里面裹着一卷年代久远暗红色毛呢镶边的藏式地毯似的东西。作家们虽是不懂毛皮制作的工艺，看这架势和那卷毛呢制品，心中也顿时升起一种看见老物件的感觉。

江嘎慢慢展开那卷地毯，一种独特的香味顿时从中散发出来，骨碌碌从里面滚出一个毛茸茸乒乓球大小的黑灰毛球，那毛球一半是干瘪瘪的黑色一半长满灰白色的硬毛，那硬毛根根直立，像是一个十分倔强的干瘪老头。

村长把毛球抓在手中说道：

"这就是麝香。领导们，你们要不要闻闻？这玩意儿现在掏钱都买不着啊，獐子是保护动物，打了是要坐班房的。"

说罢递给旁边站着的一位年轻的小伙子。小伙子把麝香抓在手中用力闻了闻，一股浓郁干燥的奇特香味熏得他打了个大大的喷嚏。

"傻小子，你可莫要这么闻，这是麝香，你们未婚的年轻人少碰，小心以后下不了崽！"

村长给了小伙子脑门儿一记栗暴，笑着说。

工作组的人们好奇地传看着这颗价值不菲的麝香，毕竟过去大家只是听说过麝香，谁也没有真正看见过。如今一看麝香长得稀奇古怪的也只是暗暗惊奇着。

此时，江嘎已经打开了这张久负盛名的狮皮垫子，只见摊在众人面前的是一张长方形宽大的棕黄色毛皮，这张毛皮四边精心地镶着一圈巴掌宽的暗红的毛呢边子。毛皮背面也被这暗红的毛呢毡子包裹着，制成了一张浑然天成的地毯。

众人围着这张毛皮仔细观察，看得出那毛呢镶边是手工缝制的。制作匠人的手艺确实十分了得，如此厚实的毛呢镶边，四角缝出的对角线笔直而整齐，毛皮背面的厚实的毛呢面料，整齐贴合在毛皮背面，四边整齐划一用密实的针脚做了暗针，从表面看上去丝毫不能察觉出缝制的痕迹。

客人们认真抚摸着这张皮子，感觉皮子被匠人揉得已经十分柔软，毛色与电视中看到的狮子确实十分相似，粗粝的毛发摸上去挺糙的。

"喊！这就是你们说的狮皮吗？没看出来有什么特别的。"韩干事不屑一顾地说，也有些抑制不住的高兴。这张皮除了毛色像狮子，其他没有任何地方能够证明那是一张狮皮。

"你们仔细看这个地方，颜色都不对，哪有狮子身上有这样的颜色。你们看这里颜色明显成了暗褐色的，动物有白化现象，肯定是没有黑化现象的，况且只有这样一块地方。"

韩干事更加肯定地指着狮皮上一小块毛色确实明显深了许多有些许发黑的地方说。

"我奶奶的长辈说过，这是一块桐油的污渍，是这块狮皮刚做成卡垫时有人不小心把油弄上去了，时间长了颜色就变成这样了。"

江嘎听见韩干事不屑的语气有些生气。这个城里人什么意思？难道牧果家族会弄张假狮皮来糊弄人吗？他哪里知道村长多吉跟这位省里人暗地里较着一股中年人莫名其妙的劲儿。

"唉！这是不是张狮皮，有待商榷呀！我拍几张照片去咨询一下吧！"

另一位省里下来的中年人仔细端详了一遍，确实有些搞不懂，拿起脖子上挂着的相机咔嚓咔嚓拍了几张照片。

客人们很快就对这张皮失去了兴趣，倒是被上场给大家斟茶倒水的众多姑娘们吸引住，纷纷举起相机拍起照片来。大家都啧啧赞叹着嘉绒藏族的奇特风貌，两位女同志还要求穿上当地的民族服装去拍照留念。

牧果家族珍贵的狮皮孤零零躺在大桌子上，第一次成为无人问津的东西。

村长的脸上有些尴尬，他有些纳闷，难道这真的不是狮皮吗？难道这么多年来，整个梭坡一直在为一张兴许是牛皮或是猴皮的垫子而狂欢吗？

多吉有些郁闷，江嘎更加郁闷。客人们的反应显然令人们都开始怀疑这张狮皮的真实性，可是奶奶说过这就是狮皮，是爷爷的爷爷的爷爷那辈人亲手打到的呀。

他郁闷地把狮皮卷起来，那颗骨碌碌乱滚的麝香也被他胡乱塞进毛皮里。江嘎讪讪地收拾好曾经让自己引以为傲，如今却像个笑话的狮皮离开了晒麦场。

回到家，坐在锅庄上，他悻悻地给奶奶讲了今天在晒麦场发生的事，气鼓鼓地说：

"这下子我们家把脸丢大了,本来都以为我们珍藏的是雄狮的皮子,这下牧果家成了撒谎者了,人家肯定以为我们家是为了出风头才撒的这种谎。"

江嘎真的有些伤心,他有些责怪家族里这些个逝去的长辈,何必撒这等没必要的谎言,让自己的子子孙孙在全村人面前丢脸。

措姆扯出锅庄上的火钳,给江嘎腿上抽了一下,骂道:

"瓜娃,他们说这不是狮皮就不是吗? 这大渡河两岸曾经也是我们牧果家族的,有人告诉过你吗? 你祖爷爷他们几辈人都是受人服侍的头人,在那个时候一张狮皮对我们家族来说算什么宝贝? 你们都厎成精了还有脸埋怨祖辈。"

江嘎被奶奶一火钳打得蹿出锅庄,灰溜溜嗅着手上那股浓郁的麝香味道,坐在家门口的木墩子上生气。奶奶说麝香性子烈,没成婚的男子和怀孕的女子最好远离它,不过江嘎倒是不怕,他才二十岁,虽然家里已经给说好了一个女孩,但还有两三年才到结婚的年龄。

新年到来的时候,村长再也没有到家里来请求牧果家将狮皮拿出来给全村展示。县里的宣传干事说了,这张皮子是不是狮皮不好说,不要到处宣扬,免得到时候把村里弄被动了,毕竟扎西多吉是一村之长,也得注意一下影响。

曾经带给牧果家族荣耀的狮皮成了一个谎言,谎言的欺骗让整个梭坡陷入一种无法言说的氛围,牧果家族的人们走到哪里都会被人指指点点。江嘎自己也理解人们的想法,换了是自己遇到这样的事也会责怪那个欺骗自己的人,怎么可以莫名其妙把所有人欺骗了那么久。

最让江嘎受伤的是,原本跟家里说好亲事的半山绒布家的女子忽然不同意这门亲事了。

绒布老头坐在锅庄上,搓着手为难地说,他们家女子忽然就不愿嫁到河谷里来了,哭闹着说是要在本村找女婿,他只能来给牧果家商量是不是取消跟江嘎的婚事,反正当时只是两家大人商量好的,也没相互给定礼,再说孩子们都还小。

绒布老头离开时站在院里,意味深长地对江嘎父亲说,我们藏族人说一个家族的根儿很重要,诚实勇敢的根子才能长出枝繁叶茂的好果子。这句充满哲理的话把江嘎父亲噎得半天说不出一句话,只好尴尬地笑笑将这位差点儿成为亲家的朋友送出院子去。

父亲回来,瞧着在锅庄上收拾茶碗的措姆奶奶,蹲在锅庄边嘟囔了一句:

"我们牧果家的名声算是完了,为了这张破皮子。我听爷爷说,我们家族一直在大渡河两岸以仁善得名,即使娃子(旧时给土司头人帮佣的藏人)们来支差,祖爷爷他们也从没有亏待过任何人。这下好了,一张破皮子把我们全变成骗子了。"

措姆抬起头,用她尚未完全昏花的眼睛瞪着江嘎父亲骂道:

"猪油蒙了你眼睛吗?江嘎那孩子不懂事,你也不懂吗?你们这些人永远都不长脑子,人家说风就是雨,牧果家那么多代人的贤名不是做给别人看的!我们家的根子就是那样,我们的行为是做给菩萨看的,不是做给张着嘴哇哇乱叫的乌鸦麻雀!人家说我们撒谎我们就撒谎了吗?谁来证明我们家的狮皮是假的?你让他来给我证明!"

"话是这么说,可是人们谁也不管这些呀!那些省城来的读书人都认为那不像狮皮,您老说谁还会相信我们这几个农民。"

"你不用操心这是不是狮皮,反正我又不会把它给你,这是我给江嘎留的。"措姆嚷嚷道。

"奶奶,别给我,我也不想要,拿着在家里多丢人啊!"江嘎低声嘟囔了一句。

牧果家族的名声永远损失在了一张狮皮上!

这是多年以后,江嘎娶了远山上那户贫困的斜眼女人后方才明白过来的。女人长得很瘦，那副刀削过般的身材十分有力。她用脚将三十五岁的江嘎踹下床时十分不屑地吼道：

"我能嫁给你们牧果家你得烧高香，你说整个梭坡谁愿意嫁给你们这样的家庭！要不是你那死去的奶奶一再到我家来，许了两万块钱给我们家，我才不会嫁到你们家来哩！"

措姆在八十五岁高龄去世了，去世前她去高山上住了半年，回来后给江嘎带来了三十岁的斜眼女人勒央。江嘎一直忍着没有告诉勒央，她之所以三十岁还留在家里没能嫁出去，就是因为那双永远不能正眼看人的斜眼珠子。换作十五年前，江嘎也不会娶这样的女子。

措姆把那张清初的地契以两千块的价格卖给了村里来的文物贩子，麝香囊子以六千块钱的价格卖给了草药医生彭措，反正这些东西留着已经没有意义。即使那张鲜红的懋功府衙公章也不能带给江嘎一房媳妇，牧果家到这一辈不能绝了后。措姆果断地卖了一头牛、五头猪东拼西凑给勒央家交齐了彩礼。

其实，原本在梭坡，男女婚嫁从没有给彩礼的习俗。家中长辈订下亲事，两家到商议的时间按习俗把婚礼仪式全部完成，女方带一些自己平日常用的东西到夫家，夫家准备一些酥油、茶叶、腊肉、酒作为给新娘父母的答谢礼，就算礼成。但江嘎家不一样，没有这两万块，就连斜眼睛老姑娘勒央也娶不上。

牧果家的人再也不肯提那张狮皮。措姆去世的第三年，江嘎以五百块的价格把狮皮卖给了村里开小卖部的扎西多吉。扎西多吉再也不是村长，他头上已经满是花白的头发。现在的村长是年轻高大的斯郎扎西。

江嘎把那张来历不明的皮子抱到扎西多吉的小卖部时，扎西多吉简直不敢相信这还是那张曾经威风一时的雄狮皮。那手工精湛的暗红色毛呢包边已经被江嘎和父亲还有勒央的屁股踩躏出了各种破洞，毛皮背面的毛呢面料还勉强维持着自

伊熙堪卓 | 雄 狮

己的尊严，没有把芯子露出来。那张毛皮没有被妥善保存，有些地方快秃毛了，扎西多吉叹了口气说：

"措姆阿兹（婆婆）去世了，也带走了你们牧果家族的魂啊，看这张皮都成什么样了，唉！好歹也是祖宗留下的，咋这么不爱惜呢，你要多少钱？"

他抬头看着江嘎晦暗的脸，那张三十多岁的中年男人的脸，看着更像四五十岁的老男人那般沧桑。牧果家族在那次接待以后便一蹶不振，工作组离开后也没人来反馈狮皮的真假。当然，这对别人来说只是一件可聊可不聊的小破事，但在大渡河沿岸这样的村庄里，人们依靠着声誉存活于村庄里，丢失了声誉相当于丢失了信誉；况且牧果家族这笔糊涂官司让大家觉得是几代人遭受了欺骗。

扎西多吉叹了口气，追问抓着脑袋红着脸吭哧半天的江嘎：

"你这娃，结了婚咋把自己弄出这扭扭捏捏的怪样子出来？多少钱？就冲牧果家的东西，我也不还价了。"

"三……三百，您看行不？"

江嘎低声说。

"这垫子样子虽然不好看了，好歹也是我们牧果家的祖传之物，三百我没乱开价！"

他不放心，又补充道。

"哎哟！江嘎，我看到你这样子就想生气，皮子放到这里，我给你五百块，不要找别人了，等你以后有钱了再来我这里把皮子拿回去。"

扎西多吉说完从抽屉里取出五百块递给江嘎，有些伤感地说：

"牧果家的东西都是老物件，你和你爸得守住才好，你措姆奶奶那么困难的年月都没有舍得动，可不能到了你们这一辈全给糟蹋没了。"

"唉！扎西叔，你不知道，屋里女人不安生啊，没钱就闹腾，我也怕父亲受了委屈。"江嘎无可奈何地说道。

"你个瓜厮，咋能由着女人性子来嘛！这女人嘛就是皮子贱，揍几下看她还敢跳站不？"扎西多吉火冒三丈。

"打过，一打就往娘屋跑。我去接，她兄弟还跟我打锤，我也打不过他。"江嘎苦笑着。

"哎哟！哎哟！你别说了，你快把人气死了，牧果家算是完了！"

扎西多吉一听便头疼，把那毛皮垫子一把抓过扔在旁边的纸箱上，气哼哼捞起放在小卖部窗台上的搪瓷茶缸狠狠喝了一大口，望着窗外灰白的土路生闷气。

江嘎揣了钱，磨磨蹭蹭往家走去。此时秋天快要过去，天空蓝晃晃的偶有一阵清凉的风吹来。

春天过去的时候江嘎没有来赎回皮子，秋天过去江嘎还是没有来。第五个冬天即将来临时，多吉有些老了，一个六十岁的老人终归没有过往的活泛，狮皮放在小卖部货架上许久没人动过。

最近扎西多吉总觉得后背发冷，他忽然想起那张令人嫌弃的皮子，不如重新将它翻新一遍，找个匠人拆了以前的烂毛呢边子，做个新的灯芯绒边子便宜又省事，把它铺排在铺子里的破竹躺椅上，一定是温暖又柔软的。

他打电话找到住在牧区两百公里外的皮活缝制匠洛绒。洛绒在手机那头吭哧吭哧半晌才颤巍巍地说道：

"我还以为我真的老得快死了听错了话，这年头谁还做硝皮缝制藏毯的活路。现在的年轻人喜欢那种花里胡哨化纤的东西，那玩意儿根本没有包边的价值。我洛绒是十几年没有接到做皮子的活儿了，你们农区那边就更不用说了。"

整个章谷县城连接了五条四散逃逸的山脉，它待在五座山脉的起点，犹如一朵五瓣花朵的蕊儿那样安静端庄。这五条山脉隔绝了五千平方公里的土地，扎西

伊熙堪卓 | 雄　狮

多吉他们在东边农区讲着康巴方言，洛绒他们住在西边牧区讲着游牧民族的安多方言。

所以，两个白发苍苍的老人在电话里，用散发着浓郁藏族风味的四川方言交流了自己的意思。

两天后洛绒就搭了一辆拖拉机来到了扎西多吉的铺子门口。

这是亮晶晶的深秋时节，梭坡的阳光明媚柔和。洛绒佝偻着他苍老的躯体笑吟吟地握住扎西多吉伸出的手：

"扎西多吉，你小子怎么就老成这样了？我比你大十岁吧，我七十多岁的老头还在满世界跑，你这年轻人啊，咋守个铺子守成小老头了？"

"洛绒大哥，你是十几二十年不走我们这里来了。我们小时候没少看您跟父亲做皮活儿，看到您，倒是想起那些旧年头了，时间过得太快喽！您一切都好吧？"

扎西多吉见到洛绒顿时眉开眼笑，洛绒像张活着的旧唐卡，一不小心扎西多吉就会从他满脸的皱纹里回到过去。洛绒是个令人愉快的老朋友，这一点儿也不假。

洛绒很快在小卖部外面的黄连树下铺好了一张大油布。他摊开卷着的狗皮垫子铺在油布上面，皱巴巴的牛皮工具包里，一大堆锃亮亮的工具，像一排手术器械一样摆在了面前。他让扎西多吉赶快把要翻新的皮货拿来。

"不是啥好东西，人家抵押到我这里，四五年都不来赎回去。这不，快入冬了，我这后背总是一阵阵发凉，把它翻新了，我好铺着过冬。"

多吉从小卖部货架上取下那卷裹着的毛皮，他简直不敢说这是一张雄狮皮之类的话。洛绒是行家，扎西多吉可不愿意让自己也变成了一个笑话。

"老伙计，我可不是因为你的活儿多，价钱好才来。我是这么多年圈在丹东乡上不做皮活儿，实在是闷坏了，你就是不给我钱我也会来。能拿到我手艺的人户家不多了，我们朗多家这门手艺，到我这一辈也差不多就断了，我的儿子孙子都对这个没有兴趣，唉！他们只对上山挖虫草感兴趣哦！"

洛绒老汉无奈地说道。

"老伙计，您给瞧瞧我这皮子究竟是什么动物的皮，我们这里没人知道它是什么玩意儿。"

扎西多吉小心翼翼试探着摊开那张皮。说实话这些年虽然他把皮子搁在了货架上冷落着，却是没有忘记时不时往里面扔几颗"臭蛋"（樟脑球）防虫。他也不想江嘎真来赎皮子时，自己给人交出一张被虫子啃咬过的东西。

"这活计怎么这么熟悉呢？"

老洛绒从包中取出一副老花镜。那是一副用水晶磨成镜片的眼镜，眼镜腿早就折了，貌似玳瑁的镜框被两根厚厚的橡皮绳绑住。洛绒把橡皮绳挂在耳朵上，仔细端详着。

"有趣，这是我们家的活计，看这个包边，我们家的手艺，会故意在最后一针收针时做一个暗记，但这个肯定不是我做的，也不是我父亲做的。"

洛绒小心翼翼地取出铜尖嘴剪，用尖头挑起毛呢包边尽头的一个暗针，挑出这根线头后，他用力一扯，一片小灰尘从毛呢包边上飞溅起来，一面包边齐刷刷就被拆开来。

"我说是我们家的手艺吧，这是为了方便后人拆换包边我们家祖传的缝制方法，你看看这线，是过去的牛筋线，现在根本就没有了。"

洛绒老汉自信满满地说道。

"那您说这是个什么皮？您家专做皮毛卡垫缝制，见过的皮货多了，您一定认识这个皮子。"

伊熙堪卓 | 雄　狮

扎西多吉忙问道。

"我也在奇怪这个东西，我做了一辈子皮子，还没见过这么奇怪的皮子，这玩意儿不简单呀！可惜毛面有些地方给磨损了。"

"你等等，我完整拆完后，看看皮子后面，如果是我家的手艺看看皮子里面会不会留下些线索。"

扎西多吉听罢，便好奇地蹲在地上看着洛绒老汉拆包边，只见老头熟练地在四个角分别找到了线头，那些线头一找到，包边很快就被拆开了。

"这是上好的羊毛呢，像是过去波斯那边的货，你们怎么那么不爱惜呢？可惜了这样的老东西，再也买不到了。你看，这质量，比起现在你们在商店里买的毛呢面料，啊啧啧，简直天上地下！可惜了！"

洛绒边拆边摇头惋惜着。

洛绒拆完包裹在皮子背面宽大的毛呢包面后，将那张黄色皮子从不见光的背面亮出来，摊在油布上。

扎西多吉看见被揉得极其绵软的皮子背面，被人用什么东西烙出了一个图案，那图案像是一只牛头，牛角很夸张变异地延伸交会成心形，心形图案中间是几个藏文字母。洛绒见到那图案后转身在自己的牛皮包中掏摸，好半天，他找出一块东西扔给扎西多吉。

"我眼睛不行，你比比看这两个东西是不是一样的。如果是一样的，那就有趣了！"他笑着说。

扎西多吉摊开手心，那是一个材质不明十分坠手的黑铁徽章。他仔细端详着，显然皮子上的图案就是来自这枚徽章，连大小和徽章上的一道深深的刀痕都同样烙在了这张皮上面。

"啊啧啧！还真是你家做的，这个徽章跟皮子上的图案一模一样。"扎西多吉有些不敢相信地说。

"那就对上了，这是一张狮皮，雄狮的皮。"洛绒笑着说。

"这是牧果头人家的东西吧？"洛绒问道。

"是呀！你咋知道的？"扎西多吉心中一惊。

"我们朗多家世世代代给人做缝制皮货、藏毯包边这些活路，顺带也帮人硝皮做皮制品。我们家里一直流传着这么一个故事，我们爷爷的爷爷以上那辈曾经因为做过一张雄狮皮，深感骄傲，他们把这个故事传下来，是希望我们后人不要因为自己是缝补匠人而看不起自己。

"这是牧果家老爷亲手猎杀的一只雄狮，这头雄狮来自遥远的喜马拉雅山的另一边，据说从印度那边运到拉萨，拉萨的一位贵族老爷又转送给牧果老爷养着玩的玩意儿。马帮拖着车一起运来的还有孔雀、仙鹤什么的几种动物，这头狮子估计是在旅途中没有很好地被喂养，到了章谷已经很瘦了，精神也不好，其他动物就更不要说了，基本死光了。

"它在梭坡没有住昌盛，人们喜欢它，但给它喂的东西乱七八糟的，有人甚至给它喂酸奶。后来一个粗心的仆人打扫完狮笼忘记上锁，这头狮子扑开了木栅栏门，跑出来在周围伤了一些家畜，也咬伤了几个人，后来牧果家的头人带人去围捕过几次，都没找到它。有天晚上，牧果头人去私会自己的老情人，晚上回来的路上被这头狮子跟上了。据说牧果头人当晚还喝了很多酒，他居然什么武器都没带就把这头雄狮干掉了。牧果家的男人确实相当厉害，这家伙咬住他的胳臂差点把他扑倒，他居然仗着酒劲，把手伸进狮子嘴里乱掏乱挖。天亮后人家找到牧果头人时，看到他的整条手臂都插在狮嘴里，浑身血糊糊的，肩胛骨都被咬碎了，他的手还死死扣在狮口里。

"我们朗多家祖祖辈辈都给人做皮子，我祖爷爷做到这张狮皮，觉得骄傲万分呀！您想想这高原上即使手艺再精巧的匠人，能有机会给人做雄狮皮吗？这种可能性几乎是零呀！牧果老爷喜欢我祖爷爷的手艺，曾经赏给我祖爷爷一枚他们牧果家族的徽章，我祖爷爷就偷偷把它烧红了印在皮子里面做了个记号，以证明他曾经做过雄狮皮的皮活。

"他们一代代在讲这个故事，我们以前听了也只当是个故事，大凡祖辈不都有些故事讲给我们这些后人听嘛，不过是在锅庄上糊弄孩子耳朵的，我给儿子孙子讲，他们都不爱听了。如今看来这事是真有的，命运啊！太神奇了！"

洛绒老汉说完久久凝视着那张被裁剪修补成一个完整长方形卡垫的狮皮。

扎西多吉听罢心中一阵激动，他忍不住喃喃说道：

"我说了这是一张雄狮皮嘛！牧果家怎么会撒谎，好歹过去也是大家族出身的呀！我得给它拍下来，给村里人看，证明牧果家没有骗人。"

他拿出手机咔嚓咔嚓拍了几张照片，对洛绒老汉说：

"老哥，你慢慢干活，货架上有白酒，想喝了自己拿，我去去就回来。"说罢，兴冲冲往村长斯郎扎西家走去。

绕过码满木柴的院墙，扎西多吉看到斯郎家正在翻修房屋，村里年轻人都在帮忙背石块泥土。

"斯郎扎西，斯朗扎西，你快下来。"他冲着站在二楼指挥人群的年轻村长招手。

"哦！多吉大叔，你没守着摊子吗？有事找我？"斯郎扎西笑呵呵擦着汗问。

"斯郎，牧果江嘎家的皮子是雄狮皮，牧果家没有欺骗人，他们从来没有欺骗过任何人！"他激动地嚷着。

"什么雄狮皮，什么欺骗人，江嘎他们家怎么了？"

"过去不是村里有展示江嘎家一张狮皮的习惯吗？后来人们都说江嘎家那张

皮不是雄狮皮,说是江嘎家欺骗了村里人,搞得江嘎家名声一落千丈,现在我搞清楚了,那张皮真是雄狮皮,村里应该给他们牧果家恢复一下名誉,不信我有证人,你看我手机里拍的照片。"

扎西多吉急切地打开那部小小的杂牌手机,伸到斯郎扎西眼前。他激动地把自己刚得到的实情给年轻的村长复述了一遍。斯郎扎西听完,不置可否地讪笑着说:

"多吉大叔,事情都过了这么多年了,那展示狮皮都是老黄历了,现在我们村里最重要的是各家各户把自己家的民宿条件搞上去搞旅游开发。你看,我在率先给大伙做示范呢!县里在大力发展旅游业,我们村里古碉那么多,正是好好发展旅游的好时机,你的小卖部以后生意会更加好。江嘎家的皮子不是卖给您了吗?如果是狮皮,您老也赚了,没必要去整那些用不着的嘛!"

"那怎么能这样说,牧果家的人一直以为祖辈让他们蒙了羞,这十几年在村里都是夹着尾巴活着,你是村长,不该告诉大伙,牧果家没有骗人吗?"

"唉!我的多吉大叔,这些年家家户户都在各自想办法挣钱,谁还管谁家骗不骗人的事。他牧果家的光景要回到过去那么轰轰烈烈,就是骗了县太老爷,人们还是把他们当菩萨供着,如果还是像江嘎现在那模样,他就是不骗人也没人搭理他,您说是不是这个理?好了,我得忙去了,房子竣工了请您过来喝酒哦!"

斯郎扎西笑眯眯挥挥手,转身离开。

扎西多吉被斯郎扎西噎得半天说不出一句话,心里愤愤地嚷道:"什么人嘛,难道牧果家这么多年的名声,不比你那破房子还重要?狗日的,怎么当村长的?"

在心里骂完这句话,他无可奈何地悻悻向牧果家走去。

牧果祖宅曾经是村里最漂亮的房子,即使经过了一二百年,还是那么气势恢宏地挺立在村子中间。如今,这牛气烘烘的房子像是漏了一半气的皮球,看着像

伊熙堪卓 | 雄　狮

是漂亮的圆溜溜的，实际用手指轻轻一按就会瘪下去。村里来来往往的人们就是那只按着皮球的手指，大伙都知道，牧果家已然辉煌不再。

他伸手从门洞中拔开门闩，宽大的院子里静悄悄的，一群觅食的麻雀呼啦啦飞上院墙去，探头探脑看着多吉扎西。

"多吉大叔，您咋来了？"

江嘎听见有人扒拉门闩，闻声出来。

扎西多吉看着江嘎，他比几年前看着更加苍老了，头发里竟然显露出大片花白的颜色出来，油浸浸的头发肮脏杂乱，身上穿了一件到处破洞的夹克，脚上跐着一双露出大拇指的破黄胶鞋，那胶鞋鞋面子已经被穿得败了颜色。

"啊哦！江嘎，你以前是那么漂亮的小伙子，咋成这副模样了？"

"嘿嘿，大叔您可莫取笑我这老头子了，都快四十的人了能成什么样啊！您老找我有事吗？屋里坐还是坐院里？唉！屋里也不成个样子，我们还是院里坐吧！敞亮！"

他指着院里放的一块长条石，示意扎西多吉坐。

"江嘎，我来是想跟你讲讲你放在我那里的那张皮子的事。"

"皮子？皮子什么事啊？那不是卖给您了吗？我可真没钱去赎回来呀！"江嘎刚要坐下，一听见皮子两个字，像是被针刺了一下，立刻站起身紧张地说。

"哎哟！你看你！我倒是说你什么好！你要是有你奶奶半点气性，你们牧果家也就有希望了。"多吉扎西一见江嘎那副模样，又气又急地嚷道。

"不是赎不赎皮子的事，我来是想告诉你，那张皮子是雄狮皮子，真的雄狮皮，一点儿也不假。"

他缓慢地把跟洛绒拆开狮皮包布发现的秘密告诉了江嘎，又把照片翻出来给他看。

"那千真万确是你祖爷爷打死的雄狮，你们牧果家没有骗人，往后你就可以挺起胸膛堂堂正正活着了。"他抓着中年江嘎的手臂摇晃着吼道。

"它……它是狮皮就好，这么多年了，我的心终于松快了，我们牧果家没有骗大伙就好，可怜我的父亲，临死都在唠叨说我们家毁在一张皮子上了！"

江嘎的嘴唇在发抖，一串泪水忽然涌出眼眶，在他苍老的面颊上打滚儿，他喃喃自语着说。

"多吉大叔，谢谢您告诉我这些，我得去父亲和奶奶的坟圈里，把这件事告诉他们，让他们知道我们家真的没有骗人。"

他眼中噙着泪，急急忙忙准备往外跑。

"等等！"扎西多吉拉住江嘎。

"下星期你到我铺子上来取那张狮皮，我让人翻新了包布，虽然没有你们家过去的料子好，好歹手工是一家人的，灯芯绒也是我进城买的。"

"那怎么可以，那张狮皮现在是您的，我只要知道它是真的狮皮就好。"

江嘎诧异地说道。

"唉！别废话了，把它拿回来收好，以后再困难也别卖它了，祖辈留下的东西，卖出去就再也寻不回来了，去吧！去吧！去告诉措姆，你们牧果家被人冤枉了。"

扎西多吉挥挥手，站起身来，蹒跚着向自己的小卖部走去。

（选自《十月》2018年第2期）

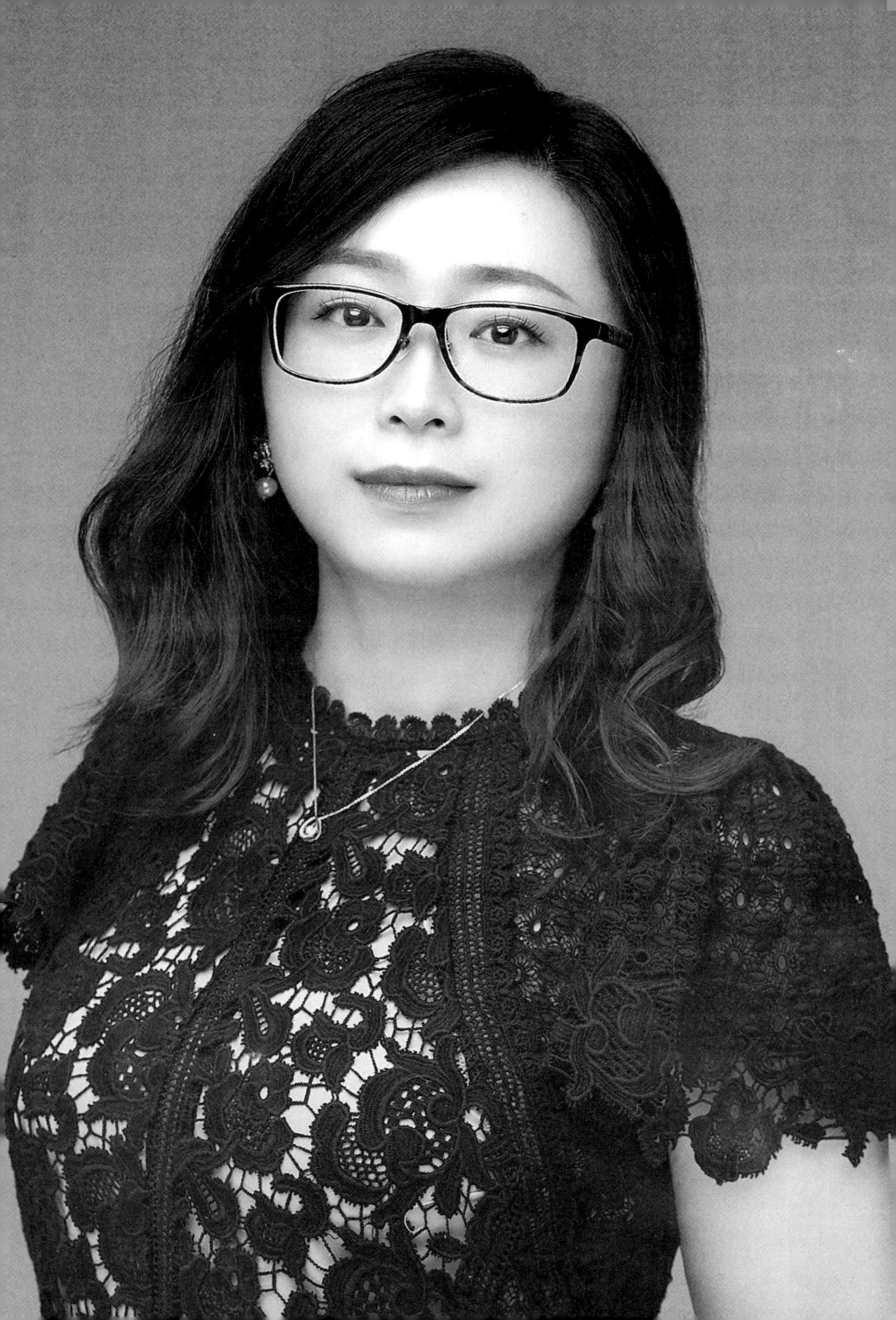

李潇潇

李潇潇，1981年生，2002年毕业于中国传媒大学戏剧影视文学系，2009年开始在《十月》《人民文学》等刊物发表小说。出版有小说集《我是一条80后的狗》。

松　针

幻净把铁壶递于师父的时候，并未立即离手，他另捡了一条预备好的湿毛巾，用右手兜着壶底与师父借力。冷湿的毛巾与那铸铁吱吱叫了一回，吞云吐雾间，那股滚烫黏稠的水艰难地注入黑陶大碗。碗底铺的茶唤作松针，惨黑，暗淡，仿佛枯枝败叶，支棱疏散，又像一个灰扑扑的雀窝。见水冲将下来，一时大难临头，遂上奔下蹿，随高逐低，七歪八斜。稀奇的是，过不多久，它们却似绿林点兵，只顺溜溜、傻愣愣一根根垂直悬于水中，此时此境是幻净最爱看的。那茶果然似针，而那针竟真也是茶，它们优游在透明的水中，渐次在周围呕心沥血般地沁出些绿色。不期须臾间，又溶蚀溃败，随即化成一潭乌黑去了，再无看头。想来不是什么好茶！幻净心叹。师父早已端它起来，于嘴边轻轻地抿一口，并幽幽地舒口气。不知是茶汁颐养，或热气笼过的缘故，师父面目额上，每每为之一振，似有笑意。幻净心中照例升起一股挟有妒意的钦佩。那笑他看得明白，师父又沉浸在美妙深邃的禅境里了。

更叫幻净难堪的是，这碗粗茶便是师父整晚的吃食。

师父一开始默默饮茶，幻净就揣着些羞愧轻轻踅过门边，在外头的一个木头小凳上坐了。将打好的饭菜从墙角端起来，捧着米饭默默地咀嚼，不敢出声。即便如此，那米粒与牙齿的胶着碾磨，那碾磨之下米粒的软韧香甜，倏尔就让他将钦佩羞愧之心抛之不顾。方又用筷子攥了一团放进嘴里，一时口中四壁津液皆出，肚里很不受控地咕咕叫了几声。幻净急忙竖起耳朵，还好师父正低头啜茶。于是幻净只听着，若师父将茶碗放下，默默坐着，他就只管轻咀米饭。若师父端起陶碗啜茶，他就迅速将菜就饭扒进嘴里，快嚼几口。今天他做的是生拌藕带。藕带四月初新鲜上市，而吃它的时令不过半月，寺院用度有限，不常下山采买，前日去集市，竟叫他撞见，赶上了这鲜货的最后一起儿，甚是欢喜。用泉水洗净了，不必过水，即切成小段，滴点咸淡油星，淋几滴醋，拍几棵带籽的红山椒一拌，就爽脆甜蜜得喜人。可惜藕带嚼起来格外响亮，幻净生怕骚扰了师父，只得囫囵大嚼几下，于是那菜汁裹着米浆一路滚进腹中，咕咚，倒像一颗落胃的定心丸。可不是，不吃总是心慌意乱的，吃过才可气定神闲。还好师父今日的茶也喝得颇久长，他也算美美吃了一顿。

"铁壶的手柄到底要不中用。"幻净一怔，急忙放了碗筷进屋。听师父这般说，他知道师父是感念他才刚托住铁壶那番细心的好意，只答道，"那环扣眼见只剩一丝牵连，壶又沉笨得很。我惯常看别人都用个紫砂壶沏茶的，待下月去料理那古茶树途中，在集市上给师父买一把去，换了这老壶吧。"

师父道，"不必不必。紫砂虽称手，但铁壶最称心。"说毕只微笑不语。

幻净怏怏的。师父极少言语，今儿个好不易发了话，幻净本预备说完紫砂壶，还要将前日集市上的见闻，以及上月古茶树边新开的野紫薇都一一与师父欢天喜地地说上一通呢。不料师父仍旧简短几个字，就让他哑口无言。有道是，谨言慎行。他又自吞了一个羞愧。

这里的寺院和师父，都是两样。幻净调至此地已一年有余，却总忍不住回想鹿门寺的时光。鹿门寺是远近闻名的东汉古刹，院落称不上宏伟，却古朴沉静，精巧利落，自有一番气度。这里却根本算不上庙。不过如普通农家院落，横竖三间，只是神色更破败荒凉罢了。鹿门寺里与幻净年纪相仿的弟子有十数人，惯常挂单的居士，虽来去流动，却不曾虚位。于是又有十数人。每天寺院里熙熙攘攘，

李潇潇 ｜ 松　针

好不热闹。特别是清晨时分，赭红的墙壁上刚晕抹着一汪淡黄的阳光，鸟雀们毫无遮拦地在铜铃缓笨的响动里炫耀着灵巧的音调，大家都穿着青白长褂，肩上搭着毛巾，聚在石井前取水洗漱，最是有说不完的话。幻净天生是个话篓子，就是在他低头刷牙时，也要包一嘴泡沫咕噜噜回上几句。

还有那寺院外卖斋饭的老婆子。逢初一十五，都推个板车，支在院外的梧桐树下卖素包子。请神拜佛礼毕的香客们，踱出门，刚好闻到她推车上的香气。一时入世步尘，骤然饥肠辘辘。她只卖两种样式，馅儿都清一色的粉条雪里蕻。一种是普通的白面，一种是黄色的粗面。那时幻净并未见过黄面，捧去问师父，道是叫个黍，传说是从老祖宗神农氏就开始吃的东西。

他虽天性活跃贪玩，却也爱读书参禅，鹿门寺的几位师父商议，幻净勤思善问，颇有慧根，又心思纤巧，善解人意，恰好选去陪那边的老师父。于是叫过来交代道，"这个真武山上喝松针茶的师父，原也是我们这里的。只是他早年起修头陀，就去僻静山阴里独自住去了。这年代下恒心修头陀的，别说我们寺院，就是本市，就是全国，也找不出几人。我们都敬仰他的。如今那师父年迈了，需一位弟子去有所照应。我看你平常是求精进的，好孩子，你只过去好好与师父学习几年吧。"

幻净虽恋恋不舍，却也心向往之。见到这边师父纤瘦风骨，更觉肃然起敬。平日里师父也并未显不悦之色。可恰如今日师父的茶壶之说，他觉得自己对于师父，莫不也是称手不称心？这会儿他也吃饱了，气定神闲起来，于是竟越想越真，羞愧懊恼全又回来，心下料定师父一定对自己非常失望。据说师父三十岁发心，就开始穿破衣，住兰若，常坐不卧。他独自一人在此山阴破屋修行，距今已逾四十年了。每每想到"四十"两个字，幻净都忍不住打个寒战，头晕目眩。他又哀伤，又钦佩，几乎落泪。那是多少个孤寂的日日夜夜啊。时间像渐次落下的青灰，不知不觉，却累成密不透气的青冢了……然而幻净何尝不明，师父不过是肉身在这潮湿的山阴破屋中，他的精神却是一颗清凉透明的气泡，他出神入定，禅思的芽发枝散叶，开出繁美的花，结出五彩的果，一抹祥瑞的光在额前幽然悸动，一个温暖明媚、平安喜乐、妙不可言的新世界正在眼前。

于是每天睡前的榻上静思，幻净都决心明日也如师父般克己砥行。但背着自己，他竟又知道，这番赌神发咒的决心，常常在清晨就被醒来的活泼味觉所打破。他烦透了自己对食物的依赖，怨恨到了时候就会从舌底渗出的口水，特别是还会咕咕乱叫的肠胃！凡夫俗子，羞煞人也！还正愤愤，晚餐藕带的酸脆像一个轻灵的小虫，从喉咙里跳出来。幻净强迫自己不去回味，回味又是一层放纵的享受。他蓦地起身，发狠地从师父茶罐里抓出一撮松针来，用半温不开的水冲去。只等那水染成乌黑，一径灌入口中。啊，好苦的茶！幻净心里叫骂，却攒眉蹙额，强忍不吞，只待苦涩像针尖一样侵蚀舌尖，渗进味蕾，才整口吞将下去。大军压来，那轻灵的藕带小妖，早悠悠荡荡，魂飞魄散。幻净立即闭了眼，四大皆空入梦去。

又到初一，幻净与师父吃过早饭，就辞过师父前去料理茶树。正转身，师父道，"怎把袍子脱了？"幻净一怔。他只当师父在打坐，不曾留意，本想混淆过去，却被抓个正着。幻净不善撒谎，早红了满脸。师父不等他辩解，只说，"料理茶树要奔走攀爬，僧袍却不便当。往后你就这般穿便服去也好。"

再辞过师父，幻净就一路欢欣下山去。他今日脱掉僧袍，倒果真有一个不好出口的缘故。上月初他收到俗家舅母的一封信，道舅爷旧疾发作，总无起色，得知他调至真武山，早听说那里香火极盛，许愿极验，千万托他在真武大帝那里烧一回香，磕一回头。幻净苦叹一声，这舅母想是听岔了。也难怪，这真武山上，人人都知道有个真武道观。他们俗家人哪里分得清孰佛孰道，说我调至真武山，

李潇潇 | 松　针

　　就料定是那一处知名的真武道观了。幻净不好辩解，又感念舅母幼时的照顾，不敢敷衍。只准备今日侍茶途中，留出些时间去磕头为是。既是去那边磕头，怎好穿这边的僧衣？ 阿弥陀佛。

　　绕过机器轰鸣的采石场，就转到山前。不过九十点，这边竟已阳光普照。而此时山阴寺中，露台上刚漏进一个碗碟大小的光点吧。幻净一边为这暖日不均默默惋惜，远远又见白石栏杆的山道上，熙熙攘攘，人头攒动。有彩旗、条幅、高香等星罗其间，也有着装统一的香会，敲锣打鼓，阵仗整齐。再往上眺去，那青山翠柏的山脊上，鳞次栉比地建一排飞檐镏金的屋宇，果然大气磅礴，山峰处的那幢主殿更是高雄威武。幻净走上白石栏杆，就觉不妙，这里烧香也赶初一十五，上山之路水泄不通，人群摩肩接踵，此时想回转也是不能够了，只得耐心挪动。

　　半晌走到一座桥边，竖有一牌说道"钟响如意有求必应，钱鸣吉祥心诚则灵"。只见桥下悬着一口钟，两边各有一枚大铜钱，标示道，如能将钱通过钱孔扔到钟上，发出声响，就会有神灵庇佑。于是多数人选择停留，到旁边去排队掷钱。幻净急忙趁机绕至前方，总算能夺出脚来迈腿前行。再待走到同心锁栏杆，又有去排队买红绸锁头，求婚姻天长地久的，于是又甩掉许多人。前方渐次松散起来，他连忙一口气一步三级地奔了上去，来到殿前。先去请了香，就去香炉旁的长队上排了。

　　宋元以来，真武观香火就长盛不衰，别说这同山小庙，就是古刹亦望尘莫及。也不知襄阳人什么缘故，代代相传，偏爱笃信这位深目厚耳，龟蛇一体的真武神君。心中正有些风凉妒意，幻净见一位绀青色道袍的道长款步而来，忙警惕地低了头。却见自己脚上灰白系带的运动鞋，方记起自己的打扮与旁人无异，又大大方方地抬了头。才觉奔跑得有些胸紧气闷，长舒口气，放松神经，自在地往两下张看。回廊下满是小贩，一人一个带遮篷的小柜，外侧都用明黄镶红边的绸布裹了，用统一的隶书写着揽客招牌。所卖物件都大同小异，不过是八卦旗、树脂金顶、刻字葫芦等纪念品，或是黑木耳、高香茶等土产山货。侧殿下阳台处已辟为茶室，十几桌租住寺院的游人正打牌搓麻，全然人间景象。他们虽然喧哗聒噪，却难得"心中无事不徘徊"，无须麻烦神君操劳。

　　排在这头等待的一伙却是焦头烂额，如火如荼。呆滞地举着香，都凝眉望着香炉。就在幻净脚边，一副担架歪歪扭扭挡在道前。担架上怕是位非要亲自求神的病人。亲人多半请香排队去了，先丢她在此。许多腿脚从她身边挤过，带起满地腌臜；也有眼不看路，绊着那架子的，哎哟一声，跳起跨过。幻净只看着，就实在替她局促不安。她裹一条煤竹色相交格子的被单，忽而掀起一角来张望，忽而又遮着脸。可见神志尚明，只是肌体不便。在这担架下方，就是一个两米开外临时圈起的碎纸池。炮仗皮、细香杆和饮料瓶、包装袋不可计数。贴墙的却是一米开外的高香杆子，堆得倒齐整。都用半米高的山石围着，红赧赧一片。就在那角落，不知谁懒得排队，偷偷点了个火堆。几个人围住，伸香去点，一个妇女背着孩子，也半蹲着伸手过去。一阵风来，全都捂着眼。一色的满面愁容正与那一片烟雾缭绕贴切地混在一起。那孩子也要躲烟，叉腿骑在花布上，直把头向后仰去。扯得妇女的仿皮夹克的领子快拉出了肩，露着猩红的毛线衣。

　　幻净点毕香，复进正殿排队行礼。队伍倒不长，只是其间多有妇女强行插队，于是总也见不到头，再有不依不饶的，与她们口角几句，更白白耗时。幻净只悒悒候着，并不多言。轮到他正欲跪时，一个着入时短裙的狐媚女子双手将他一钳，嗔笑着推开他，水蛇腰一闪，就跪了下去。幻净正要分辩，却恰见她俯身下跪，腰间露出一片白肉，再有一抹股沟。一团寒气咻溜上来，噎住胸口，直羞得他哑口无言。只得紧闭双唇，紧锁双眉，去注目那位高高在上的黑脸神君，却仍有些

李潇潇 ｜ 松　针

　　不自在。只听那女子磕完头，对着神君说，"你说你，我去年也不是没拜你，怎的叫我今年这般狼狈！也罢，今儿个我可又来了，还给你磕头，往下你可得多关照关照，多谢多谢了。"随即又弯腰扭胯地猛磕几个头，方一跃而起，拍拍手走出去了。

　　幻净却还在发呆。真轮到他行礼，对面并不是家中佛祖，一时竟认生，手足无措起来。听得后面的人咋舌催促。幻净只硬着头皮，按礼佛的章法，行了三个齐整的头面接足礼。想着这一趟的种种不易，起身之前，也想将所托之事告诉了，却无论如何羞于出声。只得多磕几个头了事。

　　走出道观，但觉一阵心凉。夜色似来非来。灰纱般的天光下，人也还熙攘，却都行迈靡靡，全无午后那勃勃振奋之态。心下思量，侍茶的正事却给耽误了。此时走去那山麓沟中，还得大半个时辰。纵然如此，幻净却无论如何不想放弃。他受不住师父的一再失望，他受不了自己离那片境界越来越远。当下横了心，急急赶着步子，顾不得举止，飞跑起来。

　　松针茶本为此地土产，因成茶修长细密，颇似松针而得名。价格低廉，四处有售。师父的松针却并非买来，就产自此山。就产自幻净将去每月料理的这棵百年老树。听师父说，早在他如幻净这般年纪，那棵茶树就号称有两百年岁了。说来它与这寺有段渊源……师父就是这么开始讲这个故事的。这破庙陋室里讲得最多的，或许就是这个故事了，怕是每一寸房梁瓦片都听得两耳生茧，昏昏欲睡：那是师父的师父的师父的时代，一日他行至山涧，只见山麓上斜倚着一棵古老茶树。扎根深固，枝干粗壮，虽倾于坡上，却笔直生长，气度凛冽，好不巍峨！却再看时，这树竟已被那唤作菟丝子的寄生草钩住多时，满满地爬了一身。那菟丝子自无根系，却攀附茶树，刺骨吸髓，长得一派生机，彼时已层层叠叠地覆于全树,并无毫厘幸免!师父见那茶树沧桑百年,却要毁于一蔓,忽一念起,悲从中来,泪如雨下。他遂住了脚步,静心将满树钩刺的藤蔓细细剥下来。师父细致而专注,饥渴全忘,剥了整整一天方净。而树干上刺痕斑斑,已似掏空,树梢上遍结枯痂,了无生机。并不知能否回转。人事已尽,只待天意。师父只一声叹息,遂举步前行……

"然后呢?"

幻净明知结局,却最喜欢听师父明明白白地讲出来。他觉得,故事纵曲折蜿蜒,引人入胜,但还是终点最为重要。一切不都是为了这结局?最后的时刻,拨云见日,水落石出,爽朗痛快。就像苦修之后的光芒万丈。况且幻净自听这故事时,就存了个私心。而这结局却遂了他的私心!那也是第一次,幻净仿似与佛祖有了个私密而甜蜜的默契,阿弥陀佛!

"过了几日,师父又去看时,茶树果然起死回生!树皮之下,绿色的经脉里,活血已畅通奔涌,从里往外透着清润的生机。树皮之上,泥土和甘露的滋养像温柔的手,把钩过的伤痕抚去,连同那疼痛的记忆也抚去了吧。四处冒出的新芽,应接不暇。干净脆弱,像熟睡额上的亲吻……"

"再然后呢?"幻境微笑追问。

"只是师父欣喜之余,却也见到,那剥掉的菟丝子种子遍地,也偷偷新发了几条卷毛似的细藤,早已又攀上茶树去了。"

这便是幻净的私心。

终于跑到地方,还有一丝微光。这老树就斜生在这山沟的侧坡上。跟那些茶园里成片的小矮树相比,它高大几倍,果真像成了精。跟它同时代的茶树早已化

李潇潇　｜　松　针

成了泥，它却还颤巍巍活着。还缓慢生些叶子，那叶子还被人摘下、侍弄并呵摸着。平时幻净徒手就跳下沟去。今天这沟在天色的晕染下，仿佛深不可测。有虫子簌簌在草间穿行，鸟叫声像从高空骤然跌倒，失魂落魄的。日月交换的时候，天地似乎无人看管，倒比黑定了更空虚。幻净蹲低了身子，抓了一把草，想往下蹲时，却根本使不上力，心下焦急，干脆松手一溜到底。幻净顾不得疼，翻身起来，左手攀住老树的主干，右手去剥那缠绕的藤。夜色压下来，哪里看得真切，只胡乱捡紧要的枝干撸扯几下也罢。嘴里喃喃道："是你前世作孽，变成这种没根没叶没着没落的东西，活得人不人鬼不鬼。任你蒙头长，使劲抢，那树死了，你不也死了！"他跳下树来，再去爬沟，又记起师父交代，藤蔓亦要带回皆可入药，只好又回到树下，与杂草落叶一同揽起，塞进背包。也不吝抓了些什么借力，跟个野猫野猴似的爬了上去。

　　往上看时，树枝在天空的灰底子上，像张人脸，森森地笑。幻净吃了一惊。

　　"妈的！"幻净不留意骂出一句。面皮倒薄，兀自脸红，羞愧难当。为着这羞愧，他更气了，又下力狠狠地在心中咒道：这老树精，就被缠死了才好呢！

　　第二天，师父果然向他寻那些蔓草。他把昨日地上揽起的一堆递过去，忐忑不安，自觉揉得很不像样。师父也不看他，接过就说，"不妨。"幻净心里登时一亮，师父像是总知道他的鬼祟。他讪讪地跟着师父，走到寺院后头的晾台上。说是晾台，实则是一处天然的大岩石，也只西边恰好有一片方桌大小的地方能晒到上午的艳阳，想是从山中哪个缝隙漏过来的。这会儿它还未到，师父和幻净两个人四只手，把缠绕的蔓草一一解开，不想那胡乱团起的一堆，除了菟丝子，竟还有几个螃蟹脚一并挂在里头带回来了，真是惊喜！螃蟹脚虽也是寄生，却不比菟丝子，算作高级药材，想是寄生在野紫薇上的，甚是难得。师父也看到它们，两人相视一笑。光跳出山谷，悠然而至，扫过幻净的脸，稳稳落上岩石。

　　山道上转出个人来。幻净定睛一看，便是宗教局的陈科长。待他走到近前，住了脚，喘着气行了合十礼，向师父道，"今年第一季度的例会，改在真武观开，就在下月。局长特地要我来告知师父，务必拨冗出席。"说完这套辞令，他气息方平，见身旁恰有一块圆石，就抱歉地作揖坐下，继续说道，"例会挪至寺院开，却是稀奇，据说袁市长要来现场办公，携统战部、宣传部并旅游局、环保局等将帅尽出，似有大动作，议程也延长半日，明天中午就在真武观里斋饭。"幻净捧来一杯松针茶，陈科长恰正口干舌燥，欣然呷了一口，不想苦涩袭来，面有难色。然见这寒屋小寺，茕茕师徒，心生恻隐，便觉不可造次，只得一饮而尽。他复张口眉飞色舞起来，便是这新市长的一番大刀阔斧，一番心细如发，一番温柔谦和，一番令行禁止，如数家珍。幻净插不上口，便觉厌恶，去向师父也讨一个厌恶的默契，却见师父极投入地微笑聆听，越发激励了那位科长。陈科长终于在说到景区招商融资，跨越性整合发展⋯⋯方缓缓停下口来。本待有孜孜好奇之问，却并不见师徒发声。于是他只得呵呵一笑，递还了茶杯，方行合十礼下山去了。

　　这位叱咤风云的袁市长连幻净都有所耳闻。他倒记不得来源是宗教局的科员或是菜场的村妇，抑或是电视收音机里的新闻。袁市长是土生土长的本地人，这水土是旧相知，可宦海上他却是独木舟。他的升迁正是得益于本市几年前震惊全国的政坛大地震，大换血。上上下下都急需一个耳目一新的政治明星。于是最年轻，最高学历，同时最无根基，最无经验的他被推至此处。他一路名校，学而优则仕，虽说官至名校掌门，可那里的水木清华之境，哪里比得了这年深岁久之渊。老派政客屏气凝神看他笑话，不想他行事干练，举措务实，毫无学院乖戾之气。不出两年，已有根深叶茂之势。

李潇潇 | 松　针

　　此番应对这位学院派的袁市长，宗教局显然做足功课，有备而来。首先就是局长的汇报材料。他们先是请来大学教授，把古城的宗教传统历史沿革梳理通透，文员们手捧密密麻麻的笔记蓬头跣足没日没夜地写了三天，才算勉强通过局长的要求：既有历史文化之厚重迤逦，又有俚语乡情之甘甜亲切，还要有党政理论之清晰明畅……于是文章左顾右盼，牵五挂四，反而成星离雨散、计穷力竭之态。局长念得额上冒汗，口中咽痰，听者却都似闷坐于一面大鼓之中，耳鸣脑涨，昏昏欲睡。

　　袁市长正对面便是幻净师徒。他抬眼顾盼之时，几次与那小僧四目相对，好不尴尬。倒是那旁的师父垂目微笑，一般禅定姿态。袁市长暗忖，这倒省了事！世人皆道，双眼乃心灵之窗，可见极是。不必面面相觑，就暂且保全了心中平静。于是在局长的长篇累牍里，他得以自由地游目骋怀。先抬头去看条幅，"真武山景区融资合作建设座谈会"，红底白字，撑得平整利落，他虚眼去看，竟水平于墙线，又定睛细看，只"区"和"融"之间，却比别处宽出半寸，顷刻水平之心颠覆，抓挠不着，冒了一身鸡皮。据说这也算一种癖病。于是他低头看人。见两侧与会人员皆谨小慎微，垂下首，于是那不平之感复归一线。

　　你一眼看穿他们，他们绞尽脑汁也猜不透你。这是绝对的一种安稳。这就是角逐权力的规则。他也不介意他们近乎神经质地去揣测、演化他的想法。他在校园的半辈子，受够了知识分子的傲慢。那仿佛理所当然高人一头的傲慢，是哪来的呢？他的体质却对傲慢有预警。也许因为父亲恰恰是个"郓城小吏"。他知道并没有普罗大众因为你知道"曹操家族的Y染色体基因突变类型"或"从历时和共时的动态角度观察正反问句"而对你顶礼膜拜。

　　相反，在这条权力的走廊里行走的人，他们或许真如传说中那般丑陋、虚伪和狡诈，但如果还想举步维艰地前行，他们却时刻都在关注别人的感受，甚至有时还必须俯身低头，从这个意义上说，至少他们懂得谦卑。从父亲的身上他更知道，其实大多数的他们并非野心勃勃，虽然他们看起来有一种让人作呕的费尽心机。而他们获得的远远抵不上他们的费尽心机。他们多是些性格谨慎，胆小且有耐心的人。

在这个被学院里的教授们视为肮脏的走廊里，他没有水土不服。他何止没有水土不服，他精神焕发。今天出门前，他还望了眼镜子，他额上发光，肩臂挺阔，体重虽未增减，身体却显圆实，想是之前闲置的气力都潜移默运，各得其所。连常年伏案落下的腰痛病，都自愈了。他理理领带，下意识扬起得意的嘴角，可就在收掉笑容，转身扭头的瞬间，他忽然从镜子里看到了一抹熟悉的神情，让他头皮发麻。他定了定神，他清楚地知道，他长得一点也不像父亲，从小到大，远近亲疏都这么说。在叛逆的青春期，他甚至深深地鄙视过那张刻着面具的脸。他头皮更紧了，他遂领悟，与其说他看到了遗传的痕迹，倒不如说，他看到的是自己的灵魂。

此时此刻，袁市长的眼光掠过对面。他虽极力克制，但他知道，这一桌子的人，只有对面的这个和尚，叫他琢磨不透。也是对面的这个，扯翻了他的水平之心。但见眼前这位，虽双眼紧闭，却面目清明，每每局长语义转顿之时，他都缓缓点头，段落激昂处他也适时鼓掌，仿佛闭目只做沉静深思之用，丝毫不显傲慢隔绝。袁市长暗忖，啊！他倒观照着我的心神！又再端详他的齐整僧袍，如此简朴淡漠，却依然有英武潇洒的气派，甚至那姜黄色的肃穆沉着，更衬出他面貌之清朗干净！世间果真有此等冰魂素魄？

待局长念完，袁市长带头长时间鼓掌。然而他却不发一言评点，只亲切地对大家说，"民以食为天，大家一起去后堂斋饭吧。"

李潇潇 | 松　针

　　绀青色道袍坐了一圈，幻净和师父显得引人注目。师父只吃半碗粥。幻净随师父而来，别人照样也只递粥。幻净心里欢天喜地。为着别人拿他如师父般看待，少吃多少美味也值了。他默默地咽粥，却也禁不住往桌上眺去。原来虽说是工作简餐，为着招商引资，宗教局自然吩咐妥当，除了一般素菜，另将本市的名产小吃，但凡素的，都拿精致小碟盛了，穿插在素菜旁点缀，幻净只这么两眼，就看出，十几个小碟并没有重样。

　　别的倒无甚稀奇，幻净远远地见那方桌侧边，盛在一个灰钵子里的金黄小饼。他却认得，那可不是金刚酥。因他读过一本介绍本地小吃的杂书，说这马蹄形的小点心，滋味极美，却不愧"金刚"之名，一般牙口却应付不得。今天一见，它果然饱满金黄，敦实可爱。

　　正巧一个科员走过来，目光掠过"金刚酥"，又掠过一圈道士。遂从盘里取出一个，递给一位道长。那道士先端端正正用门牙尝试，无奈那酥竟纹丝不动。大家一笑，"这货刚强，师父仔细牙。"又有嘻嘻的声音冒出道："他们道士金银仙丹都嚼得，这算什么。"

　　于是又歪嘴侧脸，将酥放进口中，用大牙较量，龇牙咧嘴，只听咔嚓一声，咬下一角来。只没料到这货虽硬，内里却酥松空洞，一旦坏了"金刚身"，牙齿便势如破竹。幻净但听那道长口中一阵轰轰隆隆，噼里啪啦，一面那焦香扑鼻而来，一面见嘴角唇边崩出些星星碎屑。幻净看得痴痴的，那滑进食管的薄粥霎时枯索无味。他却也不沮丧，因着他的思路去到了参悟的那边，自摇头晃脑地揣度：金刚确是金刚，酥也保管要你酥，这不正是先贤们教诲的相反相成、相克相生的道理？幻净双目一明，他极爱去推敲这种打着转儿的谜语，以他的慧悟，世间的高妙禅机，就像正月里的汤圆儿，这么着在脑里辗转，就这么着溜圆甜蜜起来。

　　彼时师父已吃完粥，从胸口掏出一个布袋，布袋里一块火纸包着的，还是那黑不溜秋松针状的茶。幻净忙接过来，去讨了开水，要为师父沏茶。一个科员觑了一眼那茶，恭敬道："小和尚且住。师父既也带了体己茶，一并后头露雨亭去玩一回吧。"说着看看腕上的表，即迈步又扭头道："师父稍坐片刻，等这边斋饭收了，就随大家往边道一路下去，遇见太湖石山子转西，穿过鲤鱼池子，从女贞树奔北向右，那四角攒尖顶带个游廊的就是露雨亭，这会儿怕是还在布置茶席……"幻净只顾讶异他魁梧身材却搭配个尖细的嗓音，却不曾听清路径，那人早已没影儿。桌上还在慢悠悠吃，轻飘飘聊。倒不如趁机先去探明道路。

这道观年前刚翻新，据说是1949年以来独一无二之大修，果然有些俗怯。好好的娇黄墙上，哪个书法家榜书四个字"养生长寿"格外碍眼。原来这墙壁后头却是熙熙攘攘。养生院，中医院，书法院。走了半天，并未见什么太湖石山子，倒是一股风像愉快的醉汉，撞到他，再望过去，垂花门棂外，明明是一番开阔风光。想必时辰还早，幻净忍不住走过去。正好看到太湖石后，一股香烟正狐媚缭绕，在石头缝里亲昵了几圈，才恋恋不舍隐进天光。石头背后正是两个旧相识。

幻净却认得，一个竟是前日他烧香排队时遇见的那位风度翩翩的道长。想来正是真武道观的住持。抽烟的那个西装革履，虽小腹微凸，拜托那剪裁利落挺括，倒是春风得意，熠熠生辉。再一对号，可不是上首坐着的那位"招商引资"的生意人嘛。原来他俩正是旧日同窗，今日槛外槛内，狭路相逢，却不知从何说起。

"还以为你不认得我了。"

"只有你们神仙不认人。"

两人都顿了一下，像是都压下了千万句疑问。幻净见那夹烟手腕上的金表，与那绀青袖间的菩提子，各自传递出一份傲慢。他来了兴致，顺接"金刚酥"的机缘，何不接着把玩这往复环圆的禅意？于是偷偷坐在山石上，面朝江水，将神志交给耳朵。

李潇潇 | 松 针

　　那两位也都转而面向山下，看汉水蜿蜒，蒸腾。正午时光，满城烟火。孟浩然的诗里，襄阳清丽明媚，而眼下的汉水，简直是一锅鱼汤。咕嘟嘟，咕嘟嘟，又香糯，又靡费。耳中仿佛总有歌声，似笑似哭，一般黏腻缠绵。食色的潜移默化是骇人的。

　　"你抽烟？"

　　"抽烟是一个习惯动作。你不觉得，人在慌乱的时候，手里若有个东西拿着，会好看很多。"

　　"乔张做致。"

　　"还是读书的时候好。"

　　"我记得那时候你也愤懑得很，老跟父亲作对。"

　　"你倒是潇洒，女友也多。"

　　"还是针锋相对。这样能混商场？"

　　那人果然红了脸。这话却说到他痛处。他天性锋利，却将曲意承欢点头哈腰给玩转了。这又未尝不是他遇到坎坷时的动力：干脆征服了它，才算摆脱了它。

　　"到底是神仙不知人间疾苦，想必山中如此岁月静好。"

　　"却攒出这么两句酸词！你之前也是浩然文学社的社长人物，最厌恶长发翩翩白衣飘飘的'岁月静好'，我倒是没忘，你的志趣不是艰深奇绝的哲学？"

　　"你心里在嫌弃我庸俗功利，我却敢嘲讽你！洁净虽美好，污垢却能救人的。冉·阿让可是在下水道里得了救。"

　　"你有确信，自放手去做，你攀附神灵，心有戚戚，也是善意。你却不要得寸进尺，非到寻个确信，我这里决计是没有！"

　　"我可不敢寻神仙的示下。我只是偏偏认得你，事实胜于雄辩！"

"你太小看神仙。真神不怕亵渎。倒是你愤怒起来，却越发是原本的你啊……"

说完拍拍肩膀，时空忽然一个宁静的轰鸣，两个人一时热泪盈眶。

一声汽笛又将他俩拉回当下。

却都不吭声，看江水。那人的烟吃尽了，双手空下来，插进口袋，灵魂像是制服了西服的兴奋，一并地松懈下来，就势倚着山石。变成他自己的他，倒是显得年轻很多。

"襄阳好风日啊。风物最宜人，宜人且移人。孟先生为此都丧了命。满江鲜鱼，满山野味，满城巧妇……李白、王昌龄，皆为美酒美女而来。"

"今天还来了个修头陀的和尚。"幻净耳根一热，听得更专注了。

"我也见着了。心里早就在嘀咕，襄阳人哪里受得了苦修。苦修也必得远离此城。襄阳人只知释道安，不知诃罗竭。说来也奇了，这道安祖籍非襄阳人也，来了就不走了，与襄阳情投意合。莫非襄阳人的气质感染了他？让他将生吞活剥的印度佛学，在这滑溜溜柔媚媚的江水里脱胎换骨。至此通经亦可明理。出世入世在襄阳这里，竟然穿梭自如。"

"诃罗竭确实生在此地，却叫他水土不服，到别处去了。"

"襄阳人能说会道，坚忍善谋，心向功名，却又情系诗才。一大早吃面就酒，全天又茶不离手。筑城府能伏脉千里，撒性情又玉山倾倒。还是像这汉水，如有平坦且悠悠，如遇险石尽奔流。"

"也是这水土，孕育你这样的风流人物！"

"我算哪根葱，怕是这袁市长倒是称得上这样的水土……"幻净似懂非懂，但觉咀嚼有味。俩人却被一道叫去后庭喝茶了。

李潇潇 | 松 针

　　幻净随即跟了过去。远远可见几丈大幅的手工素纨在露雨亭两侧婀娜飘浮，清风明日的光景中，帷幔缠绵，那红白绿蓝的雕梁画栋，欲盖弥彰地，竟越发醒目。再有四面的竹影，花影，树影，人影渐次攀着蓬蓬灰尘的光束落上来。或专注凝神地贴面而至，映出个笔力遒劲的《枯木竹石图》；或如玻璃上呵出的半口暖气，映出个湿漉漉的暗香疏影；或叶落纷飞，它们和它们的影子真幻交叠，翻滚跌撞，与这白绢只一瞬尘缘，滑脱下去……

　　或帘卷西风，空愣愣转出个人来。

　　那人正喜滋滋坐在草蒲团上，矮几上一只小巧荷口描金的杯碟玲珑可爱。一个缠枝莲纹椭圆铝盒摆在桌角。她先告饶道："我只喝咖啡奶茶的，爱甜爱奶，实在抱歉。却非要掺和进来扫你们的兴。只是我这套梅森茶具，倒是留学时候古董店淘来的，为此禁足了两个月不买新衣。"说话间，她往荷口杯里专心致志地挤了一团炼乳，再举起一旁的长嘴瓷壶，注进半杯砖红色的茶水。一时奶香四溢，虽然离得远，幻净却早已嗅到一股融融甜意。

　　"好了好了，快收了你的旁门左道，你捣乱完毕，我们就要开始啦。倒是说说，你用的什么红茶？"

　　"倒是还有这点觉悟的，并不是锡兰红茶，就是今年的滇红。你来试试？"说着将那铝盒打开，但见那茶条索修长，身骨紧实，乌黑之中每每泛出金光。

　　"如此说来，你的奶茶也不算俗气。我们不是不捧场，只是喝了你的奶和糖，将个舌头肠胃都糊住了，再好的茶也难开窍。多有得罪！"

　　"多谢宽容，你们就丢开解数，大展拳脚。妙茶共欣赏吧！"

　　下首的中年人坐起身子。张嘴要说什么，不料没发出声音。他愣了一下，想是自己被这高悬的风骚素纨给点了穴。喝茶对他来说，是每日每时的老相识，如此大费周章，煞有介事，倒让他不知所措。他推推眼镜，从怀里摸出一个紫砂红泥西施乳。有窃窃私语，夸包浆沉稳的，说色泽内敛、器形端庄的。他心里苦笑。他是个粗糙实际的人。这壶用了好几年，成天用，也不清洁，特价场子里一百块钱买来的。他们号着他资历级别的脉，一味地想当然。官场之事，大略如此。他吞下一个爽朗的不屑，索性一言不发，专心泡起茶来。锡罐里倒出一把铁观音，手掌一卷，恰似一个漏斗，茶粒叮叮当当落进壶底。滚水注入，蜻蜓点水般分入三个小杯，壶夹像拔草似的啪啪啪将三杯水倒进渣桶。第二泡时，被水浸透的锈边大叶刚好膨到壶口，茶汁在白瓷品茗杯里碧绿明亮。幻净看得眼花缭乱，那黄茧累累的大手和那玲珑小壶，颠鸾倒凤，好不欢腾。而他也早有留意，近旁那位斜睨的眼神里，分明是鄙夷不屑。

原来这位消瘦清雅的家伙，平日里有好古之癖，对于唐宋茶道，研习得很深。他安心今日大展奇才，将众人压倒。不想先头的两位，奶糖红茶土洋杂糅倒罢了，那简陋腌臜的西施乳最叫他沮丧。那夹烟的脏手和那陈垢的脏壶将他心中纯净神圣的茶道，玩得如此黏腻庸俗！四座竟然连连赞叹，越发叫人心灰意冷，斗志全无。只得在心里默默演了几回伯牙子期，知音难求！幻净见他懒懒地环视全场，微微点了头，深呼一口气，端出一个一尺见方的盒子。那盒子乍看起来黑乎乎不起眼，定睛再看，却似幽幽地递出一份独特的光泽。如同它消瘦清雅的主人，细看进去，也确实有一股书生的英气。他轻轻地揭开盒盖，脱离的这一刻，顿觉前一刻的严丝合缝，如同手起刀落的巧克力。盒盖端端正正放在桌边，正中有云纹螺钿镶嵌，熹微斑斓，悄无声息，正与那澄澈清亮的大漆，互不侵扰，又相濡以沫。

盒子里风炉、铁壶、橄榄炭，一应俱全，朴素精致，却傲慢得紧。他一样样取出，摆定，竟无端带出一片宁静的气势。美则美矣，雅则雅矣，而这安静太干

李潇潇　｜　松　针

　　净，着实有些诡异。这安静像是这书生布下的一群家奴，生生挟持了场面。素纨飞舞的空洞景致，本是风花雪月的助兴玩意，即刻仿佛落地生根，就势言之有物起来。袁市长强压着几分烦恼，赞许微颔，忽而脑中胡乱想到史书上的事来。那些无孔不入的意识，今天还是一丝微风，改日就能悸动人心。想来真是防不胜防。日本人将茶艺谋成茶道，就果然出了个权倾朝野的千利休。人间哪有什么悠然南山，处处是伏脉千里的心机。他再去看那炉前摇扇起火的家伙，竟忍不住蹙了蹙眉头。院校时光一下翻上来，那帮阴魂不散的知识分子……
　　一个声音洪亮直爽，径直击碎了这团宁静。
　　"文调研员这个厉害了！"大家都应声而动，才刚的屏息凝神松懈下来，笑吟吟地只管听他娓娓道来。"白泥风炉取出来，想必是要煮了。能盘起炉子煮茶的都是道地老茶鬼。咱们今天算是长了见识。我猜您那精贵的莳绘茶枣里必定装的是白茶。今儿个又非比平日，我再猜那白茶必定是超过了七年的白毫银针！咱们且优哉游哉，坐等好茶喽！"随着他解谜般抽丝剥茧的讲解，气氛热络起来，瓜子花生和蜜饯也熙熙攘攘吃了起来。
　　那书生原本对此人的聒噪无比愤慨，不想他虽看起来脑满肠肥，形容器物辞藻浅俗，但总归算个内行。况且他言语紧随他的动作，带着一种追逐明星的好奇神色，引来众人的眼球，也深深满足了他的虚荣心。于是之前的颓丧倒退去了，动作更是做得有模有样起来。袁市长心下感叹，也是如此不值一哂！
　　白茶在"柿柿如意"铸铁壶里咕嘟咕嘟，如粥似药，沁人心脾。香气弥散了整个露雨亭，大家斗茶的情绪渐渐高涨。有拿钧窑茄皮紫釉壶配信阳毛尖的，有台湾老岩泥手捏侧把配冻顶乌龙的，有德化猪油白瓜楞壶配武夷岩茶的，有胭脂红地轧道花卉纹罗汉杯配茉莉香片的。景德镇的万花不露地，端的广普民间，竟然有三人同款，一时大家来了兴致，摆起擂台较量一番。"我看宋江在江州琵琶亭用的'朱红盘碟，齐楚器皿'，就是景德镇瓷器，真所谓千年瓷都。今儿个我们还在这里打转，倒也不算冤枉。"三只品茗杯一溜排开，画工釉彩，真真一目了然，并无辩驳的余地。于是胜者得意扬扬，败者挂笑自嘲。

"大家看这金丝，我已养了五年，专泡明前龙井，也只有这等青色，才让金丝黄亮不污。"那人吹嘘的是一款哥窑米黄釉金丝铁线盖碗。"好是好，却不成套。"一个顽皮的声音跳出来挑衅，怕是知道盖碗主人的脾气，挤眉弄眼地故意去逗他。那人果然赳赳道："你这是何等露怯！我这粉青玉质扳指杯与这盖碗一样，也出自龙泉，又称弟窑，哥哥细密婉转，弟弟敦厚明朗，兄弟情深，怎么就不成套？"

嬉笑间茶令已转到绀青道袍的真武住持面前。他一开口，倒是沉着亲切，将沸反盈天的热闹局面又平衡了一些。不忘替自家神仙代言，他开宗明义道："道家和茶密不可分。所谓'神草延年出道家'，那我就回到最原本的碗泡吧。"幻净觉得他颇有师者风范，言简意赅，温润而泽。原来最早的茶并没有精确地从饮食里分开，更不用说今日这些花哨的各色泡法了。最早的茶就在饭桌上。所以也不叫饮茶，就叫吃茶。因此碗泡就是"饮如食分，一匙一汤"的真实场景。他一边娓娓道来，一边利用长柄匙背倚着碗口将沸水间接滑下，"这是前年的老班章"，幻净看懂了这动作，必是避免茶叶被高温灼熟。阔口灰色粗陶茶器渐渐渗出热气，默默静置几秒，便用茶匙舀出，分到同色的粗陶乐口大杯里。

他那成功多金的同学急忙捧场，端起粗陶大杯一饮而尽。他显然也是有备而来。幻净原是听过他们闲谈的，此时就越发关注他们的神情。于是越发眼睁睁见这家伙为自己妥帖地戴上了面具。他哪里还有彼时的半点傲慢，他俨然一个憨厚爽直的土老板。他一脸无辜，像是发财只凭运气，无关人事。时事坦途，神仙专要宠他，凡人倒懒得生气妒忌了。他撸撸袖子，带着微喘蹲下，附身打开一个金

李潇潇 | 松　针

　　灿灿的旅行箱。里面横七竖八的木盒布袋若干，一幅人仰马翻景象。他一件件随机拎出，不料包装最是繁文缛节，拆起来只一味地不耐烦，恰似为女友剥衣服般急不可耐。然而显露之际，竟件件光彩照人。

　　有翡翠摘藤梁锤目小银壶，有曜变紫光油滴天目盏，有天青色汝窑青瓷壶承，有手刻郎红撇口观音瓶……那些物件虽杂乱地堆在桌上，风格材质也都云树遥隔，却都看得出人力的精心或天工的神奇。或人力天工，切磋琢磨，缠绵悱恻，很是禁看。此刻他将它们都剥了皮，拍拍手合上箱子。待他再起身，双手撑着桌角，竟不顾这浩瀚靡费的风雅，只开始恶狠狠一路报价。"我不能跟在座的文化人相比。这一桌子破烂玩意，我并不知道名号，我只知道价格，估计都是我上了当，就这么被骗了几十万。"大家愕然听他一个表白，又见他木呆呆摊开两手，甚是滑稽可爱，"我看不懂它们，却阻拦不了我的家人朋友并衣食父母们附庸风雅。风雅如何附庸，也还是价钱够惊心动魄。一把土变成一个容器，跟树叶子们一道浑水摸鱼，就神乎其神地变成大把的钞票，好也，妙哉，我们做商人的天生附庸需求。我就万分渴望，我们襄阳，我们真武山，我们的陶瓷，我们的茶，我也想卖出这种王八蛋高价。"

　　他俗得如此坦白淋漓，倒并不讨人嫌弃。他将道德优越感奉出，他们也甘愿给金钱几分薄面。满场欢声笑语中，他只跟绀青色道袍的递了一个得意的神色。幻净看不到住持的神情，只见那边茶碗的热气已散尽，茶叶的气力已溃入水中，陶土恢复了枯槁的本色。而这边的精美茶具，沉着而无奈地拥挤在他身后，高贵，精致，空灵，桀骜，却正被众人注视，把玩，唏嘘，赞叹。幻净心头忽然一惊：不出意外，它们都将比我们遇见更多的时间。

　　幻净正出神，却见袁市长径直过来，穿过嘈杂的人流，向师父恭恭敬敬行了礼。"我看咱们全都是俗人。只这位修头陀的老人家，我心里敬佩得很。能否借你的茶杯一看。"师父谦卑地点点头。只见袁市长借来一个小碟,将师父喝过的茶底倒进碟中,"我虽愚钝,但看得出,师父的茶叶是野生古树。"幻净心中骄傲,不禁欣欣然接话道:"两百多年的老茶树。"大家闻声而来,袁市长接着说,"茶的好坏最直观就是看叶底,这倒有点盖棺论定的意思了。"他顿了顿,恰如其分地让全场若有所思,"一片树叶聚集了一份天地精华,借一杯水向一个人吐露全部的心声。师父这松针叶底修长丰厚,主脉舒展,侧脉坚韧,细脉密集,丝丝分明。真是一场全情投入又了无牵挂的一生。这才是今日可遇而不可求的好茶。"

众人醍醐灌顶,都打躬作揖向师父讨来几片松针,再回座位屏气凝神,煞有介事地泡起来。幻净心中既欢畅,又好奇。更目不转睛地追随这黑苦的松针,如何让一干人啧啧称赞,如何将艳羡崇敬的目光送往他和师父的身上。幻净感念自家的松针,竟让自己第一次出这么大的风头,连师父都有些坐立不安。

待大家都散了,宗教局陈科长走过来,满脸狐疑,也不吝谁的茶杯,偷偷把剩下的松针茶又喝了一口。登时眉头一紧,急忙四下确认了,并无他人,方狠狠啐到地上,抓着手下科员抱屈含冤道:"我先头去过那庙,喝过一回师父的松针,就觉苦不堪言。今儿个被他们一再吹捧,我还以为师父又拿了别式儿的好茶呢,不想还是那丧货!""管他呢,如今的人,都喜欢自找苦吃,只管说得天花乱坠。反正山上寺庙的玩意儿,少不得让人稀罕。过几日再带个民俗专家,帮他们拾掇拾掇,这一景儿就齐全了。""那老和尚总不吭声,也不知真脱俗假脱俗,跟他说话总没个抓挠,心里荒唐得很。这事我就不插手,全交给你吧。"

白日里喝了五色茶,闹得幻净一直不困。辗转反侧,四更后却又睡迷了。清早起来,仿似记得师父深夜里咳嗽了一阵,忙溜下床去看望。屋内竟听不见一点

李潇潇 ｜ 松　针

　　动静。幻净知道，调他来与师父修禅，实则是众人见师父这几年越发瘦，有防他归西的意思。幻净心中一紧，拨开门去。床榻不见师父，更惊了一身汗。一时心急如焚，眼泪抹了一脸。正惘然若失，却见师父从侧间走来，早穿戴停当，踱至幻净身前。抬头恍然大悟，今天可不是采茶的日子。

　　师父脱了僧袍，端端正正的，穿戴成个农民模样，戴着一项印着"金鼎文化有限公司"的宽檐草帽，正是昨日配给的纪念品。师父也不计较款式，戴起来甚是清爽有趣。幻净哈哈一笑，释放了才刚的担忧，只满脸还挂着泪儿。"你哭什么？"幻净语塞，便蹦蹦跳跳往山下走去。

　　露水晨曦，杂草莽莽。油菜花一丛丛冒出来，一群小学生在樱花沟里叽叽喳喳，提着各色小水桶，跟着老师挖野菜。

　　幻净老远就能从一大片绿色里辨出那棵老茶树。也许因为倚在沟边，它的身姿倾斜蜿蜒，倒比周围挺拔的紫薇树林更显婀娜。别处的春茶早已采尽，它却刚把叶子慢悠悠长妥当。真难想象，这样的春日，它已历经二百多遭了。幻净和师父望着满树健壮的绿叶，忽而丰收之感笼上心头，两人不约而同地深呼吸，跃跃欲试。一整年繁复不弃地照料，肥厚新绿的它们就在眼前，无论如何值得仰头大干一场。

　　他们一边采摘两叶一芽，一边轻轻地剥掉寄生蔓。师父并不生拉硬拽，只轻柔有序地将它们顺着枝干绕出。菟丝子们也刚脱鹅黄，微微晕出些绿来。有一枝青翠矫健的，用尖刺触手钩着树干，像跟幻净角力似的，再扽一扽，仍旧不放。幻净觉得它可怜，叹口气道："你倒抓得紧。谁叫你等不去自食其力，偏去亏损别个性命！"说毕扑哧一笑，望向师父。

　　半个钟头默默的采摘，额上都出了一层薄汗，肩上的竹筐里却还觉不出什么分量。不觉已到十点。

幻净在树下铺了油布，和师父坐下休息。又解开一个棉布包袱，将缠裹的餐盒打开。热气到底溜得无踪，反倒把馒头蒸溽得颇不像样。幻净有些沮丧，急忙掰开馒头，将那精心准备的孔明菜夹得满满当当，递给师父。照说家常里吃这孔明咸菜，只用于佐味生津，盐味厚重，断不可这个吃法。只是幻净侍弄起来，比别人多一番心意。他将这褐黄的芥菜疙瘩切成细丝，用泉水不厌其烦浸过三回，去除多余的盐分，恰好咸甜爽脆。他只想在严苛的头陀戒律下，尽量让师父吃出一份丰足来。

师父从怀中取出一撮松针茶，撒进暖瓶，与幻净一人一杯，捧着暖手。清风衍衍，草木芬芬。师父将剥下的菟丝子编成花环，送给挖野菜的小学生们。

幻净拿起竹筐，低头去闻叶芽的清香。

（选自《当代》2018年第3期）

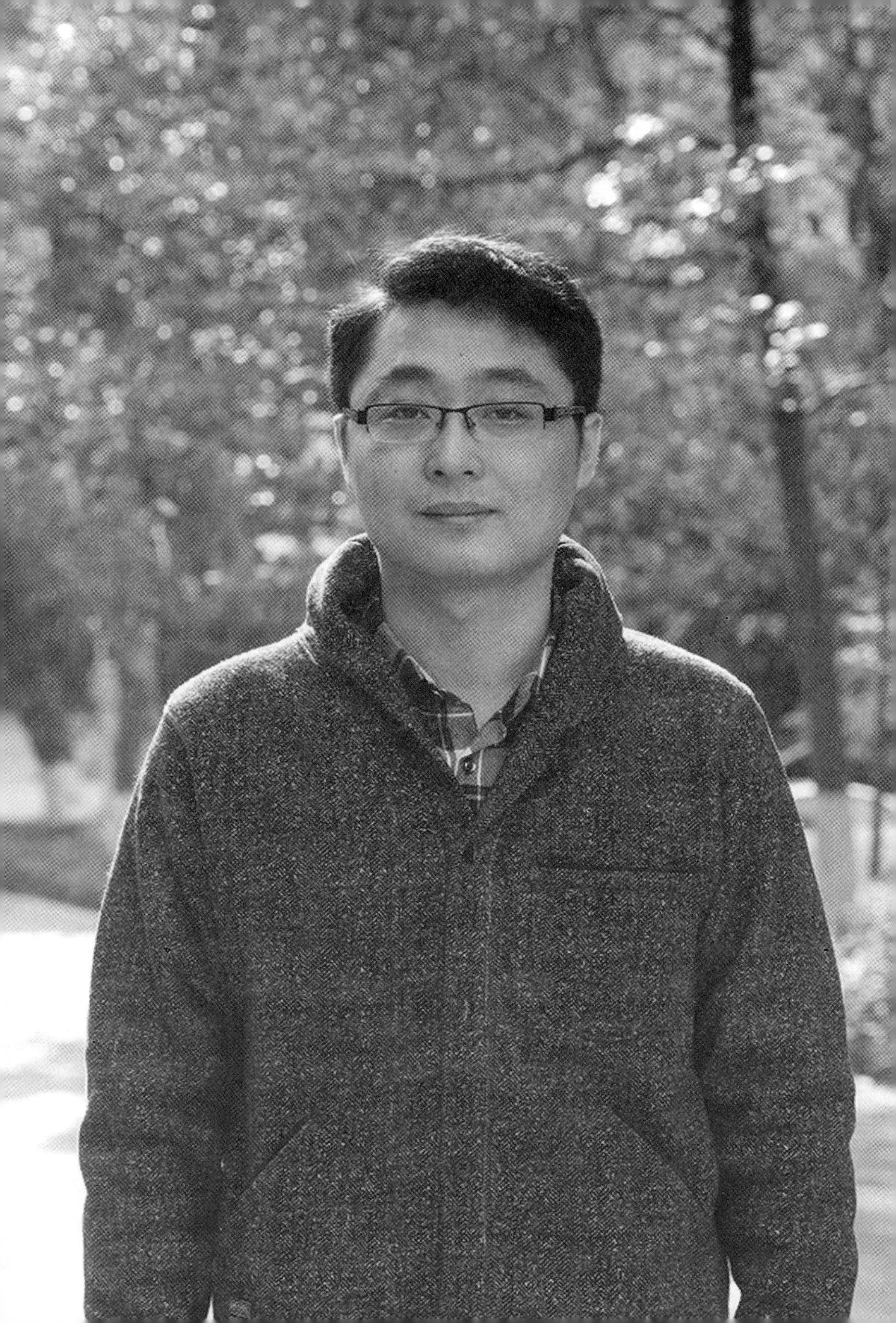

李君威

李君威，1990年生，山东高密人，西南大学电影学硕士。曾在《野草》《作品》《湖南文学》《电影文学》《四川戏剧》等杂志发表小说、剧本及戏剧评论，出版有长篇小说《昨日之岛》。

人间小团圆

1

　　晚饭的时候，李嫂把翻炒好的最后一盘菜端到餐桌上，又进了厨房。宋老先生抓起筷子，夹了一块西红柿。筷子在盘中打起了结，他拧着劲儿，把那块西红柿好歹夹起来，要送到口里时，西红柿碎成了两半，掉在桌上。宋老先生铆着劲儿，硬要把桌上的西红柿夹起来，西红柿被两根筷子夹了几个来回给搅成了泥。

　　宋老先生见老伴儿瞅着他乐，他便跟人动了气似的，拗拗地把筷子往桌上一拍，腾起一只手，预备下手抓。老伴儿赶忙拍了下他的手背，"可不兴使手抓哈。"宋老先生有点不乐意了，握着匙子舀起个肉丸子，手抖得汤洒出去不少，送到嘴里整个人安逸了，掬着的脸也笑开了，"还是自己动手，丰衣足食啊！"

　　"好啦，好啦，这回我不管你啦，你自己吃，你自己吃，这倔老头！"

　　老太太端过老先生的碗，往他碗里夹了几块西红柿和鸡蛋，又舀了几个丸子，把鱼剔除刺夹到碗里，递给他。宋老先生接过碗，抖着手往嘴里送着饭菜。

　　"别人伺候，也能丰衣足食嘛！"

　　宋老先生听到"伺候"这个词，立马拉下脸来，"我要真到了那天，我就去死，可不敢劳您的驾！"

　　说着，宋老先生把碗往桌上一蹾，"不吃了，气饱了！"说完，他扶着椅背站起来。老太太想上前扶他，结果宋老先生手一挥，"我能走，又不是不会走，还要你扶我？"

宋老先生颤颤巍巍地往卧室走着,"嘭"的一声关了门。老太太朝卧室的门比量着,压着嗓子细声说,"我这还伺候出个冤家来,有人伺候还不乐意了,我想叫人伺候还没人呢!"

老太太从柜子里拿出一瓶茅台,她下午背着宋老先生打开的。老太太自个儿满了一盅,美滋滋地呷了一口。

"李嫂,快别收拾了,吃了饭再拾掇吧!"

"哎,就来!"李嫂打厨房应了一声。李嫂从厨房出来,腰间系着的围裙还没有解下来。

"宋老师呢?"其实,李嫂在厨房里听到他们老两口的争吵了,但她还是问了一句。

"宋老师嫌弃有人伺候,自个儿回屋了。"老太太略有些打趣地说,李嫂站在那儿看不太出老太太到底生气了没有。老太太又说,"李嫂,别站着了,菜都凉了!"

李嫂像是有什么话要说,杵在那儿好似有些为难。

"李嫂,有什么话你就说,自己家无妨的。"

李嫂解下围裙,攥在手里。

"张老师,我想和您告个假,我刚来您这还不满俩月,不好请假的。可我那孩子真是不懂事,我让他别来别来,他非要来。刚处了朋友,说想来青岛看看我们两个。他爸爸刚下了工地,去火车站接他两个去了。"

老太太端起酒盅,"喷"了一声,把那盅酒干了。她红着脸,看着桌上的菜,有些伤感。

"儿子带着媳妇来看你那是好事,好事!正好阳历年了,你们两口子带着孩子在青岛好好玩一玩!"

李君威 | 人间小团圆

  李嫂没有接老太太的话，像是急着要结束和她的这场对话，"菜我都买好了，这几天我还是会每天回来给您和宋老师做饭的。"
  老太太听出了音，有些不悦了，好像他们老两口的生活已经到了全要靠旁人来维系的地步了。平日里关系亲的时候，眼前的这个"旁人"老太太还是愿意依赖的，多半是把她当作了亲人，可是几句话显出生分以后，这旁人也就隔膜成外人了。
  "又不是动不了了，你带着孩子只管玩，莫管家里的事！"
  李嫂有些失措地站在那里，她还是问了一句，像是要找补回一些与雇主之间的温情：
  "您儿子和儿媳元旦回来吗？"
  "你问这个做什么？他回不回来腿是长在他身上的！"
  李嫂见老太太真动气了，不知再说什么，可心底里也蹿出火来。她冷冷地看了一眼老太太，甩起的脸子猝然间又收住了。李嫂开了门，老太太像是想起了什么，突然唤住了她，"李嫂，不忙走，我有点东西给孩子，你等会儿！"
  老太太走进卧室，过了片刻又从卧室里走出来，手里拿着一个红包，塞到了李嫂手里。李嫂连忙推给老太太，老太太身上教师的那股威严劲儿上来了，"拿着，又不是给你的，就算是提前给孩子的压腰钱，我还给我小孙子留了一个呢！"
  险些崩了的气氛缓了下来，给李嫂和老太太的心头送去了一股暖意。李嫂又张老师长张老师短地和老太太热络地聊了一会儿家常，都是老太太听过几回的。
  老太太嫌烦了，"李嫂，你还不快去，你儿子儿媳等着呢！"
  李嫂这才着急忙慌地走了。
  李嫂和她男人都是安徽人，她男人是建筑工人，公司承建了青岛一所职业学院几栋校舍的大工程，她就随着丈夫一道来了青岛。男人白天搞建筑，晚上就在学校大门口支个煤气灶，炒河粉，炒粉丝，蛋炒饭，拌凉面，拌凉皮，所以李嫂不接全职保姆的活，就算钱少了一多半她也不做。当初老太太的儿子请她来希望她做全职，可是她不干，她说，这不是钱的事，和老公走南闯北去过的地方多了，他们宁可苦点累点，晚上干点力气活，也总比一个城市的夫妻一礼拜见不着一回强。其实也不全是这个意思，李嫂虽然没上过什么学，但是她也知道，常年跑车的和在工地上干建筑的夜里最需要女人了。她不想自己的男人花几十块钱沾了一身病，她更担忧她男人在外面和别的女人结成半路夫妻。只要是两口子过日子，她怎么着都行，只是要她男人累一点苦一点了。

老太太又倒了一盅酒。她什么也没吃就干喝下了。老太太把剩下的饭菜裹了一层保鲜膜——放进了冰箱，又从冰箱里取出一盒牛奶，倒了多半杯，放进微波炉加热。老太太端着牛奶进屋时，宋老先生正架着眼镜看小人书呢。

老太太缩着肺，怕老伴儿闻到偷喝了他的酒。

"宋老师，又瞅你那《西游记》呢？"

宋老先生把眼镜的鼻托退到鼻尖上，猫着眼看着老伴儿。

"你还别说啊张老师，看了这一辈子书啊，还就这小人书最好看！"

"这还是前些年给明明买的呢，稀罕了两天就扔了。"

"小孙子大了，一大了就不亲了……"

"把牛奶喝了。"老太太说。

"张老师，我想吃羊肉馅饺子了。"

"先把牛奶喝了。"老太太又说了一遍。

宋老先生喝了小半杯牛奶，老太太接过杯子，把剩下的半杯奶喝了。

宋老先生还是嗅到了酒味，他从床上爬起来，急急地出了卧室，抱着酒壶就进来了。

李君威 | 人间小团圆

"张老师，谁把我学生送来的酒给喝了？"

"说的跟不是我学生似的！"见老伴护酒的样儿，老太太有点光火。

"那明天我也喝！"

"你不能喝，身体刚好了，你还想中风啊，跟个孩子似的！"

"我不管，反正我明天要喝酒！"

"喝喝喝，快睡吧！"老太太十分不耐烦地说。

"反正我明天要吃羊肉馅饺子！"

"吃饺子不用我伺候你了？"

"那是两码事，一码归一码！"

老太太白了老伴一眼，向里翻了个身，不再应他了。

2

以前宋老先生身体好的时候，睡觉也像个读书人。中风以后，人就变糙了，睡着时扒着口，齁齁的呼声特别长，一个夜里能有几回那齁声突然就卡在喉管里了，好像一不留神就能憋过去似的。宋老先生的呼声一断，老太太就醒了，开了灯，抚一抚他脖颈隆起的气管。接着老先生的呼吸顺畅了，呼声又起了，她才放下心来，再接着睡。过了七十五岁以后，老太太就没多少觉可睡了。年少的时候想不起做梦，这老了老了夜梦就一个接一个，常常还要半夜起来看老伴是不是卡住气儿了。

天将明的时候，老太太感觉眼前有团黑影，一睁眼，给她吓了一跳，宋老先生正凝着眼盯视着她。

"你怎么了这是，哪不好了，哪不舒服了？"老太太开了灯，端起老伴儿的脸细细地看着。

　　宋老先生像是魔怔了似的，问道，"外头下雾了？"

　　老太太回过神来，下了地，拉开窗帘，窗户上铺了一层水雾，水雾顺着玻璃直往下掉。老太太用手擦了擦玻璃，窗外的雾气几乎吞掉了整个小区，唯能约略看见楼下一团很淡的橘黄的灯影。

　　"雾还不小呢！"

　　宋老先生走到窗边，积在窗棂上的水雾缓缓地淌到窗台上。

　　"真是怪诞了，我刚才梦见下大雾了，外头还真下雾了！"宋老先生像是受了惊吓，他后面的话显得忧心忡忡，"张老师，你给我分析分析哈……我刚才见着个女的，看着年小，二十出头的大嫚，扎着羊角辫，感觉在哪儿见过，就是想不起来了。她就站在那个雾里头，就和外头这个雾一个样儿。她一直冲我笑，我说你是谁啊？她也不说话，就是笑，还和我招手。我说你笑什么呀？她也不应我。我就急了，问她，你要干什么呀？她还是不说，和我摇了摇手，背过身往雾里走。我说你别走你别走，你想和我说什么呀？她捂着嘴好像想要说什么但是没说，在大雾里越走越远，看不着了，我就醒了。"

　　老太太听完乐了，"梦见大嫚啦，说明你身体好得差不多啦！"

　　宋老先生有些生气，"我跟你说真的呢，别不信我！"

　　早上的时候，老太太熬了点粥，把昨天剩的肉丸子下在粥里，老两口就了点咸菜，算是把早饭吃了。墙上的挂钟敲了八响以后，外头刮起了一阵大风，把小区的雾全给吹散了。老太太见雾散了，扔下手里的桥牌，穿上大衣，围上毛巾就要出门。

　　"你干什么去啊？"宋老先生抓着桥牌问。

　　"你不是喊着要吃羊肉馅饺子吗，李嫂忘了割羊肉了。"

李君威 | 人间小团圆

"我说我要吃饺子啦？"

老太太敲了敲老伴的脑瓜，"你这个记性啊，在学校里算了一辈子数，还不赶我脑子好使呢！"

从医院接回宋老先生以后，老太太就很少下楼了。儿子在附近的家政公司请了个保姆，照顾二老的一日三餐，偶尔做做家务。老太太说，"能省点就省点吧，你妈还能动，不用请全职的。你虽说是大学老师，一个月到手也没多少钱，在重庆开销也不小，明明上学、辅导班这些都是钱。"李嫂是安徽人，安徽人勤俭、能干，也仔细，家里拾掇得板正，倒是没什么活儿让她干，老太太就把时间全耗在了宋老先生身上了。人啊，平常没啥的，一病倒了就受不住寂寞了。宋老先生这病冷了热了的都不行，青岛秋冬的风又大，于他的病情，并不宜遛弯。刚能下地那几天，宋老先生烦躁得不行，天天嚷着要出去，磨得老太太实在没辙了，就把羽绒服、围巾、帽子全拿出来，裹在他身上。下楼费劲，上楼也费劲，碰着邻居了，搭把手，帮她把老伴儿搀回去。她自己搀老伴，下去一身汗，回来一身汗。下来一趟不容易，他们就在长椅上多坐一会儿，等吸饱了阳光，身上渐渐感到有了凉意，他们再慢悠悠地往回走。后来，宋老先生自己不乐意下来了，在小区遇到个人就问这问那的，他们的眼神里对他饱含了同情和关怀，好像他中了风以后就没多少活头了似的。遇上无风的大晴天，老太太再问宋老师下去不时，宋老先生靠在藤椅背里，看着楼下几棵掉光了叶子的白杨枝头，叹着气，"等好利索了再下去吧！"

出了冬至还不到一礼拜，二九天还没到，街上的风就呼啸起来了。老太太站在冷风口里，等了好一会儿才拦下一辆出租车，上了车总算暖和了。司机是个胖子，肚子上一堆肉荡悠悠悠地晃着，听老太太说要去东风菜市场，就和她聊了起来。

"快别去菜场了,没什么人了,菜场要拆了,您不知道?"

"要拆了?"老太太问。

"早下通知了,阳历年一过就拆,过几天水电一断,菜场就没了。您要不去沃尔玛吧,买菜啥的也方便,转过去就到了。"

"我去买点羊肉,菜市场有个熟人,这么些年了一直买他家的羊肉,吃着安心。"

东风菜市场的招牌已经摘下来了,靠在菜市场的进门口,"东"字掉在地上,成了"风菜市场"。昔日热闹的菜市场显得空旷,近门口的几家摊位已经空出来了,中间也走得七七八八了,水泥台子成排地裸露着。老太太顺着往里走,稀稀拉拉地有几个人错过她的身子。她闻到了一股膻味,看着市场的紧东头像是铺着摊位。东头是肉市,鸡鸭鱼猪牛羊的摊位都摆这儿。紧东头有两家卖羊肉的,她只在高密人那买过羊肉,另一个是威海的,她听不懂威海话。

老太太走近摊位时就听到卖羊肉的高密人和她打招呼,"哎呀,张老师,可有日子没见着您啦!"老太太笑了,"都走了你怎么不走哇?""这不盼着您来嘛!"老太太听了心里这个熨帖啊,"干了这么些年了,也不差这两天了。"卖肉的老板一边说着,一边从羊肋排捡了瘦的地方片下一块肉来,"一斤高高的。"接着,又给老太太切了块羊舌头,放在塑料袋里单拿着。

"这回改送羊舌头啦?"

"不值啥钱!"

"菜场拆了,以后在哪儿干?"

"不干了,回老家了,回去开个羊肉馆!"

"这回可真是大老板了!"老太太和卖羊肉的老板大笑了起来。

老太太提着绞好的肉,心中不免有些凄凉。她走到旧书市场,想了半天才记

李君威 | 人间小团圆

起来干什么了，她要给老伴儿买本小人书。上回，也就是小孙子七岁还是八岁的时候，她跑了几家大型商场的儿童书店，在那些琳琅满目的儿童图书里找不到一本她满意的小人书。她不喜欢那些不中不洋的卡通书，她觉得幼稚，根本算不得连环画，勉强可以称作油彩画本。老太太是20世纪40年代出生，她记得小时候祖母陪她翻《三毛流浪记》《王先生》《西游记》《封神榜》的场面，奶奶一边翻着，一边给她讲背后的故事，常常引得她捧腹大笑。老太太守着宋老先生的这两个月里，夜里不是梦到祖母了就是梦到母亲了。母亲去世前有几回拿出外祖母的照片对着镜子比照着，问她，"妈是不是又像你姥姥了？"她后来发现，不单是她的母亲和外祖母长成了同一张脸，她也像极了母亲，可是拿着外祖母的照片看，她竟一点儿也不觉得和她像。这样的话宋老先生也和她讲过，有回早上起来，宋老先生盯着她看，"我怎么瞧着你和你妈临走前拍的照片那么像呢？"这话足足瘆了她几天。老太太把母亲的照片藏在衣橱里，避免再看到。可是她真是老了吧，老想着看看母亲，又把母亲的照片翻出来。这样折腾了几回，她梦到母亲的频次更多了，梦里的母亲是凌厉的，常常呵斥她，嫌她祖母过分溺爱她，直到她发现，她终于和母亲长成了同一张脸。

3

老太太剁了两根胡萝卜，又把葱姜蒜切碎了和进搅拌好的肉馅里。她揉面的时候想起来，还给老伴儿买了本书回来。老太太腾出揉面的手，指着桌上的布袋，"宋老师，我给你带了本书回来。替你翻过了，还挺好看的。"

宋老先生用纸牌搭起座房子，老伴儿这一说话，他抖着的手一颤，刚搭好的房子倒了。"一辈子穷命！你说你，关键时候说什么话，费了一上午，刚搭好的房子倒了吧？"宋老先生闷闷地站起来，向放布袋的桌子走去，"脑子不好使了，还看什么书，尽浪费钱！"老太太继续揉着面没说话。宋老先生从布袋里取出书，拿近了一看是《三毛从军记》的小人书，立马来气了，"你还真当我是小孩了，净拿这些孩子耍的东西糊弄我！"

"我不是怕你费眼睛，给你解解闷嘛！"老太太劝慰着宋老先生。

宋老先生来劲了，"解闷？我天天看着你就够闷的了，还解闷？"这话显然是把老太太伤着了，她也来气了，"有本事别让我伺候你，大冷天还得给你包饺子，还得是羊肉馅的，有本事你别吃！"

"我还偏不上你的当！"宋老先生没了理儿，讲话的气势倒是没弱。他坐回了倒掉的房子前，手搭桌上翻着那本《三毛从军记》的小人书。翻了一会儿他没话找话说，"张老师，你还别说啊，这连环画啊是比净是字儿的书好看！"

老太太嫌弃地"哼"了一声。

宋老先生早早地把那瓶茅台酒抱了出来，给自己倒了一盅，又给老伴儿满了一盅。老太太端出热腾腾的饺子，宋老先生举起杯，先要敬老伴儿一杯，"张老师，饺子就酒，越喝越有。我敬你一杯，以后我多伺候你！"老太太给宋老先生的殷勤样儿逗乐了，"你不就是怕我不让你喝酒嘛，今天啊，喝点就喝点吧！"

老太太这一高兴，俩人就着饺子喝到了下午两点来钟。酒劲儿有点上头，宋老先生坐到落地窗前的藤椅上，呼噜声很快就起来了。老太太给老伴儿盖了条毛毯，儿子打来电话，嘱咐着他俩晚上多吃几个饺子。老太太说中午就吃了，你爸爸非要吃羊肉馅的，说到这她乐了，心中充满了暖意。挂了儿子的电话，老太太寻思起包给孙子的红包给李嫂了。她又找出了一个画着大头宝宝怀抱着锦鲤鱼的红包，往里塞了六百块钱。

老太太坐在马扎上端详着熟睡的老伴儿，她手里夹着的烟燃灭了于是又续了

李君威 | 人间小团圆

　　一支。宋老先生睡了个把小时醒了，老太太已经准备好理发的家伙什儿了。

　　"下回儿再理儿子就回来了，快起来吧！"

　　宋老先生有些不情愿，"就不能好好让我歇歇？"老太太把围布套在老伴儿身上，"干什么了把你给累的！"宋老先生叹了口气，"哎，真是老了老了，不中用了。"

　　老太太抚着老伴儿的头，手握着电动推子一寸一寸地从他脑后向上推着。前两年宋老先生还坚持去胡同里的理发店，他一定要等没人的时候再进去。有回他刚坐下，进来几个小青年，几人见理发师傅手里忙着呢，预备去外面抽口烟再进来。理发师傅忙喊，"坐坐吧，两三分钟的事了！"几个小青年坐在条凳上说两句话瞅瞅宋老先生的头顶，理发师傅的速度也比平时快了许多，本来还能盖住他头顶的那绺头发也给剪薄了，光明顶露得更明显了。宋老先生回去骂了半天，"这得多长时间才能长齐啊。"晚上的时候，他出去买了把电动推子，对老伴儿说，"全理了吧，推干净算了！"打那以后，理发的任务就全归老伴儿了。

　　宋老先生的头发推掉半边时，嵌在推子里的碎头发卡住了刀头，发出"嗡咋咋"的声响。老太太拔下刀头，宋老先生忽然兴奋地叫了起来，"张老师快看快看，外头飘雪了！"

　　"我不是和你说了天气预报报了今晚有雪？！"

　　"天气预报说的是晚上，现在才三点多不到四点！"

　　"今年青岛雪下得早啊！"老太太说。

　　老太太清理好刀头，又往刀头里加了点油。她见老伴儿后脖颈沾了一些碎头发楂子，就俯下身子用嘴猛地吹了几口。忽然，她眼前一阵眩晕，勉强直起身子，她看到窗外纷落的雪花一点点儿发灰变黑。老太太扶着宋老先生的肩膀，一点一点儿倒下去。

宋长林领着老婆孩子急急火火地冲进八大弯派出所的时候已是夜里九点多了。他们拐了个弯，又问了问走廊里的民警，进了一间办公室。老父亲背对着门坐着，手里还半举着个孩子。一个女民警转着拨浪鼓，嘴里"喵喵喵"地逗着孩子，小孩子咯咯地乐着，老父亲轻摇着孩子也跟着乐。宋长林走过去，看着老父亲，父亲右半边的头发还没来得及理，灰白着，理了的头发也参差不齐，脖子上还沾着头发楂。老父亲学着女民警"喵喵喵"地逗着孩子，孩子伸出手摩挲着宋老先生的眼睛，宋长林揪着的心这才松快下来。女民警从宋老先生怀里接过小闺女，小闺女瞅见一旁的宋长林，"哇"的一声哭了。女民警轻摇着孩子，"宝宝乖，乖宝宝，宝宝乖，妈妈抱……"宋老先生见儿子来了，肿着的眼睛又红了，声音里好像失去了最后的力气，"儿子，你妈没了……"宋老先生把头埋在膝上，微微地发出了哭声。

女民警怀里的孩子睡着了，她轻轻地用手拍着，把宋长林叫出了办公室。

"你……在重庆工作？"

宋长林点了点头，"啊"了一声。

"是大学老师吧？"

宋长林又点了点头，又"啊"了一声。

"你母亲可能是给你父亲理发的时候突发了心梗，你爸爸叫了救护车，没到医院……你父亲在医院里干号了半个多小时，医院打电话给我们，才把你爸爸接到了派出所。"

"我怎么不知道我妈有心梗呢？"宋长林想哭，却没有哭出来。

"突发性的吧，你也别太难受了……"

"那我妈呢？"

"应该是拉到殡仪馆了……"女民警下意识地咬了一下嘴唇。宋长林红着眼

李君威 | 人间小团圆

睛，轻轻对她点了点头。她怀里的孩子已经睡熟了，吐出了一个小泡泡，飞到鼻尖，碎了。

女民警拍了一下宋长林的肩膀，"多陪陪你爸爸吧……保重！"

一个男人小跑着过来，手里还拎着一盒饺子。男人从女民警怀里接过孩子，抱怨着，"我老板就是个神经病，这么晚了还得给他送工程竞标材料！"

"嘘……轻点，睡着了。抱着孩子快回去吧，妈明天就来了。"女民警说。

"老板给的……趁热吃，凉了就不好吃了！"

"所里包了饺子，吃过啦！"

"再吃两个，累了就趴趴，大晚上的还得值班！"

宋长林叫的车来了。他从后视镜里看到妻子和儿子各挽了老父亲的一条胳膊，父亲沉着眼，有些困了。司机师傅刻意地抱怨了一句，"这雪就下了个把小时，路面都没铺上！"见没人理他，他便也不再说话了。妻子自始至终没有说过一句话，明明把头歪向车窗，好像在等空中飘来雪花。

家里的地面砖上还残留着老父亲的碎头发。宋长林沉了一口气，走过去打开了冰箱，冰箱里还有母亲上午才包的饺子。宋长林转过头看着妻子，"百惠，爸爸还没吃晚饭，你帮我把饺子煮了吧，今天真是辛苦你了……你要是着急，明天处理完妈的后事你就回去吧……"

妻子擦了擦眼睛，没有说话，从丈夫手里接过饺子进了厨房。宋长林把父亲扶到椅子上坐下，把围布围在父亲身上。明明走过来看着爸爸给爷爷理头。宋长林把手轻按在父亲的头上，手心传来一阵温热，电动推子"嗡嗡嗡"地响着，父亲的头发一点一点落下去。明明看着爷爷"吧嗒吧嗒"地掉着眼泪，便凑上前用手给爷爷擦了擦。

窗外悄然地飘下了雪花，像是为这个世界带来了安宁与祥和。明明小声地说着,"爸爸爸爸,你看,外面下雪了。"

宋长林"哦"了一声,眼睛有些湿润了。

睡觉前,明明一定要安排爸爸和妈妈住一间,他和爷爷住一间。宋长林本想陪陪父亲,但是他拗不过儿子。

宋长林坐在床头一个劲儿地吸烟,妻子远远地站着,惶惶地看着他。他抬起头看着妻子,妻子缓缓地走过来。妻子走到他跟前时,他憋着的泪一瞬间下来了。妻子抱着他的脸,把他紧紧地裹在了怀里,他就那么在妻子温暖的怀里无声地哭着。

窗外的雪大了,依旧悄无声息地撒落人间。

(选自《作品》2018年第5期)

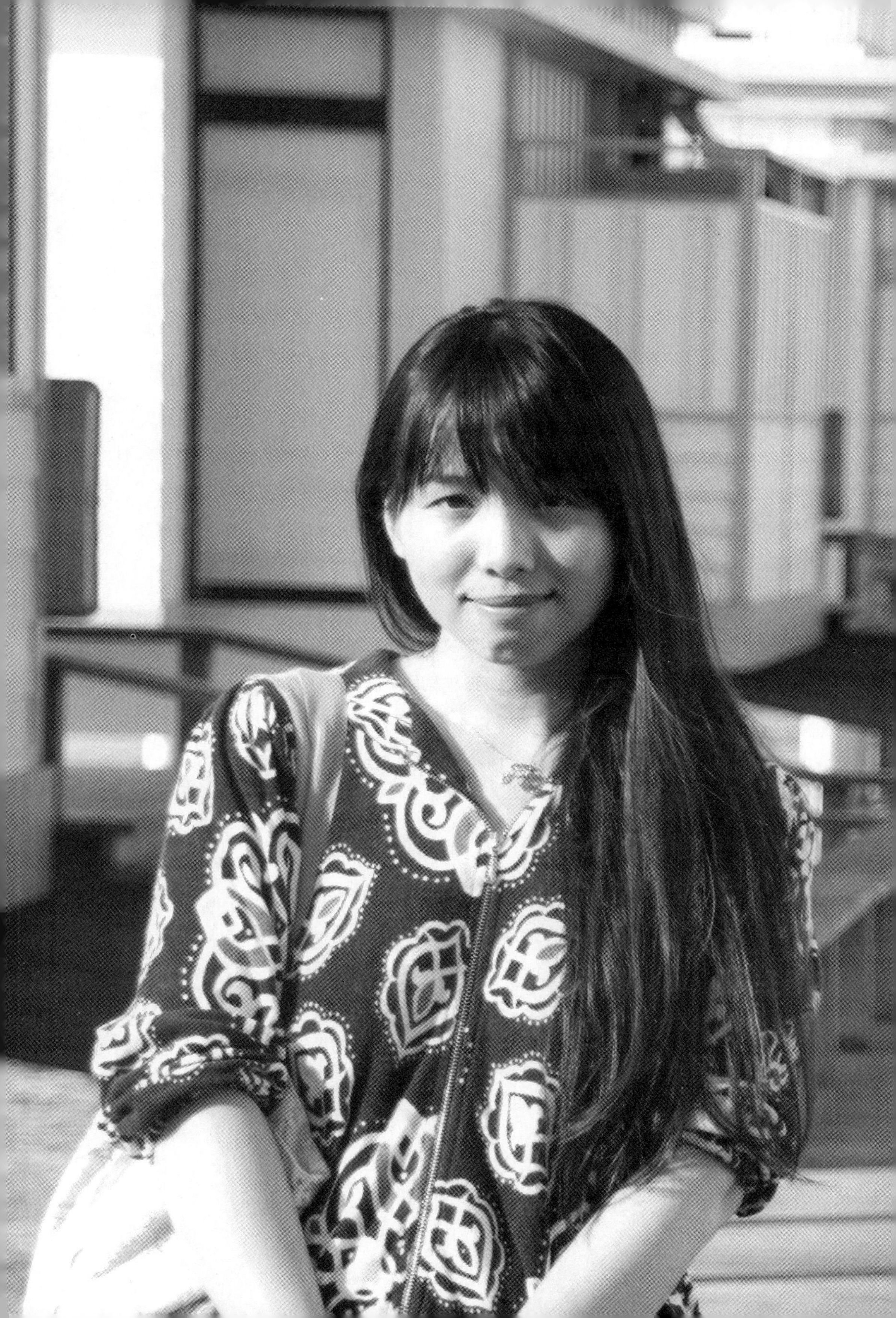

朱　婧

朱婧，1982年生，任教于南京师范大学文学院。2003年始，在《萌芽》《布老虎青春文学》《青春》《青年文学》《作家》《花城》《雨花》等发表作品数十万字。作品以小说为主，兼及评论、童话，出版有《关于爱，关于药》《惘然记》《幸福迷藏》和《美术馆旁边的动物园》等。

那只狗它要去安徽

> 我的心就如同这张面庞
> 一半纯白一半阴影
> 我可以选择让你看见，也可以选择坚持不让你看见
> 世界像个大马戏团
> 它让你兴奋，却让我惶恐
>
> ——查理·卓别林

那天雾气浓重，笼住这个面目颓败的城市。我骑车去公司的路上，抬头看到那栋地标建筑，它以高度和具有未来感的外观著称，它有一半，淹没在雾气当中。

浓重的雾，让道边早春柔嫩的树木叶片的绿色变得浓郁，我缓慢地骑行。这一带，以宁夏路和江苏路为界，是我近二十多年人生未跨出的地域界限，看到那栋淹没在雾中的建筑，我想起我和绿在其中度过的第一个夜晚。那房间，此时应该在雾上，如此想来，一切更不真实。

她细小的身体，如此单薄，单薄到像剪纸，像影，似乎可以在我的怀里穿行而出，从门缝钻出去，穿过走廊，下电梯，穿过大堂，像一阵风；或者，从窗缝穿出去，沿着玻璃幕墙做杂耍的演出，飞速滑下，像是精灵。一时她是在的，一时她又是不在的。可是，我又从来没有如此感受到，一个身体，全然融于我，这种感受不应该属于人间，属于一场庸俗的邂逅后续的故事，它似乎要时光和强烈的精神召唤来验证；可是这一切，一开始就发生了。并不存在某种狂野，而是无

限温存，她的眼是拉斐尔圣母画像里低垂的，她的表情是伦勃朗明暗之间的幽微的，她也像波提切利画笔下的维纳斯，有看不见的风，轻拂过一切的妩媚和曼妙。

我知道，在白天，在距离这个区间三公里范围之内的另一个空间——这个城市，最早兴起并持续作为最核心的商业中心，以一个先生拄着文明棍的立像为标识的地方，夜晚我怀里的精灵，在清晨的清澈日光下，在奔赴上班的拥挤的人群里，是最平常的那个，她极少会被侧目或者发现。她小巧的椭圆面孔，她收敛清淡的眉眼，她脸颊的斑点、眼角的细纹，都会在日光的审视下暴露无遗，如同我再一次见到她时，她所呈现的坦白面容。我的精灵，是单身很久的办公室女性，最无法引起关注和最没有话题的那一个。

时间再向前一些，在那个 shopping mall 新开的泰国餐厅，我和几个同事在隔间刚坐下不久，绿出现了。我侧面坐着，并没有看到她，她碰碰我胳膊，笑着问我，"2003年的夏天，你是不是在宁夏路开过一间公司？"

是的，我们认识于十五年前，那时候我二十四岁，她十九岁。我大学毕业后，敏锐地意识到这是一个属于网络的时代，开了一间互联网公司，选择做母婴资讯。这十五年间，我也没有错过互联网金融的浪潮，我的母婴网站，变成一个母婴购物网站，其实提供的还是国外的母婴用品的代理和销售服务。像我这样总是占得先机的人，理论上来说，应该是一个成功者。其实不然，作为一个并没有太多资金支持和野心推动，但求一份生存的小型创业者，这十五年间的收获不过是把租来的公司用房变成了自己的。意外之喜是这处房屋因为所处地段的优越和地产价格的几度上扬，现今的市价惊人。其实我也可以把它卖了，实现所谓的财务自由，中年退休，但是，这是我的一份生活，离开这份具体的生活，对我来说，既有不安，也显得空洞。每天早晨，从距离公司十分钟路程的父母的房屋骑车，抵达公司；暮色四合，下班骑车返回住所，是我的日常。当时之所以买下这处房子，是

朱　婧 | 那只狗它要去安徽

因为它带有一个小院子，两层小楼，一个院子，蔷薇蔓上围墙，从墙头溢出，春天时总引得路人驻足流连。这处地方几乎是我父母的房子的复刻。我和我身边的人，多数过着相似的、有界限的生活。自父亲从家乡调进这个城市，我们全家就住在这一带，我在这附近读了小学、初中、高中，大学也没有远离，在这个城市地标景点那座山下的一所理工院校读完本科，回到家附近，开了这家公司。这就是我的前半生的轨迹。我所交往的朋友，或者说自小的玩伴，多是父母的朋友的子女，他们都住在附近，很少跳出这个圈子去交际。

　　我和绿认识在我开公司的第二年夏天，公司的一切逐渐走向有序，我在报纸上登了广告，招聘大学生兼职来处理资讯搜集工作，其实就是把各种信息搜集重写，搬到网站上。其时，我专注于广告业务的开发，对网站内容的建设并不很留意，像所有初创业者，想通过收益的回报看到价值肯定。我的招聘启事吸引了三两个应聘者，留下绿是很随机的事情。那会儿员工加起来才五个人，经常需要陪我出去谈业务，我就让绿守着做网站内容，但后来发现她也常没有什么活干，还把她借到不远处我父亲单位打杂——他们机关的业务流程繁冗，为了盖个章需要在几个单位之间来回奔走，所幸那些单位几乎都在一条路上，离得不远。我只记得她过来时黄瘦，后来是黑瘦，大抵是夏天在外面跑得多被晒的。这种一般女孩会抵触的事情，她好像一开始就没有犹豫过。她总有一种磊落清明的气息，交代的事情，只消讲一次，总是高效地完成。记忆再回翻，具体一些，她扎个马尾，常穿的是各种配色的格子衬衫和宽松仔裤，衬衫永远扎在裤腰里。虽然相处了有两个月，但让我回想与她相关的信息，再无更多。我很少关注她的原因很简单，一则她不是漂亮女性，二则我自有心事。除了忙着让公司挣钱，以向父亲证明我无须他的荫庇，另一方面，我未能免俗地为小圈子里的成功学左右，一般的庸俗景象我也丝毫没能避免。彼时的我正陷于一个事态之中。我自幼最要好的C君，住在离我家不过五十米处,两家大人是同乡,初在一处工作,也一起陆续被调入这个城市,因为不在同一系统,并不存在直接的竞争,还可互相帮衬,关系不能说不近。翻开家庭相册,童年的玩乐照,每年的生日照、旅游照,我和C君都有很多合影,两家四口合影亦多。C君比我长一岁,高一级,体格更健硕,成绩略好一些,后来考入的大学略好一点,相比较来说,我身量略高一点,大学专业理想一点,这点差距就被平衡掉了。毕业之后,C君选择在本校读研,我出来做了公司,母亲是反对的,她觉得不为生计困,不如再读书,她并不想我落后于C君,我却觉得自己眼光是对的。父亲一贯支持我,出资帮我建起了公司。所以当时,公司能否做成,对我来说,是有另一层意思的。这一年夏天,发生的事情,还包括小艾回国,小艾同我和C君是发小,小艾小我一岁。回国是她父母的意思。她读书很不理想,高中毕业后被送去国外读了本科,大概也只学了点语言回来,唯一好处是听话,在外绝无乱谈恋爱或与鬼佬胡混,她回来自然是结婚的,而她的结婚对象,在小圈子里都很清楚,无外我和C君。

　　同小艾结婚是非常好的选择,两家父母很熟悉,住处很近,小家庭成立以后的彼此照应是很容易实现的。且我有一种劣势我很清楚,父亲得我晚一点,退休年龄近在眼前。而小艾父亲正当盛年,仕途畅顺,同小艾结婚,也是给我有力后盾。况且她并不丑。其实小艾与绿,确实是有点像的,但我当时绝不会把这两人想到一起。她们一般地高且瘦,中长马尾,小艾更白一些,眼睛很大,只是没有什么神采。她对世俗人情精通得很,自小成长环境中的耳濡目染,兼以对这一套很受用,她通透又玲珑,交际的场合里,比我和C君都要自如自在。娶到这样的女性,是很理想的。我和C君,应当会有一个人同小艾结婚。小艾是我身边熟悉的女孩中的那一个,我习惯了在家人组织的各种聚会和活动中看到她,我熟悉她的样貌长相,讲话时薄薄的嘴唇微微抿起的表情。可是,在很长的共同成长的岁

朱　婧　｜　那只狗它要去安徽

月里，她没有一次撞入我少年的幻梦中。对我来说，甚至还没有把小艾当一个亲密的女性对待过，就自然地把她放在了考虑婚姻的位置，而且不觉得有什么不妥，而我周围的人，一般也如此认为。

十五年后，我与绿在泰国餐厅再碰到时，那个样貌比十五年前更平淡的绿，和我交换了联系方式，加了微信，并未引起我内心多少涟漪。再后来，我们又一次在银行偶遇，我在市中心一个银行办业务，恰好是绿工作的银行，她中午吃饭回来，我当时正办好业务出去，迎面碰到她，一开始我并没有认出她来，她们一行都穿了一般的白衬衣和藏青西服，挂着工牌。错身那会儿，她喊住我，我注意到她，让我瞬间想起来的是她以前把衬衣塞进牛仔裤里的习惯，她那么瘦，简直太瘦，白衬衫扎进裤腰，身量愈显得纤小。

小艾也很瘦，简直太瘦，小艾的瘦是饭桌上永远的话题。从小时候她母亲抱怨她不爱长肉开始，她的饮食习惯经她母亲的传播大家都知道，她爱吃肉，爱吃油炸食物，饭量亦足，但永远瘦。所以每次饭局，针对小艾的话永远是："你那么瘦，多吃点。"小艾的瘦显然来自于她的母亲，她们如出一辙的纤细身板。小艾一直为自己的瘦而自得，尤其在以瘦为美的环境里，她简直赢在了起跑线。我们一起玩的一群孩子中，有个胖姑娘，小肚子胖得鼓鼓的，冬天被毛衣勒出，夏天被T恤勒出。她长得其实挺可爱，睫毛深且密，能在面孔投射下阴影。可小艾一直嫌弃她，连着女孩们都不爱和她玩，小艾的话是有用的，我对那姑娘的印象就停在了她常想跟住我们又跟不上的样子。从国外回来的小艾，依然是瘦的，穿白色无袖的针织高领衫，腰臀收得窄窄的、裤管却松放的黑色阔腿裤，居然挺好看。她刚回来还没有工作，就在我的公司里帮忙，订餐、接电话、打印材料而已，她自有一副神气，在这个空间建立了一个小小的权力场。我记得她也讲过绿真瘦，是褒扬的口气，把绿外借出去跑腿，也是她的意思，她每次交代与她年纪相仿的绿，在夏日烈日下出去做事，总是坦荡自然的，而绿的反应也是爽快利落的。她们相像，又全不相同。

小艾刚回国的日常，是我和C君轮着陪同的，她有时和他看电影，有时和我逛街，没有特别偏倚谁。后来，小艾在我公司实习，C君到我处闲坐的时间会增多，他假期也无事，多过来公司消磨，同小艾坐在小院子能一坐一个下午。他给小艾去附近的M记买冰淇淋，挑着树荫下急急地走，担心冰淇淋在送到之前融化掉。有几次，我看到他那样的背影，他身量不高但壮硕，远远看着五五身的比例，快速移动的方式显得特别笨拙。

我要跑业务，并不能多陪小艾，其实，也有踌躇。我绝不热烈地想亲近她，有时回到公司，看到她和C君在冷气十足的办公室看C君最爱的系列电影，《的士速递》或《指环王》，我也绝无伤感。我第一次感觉到偏差，是C君的父母在那年夏天，给C君在城市新区买了一处精装修的别墅。C君家是我们这圈子中第一个在外面买房子的，后来，大家也都陆续做了同样的事情。也是C君家买房之后，我的母亲问我要不要去郊区买套大房子，我犹豫了一下，提出想把现在租的公司用房买下来，当时的价格，这小小的旧楼加院子，不比在外围买别墅便宜。我提出以我来贷款、他们出首付的方式买下这处房屋。八月末的时候，也是暑假快结束的时候，那会儿绿要结束工作离开，小艾也准备入职了。有一晚，C君约我去新房子玩，同行的还有几个自小认识的朋友，我们带了啤酒、小菜和零食，准备在那边过夜。去了照例是先参观一遍新房的，我先在楼下去了下洗手间，上楼晚了，他们都去楼下客厅准备吃食了，只落了我和C君在楼上主卧。我自然讲房子很好很不错，欲下楼去，C君却停住不动，有话在酝酿，他目光落在主卧那张足有两米宽的大床上，并不看着我，却是明确对着我清楚地说一句："反正该做的都做了。"我立刻明白了他的意思。

朱　婧｜那只狗它要去安徽

　　我不愤怒，其实，在那一刻，我坦然了，我再也不需要怀疑与自我对抗，甚至，我觉得非常自由。这是一间阔大的卧室，床角是墨青色的丝绒面换衣凳，上面堆着两个墨青色丝绒金线绣制、边角都缀着金色流苏的小靠枕，床上耷拉着的白色纯羊毛的线毯下面是墨青色的丝绒刺绣床罩，左侧是开放式的浴室，在我站着的位置，能看到暖茶色大理石纹的盥洗台和射灯光下洁白的圆形浴缸。这个房间和谐丰美到唯在墙壁上缺少一幅可以被收藏进巴黎沙龙的古典主义画作的复制品。我的经年好友，告诉我，他和一个女性，该做的都做了，在这个房间。

　　那个面孔普通的黑瘦女孩，从我这里支走了两个月暑假工的工资八百元钱，我多添了两百给她，补偿她在外跑腿。就这样，她从我的生活中离开了，再回来的时候，是十五年后。

　　我们在泰国餐厅遇到，餐厅内有罗勒叶和香茅草的味道；我们在她工作的银行大堂遇到，她和刚吃完午饭的那群蓝制服们身上，有花椒和五香粉的味道。我邀她晚上吃饭，她爽快答应了。就是那晚，我们吃饭，喝酒，在这个城市最高的楼上，我们融合。这会儿，那楼，在云中。我们做的是最庸俗的事，因为我们就是这个世界上最平庸不过的两个人罢了。时间对我们发生了什么作用？十五年，我没有成为金融巨头，她也未曾变成行业精英，尽管十五年前，我最早涉入了未来十几年最有前景的行业，而她在这所城市最好的大学最好的专业读书。十五年后，我是年届四十的单身男性，她是并不年轻的职业女性，我因为意外的早年投资，有了地价不错的房产一套，她用自己的积蓄和工资，供起了市中心一间五十多平方米的房屋，那房子在一座旧楼，她把里面彻底拆光，按自己的设计重新改造，造了一个自己的巢。十五年，我胖了，头顶的头发单薄了。她眼角有了细纹，依旧不十分时髦和美丽。在这个城市的地标高楼旁边有一个广场，立着由花朵组成的巨大的立体蛋形装饰，每到周末的时候你可以看到整个城市最妍丽的姑娘都在那儿出没。我带着绿,在那个地方,在餐厅露天的座位喝酒,看着作为背景的那栋高楼。

"她好蠢。"绿突然说。

"谁?"

"小艾啊。虽然看起来很精明的样子,其实很蠢。她不聪明。"

我惊讶,也想笑。

"瘦有什么光荣。瘦是基因啊,把基因当优点,简直是蠢。"

"我讨厌别人夸我瘦,我就没别的地方可以夸了吗? 因为没有别的地方可以夸,所以只能夸瘦吧,真的好蠢。"

我想起来,前几年,一个饭局,C君和小艾都在,带着他们的儿子。当时,是旧时的朋友,给那个早就移民的胖女孩回家省亲的洗尘酒,那女孩当然现在已经完全不胖了,她读书、拿offer、移民一路顺畅,婚姻又跨了阶层,当然这可能是小圈子最看中的一条。那次饭,理所当然没有以小艾为中心,点菜没有让她点,上主食的时候也没有人问她上哪一种主食,最重要的是,那天,好像没有人谈起"你那么瘦,多吃点"。结束分开的时候,互道告别,小艾的儿子,突然跳到那个胖女孩面前,说:"我要和你说一个秘密。"那个好看的女孩笑着问他:"你要说什么?"小艾的儿子说:"你好胖。"全场都无声。C君来救场,"他看谁都胖,因为他妈妈瘦。"我看到,那个女孩,眼神飘过小艾,有那么一瞬,一点轻看,一闪而过,然后是微笑。

"我有一个舅妈。她很漂亮,她读书很好,刚考上博士的时候,嫁给我舅舅。我舅舅吧,长得不差,国营小厂的头,眼光可高,年纪挺大才挑中她,结婚那会儿,宠她至极。她很瘦。每次亲友一起吃饭大家都夸她,夸她是女博士,夸她瘦,夸她漂亮。后来,她飞速生了我表弟,书不读了,靠我舅舅养,她那么漂亮,我

朱　婧 | 那只狗它要去安徽

舅舅当然愿意养。后来饭桌上，大家夸她漂亮，夸她瘦。她大半辈子受宠，从来不用做家务做饭，什么事都是她说了算；再后来，她老得好快，我舅舅也老，还在那个小厂，并不景气。她一辈子都放在儿子身上，所以管得很严，儿子上高中了，压力很大，叛逆。有一次她照例要打儿子，可那天儿子把她打他的东西抢走扔了，我舅舅发火把家里砸了。她从没有受过这种气，就把现场砸过的照片拍了放在亲友微信群里哭诉，可是没有人理她。我看着她，我同自己讲，我不要成为她那种人。也许我都没法成为她那样的人，我还是不要成为她那样的人。你懂吗？"

我当然懂，人与人是不同的，人的内心世界的边界有时距离遥远。我们刚刚重逢，我们完美相融。好像每个齿轮都契合得上的零件，在落满灰尘和蜘蛛网缠绕的阁楼一角被找到，被安装上时间机器的一个部分，让时光接续起来，同十五年前的那个夏天接续，极梦幻又极真实，所唤起的一切，可以称之为生之喜悦的内容，让曾经漫长时光里，有过的孤独、怀疑、踟蹰都变得微不足道。

把时间往前推，我忽略的许多细节，都透露真相。自小小艾就同C君更亲近一些，她只是同时也不想放弃我的关注。说起来，我确实有很长时间对她有所好奇，我所好奇的内容，与她这个人本身有关吗？现在想想，我好奇的是她的父亲，有关她父亲的生活在她的生活中投射的那部分，可是那一切与我又有何关联？而娶了小艾的C君又得到了什么呢？在这座城市多几套大房，在晋升的路上顺利一些？我一早就没打算走这条路，所以当时，若是有意无意加入了对小艾的竞争，不过是因为我承认，我是会受环境影响的庸人。尽管如此，我的直觉依然带我找到另一些东西。小艾与C君结婚七年后，C君的父亲出事，C君完全依附于小艾的家庭生活，小艾的话是唯一的权威，小艾的父亲成了C君更重要的一个父亲。回想起多年前，在那间卧室，C君同我说话时，态度的清晰，其中有某些可能引起我的怜悯的内容，C君是不会也不需要这种觉悟的。

　　我后来一直很难去结婚，这在很长时间内，给了小艾一种可以支配我的幻觉。我们三人，在后来的往来中，总是小艾出面约我。见面吃饭时，C君总要把酒递送到我面前，勾着我的肩说起我们永远不变的兄弟情谊，反复的话说了很多年，私下我们一年连消息都不会多发几条，有什么事情，总是小艾同我联系，小艾在我面前，一贯地爱娇任性，在有长辈在的饭局，她也可以把手拍到我胸前，这是小艾的自在，在新的家庭她也可以建立权力和主宰地位并以此自得。我没法去形容我在其中扮演什么样的角色，我成了小艾最后一个在假想中还可以展示魅力的对象，而我天性中的犹豫让我很难去打破这种幻觉。绿说她很蠢，她很好笑，但我不能说。

　　绿说："小艾不选你，她很蠢。"这句太像恭维的话也让我快乐，甚至要大笑。很俗套的话被绿说出来，我都相信是来自真心。她有从人群中把我甄别出来的能力，如同我们的两次相遇，是她发现我。是在那句话后，我决定和她共度一夜的吗？这是第一次，但不是最后一次，晨起的阳光铺满室内，照清楚睡在我身边的姑娘脸上的每一个雀斑、眼角细纹的走向，那般平凡的面孔，我却没有一点失落、沮丧和空虚。我的生命被注入的生机和生动，只有我自己了解，我们是最平凡的人，我们都不是因为勇敢无畏来获得生活的嘉赏，我们都小心犹豫地生活以避免成为异类，我们所拥有的，不过是一点坚持。

　　这些年，参加过很多婚礼，参加过很多满月酒宴，新娘和新郎们一律盛装；孩子们一般可爱若天使，不管他们的父母多么令人生厌。我看到我父亲坐在庭院的藤椅上的背影，白发的比例日渐增加。我间或相过几次亲，爱过几个人，被几个人爱过，可我还是一个人。某次在路上，遇到某个前女友，两个人都停下来，回首确认一番，街上穿梭的车流做了背景，我们迟疑了一会儿，又各自向不同的

朱　婧 | 那只狗它要去安徽

方向继续前行。提醒起我的记忆的是她行走的挺拔身姿、悠长的脖颈，我始终中意这类女性。奇怪的是，我对有着同样特征的绿，却始终视而不见。

　　十五年前，我处在一个危险的路口。走过了那个路口，我知道我的人生将走向另一个阶段。在父母过分亲密的家庭里成长，加之家庭环境的优渥，我受到过很好的照顾。对我来说，那些近在眼前的，就是未来的家庭的模样。先有了家庭的概念，然后去追逐意识指导下的家庭的形态，在还没有理解组织家庭结构的根本内容之前，首先形成的是对家庭的想象。三口之家，年轻的父母，爱娇的孩子，以为这样的形态会给我们的人生带来相应的内容。当生活愈加接近日常标准的时候，愈加容易被迷惑，愈年轻的时候，其实愈不想偏离，在十五年前的那个路口，我曾经被诱惑，去成就这样一种理想。也许我差一点就得到了。

　　绿也经历过相似的内容，在相亲市场被标好价码，见过若干条件相当的男性，在经历了数次可以写成小说的相亲经历后，她在月薪五千的时候就决意买房，以自己的积蓄和父母的支持交了首付，即便只能在便利店吃饭团也坚持了下来。

　　"喜欢去的餐厅因为设有女性专座，一个人吃饭也不难看，把对归属感的渴望通过对品牌的忠诚消解。如果你一直把身体放在足够放松的品牌里，也能建设有效的归属感。渐渐地，我有足够的金钱建立独立的生活，有足够的智识建立有益的兴趣，有足够的自省免于通过自我展示流露对孤独的恐惧，我离对婚姻的热望就愈加远了一点。"

　　"我不是爱好孤独，我只是不能以那种心情结婚。"

　　只是不能以那种心情结婚，对我说着"该做的事情都做了"的C君可以以那种心情结婚，我不可以，我不能确信爱的时候，我确信直觉，直觉告诉我，不能以这种心情结婚。

　　她很蠢，看似拥有了所有，却不能把生活的疆土凭自己的力量和愿望打开哪怕一分一毫。这城市遍布的房产广告，要把你安放进一样的理想新居，蔓延的整形广告，要把你未来的妻子调配成一般相似的面孔和躯体，你可以不在意，我很在意。记录在相片中的不一定是真实，兄弟不一定是兄弟，任何可以随意命名的关系里，只这一条我不能接受，将唯一可亲可爱之人，灵肉相通之人，用一个模板得到一个答案，我拒绝这个答案。

　　我的父亲和我的母亲在老了之后，是一般的老人，我的意思是说，他们突然长得很像，所不同的是，父亲面孔上的皱纹比母亲深刻一些，白发更彻底一些，但几乎看不出，他们有十岁的年纪差异。我父亲之所以在那个年纪才生了我，是因为要等我的母亲到法定结婚年龄。他们在当时罕有地做了一个晚婚晚育的典型。现在看他们俩，已经看不到一丝一毫惊心动魄的爱情传奇的痕迹。他当年读完中学插队时，她还不过是一个刚读高小的黄毛丫头。她是他在当地相熟的朋友家的妹妹，他常去她家玩却未曾留意过她，到了他年纪拖到老大还不愿结婚时，才发现心里有她。后来机缘巧合，一切水到渠成，难题一一化解。也正是因为这段经历，父母对于我的老大不婚，倒也没有太大怨言。另一方面说，他们一生都彼此关注甚多，对我倒少了很多执念。

　　后来，我和绿，有规律地见面。我们在一起做了什么呢？其实也就是走路吃饭，我们会说很多话，我很惊讶的是这一点，我清楚我们俩都不是多话的人，有时觉得好像两个人是为了一起说话才在一起的。说了什么呢？也没有特别的事情，只一点小事，她也愿意同我说，我也想同她说，而且都觉得有趣。还有很多回忆，我被她打开的回忆，我所打开的她的回忆，源源不断地在说话中输出，好像我们彼此给了对方一把存放自己所有记忆的房屋的钥匙，并且道了一声欢迎光临。

　　我相当理解来自一座小城的绿，作为一个单身多年的女性在坚持中所遭受的

朱　婧 | 那只狗它要去安徽

阻力。绿与我说，难道一个人就不能建立一个家庭吗？家庭说到底是能提供温暖和亲密的地方。比起被不堪承受的关系打扰，如果我一个人生活得更好，那就一个人成为一个家庭吧。

秋末初冬的一日，我们在江边的公园骑车，我们骑得很慢，边骑边闲谈。下午的公园人非常少，与我们意外同行的，是一个中年男性，带着一只狗。他们步行，一时被我们抛在后面，身影变小变远，但在我们休息时，他们总是又跟了上来。骑行道很长、很远，像没有尽头，我们犹豫要不要继续向前，再向前会骑到哪儿。但是每次看到那只狗和狗主人又跟上来，就不由笑起再向前骑，渐渐地，阳光转换了质地和色泽，江水环绕的洲上景象像一幅印象派的画作，边缘和细节都不甚清晰，无法进行细致的描述。后来，我们终于不再打算向前骑，我们以惊诧、臣服与好奇的目光，目送狗主人和那只狗，继续前行，愈去愈远的背影。

绿问我："你猜他们会去哪儿？"

我打开手机地图确认我们当时所在的位置，发现我们已经靠近了某条高速公路，这条江边道路在与之平行的某个方向向前延展。

我把位置告诉了绿。

她笑说："那只狗，它要去安徽吧？"

"它如果一直往前走，真的会走到安徽。"

我们互视笑了，骑车回返，心头有一个问题，很难说有答案。

从再次相见以后，我们亲密、依赖、稳健地交往，只是我们谁都没有说起婚姻。我有时会去想象一下，我和绿的关系，我如何领她去见我的家人，甚至，我如何把她介绍给我的那些联系人，比如C君和小艾。我能猜想到所有的一切反应，我没有担忧。它与我先前无数次去建设，并试图走向这个结局的尝试是截然不同的。

只是，现在，我们都没有谈论这一切。当一切都准备好了的时候，迎接一个答案的时候，我们反而很从容。在此之前，我想充分感受的，是只属于我与她之间的所有内容，我也毫不怀疑，这一种朴素的自然与现实世界建立通道的时候，会是温和而理想的方式。

当手指攀上手指，皮肤像拥有记忆一般确认那温存的触觉，好像很久前就认识，好像很久前就很亲密，好像他们属于彼此。

那只狗，只要它一直往前走，它总会到达一个地方。它在走的时候是不能知道的。

我们都在一起向前，不是因为知道前面有什么才向前走。我们总能走到一个地方。我和绿，也只是因为都走到了这里，才看到了彼此。

（选自《雨花》2018年第7期）

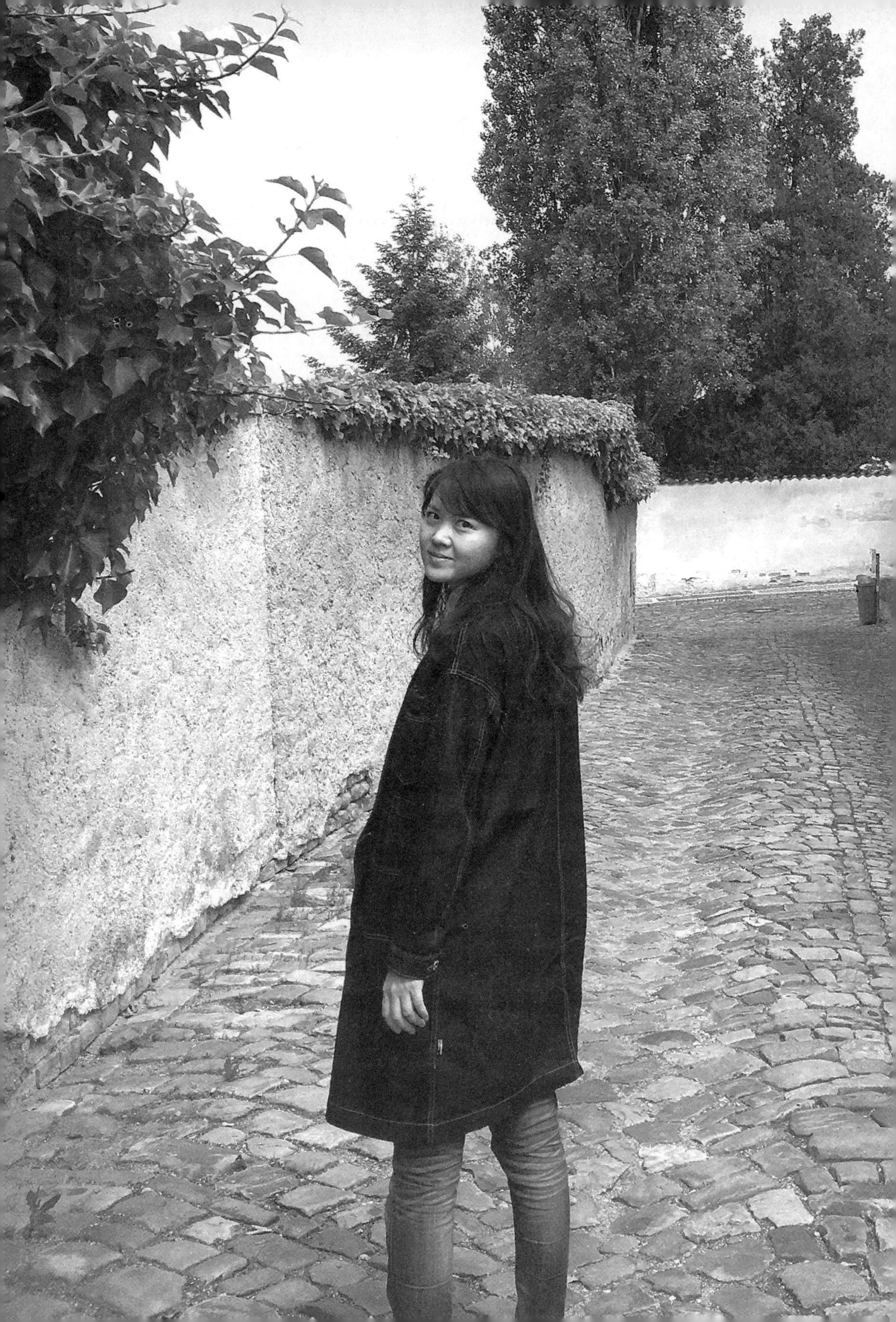

郭　爽

郭爽，80后，出生于贵州，毕业于厦门大学中文系，曾就职于《南方都市报》等。于广州《新快报》、香港《信报》开设专栏，作品发表于《收获》《当代》《上海文学》《单读》等文学杂志。2015年获德国罗伯特·博世基金会"无界行者"创作奖学金。2017年小说《拱猪》获台湾第七届"华文世界电影小说奖"首奖。2018年小说《鲍时进》获第二届山花双年奖·新人奖。出版有《正午时踏进光焰》《我愿意学习发抖》。

九 重 葛

  这个故事讲到几个人。袁天成和顾言刚，出生于1956年，相识于1984年，两个基层公务员。如今都年过六十，走在街上，会被人喊"老人家"。他们的太太，林冬莹和朱虹，一个生得好看，一个不怎么好看。他们各生一个女儿，取名袁园、顾恬。还有其他人，比如章美玲，跟以上所有人都有些关系。章的第一任丈夫叫方小鸣，第二个丈夫不重要，略去姓名。故事的布景，在我国西南省份的一个小城，再具体些，在这小城的一个大院里。大院住的是政府职员和家属，上面这几位都是。

  这些说起来，寻常、枯索，像大部分人的一生，压缩为墓碑上的几个字就讲完了。但笼统的普遍性，总是可疑。一颗心与另一颗心，只因跳动在不同的身体里就终究两别。那些微弱的，转瞬即逝的，但让人和人两样的声音，留待时间的耳朵去听见。

1

  袁园遇见章美玲，是大年廿八晚六点。腊月间天黑得早，院子里的人和树被夜色掩盖了。袁园也就没看见站在九重葛阴影下的章美玲。

  章美玲倒是早就看见了袁园。路的尽头"哗啦啦"响起行李箱拖动的声音。尽头一座大门，琉璃瓦盖下四根印度红大理石方柱，柱子间夹着保安室。袁园冲保安室方向点了点头，迎着橘色路灯和九重葛填满的道路往院子深处来。

从身边擦过后，章美玲开口喊："袁园！"两人定睛对视，袁园喊："章阿姨！"顿了两秒又说，"你，怎么在这里？"

二楼人家亮着灯，窗户紧闭。章美玲疑心那似有似无的一声"呜"，是狗挨了打，或被掩了口鼻。她不能就这样走掉。但杵在这里太久，寒气一点点渗进手脚，又动摇了她的意志。

袁园盯着她问，她只好说："好冷哟。"

"你回来了？"

"狗儿不听话。"章美玲伸手指指二楼人家。

"找保安去敲门？"袁园也不确定这家住了什么人。

章美玲连连摆手，"你先忙，你先忙。"

袁园记下章美玲的电话，就走了。但脚步离开后，身子却回转，看了看树荫下的章美玲。

错就错在心软。心一软，解了宽宽脖子上的绳扣，狗儿蹬着腿就跑走了。章美玲原先觉得，宽宽跑不远。小公狗围着母狗的屁股打转转，转够了，或者被大狗踹了咬了，又会哼哼着跑回来。宽宽还小。可是这天，章美玲在院子里走了好几个来回，宽宽也没有出现。她认得宽宽跟着的那条母狗。雪纳瑞，纯不纯不好说。平常总被那家女儿抱在怀里，似乎爱惜金贵，很少下地。天冷了后，雪纳瑞穿羽绒服，一天一个颜色，下了不少本儿。宽宽追过去的时候，雪纳瑞在上楼梯，后腿和屁股亮着。宽宽嗅着雪纳瑞屁股跟随，步子踩得温柔。章美玲手机响个不停，微信群里估计又在抢红包，她就掏手机出来，手指头又干又僵，在屏幕上划了半天才打开。抢了几个，她有点兴奋，步子往单元楼切割出来的小路上走。等到她从手机的热闹里抽身出来，抬眼四望只剩团团漆黑，才发现宽宽没回来。又听了一会儿，二楼人家有狗吠起来。不是宽宽。

郭 爽 | 九重葛

章美玲仍口齿清晰，戴文雅的珊瑚红金属框眼镜。即使手指上没有沾着粉笔灰，也让人难忘她是"传道授业解惑"之人。只是，与她老师的身份相比，这些年来，她更为人所知的身份是美人及不伦恋的主角。关于后者，更通俗的说法是——荡妇。

"荡妇"这个几近永恒的谈资，在袁园回家的当晚，就出现在与父亲母亲的谈话里。

跟往常一样，父母等待她说一路见闻，从话语里剥出点新鲜事，给两个老人带来些外面的气息，好把又一个冬夜打发过去。袁园也就像往常一般说起来，日常与旅途，尤其旅途中的村寨、溪流、稻田、苗人。真正的际遇，那些关于人的，她最后才说。

"就是口红涂得像要吃人的那个吧。"母亲说。

"她呀。"父亲说出半句话。

"老得让人认不出呢。"袁园说。

"五十多了吧。"母亲计算。

"当年人人觉得她美。"袁园嘀咕。

"人人？"父亲又是半句话。

"我们这些女学生，都羡慕她的衣裳和口红。"

袁园与母亲议论了几句女人的装扮与衰老。

母亲突然说："她那个丈夫，又有了新的人呢。"

林冬莹记得章美玲。除了她曾教过女儿的语文课外，她更记得些别的。比如，她看上了别人的丈夫，忘掉了自己的丈夫，还忘记了所谓"为人师表"，离婚结婚闹得工作差点丢掉。很难说是哪些原因，让她在言语里对章美玲刻薄。

"她好像搬回来了。"袁园想起来似的。

"比她小二十来岁，小妖精。她有得受了。"林冬莹细密说着听来的情节，怎么讲都是荒诞。好不容易结成新的婚姻，也没经得起更多的时间。或许那丈夫原本就荒唐。

"你从哪里听来这些乌七八糟的？"袁天成吐出一句完整的话。

"你退了休也不活动，天天闷在家里头，晓得什么？"林冬莹嗔他。

袁园倒是想起别的事来："房子空了这么多年，还能住吗？"

"好男不养猫，好女不养狗！"林冬莹不像是在回应女儿。

这些算起来相识，但其实与袁家并无关系的人和故事，日复一日在餐桌上被咀嚼吞咽。曾经，父母也会参与这种三人之间的游戏。像玻璃跳棋，三人各踞一角，轮番跳跃，争先恐后。但这些年，他们说得少了，似乎他们所知的那些人和事，都在被一个叫死亡的窟窿吸走。他们也就显出沉默来。

高铁去年底终于修通了。回乡的路，从沉闷的飞机旅程，变成了更加沉闷的高速火车。车子摆着细长的身体，从海平面的高度往崇山峻岭中攀爬。据说这些山，远古时都是海，所以沟壑纵横，险峻逼人。窗外一片暗色，隧道紧咬着隧道，只剩二等车厢里惨白的灯光，映照出旅人一张张疲惫的脸。

高原最冷的时节，雨下到半空就成了冰珠子，等到了地上，则结成一片一片的薄冰。冰覆在泥浆上，污脏难辨，徒添凶险。

这样的气温里，九重葛罕少绽出花朵，但枝条高企，叶片常绿，也是冬日一景。袁园大学毕业后居住的城市在北回归线以南，四季不分明，夏天最盛时，立竿不见影。九重葛在那里几乎四季开花，尤其在天桥，往往一大片垂下，如瀑如云。这植物的架势靠的是枝条的气力，常见往上生长、活泼野蛮的枝条。但花朵其实很小，漏斗形，一生三朵嵌在包叶里。包叶薄如纸，夹进书本里迅速失水。

袁园小时候，袁天成有阵子喜欢弄盆景。这方水土出兰草、奇石，天生好材料。袁天成指着九重葛跟女儿说:"这花最顽强,剪一枝,插进土里就能活。"

大概因为生命力强,建这座家属院时,沿着道路两边植下的九重葛,很快生根蓬勃。二十年下来,九重葛成了院子里最热闹灿烂的植物。只是这花也不是全都好,花开固然如火如荼,但总不肯凋落,花褪色后也栖于枝头,将衰败后的颓唐污脏一应奉上。

袁园还在刚到家的怅然中神游,林冬莹一句话却击醒了她。母亲说,你顾叔叔就要放出来了。

2

按林冬莹的说法,顾言刚减了刑,还有大半年就刑满释放。这个消息,让袁家餐桌上的氛围闪回到多年前。林冬莹在意的,是顾言刚出来后,会不会回到小城生活。袁天成关心的,是顾言刚这些年在牢里过得可好,顾家有没有新的打算。他们都催促女儿,你快去跟恬恬聊聊,聊聊啊。

袁天成说起顾恬,总亲热地称呼"恬恬",有时候,也会用顾言刚唤女儿时的名字,"老恬"。袁天成叫顾恬作"老恬"的那些年月,袁园和顾恬都还是小朋友。袁园喊顾言刚"顾叔叔",顾恬喊袁天成"袁伯伯"。顾叔叔和袁伯伯是好朋友。好到什么程度呢,顾恬和袁园几乎每天都玩在一起,睡在一起,扎一个款式的小辫,对着相机摆出一模一样的动作。两个爸爸在篮球场的哨子声里跑来跑去,两个孩子就扯杂草,捡落叶,假结婚。所有的蚂蚁和麻雀都认识了她们。

现在,退休后的袁天成被熟人唤作"袁伯",两个女儿也过了三十岁,有点老了。他却只能依靠女儿去打听消息,他的好朋友顾言刚,可还好。

袁园没有马上联系顾恬。顾言刚入狱后,顾家在这院子里只剩房子的空壳。

顾太太朱虹跑到服刑地所在的小县城守着，个别念旧情又还有点能量的老同事，慢慢帮她把工作调动去了小县城的国企。女儿顾恬呢，跟袁园一样，早已考上外地的大学，离了家。这么算起来，顾恬已有十年没回来过了，或者说，顾家从这院子里，已消失了十年。

袁园缩在被子里翻顾恬的朋友圈。如果说，从五岁到十七岁，一起长大的经历让两人有某些共同点的话，大概是抛不下的自尊。报喜不报忧，顾恬发的都是值得高兴的事。袁园也就在发送信息的界面止步了。真有什么的话，顾恬自然会开口。她们都这般要强。

年三十晚上，袁园在一堆信息里看到顾恬的问候，果然是干脆简洁的："新春大吉，阖家美满！我初二回来，到时约？"袁园直接回："初二来我家吃午饭。"顾恬问："袁伯伯还好？"袁园回："身体还可以。你来他肯定高兴。"顾恬发来一串笑脸，"好，我来给袁伯伯拜年。"

顾恬搬了箱猕猴桃来。林冬莹看一眼，招呼她吃车厘子。暗红色的果实在盘子上堆出个小山包，瓜子花生之类的便宜货倒是不见踪影。袁园不作声，跟袁天成一样，老老实实对着眼面前的茶杯。

"阿姨的手艺你还是记得的吧，啊？"林冬莹堆出些笑容来。她从小就教育袁园，不要动不动就跟人笑，穷亲戚脸上最爱带笑，因他们除了笑什么也拿不出来。偶尔，笑容闪现的时刻，她让女儿去领悟到底是什么用意。

在她的笑容攻势下，顾恬也笑了笑："好啊，阿姨的手艺我怎么会不记得。红烧肉！"两个女人手牵着手，差点就要头挨头来显示亲密。这么多年了，顾恬和袁家，都没有变。这些辞令和身体语言里的规矩，还是一模一样。

四个人，四杯茶。袁天成循着袁园事先铺垫过的细节，问候着顾恬和顾家的种种变化。顾恬也由着他，顺着无关痛痒的谎话继续用谎话作答。顾叔叔好着呢，

郭 爽｜九重葛

顾太太也是。顾恬也好着呢，顾恬的丈夫和孩子也是。外地的生活，自有外地生活的滋味呢。袁天成于是松软了，在话语里幸福着。

顾恬的一句话，却让袁天成意外。她淡淡地说，这次回来，要把我们家房子卖掉。

袁天成怔怔道："卖掉？"

"八月份我爸爸时间就到了。我做点准备。"

"是你爸爸的意思？"袁天成不解。

"他不晓得这些。"顾恬喝一口茶。

"卖了你们住哪里呢？"袁天成皱眉头。

"袁伯伯，这里这么多人恨他，回来住不得。你晓得嘛。"

林冬莹这时却是一句话没有，只招呼吃车厘子，"吃这个，恬恬，对皮肤好。"

袁园把母亲塞进手里的一颗车厘子放下，说："顾叔叔跟你去北京住，到时候……？"

"不管是北京还是哪里，反正是不住这里了。"

沉默了半天的袁天成突然说："其实回来也没什么的。你看对门，还有楼上，哪个不是又回来住在这里呢？"

袁园想起了她以前跟母亲说的一句玩笑话："现如今，我们这栋楼，楼上楼下住的都是劳改犯。"林冬莹听了这话大笑。袁天成听了，却是恼恼地沉默。

"哎呀，袁伯伯，我爸爸那个脾气，你又不是不晓得。"顾恬说完这句，一口气吃了四五个车厘子。

顾恬一走，林冬莹就品评顾恬的穿着打扮，一如既往地想表达，顾恬从来不如袁园，"个子也太矮了，像是十几岁后就没有长高过。"

袁园和袁天成都没有接话。父亲在想什么，那覆满灰白头发的后脑勺并没有显露，但母亲的话，却多少激起袁园心里积灰的情绪。与父亲和顾叔叔的友谊、袁园与顾恬的友谊相比，母亲从不认为也不表现出与顾家的友谊。不好的日子里，她对顾家的厌恶与嫉妒在言语里递增。好的日子里，谈到顾家的不幸或霉运，也只是"唉"一声，然后说些"怪不得别人"之类的话。并非母亲是个恶毒的人，很多时候，她只是把袁园和父亲藏而不露的心思一字字抛掷进空气里。像大部分时候，这个由沉默的父亲和安静的女儿组成的家庭里，总需要生气盎然的母亲来捣出一汪活水一样。

"都这样了，他家还端什么架子。"林冬莹嘟囔。

"卖了也是几十万。"袁天成说。

"几十万"几个字似乎对林冬莹产生了效果，她说："对啊，顾言刚放出来，连工资都没得。"

袁天成被这句话提醒了似的猛抬头，却不肯再说话。

"你那点退休工资，大病是不敢生的，打打小麻将倒是够了。"林冬莹笑说。

三人并没有沉默太久，沙发上一只手机叫起来，唱的是儿歌。"有三只小熊住在一起，熊爸爸、熊妈妈、熊娃娃。熊爸爸身体强壮，熊妈妈美丽漂亮，熊宝宝呀好可爱哟，一天一天长大了。"

3

袁园开门把手机递给顾恬，"我送你出去。"下了楼，袁园站在楼梯口摸火机，才说是想出来抽烟。

"三只熊啊。"袁园说。

"三只熊？"顾恬抬头。

郭 爽 | 九重葛

"你的手机铃声。"

"哄孩子。"

钥匙在锁孔里翻来覆去转了好多遍后,顾恬终于用力一把推开了门。门"呀"一声像发出预警,空荡荡房子里回旋着的风向她们涌来。

"家具呢?"袁园问。

"当时都搬走了嘛。"顾恬答。

两人在顾家旧居里打转。顾恬检查每一扇窗户、每一道门、每一个锁孔。顾恬似乎并不像她所说的,是带袁园来看一眼,估估价,倒像在执行某种工序,用一对眼一双手,扫描、录入、归档、存储。把这套房产证上写着"顾恬"的房子收纳折叠、反转变形,塞进她隐形于心口、小叮当的百宝袋里去。

雨一丝一丝下坠,接近零度空气里的雨,让电缆上结出亮晶晶的冰碴。袁园揣在大衣口袋里的手,不自觉地摆成两个拳头,想要蓄住一点热气。顾恬则直接搓起手来,大概那一串丁零锒铛作响的钥匙,太凉了。顾恬还是比袁园矮半个脑袋,维持着她们十五岁时就已固定的身高。

顾家旧居与袁家一样,都是三室一厅。同样面积,同样格局。顾恬和袁园曾经的房间,也是这三居室里的同一间次卧。只是她们的房间看出去,不是同样的风景。当年集资建房,知道两家将会住进同一栋家属楼,两个孩子兴奋了很久。袁家在二楼,顾家在五楼,步子快一点,到对方家只需要一分钟。

如今,从顾家五楼朝南的窗户看出去,已经不是袁园记忆中的景色。

远处,小城里长出新的丛林。簇集的商品房,照搬沿海城市的塔楼样式,似乎一夜之间就立起来。连绵冻雨抽干了天空的颜色,灰色天际线直压塔楼顶尖。

家属院围墙多年未维护,墙体早已被雨水侵蚀成青灰色。一墙之隔,新修的商品房小区仿欧式小洋楼,淡粉色外墙簇新扎眼。粉色小楼之间,园林别致有序,不知从哪里移来的榕树、冬青，拱照出墙这边没有的气象光景。

袁园数数墙这头的独院小楼，最早修给书记们住的房子，不多不少只六栋。老干部们多已驾鹤西去，子孙们有能力的，翻新外墙；没心思的，任墙皮褪色，木窗棂脱落。至于她跟顾恬所在的家属楼，九十年代修建时还属气派，如今在外面世界簇新的映衬下，只是黯然了。房子不会迁移，十二栋家属楼仍积木一样堆在这黄金地段，组合出政府曾有的架构和其职员们的家庭。但随着政府搬迁到新区新址，跟出租车司机报地名时，家属院已变成难以形容的模糊地段。要回家，袁园一般只能说，乐淘淘超市斜对面。

"我爸妈在这里住了二十年了。"袁园说。

"居然这么久了。"

顾恬的话出奇地少。

这里曾是一个崭新的顾家。顾恬房间里镶木墙裙，贴华丽墙纸。如今，蓝色窗玻璃过滤了光线，让二十年前陈旧的装修愈显衰朽沉寂。窗帘发黑变脆，只剩史努比和花生家族的图案兀自欢欣。

在这个房间里，十五岁的顾恬曾问十五岁的袁园："为什么跟陈勇在一起？"

袁园说："我不想待在家里。"

后来顾恬又问过："为什么跟陈勇分手？"

袁园说："我不想回来了。"

如今，顾恬和袁园三十二岁。这些，自然都不提了。

说是送顾恬，两人却不知不觉间爬了楼、看了房，还不知不觉走出院子来，走到街上去。

从院子东门出来，是条南北向的主干道。往南走，东边是片厂区，宿舍学校医院自成一格。往北走，依次路过政府旧址、闹市、中学，跨过一条东西流向的

郭 爽 | 九重葛

河以及桥，公园、车站、商场布局在河的北岸。这些风致物事，处处可见，无甚特别，只有这条河，还有河北岸的公园，算得上全国知名。市民们都会背陈毅元帅给公园的题诗，"真山真水到处是，此处布局更天然"。也不忘说起，巴金和萧珊就是在这里度的蜜月，是爱情的福地。总之，好山好水孕育出真善美。

袁园和顾恬一起从桥上走过的时候，却没有想到这些她们从小就知道，以至于快忘记的事。公园大门挂上了迎春的大红灯笼，花盆堆叠拼凑出"春节快乐"四个字。顾恬说，走，游泳去。袁园笑了，这个天气，我们两个怕是会牺牲哦！

玩笑归玩笑，两个人还是往公园里走。不变的是河。袁园走了很多地方，但没见过哪里的水有这个颜色。大概只有那些最懂得光线和色彩的画家，才能模仿一二。夏天在河里游泳，光脚踩下去，任你是男人女人小孩老头，河都用水草回馈温柔。袁天成和顾言刚都有一身好水性，在河里托着两个女儿浮游。游累了，就翻身上船，木桨推开水草，往河的隐秘处去。不管母亲们在岸上如何抗议，两个父亲都像调教男孩一样调教着女儿的脾性。顾恬在水里搂住袁园的脖子："千万不要放开啊，不然我要死了！"袁园于是不放手。两个人连成两个秤砣，一起沉到河底去。两个年轻的父亲"哈哈"笑着，捞鱼一样把孩子捞起来。

顾恬久没来公园，路却是比袁园更熟，从小，她就是方向感更强的那个。两人沿河岸一路向前，跨过石礅子垒成的"百步桥"，走去儿童乐园。小火车、碰碰车早已更新换代，还新装了小型云霄飞车。但在游乐场的边上，拆下来的一套转转车还没来得及搬走，或者是根本不打算搬走了。两个人一前一后，挤进去坐着。顾恬说，不晓得我们种的橘子树还在不在？袁园却是忘记了，我们还种过橘子树啊？顾恬笑，就在碰碰车后面，我们不是把橘子吐出来的籽全部种下去了嘛！

游乐场开业那天，两家人一起来尝新鲜。脚踏车一左一右两人位，袁天成领着袁园上去了。顾家则是朱虹带着顾恬上去了。架在半空的轨道可以俯瞰整个乐园,碰碰车、海洋球、旋转木马都没这气势。从半空看下去,顾言刚和林冬莹是两根石柱,而当他们抬起头时,就变成了两株向日葵,要转动头颅紧紧跟随半空中的丈夫、妻子和女儿,才不致孤单。

顾恬的记忆版本是,她跟朱虹骑了上去,但骑了一截就害怕得哭起来。她下来后,朱虹不想浪费票,就独自上去踩单车。朱虹全程绷着脸,像是在完成任务。顾恬觉得奇怪,袁园怎么就不害怕呢,骑到天都快黑了。顾言刚又要"锻炼"女儿,于是,给顾恬三块钱,让她去乐园门口的小摊买橘子。顾恬平生第一次离开大人独自去买东西,就这么突然到来。等她拎着橘子回来,袁伯伯和袁园才从天上回到地下。父亲对她说:"顾言刚的女儿怎么能没出息呢?"顾恬听了,只拉着袁园往林子里去,刨个土坑,把嘴里蓄的橘籽埋进去。更让袁园做证,看她生吞几粒橘籽。"橘子会从我头顶上长出来的。"这是顾恬的壮举。

"这两个爹,我们那么小,他们还搞什么男子汉培养计划。"三十二岁的顾恬摇晃转转车的座椅。

"怕他们哪天不在,我们就被人欺负了。"袁园说。

她们的身体,比五岁时折旧了不少,但是,要轻盈得多。面对面,她们仍像两颗玻璃球,停留在绷紧了的蚊帐上。但不再像以前那样,迅速被重力牵引滑向对方,在蚊帐的中心陷落。她们都控制住了神秘的牵引,稳稳停在一角。

4

顾家和袁家,在家属院修起来之前,就结下了缘分。那时顾言刚和袁天成都是刚转业的小年轻,在同一单位同一科室。

对外人而言,顾言刚入狱、顾家的衰败是泥石流般的坍塌,迅疾,猛烈,轰

郭 爽 | 九 重 葛

隆作响。但对袁家来说，顾言刚的升迁与顾家的兴盛同样道路漫长，几乎耗尽了他们所有的记忆容量和情感热度。

在袁园小朋友眼里，恬恬的爸爸顾叔叔是一个神奇的大块头。长大后她知道，顾叔叔身高不过一米六几，远远称不上高大。可是在很长时间里，他粗壮的胳膊，夏天吃西瓜打赤膊时露出的胸口伤疤，都显得孔武有力，预告着一个陌生世界及其规则。她和顾恬都相信，伤疤是顾叔叔打老虎时留下的，"老虎还是很凶的，给我一爪！"

恬恬的妈妈朱阿姨则是小个子。她头发全部往后梳，露出鼓鼓的额头和一张圆脸。发髻扎得很紧，不像有些长发的阿姨，发髻松松垮垮一绾看起来很温柔。袁园倚在她怀里撒过娇，多半是跟恬恬一起讨糖吃或者申请看电视的时间。她的怀抱温暖，却并不绵软，让袁园不想依恋。

朱阿姨对袁园是好的。有阵子流行盘头，从耳侧揪起发束，分作三股，手势沿着脑袋绕一圈，不断增添进新的发束。女孩子的头就变作一朵向日葵。最后一定要在耳侧扎上大红或水红的绸子。绸子精细折叠、捆扎再散开，开成一朵大大绽放的牡丹。恬恬头上长出一朵大红牡丹后，朱虹说，"袁园来。"然后让袁园头上长出同样一朵。顾恬和袁园就成了祖国大花园里最新鲜的两朵小花。

看到女儿头上长出的大红花，林冬莹很不高兴。她指责朱虹随意给自己女儿打扮，又说："大红色，这么土气，她也不看看你的衣裳和皮肤。"三两下，林冬莹就把那朵精致叠出的牡丹花从袁园头上扒了下来。盘成向日葵的发辫也一点点松开。林冬莹用她的橡胶梳子在袁园头皮上刮了几下，扎出个高高的马尾辫。"小姑娘，扎马尾最洋气了。她就是脱不了土气。"

袁园是个敏感的孩子，母亲扯着头发时比平常更重的力度，让她察觉到了怒气，虽然她还不能明白母亲为什么生气。但是她爱母亲，她愿意为了让母亲高兴而做一些本不会去做的事，比如，说顾家的坏话。她确实在顾家看到一些跟自己家不同的细节。比如客厅里，塑料花瓶里插了几根孔雀毛，摆得有些久了，孔雀毛和花瓶都积了灰。袁家也插过孔雀毛，只是林冬莹一句"过时了"就扔了。或者，朱阿姨穿着白纱的结婚照，染色的师傅似乎走了神，把她的眼眉染得过绿，而嘴唇又过红。袁园说这些细节时，林冬莹总是"呵呵"笑，像是她自己并不曾发现，仔细听女儿说完，然后笑起来。那时候，袁家比顾家的境况要好许多。家具、电视，林冬莹的口红甚至绣花丝绒拖鞋，都是朱虹不能奢望的。林冬莹尤其得意的是，袁家在沿海有亲戚，总能寄来洋气的海产干货，以及让袁园看起来像个洋娃娃般的洋装和连裤袜。

让林冬莹觉得自己比朱虹高一等的，还有丈夫的态度。朱虹挨顾言刚打。

"谁让她选个这样的男人呢，要是我就住回娘家去，看他吃什么、怎么过！"林冬莹能体会丈夫的暴力和妻子受辱的况味，但当对象是朱虹这个具体角色时，她言语里表现出的态度并不像个女同胞，而更像是男人。

顺着这样的逻辑，林冬莹还说："可怜她生得难看，手脚又蠢笨，不懂得讨丈夫欢心，以后日子也难过的吧。"

袁天成却是同情。虽然朱虹长得不好看，做菜难吃，谈吐迟钝，但她并不该挨打。对于自己的好朋友做出这样的事，他劝阻，但也只是言语劝阻。在他看来，顾言刚的许多苦衷，别人并不知道，或许连他也不能完全理解，但一定有其成立的理由。

小城的枯寂生活里，打老婆都能成为一桩谈资。顾言刚自己却是满不在乎。袁天成迷武侠小说，顾言刚常说他，"你就是看书看多了，书呆子气太重。"他在想其他更重要的事。

他最先感觉到的，是那些留在部队的战友纷纷转业回乡。其中有几个感情深的，专程绕道来看他，谈起大裁军，"日子要从头过了。"跟他一样，袁天成也在接纳战友，其中不乏傻里傻气的大头兵，打算领了津贴回乡下种地。

到了夏天，顾言刚已经跟袁天成说："日子可能要起变化。"

他虽然还未调入党政部门，但关心时事，留意国家各项政策变动。他说，工人可以被"辞退"，还提到"待业保险"。到了冬天，顾言刚直接说，沈阳一家国营防爆器械厂宣布破产。"可以宣布破产，你知道是什么意思吧？厂子里的人没有铁饭碗啦！"

在这些事情上，袁天成显得迟钝而保守。他还年轻，刚三十出头，一手公文文书写得漂亮，晋升有望。他娶了漂亮太太，生活可说平顺。在这些可见可控范围之外的东西，他并不曾焦虑过。所以，顾言刚先行一步调进了核心部门，深深刺激了他。他沉默了一阵，武侠小说照旧摊开在沙发扶手上，只是不见他埋首其间神采奕奕。

关于自己生活的环境，袁天成跟女儿袁园打过比方。大家族，几十个儿子，广东江苏是最争气的，我们这个省，就是个智障儿。先天不足，只能靠当妈的贴补。具体而言，这方的支柱产业是白酒、烤烟、药材，而对他们这个省城边上的小城来说，这三样又一样都不占。只有一所大学，民国年间建的。有条河，依着河有个算得上出名的公园，是旅游景点。

顾言刚和袁天成两个年轻人，那些年除了上班，折腾也围绕这两样家门口的存在：大学和公园。

顾言刚先是提了几个橙子来袁家。说是橙子，皮却是柠檬黄，凹凸不平，像卫星拍照的月球表面。说让袁天成研究研究。"我不爱吃水果，留给袁园吃吧。"袁天成放下橙子。顾言刚却坚持让他就削一个试试。袁天成用水果刀把橙子切开，吃得咂舌头，"这么苦，这是什么橙子？""农学院培植的新品种，失败了。卖是卖不出了，免费送。"顾言刚说。"你都说卖不出了，拿来干什么？"袁天成擦手。"免费送啊，你想想，那一大片林子，我们想办法把它卖了。"顾言刚看起来是认真的。袁天成拿起一个橙子，闻了闻，"闻起来倒是香，就是味道太差了。""记不记得我们在上海学习时去的西餐厅？服务员给我们倒了杯喝的？"顾言刚提醒。"咖啡？"袁天成说。"不是不是，咖啡之前。""噢，柠檬水。""你把这个泡在水里试试？"袁天成起身倒了杯水，丢了一瓣橙子进去，喝了一口，"诶，这还可以。""废物利用是不是？我们就去卖这个，按个数卖。"按个数而不论斤卖的丑橙子，袁天成给它取了名叫"沁橙"，沁人心脾。基本是靠口口相传，那个冬天，小城里有点脸面的人家都泡橙子喝了一个冬天。两家太太负责送货，不认识的人还不卖。顾言刚和袁天成在袁家喝酒开玩笑，"天成，这个事，也只有我们两个做得成！"

　　生活中，两个人干卖橙子这样可以嘻嘻哈哈应对的事。工作上，顾言刚也展露出过人的胆识。他的直接领导、部长岑军生找他谈话，小顾啊，要把旅游搞好，就要下功夫。顾言刚会了意，从区里各文职单位抽调了几个年轻人给部里写材料，深入分析各个景点的文化内涵、历史意义。这其中就有章美玲和袁天成。顾言刚早听说同事方小鸣的太太、高中语文老师章美玲写得一手好文章，就安排章美玲写导游手册，把历朝历代的文学家为公园写下的辞章诗句融合。顾言刚仔细看这篇不过千字的文章，看完后问袁天成有什么想法。袁天成指出其中最简明的几句诗，说可以用作宣传口号。顾言刚却说，应该去上海拜望巴金老人，他跟夫人萧珊在公园度过了蜜月，请老人为我们提点提点，要搞好旅游，没有文化积淀，就挖不深。后来去没去上海，见没见巴金，已经模糊了，倒是公园里真改了一处园子的名字，挂匾题名"憩园"。袁天成很服气。别人说到顾言刚如何能干，他总要补充："没有人赶得上他。"没有说出口的是，顾言刚重义气，让袁天成参与这

郭 爽 | 九重葛

个重点宣传项目,给了袁天成一次"摇笔杆子"的机会,更让岑军生对袁天成留下印象。后来,袁天成能从区里调到市里,就是升任市委领导的岑军生授意。

两个女儿虽长大了一些,但仍在扯杂草、玩泥沙、过家家。像大部分孩子一样,在过儿童该有的生活。所以那天突然到来时,袁园只觉戛然一声响。

那是袁天成单位组织的家属茶话会。太太们带着孩子(学龄以上)到单位的会议室去,剥花生吃水果。在一个年轻干事的主持下,小朋友们作代表,挨个介绍自己以及父母。

会议室里放了一圈蒙着蓝布的沙发,沙发靠背和扶手上搭着米白色镂花方巾。母亲就抱着孩子坐在沙发上。那些跟袁园一样身份的孩子,口齿都比她伶俐许多,自我介绍听起来像是提前背好,话音一落总引得大人们鼓掌。

袁园紧张,越来越紧张,临到只有两个名额就要发言时,紧张已逼得她的膀胱胀大就要尿湿裤子。甚至,她的眼角额头,都紧张得逼出液体来。袁园急急告诉母亲要上厕所,不等林冬莹作答就逃出了会议室。

办公楼不远处的厕所前,有一丛竹子,竹子高大茂密,绿色无边,足以掩盖孩子的身体。袁园就蹲在那里挖石头,不想再回去了。顾言刚路过,他的办公室也在大院里,而这里是最近的厕所。袁园口齿清晰地回答他说:"我在挖石头。"并把挖出来的石头中一块形状像骆驼的交给顾叔叔保管。顾叔叔领她回到了会议室。林冬莹一把抱住袁园,在女儿耳边嗔道,大家都介绍完了,你怎么才回来。

一屋子太太和孩子中,突然出现了顾言刚这么一个大男人,许多人不觉哧哧笑起来。顾言刚问主持人,能不能让袁园小朋友再介绍一下自己。主持人表示欢迎。袁园看到顾叔叔手里捏着她的石头,并没有放在地上或扔掉,于是相信了他。

袁园听到自己说:"我叫袁园,今年六岁。我爸爸是袁天成,我妈妈是林冬莹。"顾叔叔朝她挥挥手,像在鼓励,她于是又说,"这是顾叔叔,他叫顾言刚,他是我爸爸的好朋友。"

哄堂大笑中,主持人逗她说:"袁园小朋友,你叫顾叔叔。那么考你一个问题,顾叔叔跟爸爸,谁比较大?"

袁园想了想回答说:"顾叔叔比较大。"

又是哄堂大笑。

她认真地说:"因为顾叔叔是科长,爸爸是副科长。"

太太们都不再笑了。

此后多年中,袁园也不明白六岁的自己为何会说出这样的话。只是,当晚回家,父亲生平第一次对她发了脾气。袁园哭了。

5

1995年夏天,袁园和顾恬一起参加小学毕业典礼,大合照时,两人头挨头。也是这个夏天,十二座家属楼落成。同是十二栋,袁家住二楼,顾家住五楼。两家家具装修各不相同,两家太太却在同一家店订了窗帘。于是,袁园和顾恬的房间里,都被史努比和花生家族图案填满。

入住后,顾言刚用他的老柯达相机,给两家女儿照了张合影。袁园短发,顾恬长发,个子都逼近一米五,却还是小女孩的平板身材。多少有了点小心事,但还在玩儿童的游戏。等她们一起熟悉了院子里所有的砖瓦草木后,也一起发现了院子里长得最美的章美玲。

袁园与顾恬住十二栋,章美玲住一栋。她们之间的距离,并不只是一到十二而已。小女孩爱美,却还不能懂得美。除了偷擦母亲的口红,上学时把裙摆用透明胶往上折一截之外,袁园和顾恬只能从模仿中演习美。

郭　爽 ｜ 九 重 葛

　　章美玲有一头浓密的黑发，总是披散在肩头。偏偏，五官又生得恬淡，像工笔画里弯眉如月鬓影横斜的侍女，所以稠密的黑发、湿润的口红，被淡而细的五官衬得愈发浓郁，像盛夏暴雨后绿意氤氲的树。浓至极点的色彩从你眼睛上擦过时，一笔一笔满满涂抹，不留半条缝隙。女孩子们还不好意思说出这特质的名称——性感。听说她是高中语文老师，所以打交道的都是诗词、古文这些浪漫物事。而她又懂得打扮，把丝绸和雪纺这些女学生还没机会沾边的面料穿在身上。这么一来，她就是袁园和顾恬最喜爱的阿姨了，因她代表着美。
　　两个女孩对此不能忘怀，萌发想象，以至于对章美玲的丈夫，她们都多留意几分。
　　章美玲的第一任丈夫叫方小鸣，常从家属院前的小路走过。那是连接家属院和政府大院的一条双向车道，植满四季常绿的九重葛，是在机关上班的人的必经之路。男人长相俊美，气质可以说儒雅，听说是岑部长的秘书，难怪一脸谦和之态。除了身材并不算高大，可以说是个好看的男人了。顾恬叫他"方叔叔"，知道他是父亲部里的同事。袁园也叫他"方叔叔"，因为父亲参加区里一个项目后跟方叔叔交好，方叔叔还来家里喝过酒。在晓得了他是章美玲的丈夫后，袁园和顾恬对他愈发留意。似乎章美玲每一袂飘飞的裙裾，每一缕耳后垂落的深黑发丝，都暗示着这个男人的魅力。
　　太太们对这对年轻的璧人也议论纷纷。周末，各家各户唱自家的卡拉OK，这家人却静悄悄。新房子阳台阔落，各家太太养花，姹紫嫣红，那家人却是剪了花枝回家插在瓶里。这都是些平常事，要成为院子里真正的谈资，惹人妒忌，还需要其他价值的附丽。
　　林冬莹已经三十好几，虽比不得年轻的章美玲，但皮肤白皙，看起来像不曾生养过。做太太，就要入厨房。厨房正对主路，林冬莹很快发现，顾言刚开了一辆黑色桑塔纳，每天晚上都停在路对面。自己家的袁天成却是没有长进，穿戴衬不上她的美貌，怨怼也就多起来。吵得厉害时就说狠话："嫁汉嫁汉穿衣吃饭，你给我穿什么衣，吃什么饭？袁天成！你装聋是不是？——我嫁个讨饭的都比你强！"

　　顾言刚调去了省里，这一变动，除了黑色桑塔纳人人可见，顾言刚的太太朱虹，倒是率先显出变化来。她到了该发福的年纪，于是不再像年轻时总穿些宽松的衣服对自己的身材遮遮掩掩，也不再忌惮裙摆下露出萝卜一样圆鼓鼓的小腿。她脸上敷起厚厚一层脂粉，两条刚流行起来的文眉从眉峰直冲眉心，像闹别扭的孩子想与"敌人"拧成一团。

　　在这不大不小的院子里，太太们才是真正的晴雨表。孩子们有感情，丈夫们讲面子，只有太太们，才能明目张胆把起落与势利写在脸上。她们多半未受过太好的教育，因丈夫的公职而被迫上个闲班、做一辈子贤内助，谈不上有自己的追求或事业，对着院子里的其他太太，往往没有好气可出。而一旦丈夫稍有起色，或者确实提拔在望，太太们脸上就会挂起冷漠的号旗。家，她们做不得主，只得把价值洒向自己的同类。

　　林冬莹把这些看在眼里，心里却是过不去："那个朱虹，腿跟大象一样还学人家穿裙子"。

　　"嗯。"袁天成应道。

　　"假模假式拎个皮包，俏市得很，哪个不晓得她以前是抄水表的！"

　　"嗯嗯。"

　　"我看顾言刚也是要倒大霉！"林冬莹加重语气。

　　"婆娘长得不好看就倒大霉啊？你这话没得道理。"

　　"你不晓得，哪个往她屋头送东西，她都接下来！"

"你咋晓得？"

"哪个不晓得，我看也只有你这个呆子不晓得。"

"不要乱讲哦。"

"我乱讲？她那个皮包，全城哪个商场买得到！"

"一个皮包……"

"你懂个屁，吃的用的，我看说不定还有人送存折！"

跟大人察觉的变化相比，袁园感觉到的则迂回迟缓得多。袁园发现院子里有一个人，不似其他人般戴着冷漠的面具。那男人逢人就点头、微笑，笑容很持久，缓慢地不肯从脸上消退。看地方电视台节目时她发现，这微笑的脸是刚上任的副书记，从县里调上来不久，亟待大展宏图。所以，微笑终究不是凭空而来。

袁园也会遇到朱虹，总是以她称呼她"朱阿姨"开头，以朱虹答"放学了啊""上学去呀"收尾。并没有多余的言语。

直到一天，她在院子里远远看见了朱虹。朱阿姨提着大包小包，像是刚从菜市场回来。走着走着，她放下手里的袋子，站在路边歇气。袁园仔细看她挂在肩头的皮包，并没有看出什么门道来。倒是右边肩膀明显比左边肩膀高一截，大概是长期负重的结果。这时，那个从县里调来的"微笑脸"路过，跟朱阿姨打招呼，要帮她提那袋最重的米。朱虹触电一样从男人手里抢回米，急匆匆提起所有东西往家走，几乎是在跑了。"战战兢兢"四个字在袁园心头浮现，朱阿姨并不像母亲说的那般快活。袁园默默走回家，谁也没有告诉，包括顾恬。

6

袁天成去敲方小鸣家的门，是大年初三。

他跟妻子和女儿说要出门散步，却绕过花坛，走上大路，出了大院，直走去门口等801路公交车。801路公交车，从公园北边始发，在城里弯弯绕绕，最后会到达新区的高档楼盘"林城1号"。方小鸣从地州挂职回来后就搬到了"1号"。虽跟袁天成一起在区里共事过好几年，但方小鸣的仕途坦荡，一路往上走。有人传言，他离了章美玲再娶的太太，是某位厅长的女儿，"也离过一次，不会生娃娃。"袁天成将信将疑。老同事们还说，今时不同往日，无事不登三宝殿，硬去靠，只能是穷攀高枝。袁天成没说过这种话，但也确实没联系过方小鸣，更没有去他家里坐过，所以，在"1号"的大门口被保安索要身份证登记时，袁天成蒙了，只好打电话跟方小鸣求援。

方小鸣亲自下来接他，迎头就喊"袁哥"。袁天成点点头，称呼却是犹豫了几秒，不知道喊"方厅长""小鸣"或是别的，于是又点点头。

现任方太太样貌平常，端茶倒水很是利落。接过袁天成带的两条烟时，也自然得像老朋友。客厅里摆了方家全家福，方小鸣和太太坐着，女儿站在两人身后。女儿长得像方小鸣，没遗传到章美玲的样貌。

茶喝了几口，袁天成提起，顾言刚就要出来了，回来的话，难免各方面需要打点照顾，"他的脾气你也晓得，不会要我们的钱。只看能不能帮他找点事做。"

方小鸣点点头。

袁天成抬眼，努力让老花眼聚焦，但也没看见什么表情，于是说："啊？"

方小鸣又点点头。

门警却是响了。几分钟后，说普通话的男人提着大包小包进门来。方太太很自然地接过去，放下来。男人跟方小鸣有说有笑，袁天成只好起身告辞了。

出小区时他在一模一样的绿化带里差点迷了路，好不容易找到大门，才松了一口气。回头看站岗的保安，年纪很轻，不知道是哪支部队的退伍兵。

郭　爽｜九重葛

城的那一头，陈勇开的会所里，袁园也在帮顾家想办法。

说是会所，其实是在商用楼的十五层租了半个平层，里面摆斯诺克球桌、几组沙发。贴着墙是酒柜和吧台，墙上挂飞镖盘。陈勇做生意袁园晓得，但为什么要搞个私人会所，袁园不清楚。电话里，陈勇只是笑她，大年初三都还没开市，你要去哪里坐？不如去我的会所。

顾恬坚持房子要卖给认识的人，起码是这个院子里的人。袁园跟陈勇说起，陈勇点醒她，顾言刚的事你们院子里哪家不晓得，哪个想沾晦气。袁园没想这些，房子就是房子，这房子地段、户型、楼层哪样不好？陈勇笑一声，小姐，你是带感情色彩看问题。袁园急了，我看你就是最没有感情。

陈勇有陈勇的想法。红酒喝了半瓶，他跟顾恬说："卖给外地人。"

"我又不认得。"顾恬发愁。

"满城都是外地人。"

"你介绍啊？"

"大小姐，你把脑壳伸到墙外面看两眼。"

"我就认得你。"顾恬撒娇。

陈勇笑了。袁园，或者顾恬，他们这个院子里的孩子，都像是只用吃空气就能过活。这么多年过去了，她们还是没有长进。听到她们两个还说些"卖给熟人"之类的话，陈勇却有点同情起来。顾言刚出来，一分钱没有，房子不吊起卖个好价钱，吃什么。稀里糊涂。一塌糊涂。

三个人都喝了酒，只好打车回家。顾恬看出陈勇的意思，只跟袁园说了句，"有事打电话给我啊"，就截住一辆的士走了。陈勇跟着袁园挤进一辆的士的后座。出租车不能进大院，两人在门口下了车。

走进院门，九重葛枝条重重像要拱出一条隧道，陈勇说："这些树都长得这么高了。"跟袁园分手后,他没进过这院子。去袁园家,要走通整条路到尽头去。十几岁的时候,他每天晚上都站在路灯的阴影下等袁园。一个人走那条路,神秘,又有点刺激。这个晚上,两人走得格外慢,像是要凭一点肩并肩的气力或愿望,把他们十五岁到三十二岁的时光,都从这条两百米长的道路上讨回来。

"这些房子怎么都这么矮了。"陈勇说。

"树高了,房子矮了,你不看看自己,老得都皱皮了。"袁园说。

"都成老者了。"

袁园不接话,半跳着踩向地上陈勇的影子,"被我踩到影子了,陈勇,做我的奴隶!"

两团影子就踩来踩去。

走到袁家楼下,两个人都不动。路灯的橘色光线里,袁园把手放在陈勇脸上。过年,路上没有行人,隐隐约约一点搓麻将"哗啦啦"的声响。

陈勇不动,任袁园的手停阻在他脸上。袁园手心的温度比他的脸高,微微带一点潮湿。

袁园推开他的时候,他倒没有尴尬。后来他给袁园发微信,袁园很久没回。也是,那么一条信息,让她怎么回呢。结果,袁园还是回了:"我也一样。"陈勇只能猛抽几根烟,才能把心头的事压下去。

两天后,车开到袁家楼下,陈勇打电话喊袁园下来。两人坐在车上,却是一时无话。有人在车子面前晃了晃。

"散步啊,章老师?"袁园探出脑袋喊。

章美玲手里抓一沓纸,塞进他们手里。

本人狗狗"宽宽"柯基串串,于2016年2月6日(腊月二十八,星期六)

郭 爽 | 九重葛

晚上6点在南阳区碧云路7号（原区政府宿舍）附近走丢。公狗一岁，白色有棕色斑点、中小型、四脚尖、尾巴有点棕毛，尾长毛直没断尾，尾巴盘起像朵花，走丢时脸有轻度抓伤。拜请各位爱心人士、养狗朋友们看到、捡到请联系章美玲老师137×××××××。提供消息必有重酬！盼它早点回家，阿弥陀佛！

陈勇和袁园还在读纸上的字，章美玲却带了哭腔絮叨起来，好像宽宽找不回来，是件关乎生死的大事。

7

章美玲住进大院的时候，二十六岁。跟方小鸣结婚才一年，就赶上了集资建房，都说是好运气。好运气之外，章美玲也被认为是好福气，瞧瞧方小鸣，干净斯文的一张脸，大学毕业，前途无量。"前途无量"这四个字，在这十二栋单元楼、六栋独院小楼交织成的小天地里，几乎就是最高的赞美了。章美玲也无意识地散发着年轻人短暂而不可复制的活力，一面好奇着这里的规矩和秩序，一面笃定着自己的不同。跟院子里只知道操持家务、打麻将或者带孩子的太太们相比，章美玲有自己幻想的小园地。

1995年，人的精神还没有换布景。要从日常生活中找到兔子洞的入口，只能是从岛屿样漂浮着的碎片中去拼凑找寻。书店就是其中一座小岛。出大院东门，沿碧云路往北走二十米，拐入通往闹市的栖霞巷，内进十来米，就是老盛的书店。

书店既卖书，也出租。章美玲租小说看，三两天就看完一本，跟店主老盛混熟后，也能把架子上原本是出售的新书租着看。来租书的多半是男青年，章美玲是罕见的女性，所以听见有声音唤她"章阿姨"，她才发现是院子里的小姑娘袁园。

刚打招呼，袁园就指指书架后面，袁天成探出脑袋来。袁天成说，袁园的生日快到了，带她来挑书做礼物。店主老盛披着外套走过来，打断三人的谈话："袁园都十一岁了啊，该盛伯伯送你礼物。"

老盛的书店还是书摊的时候，袁天成就常带着女儿光顾了。他让袁园称呼书摊老板作"盛伯伯"。盛伯伯只有一条胳膊，袁园却因为这个礼貌但亲热的称呼而免除了恐惧，还想象盛伯伯是天外来客，披一件蓝灰色中山装的样子看起来像大侠。跟盛伯伯打招呼后，袁园总是学父亲的样子，在书摊上翻阅书籍，光天化日下做自己的侠客梦。

店主老盛既送了书给袁园，章美玲只好从手提包里摸出一盒磁带，"袁园喜欢听歌吗？"

这天最后，袁天成拎着一袋书，跟女儿一高一矮在黄昏的天色里走回家去，"章阿姨送你的是什么磁带？"

"翻录的。"

"可能是英文歌。"

"爸爸，你怎么知道？"

袁园对章美玲的认识，就从这翻录的卡朋特磁带开始。但真正的认识，要等袁园升入章美玲执教的高中，"章阿姨"变成"章老师"后才作数。

课堂上，章美玲提来录音机，放林海作曲的《长相守》，让学生们"静静听三分钟"。电视剧《大明宫词》正热，《长相守》是插曲。秾丽歌词里，最敏感的学生触摸到纷纷的情欲与哀矜的深情。袁园独记得一句："你蓬松的乌发，涨满了我的眼帘，看不见道路山川，只是漆黑一片。"

郭　爽｜九重葛

　　袁园和顾恬已十五岁，频密交换对男生的看法，也一起悄悄看插图本《十日谈》。线条和文字间，美丽的男人体和女人体惹得她们哧哧笑。

　　章美玲的课堂上，袁园写纸条给顾恬："语文课能读《情人》，我就真喜欢章阿姨。"

　　顾恬回："《倾城之恋》也可以。"

　　当章美玲消失，别的老师来代课时，学生只以为是寻常的病假。毕竟，也曾有其他老师，真的生病。或者，练了某种气功后，被认定为疯子，也就消失了。

　　而当流言慢慢拼凑出章美玲的消失是因为一个男人时，很多事开始摇晃变形。

　　那人口才滔滔，身形高大。在篮球场上跟男学生争抢篮板，引发路过女生的围观和尖叫。他吸引女生作另一种想象，或者说，在为师的威严与距离之下，有种天然的禁忌诱惑。袁园和顾恬都能理解那些女同学在迷醉什么，只是她俩某种程度上对这套话语都有天生的免疫。大概因成长环境里有太多禁忌，虽才长至十几岁，却早已明白所谓威严背后的一切，并不是加倍的甘美，而是平庸或无常。权柄与森严，并不足道。

　　只是，她们没想到，章美玲沉迷。

　　事情原本不应该让顾恬见到，但章美玲出现在顾家客厅里时，顾恬确实吓了一跳。要多年以后她才会明白，在这院子里，上升与下沉虽自有其规则，但有一种人，可游弋于规则的缝隙里——那些长得好看的女人。

　　顾言刚的态度微妙："谁先动手的，不重要。"

　　"还有没有别的办法？"章美玲问。

　　"哪个是你男人，你搞清楚。"

　　"我们早就协议离婚了。"

"这些你不用跟我说。"

"我也是被逼疯了。"

"你们两个,必须走一个。"

"我不能耽误他的前途。"

"那就你走。还当什么老师。"

这些话,对顾恬产生了什么样的影响,很难说清楚。她只是告诉袁园:"记得章阿姨家的方叔叔吗?"

"长得帅。"袁园嘀咕。

"下暴雨连夜从乡下跑回来。"

"他还在挂职?"

"跟章美玲的相好打了一架。"

就这样,在袁园和顾恬口中,"章老师"与"章阿姨"交迭旋转了几年后,某一刻,突然脱掉了所有干系,变成了"章美玲"。袁园和顾恬大概也就长成了少女。

顾言刚调去省里已几年。顾家母女仍住在院子里,顾言刚却是见得少了。静默里,小城的空气在松动。男生开始非常在意有没有一对波鞋。而女生可在意的就更多了。谁因为穿了新裙子或新鞋子就足以被围观议论一上午的情况,再也不可能发生了。钱开始变得很重要,或者说,挣钱变得非常重要。最能干的大人们有了手机,他们的孩子有了 BP 机,或者干脆就是一部爱立信的翻盖手机。然后,爱华的随身听、索尼的 MD、Gameboy……物件像俄罗斯方块,迅速变形跌落,堆积如山。新的物事带来新的空气,人呼吸着这样全新的气体,相信自己也可以跟过去不同,过新的生活了。

很快,一些事情,从耳朵里"嗡嗡"的背景音,变成更为坚实的图景,斜斜插入连袁园这个中学生都能目睹及见证的世界。

郭 爽 | 九重葛

这天傍晚,去晚自习的路上,从学校以外两条街的位置,车子就堵得密密麻麻不能动弹。这是老城区,路太窄,就改成了单行道。黄昏的天色里,车子们亮起红色尾灯,一长串红色圆斑映得路人的脸都红了。加上某些司机不耐烦的鸣笛,空气里的粉尘都弥散着焦灼的气息。袁园把自行车抬上人行道,勉强挤出一条路来。上一次学校门口堵成这样,是职高的学生跑来找高中部的学生打架。职高生骑了十几二十辆摩托车,打得一个学生断了手,加上晚自习刚散,上百名学生推着单车从校门拥出来,路就堵死了。等她好不容易把车推到路的另一头才发现,原来是平安夜,天主堂里唱完"哈利路亚"出来的人流车流蔚为壮观,两头夹击,才把学校门口这条不足两百米的窄路堵了个水泄不通。但这天呢,却是各式小车把路塞得满满当当。除了闪烁的车尾灯、刺耳的鸣笛声,并不见打斗或争吵。甚至,隐隐中有秩序在,车都往一个方向摆尾。只有些脑袋,时不时从车窗里探出来,或有些身子,在车与车的缝隙里往前挤。

回到家,接过母亲递上的热牛奶,袁园说,学校门口今晚奇怪地大堵车。还补充道,可下了晚自习,车子又都不见了呢。

林冬莹冷淡说,这都是赶去送礼的人哪。

袁园问,送什么礼?

"顾恬外婆过世了。"林冬莹头也不抬。袁园这才想起,顾恬外婆家就在天主堂后面的巷子里,是某个单位的家属院,有些年头了。要进到那条巷子里去,唯一的车行道就是学校门口这条窄路。那时候,人死了,不会马上弄到殡仪馆去,往往是在自己家院子里先搭个棚子,子子孙孙披麻戴孝,回丧饭吃过"头七"才火化上山。来吊唁的亲友,挂了礼,就坐在家属院里临时摆出来的宴席上,吃它个几天几夜。

"所以,爸爸也去了?"袁园问。

"去了啊,到现在都没回来呢。"林冬莹说,袁天成电话回来交代,吊唁的客人太多,他留在那边帮忙打点打点。"打点个屁!"

袁天成回来时醉了。他大概是口渴,走去厨房倒水喝,打翻了凉水壶。玻璃"哐啷哐啷"碎一地,袁园和林冬莹也就各自从房间出来,看见了坐在地上的他。袁天成是醉了,才会孩子一样对着妻子笑,还伸手去捡地上的玻璃。血顺着他手掌往下流,他却像是毫无知觉。林冬莹一边用扫把筲箕清理碎片,一边伸手打他的手,"捡什么捡!"他只是笑。

"是你老岳母死了啊? 喝成这样。"妻子和女儿一起把他扶起来。

"言刚喝不了这么多。"袁天成重如笨象,一步步往客厅沙发挪动。

"人家早就把你忘了。"最近,林冬莹越来越不在女儿面前掩饰她对丈夫的不满了。

"兄弟怎么能忘……"袁天成一屁股坐在沙发上。

"那他怎么不来找你喝酒了呢?"林冬莹继续讽刺道。

"他太忙了……太忙了……"袁天成努力想睁开眼睛,但眼皮重重地垂了下去。

第二天早上六点半,袁园起床洗漱时,惊觉父亲已经醒了。他在沙发上睡了一夜,此刻正对着空无一物的茶几抽烟。她犹豫着怎么问时,父亲开口说:"这世界上只有一样东西是不会被人拿走的,你的知识。"

袁园不知道该说什么,只好快步夺门而出。反手关门时,手指被门夹了一下,疼得她连连甩手。她一边用力蹬着自行车,一边也终于有了哭出来的理由。后来,袁园回想那晚酒醉父亲脸上的笑容,设想他到底在顾恬外婆的灵棚里看见了什么,跟他的好兄弟顾言刚又聊了什么。但当时,急急踩着车踏,想要让风把眼泪带走的她,只想快些长大。袁天成固然软弱,固然无能,但袁园愿意保全他的自尊，如果她能够。

而之前，对袁园来说相当抽象的顾叔叔的"事业"，从这一时刻开始，被填充进细微而真实的注脚。

在这样的逻辑下，当听说章美玲与方小鸣离婚、要搬出大院，林冬莹的话似乎可以解释所有："方小鸣，一个副主任科员，工资有多少？新找的这个，在外面开得有数学培训班，一年下来起码十万！"

8

正月十三，袁天成出了门。这次他没有出大门等公交车，而是绕到十二栋单元楼后面，爬上了一栋白色外墙的单元楼。这栋单元楼，比十二栋楼晚修三四年，建制阔落，住的人也都是领导级别。什么样的领导呢，大概就是这城里车牌数字最靠前的那几位。袁天成气喘吁吁爬五楼。中间歇气时，从楼梯的窗户看出去，才发现自己住的十二栋外墙早已褪色，一根走雨水的排水管断裂，裂口往下的黄色墙体霉变成了黑色。

白色单元楼五楼住的是袁天成的老领导岑军生，虽然后面调任职位变迁数次，袁天成还是改不了口喊"岑部长"。岑军生倒是不介意袁天成的这点迂，或者可以说，如果袁天成不是这般性格，今天他也不会打电话喊这个老部下来家里。

袁天成念岑军生的好，说起岑任职期间的琐事。又说，自己前几天去看了方小鸣。方小鸣给岑军生做过秘书，袁天成想着应不见外，才提起来，岑军生却是没有反应。半晌，才说："小鸣啊……交情这个东西，都是锦上添花，不求雪中送炭。"袁天成揣摩这话的意思，应是那个层级的故事或事故，就不再作声。岑军生倒是主动说起，自己当时主动提出退居二线，不是看透了不恋战，或者怕了谁，不过是"老了老了，还是求个平安"。

两人坐着喝茶，没喝几口，岑军生就领着袁天成看自己栽的花花草草。这盆建兰，那盆墨兰，还有铁线蕨、龟背竹，绿意盈盈。又领着上二楼，海棠、茉莉、长寿花，倚着朝南的窗户摆放。盆栽都是些常见品种，但数量惊人，袁天成默默数了数，少说有六十盆。每天打理这些植物，应该占去了岑军生退休生活的很大一块时间。

一转身，却见偌大的二楼空荡荡，正中摆张乒乓球桌，不由得说："这……"

"我们老两口太无聊了，平时打打球当锻炼。"岑军生说。

二楼跟一楼相比，只少了两间卧室，却一样有客厅、书房、卫生间，但家具上都盖了搭布，像是久未有人来过。

见袁天成疑惑，岑军生开口道："我打算去加拿大带孙子了，这房子收拾收拾卖掉算了。"

"要卖啊？"

"想找个相熟的人，转手了。"

袁天成在屋子里踱步，摸摸墙体，看看窗外："岑部，你就不打算回来了啊？"

"不回来了，老了老了，跟着孩子过热闹些。"

袁天成想着什么似的。

岑军生直接说："你看看合适吗？合适我就给你好了。"

袁天成猛一抬头，脸上滚落了好几阵不同色彩，不知是喜是忧。

回家跟妻子林冬莹一讲，她却是不同意："有钱买这里，不如去新区买套电梯房，也算给女儿留点念想。"

袁天成却有别的考虑："岑部长对我一向很关照。"

"是，讲过无数遍，他看到你写的两条信息被省里录用，就把你从区里调到了市里。"

"他知人善用。"

"那怎么几次提你他都不帮你说话呢？他倒是好哦，一路升，现在还要去加拿大，你呢，现在还帮他捡烂货。"

"房子好生生的。"

"我看你是惦记那个啃死人骨头的吧。"

"你乱说什么啊？"

"就是口红涂得要吃人的那个啊，章美玲！她不是住回来了吗？"

"你又乱想了。"

"我乱想？她跟你打招呼不要以为我没听见。"

"打个招呼怎么了？"

"'天成，我回来了。'你都老成这样了，哪个不是喊你'袁伯'？"

"不扯这个，老领导信任我，便宜卖给我。"

"信任个屁！"

9

可以说，并不是从某个时间点，事情开始起变化。而是从某个时间点开始，换了一种话语方式。

班里有个傻大姐，才四年级，她的个头就长到了一米五几。成绩也差，家长又没有给老师刻试卷的本事，就被安排坐最后一排。只是她一人一桌。倒数两排都是些男生，个子最高的和成绩最差的那些。上了四年级后，男生变得有点可怕。刚开始只是玩笑一样，把傻大姐堵在最后一排的墙角，慢慢就开始动手动脚。你一把我一把。傻大姐又叫又笑，又笑又叫。没有其他女生走近那角落。不知是什么规则，容忍男生们去作恶。男生肩膀身子裤腿的缝隙里，看得见傻大姐瑟缩在角落里的身体，被扯得往下掉的裤子。她胖且丑，无力地叫唤着。

顾恬遭遇的是相同又不同的事。

四年级，顾恬就被从一堆小孩中认出来了。

小流氓追求她，趴在班教室的窗户外面，纠集几个小喽啰，一声一声唤着顾恬的名字。顾恬佝着身子，钉在板凳上动弹不得。似乎自己只要动一下，就会引发更多的哄笑与议论。娃娃领白衬衫下面，顾恬的胸口显出棉花糖一样轻而薄的起伏，被脖子正中的红领巾一左一右切割成两个半圆。小流氓们继续叫着。顾——恬——顾恬——咒语一样绵长地叫唤中，偶尔会恶作剧地突然大喊："顾！恬！"短促而迅猛，让顾恬的身体凛然一抖。声音并不可怕，声音本身甚至可说是空白而无杂质的，但夹杂了话语的声音却像蛇，它钻进一只只耳朵里去，搅动人的心思意念，分解固有的形状与样态。总之，这叫唤让人心神不宁。女孩子规规矩矩，安安静静，突然有一天就得遭受这飞来横祸一般的挑战。

跟傻大姐一样，小流氓趴在教室窗台喊话的时候，顾恬的座位四周也显出同样的寂静与空旷来。双人课桌的另一半空着，同桌男生跑去最后一排，跟其他男生一起嬉笑打闹，似乎对这事并不关心。而前后左右的男生女生，要么就自顾自地做事玩乐，要么就咬耳朵或斜着眼，似乎有一条隐形的界限，把顾恬与班里其他人隔绝开来。像《动物世界》里，狩猎的狮子看中鹿群中的某头后，鹿群越跑越快将被锁定的鹿弃之于后，所以这兴许是本能。但从别的角度来说，平时把班里每个人一举一动监视汇报得一清二楚的纪律委员、学习委员、班长、副班长，在这静寂时刻，也都视而不见。孩子从大人嘴里被灌输了可怕的想法——小小年纪，男男女女，不要脸。说这种话时，要面容紧绷、杜绝笑容，才能配合手臂

郭 爽 | 九重葛

上的红杠杠，掷地有声义正辞严。

顾恬跟小流氓肩并肩压马路前，还有一件事。是下午，那个外号叫"耗子皮"的小流氓跑到教室来，给每个对他还算和善的同学派糖。蓝白色纸包着的花生牛轧糖，含进嘴里很快就软塌塌开始融化。这是一个仪式，一个宣告，他追到了顾恬，两人一起发喜糖了。

很快，"耗子皮"开始护送顾恬回家，两人在傍晚的光线中走在马路上。一个背着双肩书包扎着马尾辫，一个梳着郭富城头穿着大人才穿的黑皮鞋。

如果事情就这么发展下去，像班里其他发喜糖的同学一样谈恋爱，也没什么了不起。那些长得最好看的女生，或者发育得最快的女生，哪个没有在谈恋爱呢。谈不谈恋爱根本不由女生决定，而是由那些混社会的流氓或者有钱的男生决定。给四十个同学每人哪怕一颗花生牛轧糖，也不是一笔小数目了。但顾恬忘记了她有顾言刚这么一个爸爸。

袁天成问袁园，那个流氓是不是威胁恬恬？

袁园想了想，说，是。

后来，袁园知道，父亲和顾叔叔经常在她和恬恬身上交叉取证，防止她们撒谎，防止她们变坏。她说了"是"的结果，是顾叔叔相信，如恬恬自己所说，跟"耗子皮"一起散步，是被流氓恐吓了。

顾言刚守在学校门口，待"耗子皮"出现，就揪住他狠狠抽了几耳光。有了这么一个父亲作补充，顾恬的形象不知不觉间也有了变化。倒不是关于家世或权力，孩子们还不懂得这些，而是猛然觉得，顾恬跟"耗子皮"发喜糖、散步，原来是件这么严重的事。严重到一个大人要发动暴力加以阻断及惩戒。顾恬也就不再被视作小孩子。

风暴眼中的顾恬，却并不像被保护了，反而，像她自己被顾言刚狠狠揍了。

她跟袁园都坐在第四排，上课时袁园有时侧过头看她，见顾恬趴在桌面，不像在听讲。发箍也好，蝙蝠衫也好，还是很漂亮。

袁园和顾恬"小升初"都考砸，但顾家交了高费，所以顾恬去了重点，而袁园去了普通。对小孩子来说，不在一个学校读书，日常生活就荡出了彼此能力所及的范围，也就不像小学时，时时刻刻往对方家里跑了。所以，让本应由她们一起看见或消化的一些事，只剩袁园独自一人默默领受。

某天早读时分，前排的男生回头告诉袁园："嘿，'耗子皮'昨晚死了。"袁园反应了很久，才能把"死"这个事实与"耗子皮"联系起来。这个传递消息的男生，就是顾恬四年级时的同桌陈勇。

早读本应是语文课代表领读，袁园的课本也就打开在头一天刚学过的《送元二使安西》上。"渭城朝雨浥轻尘，客舍青青柳色新。劝君更尽一杯酒，西出阳关无故人。"但只见英语课代表站了起来，说语文课代表今天生病，所以改读英文。早读时，中文只用课代表起头，大家就一齐朗读。但英文却是课代表读一句大家跟读一句，于是袁园听见自己间隔着几秒钟读出的句子。"Look at the rain! It's heavy, isn't it？""Look at the ice! Be careful! It's thin.""What a strong wind! It's blowing strongly."

雨要说下得"重"，冰须说结得"薄"，而风，则是刮得"烈"了。那么，死呢。课本里教的是"或重于泰山，或轻于鸿毛"。而"耗子皮"的死，似乎只属于黑与白之间那海量的、程度不等的灰。

如果"耗子皮"真是凶神恶煞的黑帮老大，或者像郑伊健化身的陈浩南一样潇洒不羁，那么他的死大概会变成本地的传奇，或者在死亡本身之外超升出美的感动，但他不过是一个辍学的少年。就算双亲不是务农，也并不是朝九晚五有班上的人。而他的死因，在混合了多个同学的版本后，最大的可能是，他被叫去为

郭　爽｜九重葛

一场午夜的群架助阵，他所在的一方很快落败。只因他个子最矮跑得最慢，就被一路追打。在东风路与爱国巷的交界处，一个酒醉的司机开了辆小型卡车冲出来，撞上了被追打得昏头转向的"耗子皮"。

"听说他躺到天亮了，尸体才被警察收走。"一个男生不知从哪里得来的消息。

"原来他跟我们差不多大，也是十四岁。"又有谁在说。

上课铃"叮——"一声长鸣，是电铃，粗颗粒的声音震散了围聚的黑色头颅。袁园突然意识到，在这个几十人的教室里，只有一个人跟她算得上"知根知底"。小学时跟她抢拖把打架、吃过"耗子皮"和顾恬喜糖的，陈勇。

于是她用笔戳戳陈勇的背："喂，英语作业要不要抄？"

之后，袁园脑海里偶尔闪过"耗子皮"躺在午夜冰冷泥泞街头的样子，他整个还未发育完全的躯体和面容。警车来了，车顶上一盏灯，在夜里闪着红蓝光，照耀着一堆杂七杂八的脑袋。场面大概是被上帝的手消了音，徒留颜色光亮，不见声响。

而在更切近的世界里，随着顾言刚的权势日增，朱虹慢慢成了整个院子里最引人注目的妇女。最开始，是一个女中医，给朱虹看了几次病后，两人交好，就让自己儿子认朱虹顾言刚做干妈干爹。朱虹对这个干儿子很上心，按照这边认干亲的礼数，给孩子置了一身衣服，发了红包。认了这一个，接下来的挡也挡不住。人不断冒出来，要让孩子管顾言刚喊"干爹"。有些脸皮厚的，恨不得自己亲口喊"干爹"。

任外界狂风暴雨、电闪雷鸣，女儿们被困囿在自己的房间内，按父母期盼的，屏蔽情和爱、生与死，扮一个超龄的儿童。似乎一夜之间，她们需恪守的，只是最简单的两个字，纯洁。而曾是一家之主的父亲，在女儿进入青春期后，突然荡出了亲密的距离。女儿在变成女人，父亲们也就变回了男人。

但悄悄地，两人交换对男生的看法，简单说，就是袁园描述她喜欢的男生是什么样的，为什么喜欢他。而顾恬说她的原因。让她们觉得吸引的，是截然不同的东西。袁园喜欢安静、聪明的男生，最好要长得好看，还得有少年的莽撞与率性。顾恬批评她说："你就是喜欢那些装酷的。"而顾恬喜欢的，在袁园看来都是些毫无魅力的男生，那些学霸。虽然他们也许具备高智商，但往往并不懂得如何去也并不会去咖啡馆消磨一下午，更不要提为了女生打架。于是她嘲笑顾恬："你就是喜欢老男人。"

然而，不管是"老男人"还是"浪荡子"，总要牵他们的手，像学习去了解这个世界一样，去学习与了解男性。与家中那个自她们出生起就认识的男性不同的，另一些男性。男性的局部与整体。

10

林冬莹跟几个姐妹去东郊的梅花林赏花。是正月十六。她爱照相，春天与桃花合影，夏天与荷花合影，秋天满城找落叶路取景，冬天盼着梅花开。在四季花卉前，摆一个昂首挺胸的姿势，很有点年轻时的革命气势。更重要的可能是，在植物生的活力面前，人一天天的衰老固不可逆，却也能在方寸间定格，暂时挣脱疲惫。于是，装扮、拍照、看照片，是林冬莹生活中相当重要的一件事。

这天也不例外，回来先摇摇手机，跟丈夫女儿预告照片有多美，但更按捺不住的，是从包里掏出了好些广告传单："东郊现在可不得了，都是新开的楼盘！"

林冬莹说，之前听人讲，市里面搞老区改造，东郊厂区产业升级，厂子往外搬，旧厂房做第三产业。这些话抽象得很，而且，离家四站路就是湿地公园，河滩绵延十来里，真山真水都看不尽，谁还会在意一个人工湖？没想到去了后才发

郭爽 | 九重葛

现，从前的老厂房都变成了时髦的餐厅咖啡馆，年轻人举着自拍杆打扮得都很洋气。

梅花林就在人工湖边上。这年气候冷，梅花开得迟。新年过了十几天，光秃秃的树枝上才开始绽出粉白、鹅黄或殷红的花朵。梅花的香与冷冽的空气相宜，隔着湖面都能飘散至行人的鼻子里。有这些颜色气味做背景，人工湖前的小商贩也像挤挤挨挨的花朵，脸色染了梅花的粉白，呼出团团白雾蒸腾出冬尽春来时特有的和煦。林冬莹就在这祥和热闹中挤着，往梅花林去。沿途不断有人塞传单到她手里，她也就看了两眼。等拍完照，在湖边长凳上歇息时，才跟姐妹们拿着传单，你一言我一语议论起来。

楼盘其实就在眼前。视线跃过湖面、马路、绿化带，就是围着绿色防护网的工地。塔吊悬在半空作业，看得出这是个以小高层为主的大楼盘。林冬莹膝盖关节劳损得厉害，就随口说了一句爬楼梯累人，自己家虽然住二楼，但每天买菜进出好几趟，也是磨人。这一说，姐妹们就撺掇，不如现在去看看，反正就在马路对面。

小区是好小区，户型方正实用，规划的超市、游泳池一应俱全，林冬莹回来就跟丈夫女儿提，不如买一套，全家搬过去。户型朝南，推窗见湖，多好。袁天成却是没什么兴趣："楼上楼下住什么人，你知道啊？"

"管它住什么人，你自己住得开心不就行了。"

"那可不行。"

"你不是真想买岑军生那套房吧？"

袁天成没答话。

"那套房子没电梯，也快二十年楼龄了，买来干什么？"

"环境好。"袁天成咕哝。

袁园倒是察觉了父亲的心思，劝解道："你们再考虑考虑。白楼虽然住的都是领导，但不一定好相处。"

林冬莹被女儿一句话像是点醒："袁天成，你想过官瘾啊？住上去了又如何？还不是平头老百姓！"

两人吵吵嚷嚷，各不相让。母亲厌恶这院子，父亲却是想留守，袁园想起了搬回来的章美玲，于是走回自己房间，掏出手机拨了过去。

电话"嘟"了好多声，章美玲才接起来说"喂"，又说："有人说找到宽宽了，我现在去接它回家。"

袁园随口问了对方地址，发现是在新区的边缘地带："章阿姨，都这么晚了，要不你明天再去吧。"

章美玲坚持说马上就得去，没说两句哭起来："没有宽宽，我也不想活了。"

袁园对着电话里传出来的一片哭声说："那我陪你去。"

在章美玲家楼下等待时，袁园发现，章美玲家楼下的九重葛长得特别高大。可能这植物本身就是爬藤类，要依着架子往上生长，攀附物有多高，枝条就能爬多高。她家楼下正好是大院东门，保安室本身已有四五米高，加上屋顶为了跟大门协调，也盖了琉璃瓦，就又高出一截，枝条就重重覆盖，将保安室的顶部铺满。一两朵姿色残存的花朵，踩踏着冬夜黑色的天空。

章美玲上车后，窸窸窣窣翻手提包："两百块红包，够不够？"

两人一时无话，司机拧开收音机，本地交通电台，女主持在接听电话："这位师傅，你慢点说，你要点歌送给谁？保密啊？那你想点哪首歌呢？《爱你一万年》？我们只有《再活五百年》，可以吗，喂？"

到了约定的小区，两人一起按门铃上楼。

那家人一开门，宽宽就扑上来摇尾巴。章美玲抱着宽宽亲了又亲，又翻看它的耳朵手脚,玩得主人家都没心思看了,她突然站起来说:"这不是我的狗。"答谢了对方就要走。

捡到宽宽的是个老头,原本还在跟袁园聊天,说狗是朋友送他的,这"朋友"是什么人,他没说。直到看到寻狗启事,才晓得"别人的心头肉,主人着急得很",给章美玲打了电话。这下,章美玲说搞错了,老头倒有几分欣喜露出来。

走都走到楼下了,章美玲又说要把准备好的红包给老头。袁园搞不懂。章美玲也不解释,又爬上楼。

老头不收。章美玲突然眼泪汪汪地说:"老人家,你跟它做伴不容易,一点意思。"

在老头家楼下的花坛边上,章美玲对着枯黄的草哭了很久。直哭到天开始飘毛毛雨,袁园劝她:"别人看见了不好。"两人才走出小区来。

回去的路上,章美玲一声不吭。袁园自说自话一样讲些琐碎,想要分散她的注意力。袁园说,章阿姨你记不记得,高考结束,我们班几个同学去看你。你让我们想象未来的生活,"大好世界,大好前程。"

章美玲"嗯"一声。

袁园于是想起,当时章美玲倚在沙发上,一头长发乌黑浓密,显出旺盛的生命力。对着几个考上重点大学即将离开的学生侃侃而谈。她家客厅铺实木地板,摆几张真皮沙发。一串风铃挂在窗下,有风来,就丁零作响。

袁园盯着客厅里的书柜,章美玲说了句:"莎士比亚好,汤显祖也好。"又抽一本《临川四梦》送给袁园。

"后来去读大学了,我还从里面抄句子写信给顾恬。"袁园说。

章美玲这才搭了话:"抄哪段啊?"

"姹紫嫣红。"

袁园等着章美玲想起些什么来。车停下来等红灯,红灯的秒数从60递减。袁园于是从镜子里看了一眼章美玲,眼里分明是蓄着泪。袁园装作没看见,只听章美玲低声说:"断壁颓垣。"

11

城中时兴的餐馆,多在新区的商场里。顾恬想来想去,还是约了陈勇和袁园去吃火锅。火锅店开了多年,老板是四川人。袁园跟顾恬来吃过好多次。袁园跟陈勇也来过好多次。老板已经不跑堂了,顶着白头坐在柜台后数钱。就是这么一家店。锅子端上来,照旧,一半酸辣,一半麻辣。久不吃这么辣,很快两个女的就汗水、鼻涕、眼泪齐流。纸坨坨扔到地上去,一些事也就不用遮啊挡啊的了。

顾家房子不好转手。消息散出去,零零星星来了几个人看房子,没有下文。就算是陈勇带来的外地人,急着要入学名额的,也对这套老房子不甚满意。一说起来就是,什么配套都没有,没小区没游泳池没超市,要走通整个院子出去大马路上才有,不方便嘛。但陈勇既然出了力,顾恬也就不想欠人情,说了要请客,那就请来吃顿饭。

看两个女的辣成这样,陈勇就说去给她们买饮料,"奶盖茶嘛,流行。"等他拎着两杯奶盖茶回来,却说:"居然遇到傻大姐!卖奶茶!"顾恬和袁园也想起了这个小学同学,扯几句闲话,就说一会儿要走去看看。

奶茶店虽只有五六平方米,但请了两个小工,傻大姐只坐在电脑前数钱、接外卖订单。城里大大小小的奶盖茶十来家,傻大姐这家虽然其貌不扬,但电脑不断跳订单出来,生意却是好得很。四个老同学站在奶茶店门口的石板路上,顺着傻大姐手指的方向看招牌,这才发现两个大字"贡茶"的上面,塞了"洛洛"两个字，也就是说，这家店其实叫"洛洛贡茶"。他们也才想起来，傻大姐也有名有姓，叫罗洛。这名字喊起来跟方言里"猪猡猡"太接近，小学生作怪，逗起来闹，搞得傻大姐自己都不愿意提这名字了。现在放到招牌上，却是协调。

"我这个是山寨版。正版的加盟费都要十几万，我哪里出得起！"罗洛笑。

"生意好得很哪。"陈勇说。

"混口饭吃就不错了！"罗洛还是胖，乳房和肚腩都耷拉着，把羽绒服勒出三个弧度。

罗洛又问袁园和顾恬："娃娃好大了？"

顾恬说，五岁了，是个姑娘。袁园说，婚都没结，哪里有娃娃。

罗洛拖长声调："还是早点要，你看我大姑娘都十六岁了！小儿子也上二年级了！"

陈勇说："比不得你嘛！儿女双全！"

罗洛又说起自家老房子被拆迁了，原本打煤场那一片棚户区全部拆迁了，回迁进电梯公寓，"现在哪家还烧煤啊？连开馆子的都烧煤气了。拆了好，我老爹老妈也做不动了，我和我哥两个养起他们。"又问袁园和顾恬现在住在哪里，"你们那片还没拆迁啊？全城都拆迁了啊。"

顾恬笑了笑说："全城都拆了啊。"

话聊干了，三人就说要走，罗洛喊他们："哪天一起打麻将啊！"三人回头，罗洛叉着脚站在路中央，冲他们挥挥手。

这一天原本的安排只是顾恬请客吃火锅，但遇到傻大姐后，顾恬想到点什么，就跟陈勇说，全城都拆了，我们去看看，都拆成什么样了。这么一说，陈勇倒是为难了，拆得一片稀巴烂，有啥好看的呢。顾恬说，那就绕城走一圈，袁园也没看过。陈勇说，绕城啊，这个简单。方向盘一打，三个人就出发了。

他们吃饭的火锅店,在老城区最西面的清溪路。清溪路跟城里六十年代修筑的大部分道路一样,是双车道,到现在,私家车越来越多,老城区的道路多半改成了单行道,他们沿着清溪路往前开,一路向西,就是绕城了。沿街的商铺倒是都还开着,不像是拆迁的样子,但路边上楼与楼的缝隙里,看得出居民楼窗户在大冬天仍敞开,住户早已搬空。清溪路往南拐进幸福路。幸福路多是服装店,在大商场建起来前,袁园和顾恬要买衣服,都是从街头逛到街尾。陈勇说,这些铺面,以前十几二十万一年,现在不行了。

幸福路走到尽头,往东是一条拓宽的八车道马路。过年,路中央的花坛上红梅和山茶正盛。红梅高,山茶矮些,应春节的景,红得夺目,把路灯上挂的宫灯都压了下去。

八车道马路开到一半,陈勇问,往河边走还是去新区?河往左拐,新区右拐。河原名济番河,跟这方被叫作镇远、定远的地名一样,是汉人征讨西南蛮族的记录。后来改了名,去了"番"字,"济"字三点水也拿掉,就唤"齐溪"。说是溪,最宽处河面有五十米,河长也超过一千公里,属长江水系乌江流域。流经小城的这段,平缓如镜,花落入溪,世代修葺成了著名景点。河上架放鸽、迎鹤、扶风等桥,沿岸筑亭阁草堂,小城人心所归。所以,去河边,对袁园顾恬和陈勇来说,并不是去水边走走,呼吸新鲜空气。河不只是河。

顾恬却说,去新区。

陈勇就把方向盘顺时针一打,拐上开发大道。一进新区,车窗外就换了颜色。老城浸染了齐溪的河水,深绿是底色,沿街建筑白墙灰瓦。新区则多是玻璃幕墙的高层建筑,体育中心和紧挨着的几个商场,都是金属色外墙,一栋栋远远趴在路边,像太空飞船。"我看跟北京也没什么区别。"顾恬说。这种布景下,车好像开进了别的时空,像央视天气预报会播报的任何一个国外大城市。却是跟顾恬和

郭　爽｜九重葛

袁园记忆里的家乡，没什么关系了。

在一个商场侧面的巷子里，小贩推车卖炸洋芋、烤豆腐。陈勇留在车上，顾恬和袁园下车，一人买一个白糖搅出来的棉花糖。棉花糖蓬松，柔软，舌头一舔上去就化了。

"我后悔过。"袁园看着不远处车里的陈勇说。

"你帮他当会计、站柜台不？"

"没这个本事。"

"各人有各命。"

"也是。"

"看看章美玲。"

"你还相信什么？"

举着脑袋大的棉花糖，顾恬静静搂住袁园。两团棉花糖在她们各自身后，包围，环抱，切割出只属于她们的小世界，像她们五岁时那样。又像她们十五岁时一样。

12

在新的事物出现之前，衰颓早已发生了。比后来人们意识到的，要早很多。

大院的九重葛和桂树才种下没几年，城里的植被已换了风气。旅游之城的定位一经提出，"花园城市"也紧接而来。更常见的说法是，要在"花"字上做文章。于是，原有的紫柳、迎春、桃、桂花这些木本植物外，又多了海棠、含笑、玉簪等四季不同的花卉，树木也种了时兴的银杏、樱树、玉兰。空气里的味道，混合了新生植物的繁杂，总是带点甜了。

1998年，袁园和顾恬升入高一。与外界的杂音相比，她们身体内一些巨大的构造正"轰隆"成形。少女的身躯光璨夺目如宇宙之心，蓬勃生动如洪荒之原。像是要给这笼罩在教室、操场和走廊上方的荷尔蒙雨云增添更强的记忆点一般，从暑假绵延至开学，电视上反复播放特大洪水灾害的画面。即使霸住调控器让电视定格在 Channel V，让范晓萱唱"3155530都是都是我想你，520是我爱你，000是要kissing"，也消减不了央视主持人的背景音。而这背景音之强大，让纵使被同样强大的青春色相摄魂的学生，也终究不能躲避。

黑板上张贴出全校师生的捐款明细。顾恬踮起脚尖，手指在一个名字上点了点，回头冲袁园笑了。袁园也就这样认识了顾恬喜欢的男生。成百上千个一模一样宋体打印的名字中，顾恬调皮的举动在纸面划出一道隐形的缝隙。而接下来发生的事，也就并没有因其突然、重大、不可抗拒，而真正击垮她们。

父亲们开始"集中学习"前，袁家来了一位客人。一位比袁天成年轻一些的男人，讲话时带点外县口音。男人既不是父亲单位的同事，也不是平日的朋友，袁园就多看了几眼，记住了这个晚上九点多上门的客人。

后来，"集中学习"愈演愈烈，袁天成三天两头不见人影，林冬莹的话里开始透出不可控的焦虑。

"求顾言刚办事，来我们家干什么？""'讲学习，讲政治，讲正气'，你自己讲清楚了没有，讲清楚了听听别人怎么讲你！""谁不是泥菩萨过河，这个人乱串什么门！"

父亲们暂时从家里消失，并没有让袁园和顾恬惊慌或警觉，反而，要抓紧这难得的自由。

作为掩护，袁园跟顾恬经常"三人行"。两个女生是固定组合，随机搭配其中一人的男朋友。与身边其他陷入恋爱的女生相比，她们选择了"间距"的关系。

郭　爽｜九重葛

也许，与爱相比，她们更需要的是对爱的想象。拥有一种极致的想象，但不去实现它，可以说就是幸福本身了。当然，这些都是性到来前的状态。还可预设，可控制，可一厢情愿。

去袁家造访的不速之客，很快引发了连锁反应。最直接的一点就是，持续进行的"三讲"中，袁天成必须讲清楚，关于自己和关于顾言刚的一切。

要讲清楚的事情并不久远。

几年前，顾言刚确实赚了点钱。他借调结束，不知为何新的单位接收出现问题，迟迟没有解决他的安置。那时，国企垮了大半，地方经济一蹶不振，也就鼓励个人"下海"。没班上的那阵，顾言刚跑去深圳做生意。现在看来，这些事充满了偶然性，近乎不可思议，可在当时，确确实实就发生了。内陆的经济与资讯都还极度闭塞，做生意多半是"打时差"，把沿海的东西卖到内陆，再把内陆的东西倒腾到沿海，在两边的需求落差里牟利。这个事，袁天成确实能帮上点忙。袁家的沿海亲戚，似乎这时开始真正发挥了一点作用。可这生意也没做多久。组织上终究解决了顾言刚的安置，他也就回到了一直所属的队伍里，继续做一名干部。但在这过程中，袁天成没少掺和。林冬莹有了第一瓶真正的法国香水，而袁园穿上了人生第一条牛仔裤。除此以外，顾言刚和袁天成其他所有的事，也须讲清楚。在这个小小的世界里，但凡你做过的事，总会被清算。所以，不管是几"讲"，首要问题，你得把自己先讲清楚。你得讲清楚，才能不"犯错误"。

林冬莹是怕的。似乎人生头一次，她需要面对丈夫就此消失的局面。消失的代名词有很多，她忌讳，不提，但心里清楚。它们是——逮捕、刑讯、监禁，以及有可能的——判决、入狱、改造。

在这样的气氛里，袁园和顾恬变得沉默。承受这些所需要的能量，超出了她们年龄所能负荷的极限。在那极缓慢的几个月或更长的半年一年里，某种沉沉下坠的力，几欲拖垮她们。

那段时间，林冬莹和朱虹格外亲近，她们经常奔走于有"消息"的家庭间，交头接耳。朱虹比林冬莹的恐惧更甚。她偷偷扔掉了一些皮包，首饰也典当了不少。甚至打听起在外地如何购买商品房。就在她担心干儿子们会不会还如往常般上门来时，却发现，家里除了自己和女儿，已空荡荡。

每个晚上，她都去袁家找林冬莹，两人一起去敲那些平日并没有敲过的门。到这时候，她们突然对章美玲有了另一层面的了解。章美玲可以不必顾忌，就去敲任何一家的门，同样是求人，她少了一个很大的负担——妇道。就像林冬莹说的，"反正她都那样了。"可是朱虹呢，只能跟林冬莹结伴而行，别无选择。

短暂的结盟并不可靠。林冬莹终究比朱虹更有城府，找了别的太太联手。朱虹只好每个晚上都待在客厅里，眼睛盯着电视，心思却不知走到了哪里。顾恬从房间出来，看见母亲一颗接一颗地吃葡萄，脸上格外平静。

顾恬却是垂头流下了眼泪，不知是什么，将她们统统逼向疯狂。

跟英国士兵与中国士兵交接国旗一样，母亲们不在家的夜晚，顾恬和袁园在家楼下交换钥匙。有一两次，顾恬站在楼下等钥匙时，男友也在，隔个十来米远的样子，站着，冲袁园笑笑，像这只是两个女孩之间的事。袁园一度觉得，画面本可调换角色，是她从顾恬手里接过钥匙，带了男友去顾家。她想给顾恬一些安慰，但什么也不能做，只能递上钥匙。

真正的理解，需等到袁园拧开自家门，听到父母卧室里传出林冬莹的呻吟和一个陌生男人的声音时，才能明白所有人在经历什么。

袁园轻轻关上了门。当晚，她跟陈勇坐在一间小宾馆的床上，像顾恬跟她说的那样，"你就倒下去。"在欲望与恐惧之间，在空荡荡的家之外，她们揽住一个男性的臂膀，像坐在浴缸里等待温暖的水一点点漫过胸口、脖颈，直至将她们带入安全的堡垒。她们天真得可笑。但某种程度上，又哀恸异常。

后来，袁园常想，是变成了大人，才让她们离开了院子。还是离开了院子，她和顾恬才变成了大人。如果从父母手中，从这个院子，或从更庞大黑茫茫的背景音里剥离出自己的身体，是炽亮如白昼的第二次诞生。那么，新生命随之而来的模仿、演习、规训，她们则以创世般的话语和权柄，一一命名，且言出即行。一切的规矩，从此由自己定了。

而身后的世界，这世界里所有的面孔、记忆，都破碎塌缩，只因女儿们坚持说——不。连自己身体都不顾惜的少女，大抵不会惧怕任何失去。家大概就从这时起变了样子，旧因新的诞生而寂灭。时间也因此开始加速度，如露如电，容不得她们回头，回头就要凝成盐柱。

如此这般，距离袁园和顾恬头也不回考上大学、任意恋爱、离开院子，已有四五年。当她们快忘掉旧世界的梦魇时，它却如幽灵，终于覆盖上来。

顾言刚的垮台，流传过好些版本。

最开始说，是在单位被带走的。顾言刚专横跋扈，行事嚣张，但有一点公认，他总是拼了命地工作，从不停歇。所以那一天，他也是在单位。星期一，他照例开了一上午的会。中午在办公室打了个盹。两点半一过，办公室的人打开门准备工作，顾言刚也打开门，端着茶杯漱了漱口。那几个人是突然出现的，直接走进顾言刚办公室，没说几句，就把他扭了出来。全局的人都还没反应过来，顾言刚就被按着脑袋塞进了一辆面包车。

在这套市井坊间的版本之外，院子里的人又讲出另一个版本。顾言刚出事，并没有什么戏剧化的场面，甚至，他身边的人也没有马上察觉。几次约谈后，他照样上班，也亮相于一些公众场合，还在电视电话会议上按在职职务发言。直到半年后，一次低调的人事更迭，才让系统内部的人确认了结果。顾言刚的职务被新人替代，顾言刚本人则没有任命文件。这是终结。用民间土话说，他"即刻报废"了。

　　这过程中，动作声响，外人并不能知道。甚至顾家母女，也并不能说清楚。之前几乎击垮她们的一次次"演习"，只成了预演。真正的灾祸来临时，没有人能预知。倏忽而至的流星光束里，核心的陨石砸向何处，是将砸坏一辆拖斗车，还是毁灭整片村庄，甚或撞出一个湖泊，人不能知道。

　　袁天成说他不相信。他平时用于描述此类事件的词组"××犯错误了"，没有用在顾言刚身上。甚至，他也不主动去讲。包括对女儿袁园，也只是在一次电话的最后，淡淡提一句："你顾叔叔出事了。"

　　袁园和顾恬一样，那时候已经在外地了。在电话另一头，袁园没有问父亲，他不相信的究竟是什么。

　　对着窗外、楼群切割出来的杳远海面，袁园流下一点泪来。在夏天上蒸下煮最热的时节，顾言刚总是打着赤膊吃西瓜。他吓唬两个女娃娃说，胸口那大咧咧的伤疤，是打老虎留下的英勇战绩。她们都相信了。所以后来，袁园也不愿意去想，那或许只是某个手术，要切除身体上不该有的组织与肌理。

13

　　正月还没过完，顾恬就走了。房子一时半会出不了手，干等不是办法。顾恬走了没两天，章美玲搬走了。陈勇告诉袁园的版本是："章老师喊我帮她搬家。"袁园回了个表情包。过了半天又回："还是帮顾恬找找买家。"

　　半年后，七月很热的一个下午，袁天成刚睡了午觉起来，接到了岑军生的电话。他坐起来，去卫生间用冷水洗了脸，感觉清醒了一些。再看了一下手机，确

郭 爽 | 九重葛

实接了一个岑军生的来电,通话时长三十二秒。他跟林冬莹说要去一趟超市,就出了门。

岑军生给他开门,还没等他说话,就说:"我准备回来住了。"

岑军生说,过完年他跟老伴就去了加拿大,探亲签证六个月,但他早就待腻了,不是儿子留,他早就回来了,"刚开始每天看松鼠和麻雀在草坪上蹦还新鲜,后面管它们来几只都不想看了。"又说自己不懂英语,老伴好歹是英语老师,能跟媳妇比画几句,自己就成了个哑巴,"什么都做不成,跟坐牢差不多。"还说自己想清楚了,还是在自己的老窝最舒服,哪也不想去了。

听他差不多说完了,袁天成说:"回来住也好,都是老下属老同事,凡事有个照应。"

这句话一说出,岑军生一下子松弛了,像是不用再为自己的决定找理由。又说,老干局的人听说自己要回来住,也上门来慰问,还建议他积极参与文件学习和各种活动。

袁天成点点头。这些退休干部的待遇,他是没有的,他收到的通知,一般是歌咏比赛、朗诵比赛、书法大会之类。

两人又说起半年间老同事老相识们的动态。岑军生提到方小鸣,说看电视里的地方新闻,方小鸣气色看起来不错,"当年他来的时候,还是个刚毕业的大学生!"

袁天成想起了什么,支吾了两句说:"我过年的时候去找过他,言刚不是要出来了吗,请他关照关照。"

岑军生点一支烟:"天成啊,他又能关照什么呢?"

袁天成答不上来,心里想的一句"他还在位上"也没有说出来。

"他现在势头正好,那么多眼睛盯着,他就是有心帮也要避嫌的。"

"我晓得。"

"你要是真的想找人，还是找言刚原来关照过的小兄弟，不吃这碗饭的。"

从岑军生家出来，袁天成脑子里"嗡嗡"着"不吃这碗饭的"几个字。暑气蒸腾，衣服却冷冰冰地贴在他背上。大概就是那些做生意的吧，拿得出真金白银的，总归好过口头所谓"打个招呼"。回家后他跟林冬莹说，不用考虑岑军生的房子了，我们应该把言刚的房子买下来。

"你疯了啊？"林冬莹吼。

"就当借给他。"

"你欠他的啊？这个家不用钱啊，袁园不用钱啊？"

两个人这架吵得厉害，吵得林冬莹打电话给女儿袁园哭诉，你爸疯了，居然要去买顾家的房子。更可气的是，袁园居然说，也不是不可以，就当借他们。"你们两父女就是我的克星啊？我一辈子伺候你们，到头来文个眉毛都不敢花钱！"林冬莹哭起来，是真的伤心了。哭够了，林冬莹也没再闹，毕竟，存折在她手上，哪个敢乱动！

又过了一个多月，顾言刚出来的日子一天天逼近的时候，顾家的房子突然卖出去了。

林冬莹每个星期总有两三天在外面跟姐妹打麻将。她退休后参加了合唱团、舞蹈团、老年健步团，认识了全城爱唱爱跳的老年妇女，信息渠道也就大大拓宽了。这天，牌桌上，陈三孃说，自己侄女最有生意头脑，最近搜购了城里面好几套老房子，等着升值。陈三孃的儿子不争气，毕业了不工作只啃老，所以她经常拿这个传说中的侄女出来绷点面子。林冬莹一般都是说，了不得哦，你这个侄女！嘻嘻哈哈就过去了。但这天，不知道是不是"房子"这个词刺激了她，就多说了一句："老房子还升值啊？那我把我们家老房子卖了！"

郭 爽 | 九 重 葛

陈三孃一边"碰"一边说:"她买的几套里面,还真有一套就在你们那片。"

"墙外面那些农民房子?"

"不是,不是,就是你们院子里面。听说是当官当到省里面去了,后来判刑了的。"

"姓哪样?"

"好像姓付……不对不对……反正不是个大姓,"陈三孃摸起一张牌来笑眯眯,"姓顾! 姓顾!"

林冬莹走了神,等了好久的一个杠子都错过了,"噗"一声把自己的三个八筒推倒,"哎呀呀,报废了。"

"我侄女说,买下来,等拆迁一量房子,一套少说要赔一百万!"陈三孃又"碰"。

"拆迁? 哪点拆迁?"牌桌上其他三个人都问。

"大半个老城区都要拆!"陈三孃得意,"我侄女不是在市政府嘛……"

林冬莹冷笑道:"她这买卖可能要打水漂了。拆哪里,都拆不到我们那片的。"

陈三孃摸牌,叫一声:"自摸!"其他三个人数钱递钱,她又说:"林妹妹,你们那片是不是预制板盖的? 说是预制板盖的,现在都算棚户区,统统拆迁!"

林冬莹不吭声,把钱甩在陈三孃面前:"输得老子鬼火戳! 不打了!"

回家,袁天成被问得蒙了,说我确实不晓得顾家房子卖出去了啊。想了想又反问林冬莹:"这下你也不用担心我想买他们房子了,还闹什么呢?"林冬莹打电话给袁园,女儿说,顾恬没跟我说啊! 过了几分钟,袁园打回电话来说,确实是卖了,林冬莹高兴起来,跟袁天成说:"拆了好,我早就住腻了!"

这天晚上,袁天成想发一条短信给顾恬。短信是这样的:"恬恬,你好! 望带话给你爸爸,欢迎他回来。他的根基在这里,我们这些老朋友也都还在,互相有个走动、照应。我去年大病一场，想通一个道理：活着就好！钱的事情不要顾虑，总可以解决！袁伯伯。"

字打出来，袁天成盯着屏幕看了好多遍，把短信删短了："恬恬，你好！望带话给你爸爸，欢迎他回来。我去年大病一场，想通一个道理：活着就好！袁伯伯。"

手机的电从82%一直掉到30%，袁天成把短信改了又改，删了又删，最后没有给顾恬发出去。只是走去阳台上，抽了一根烟。

顾家房子卖出后，林冬莹松了口气。她报名去泰国旅游，"袁天成，跟着你省吃俭用，国都没出过！今时不同往日了。"袁天成说："拆迁款都还没到位，你就把钱用了。"林冬莹兴高采烈试自己在网上买的新墨镜、太阳帽，"不跟你说了！"

从踏上去泰国的旅程开始，林冬莹每隔几小时就给袁园发图片，"快帮妈妈美一下。"袁园就帮她"一键美颜""一键瘦身"让她发朋友圈。偶尔也有林冬莹跟其他团友的合影，袁园认出其中一张，是林冬莹跟章美玲。

林冬莹的说法是，章美玲得了癌症，出来游山玩水已经大半年了。一开始她看见团里面有章美玲，还不高兴得很，后来晓得她的病，倒真是同情起来。"到了我们这个年纪，都晓得只有生死是大事。"同情归同情，林冬莹还是林冬莹，跟女儿说完这些，马上问一句："妈妈和她哪个美？"

袁园于是更仔细地看那张合影。真要说五官，林冬莹是更好看些的。但章美玲有说不出来的味道，笑容、眼神、仪态都引人遐想。袁园回："妈妈你更漂亮。"也算是实话。章阿姨更美。

林冬莹看了女儿的夸赞，连回两个"棒棒哒"。

郭　爽 ｜ 九重葛

14

九重葛贱。秉性与这方水土太相宜，不需照料就长得漫天飞舞，花开颜色也秾丽俗艳。新班子植银杏。说是进口的树苗，新城区八车道的路边三米一棵，真真的黄金大道。银杏却不喜这边多石的黄土，长得垂头丧气。直至新班子统统"双规"，个别人逃窜至国外，银杏也不曾像市民们期待的那样，绽出一地金黄，在秋的天色里闪闪发亮。

小广告刺眼。通下水道、开门锁、装家庭监控，强力胶水把小广告贴满家属院的楼道。撕不动，抠不动。得往墙上泼水，再用铁铲刮擦，才露出楼道原本的水泥墙裙来。新城区多是电梯公寓，楼道贴白底黑纹大理石砖，陌生人进楼按对讲机、向保安登记，不会有贴得乌七八糟的小广告。上楼下楼，对着电梯间铮亮的镜子自照，人似乎也光洁尊严起来。

访民倒是不变。走错路，认错门，一如既往以为这里还是政府大院的入口，聚在家属院的路口吵吵嚷嚷。喊些路人没法听懂的话。路人多是些老人。孩子们已长成，年轻人搬去更有身份的地段，院子里渐渐剩下老人。人老了，就失去性别，穿得糊里糊涂，吃药多过吃饭，也只知道过老年的生活了。

2008年的雪灾之后，这方没再那么冷过。倒是城里塔楼越修越多，小车拥堵在任意一条巷子里，夏天开始变得像蝉的叫声般灼热逼人。而只要雨又下起来，人们还是会说，下雨当过冬。如若是冬天的雨，则预示着凛冬将至。

顾言刚出来后不久，顾家就搬了回来。卖了老房子的钱，在新区买了新的公寓。有花园、有电梯。最开始，顾言刚不太愿意出小区，每天在院子里散步十几圈。后来慢慢熟悉了新区的每一条道路，还学会了滴滴打车。有一天，他突然打了滴滴,来大院敲袁家的门,说要带袁天成去吃杀猪饭。

袁天成没有像其他退休干部一样,去老年大学唱歌、打拳、写书法。他学会了上论坛。刚开始只是看,慢慢自己开始写。他的玄幻修仙武侠惊悚巨著《苗乡蛊师八千里追凶神探狄仁杰》写到了第一百零八章。

大院后来拆了大半,具体说,十二栋单元楼拆了,预制板盖的解决性住宅,都拆了。而六栋独院小楼,还有"白楼",却是留了下来,成了活化石。

章美玲去世前,委托陈勇把自己的几本藏书给袁园作纪念。袁园翻了翻,一本里不知何时夹了章美玲年轻时的小照。照片背面写了:"似那处曾相见。天成留念。一九九九年夏。"袁园想了想,合上了书。

袁园和顾恬,则不是这个故事讲得完的了。

袁园以后会写,春节的时候,顾恬通常会来给袁伯伯和林伯母拜年。像所有久别重逢,或者初次见面,他们谈着天气、风物、世相。在袁家,四颗头颅紧密团结在带电炉的桌子周围,热热闹闹吃起来。灯光是橘色,脸是红色。过个一两天,袁园也会去顾家,拎两瓶酒,或者带两条烟,给顾叔叔和朱阿姨拜年。顾叔叔身体还是好得很,脸膛红而亮。就像小时候一样,她和顾恬都觉得,顾叔叔可以打死老虎。

(选自《收获》2018年第4期)

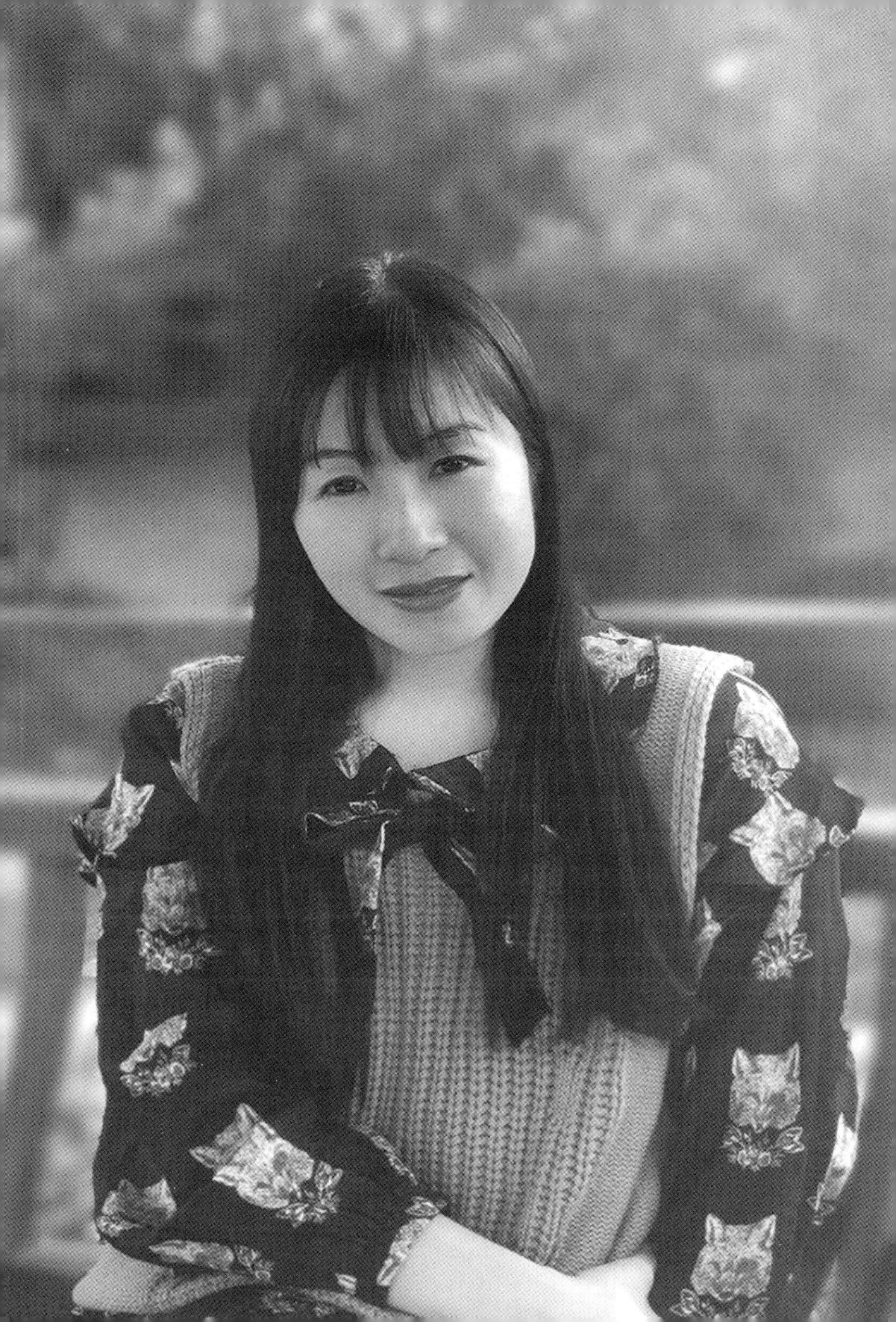

虞　燕

虞燕，80后，浙江舟山人，现居宁波奉化。2014年开始写作，作品散见于《中华文学选刊》《作品》《安徽文学》《山东文学》《草原》《野草》《散文选刊》《文学港》《散文百家》等多家刊物。在全国各类征文中多次获奖。著有中短篇小说集《隐形人》。

你不只是你自己

一

听到微信消息提示音,何乐不加理会,继续蹲在地上清理卫生间。靠近墙边的白色瓷砖已出现黄色水碱样污垢,狠喷了几下清洁剂,再用刷子狠刷了好多遍也未能白成她期望的样子。就这样吧。何乐叹了口气,摇摇晃晃站起来,右腿麻得不能挨地,只好单脚跳着把女儿落在卫生间的衣物一一收拾,再放到客厅的脏衣篮去。经过过道时跟做贼似的,扶着墙壁屏息敛气地轻挪,生怕惊醒左右两旁房间里的女儿和父亲。

挪回自己的房间,关上房门,何乐长长舒了口气后,又重重捏了捏右腿,怎么那么没用,腿软得跟面条似的,使不上力。一想到面条,她突然记起女儿说吃腻面条了,明天早餐想吃韭菜盒子。微信又嘀咚嘀咚响了两声,她看了一眼扔在床上的手机,没有向它挪动。她知道,除了梁辉,没有人会在这个时间发微信给她。打开门,再次出去,她忘了炖粥。父亲早餐爱喝粥,放些小米,放几把绿豆,低温炖一夜就成了。

何乐最近有点不对劲,这种不对劲像钻进鞋里的沙石,时不时地硌她一下,虽然她还是马不停蹄地赶着路,但总归不怎么舒服。这个不对劲是,她有些害怕梁辉来微信来电话,甚至,盼望着梁辉能忙一点,不要频繁联系她。可她内心深处又为自己出现这样的想法而恐慌、自责,这简直有自掘坟墓的嫌疑。夫妻分居两地,若再加上疏于联系,这种危害性就如吸烟有害健康一样地四海皆知。

放在以前，这是个多么甜蜜的事情，她会趴在床上，跷起双腿，跟他聊微信打电话，她唠唠她的辛劳持家，他诉诉公司里的尔虞我诈，末了，互道晚安，晚安媳妇儿，晚安老公。或者来点煽情的，我想你了，我也想你了，而后对着手机么么哒。

她怕面对那个问题。也不是怕，总觉得时候未到，她还没做好准备，心理上的、身体上的、生活上的，通通都没准备好。但梁辉显得那么急切，那么理所当然，当何乐表达了要再考虑考虑的意思时，他简直有些不敢相信，像不敢相信有人中了大奖却拒绝领奖一样。但他还是温和地说，好的，媳妇儿，那你考虑考虑，你要为整个家庭考虑啊，你不只是你自己。于是，之后的日子，梁辉从遥远的浙江传送过来的，除了咒骂上司唾斥小人除了晚安除了我想你了，还会带上一句，考虑得怎么样了？

何乐庆幸直到她把自己拾掇完扔进床里，梁辉那边再无动静。滑开手机屏幕，梁辉说他请同事在足浴店放松下，顺便聊聊拉近感情，又带上一句，放心媳妇儿，是正正经经的足疗。最后还发了一张店内的照片。何乐松了口气，他没问那个问题。这一放松，温热的气体就从胸口噌地往上蹿，直蹿到了眼睛里。她突然觉得有点对不住梁辉，她回他，你也别太晚了老公，早点回去休息吧。没等他回话，她已发出轻轻的鼾声。

二

这两年，何乐练就了每天清晨想几点醒就能几点醒的本事，虽然在手机上设定了闹钟，但好像从没派上过用场，她会在闹铃响起之前准时醒来。起床后，先把脏衣篮的衣物通通扔进洗衣机，打开开关，然后洗韭菜切段、猪肉剁末儿、面

虞　燕 | 你不只是你自己

粉里加水加鸡蛋搅成光滑面团。女儿不喜欢吃韭菜盒子厚厚的花边，何乐想了个法子，用叉子在面皮的边上按下去，形状看起来像条拉链，又不会露口。梁沫曾竖起大拇指直夸，妈妈做得比店里买的还好吃。韭菜盒子煎得喷香金黄，粥盛好凉在桌上，何乐用力敲了敲梁沫的房门，还没起来？你外公打太极都回来了！趁祖孙俩享用早餐的当口，她要把洗衣机里的衣服捞起晾好，再跑着进卫生间快速洗漱。还有时间就喝几口粥，没时间便作罢，反正包里常备了饼干。临出门前听见父亲在嘀咕，粥就腌咸菜，不够营养。她当作没听见，没时间了，她得先把梁沫送到学校再赶去上班。学校离家很近，梁辉说过好几次，梁沫都四年级了，可以让她单独上下学了。但何乐放心不下，看看现在播出来的那些新闻多吓人，不行不行，电瓶车接送下也挺省力的。

　　员工食堂的午餐一如既往地难吃，很多同事都跑去工厂外面的餐馆了。何乐扒拉着几块黑乎乎的土豆有点犯困，同事王浩端着餐盘经过时，敲了下桌面，倒了吧，太难吃了。可能起身太快，何乐像被风吹过的麦子，晃了两下，吓得王浩"当"地把餐盘扔在桌上，哎哟没事吧你何乐？何乐没回答，她手机响了。

　　叫你厨房里不要洒上水，怎么总是不听啊你！何乐对着手机的说话声比平时高了好几个分贝，苍白的脸转瞬涨红，五官皱在一起，像擦过口红后揉成一团的面巾纸。我父亲摔了，我得回去看看，你帮我跟领导请个假。何乐边说边往外跑。王浩说，那我送你过去，车总快一点。

　　事后何乐想，要是那天没有王浩，她真不知道该怎么办了，估计只能打120了。那日，他们赶到时，父亲紧皱眉头坐在地上起不来，额头细密的汗汇集起来淌过了眉毛。何乐心里一紧，这个固执又暴躁的人这下遭罪了。她跟王浩半抱半架地把父亲抬上车，父亲屁股上的一大片水渍跟尿了裤子似的，让她觉得有点丢人。在骨科医院奔上奔下一阵忙乱后，结果终于出来了，左小腿骨折。办妥住院手续后,她打了两个电话,一个给梁辉,一个给她姐姐何欢。

梁辉在电话里说,媳妇儿,辛苦你了,你再忍耐几天,我最近实在脱不开身,等忙完这阵子我请个假。何欢在电话里说,怎么那么不小心,又要辛苦你了何乐!我有很多事情要处理,实在走不开,你多担待!忙不过来就找护工吧。费用的话,该出的我都会出的,我到时把钱打过去。

钱钱钱,你有钱了不起啊!你这女儿有跟没有一个样!这句话冲口而出后,何乐觉得心头舒爽了不少。在她心里,何欢就是个冷漠自私的人。

何乐,我不是故意不回去的,我现在没办法跟你讲我的处境,只能说,每个人活着,你就不只是你自己了。没等何乐反应过来,何欢便挂断了电话。

三

父亲受伤后,何乐不得不下午请假出来接梁沫。梁沫放学比何乐下班早,以往都是父亲步行过去接的。王浩有时候会给她"打掩护",你去吧,下班了我会帮你打好卡的,不用再过来了。接到梁沫后,何乐买菜、做饭,匆匆吃完再带着饭菜上医院。虽然请了护工,她还是不大放心,不亲自去看一趟好像欠缺了什么。临出门前,她总会在梁沫的房门口反复说同样的话,快做作业啊,别磨蹭了,等妈妈回来你必须都做完了知道吗?直到梁沫不耐烦地朝她翻白眼。

虽然绑了石膏的腿被垫高着,但父亲整个人看起来是塌的,精神气全被抽走了一样。他见到何乐的一瞬,混浊的眼睛一亮,上身艰难地往里缩了缩,指着床沿客气地跟她讲,你来了?坐吧,坐这里吧。他问梁沫放学怎么办?这下子好几头跑你可要累坏了。他有点讨好她的样子令她心里一酸。他真的是老了,这具身体像老化了的机器,已经不能自如运行了,好多零件都已退化、生锈,她那天

虞　燕 | 你不只是你自己

架着他的时候突然意识到自己冤枉了他,即使厨房地上没有一滴水,终有一天他也会摔的,不是在厨房,就是在客厅,或者在卧室,在哪里的路上,他的身体已经不听他使唤了。人老了特别惜命,他看各种养生信息,对早餐愈发讲究,每天一早起来就拿电子血压计量血压,然后在小区晨练场所打会太极拳。这突如其来的一跤,把他打击得不轻吧?

　　父亲装作很随意地问,何欢知道了没?何乐面无表情地回答,说了。他便不作声了。何乐有点残忍地想,看看,你为之骄傲的高材生女儿,大上海的白领丽人,连过来看你一眼的想法都没有。当年,何乐以六分之差高考落榜,就是眼前这个人生生掐灭了她复读的希望,他说她跟何欢不一样,死读苦读连个最普通的大学都没考上,不如随便找个工作做着。他在家里是王一般地存在,没人敢违逆他。可何乐始终认为,如果再复读一年,自己考上的希望非常大,即便是上了最普通的大学,她也应该会有份比较体面的工作,会比现在这样在一家不死不活的玩具厂当个质检员强很多。她又想起这个性子暴躁的人,一言不合就要掀桌子、摔碗盘,她们娘仨经常噤若寒蝉地呆立一旁,等他发泄完,再默默收拾一地狼藉。他住她家后,倚老卖老是常事,光对她就算了,还老是不留情面地教训梁辉,刻薄地嫌弃梁辉赚钱少,梁辉性情再温和也会动怒。她觉得父亲像是埋在家里的一颗定时炸弹,不知什么时候引爆了,会把这个家炸得四分五裂。梁辉离开这座北方小城,到浙江寻工作,表面上说是贪那边的工资高,发展空间大,实际上应该也有赌气和逃离这样复杂的情绪在吧?这是何乐心里一直没有释怀的。她心底里不乐意梁辉走那么远,自从他不在,她心理上和生活上都没着没落的,整个人像悬了起来,虚浮感日益加重。

　　总之,无论梁辉是贪高工资还是赌气、逃离,都跟父亲脱不了干系。何乐突然觉得眼前这个老头一点都不值得她心软,她坐不住了,干巴巴地挤出四个字,我得走了。于是，她就径直走向门口了。她知道父亲肯定把目光粘在她身上，他也许还期待着她能说一句，你好好休养，有事给我打电话。或者是，我明天再来看你。但她什么也没说，她僵着脸和身子，头也不回地出了医院。

她骑上电瓶车，木愣愣地坐了会，才缓缓开动。路上，她又觉得有点不安，想着到家后要不要给父亲打个电话，问问他明天想吃点什么，或者，问问他那个护工尽不尽心？她在打与不打之间纠结来纠结去。

轮胎与地面刺耳的摩擦声突如其来，何乐一惊，连人带车撞在了护栏上。银灰色的轿车里伸出个人头，找死啊？！还没等她缓过神，那辆车已气呼呼地疾驰而去。一阵风吹过，何乐猛地打了个激灵。她突然想到，如果自己就这样被撞死了，或撞成残疾了，梁沫怎么办？父亲怎么办？

被护栏撞到的膝盖和肩膀似乎也缓过了神，以疼痛的方式提醒主人，它们受了点伤。何乐龇牙咧嘴地从电瓶车上下来，她庆幸自己骑得慢，膝盖和肩膀除了被磕出大块淤青，其他应该无大碍。她歪着身子靠在护栏上，给梁辉打电话。听到那声熟悉的媳妇儿之后，她的眼泪一下子砸了下来，随即，听到电话那头压低声音说，今天陪验厂的人吃饭、谈事情，待会再打给你。

挂机后的嘀嘀嘀声像经过了扩音器，一下一下砸在她心上，她觉得心里被凿出了洞眼，有东西在一点一点漏掉。

到家门口时，她整理了下头发、衣服，双手互搓后揉了揉脸。她站在女儿的房间门口说，妈妈今天很累，就不给你检查作业了，你做完自己睡吧。回到自己房间，关上门，她一下子放松了，坐在床上双臂交叠，拥抱了自己一会，然后往后一仰，竟累得一下子睡过去了。

虞 燕 | 你不只是你自己

四

  何乐是在第二天中午接到梁辉电话的，他说他昨晚喝多了，忘了回打电话，而后贱兮兮地问，是不是考虑好啦？那我多请几天假，回家啥也不干，嘿嘿嘿，我们就在床上造人。何乐做了个深呼吸，终于要直面这个问题了，终究是躲不掉的。家里现在这种情况怎么考虑二胎？你知不知道我一个人有多累，昨晚差点被撞死，你知不知道？！说到最后，何乐原先压在嗓子眼的声音一下子迸了出来，郁积在胸口的某些情绪也趁机像水龙头开了闸，倾泻而出。电话那头显然措手不及，静默了几秒后，梁辉问，媳妇儿，怎么回事啊？撞得严不严重？语气是焦急的关切的心疼的，何乐心里漏出去的东西好像又填回来一点。梁辉最后是这样说的，那二胎的事我们稍微推迟下，我最近争取回一趟家。你姐怎么说？不能老是辛苦你啊，就算她不是亲生的，养育之恩大于天，她不能这样没良心的。
  何欢是养女的秘密是母亲生病时说出来的。母亲嫁给父亲好几年未生育，有人就在某个夜里往家门口放了个女婴，而四年后，母亲生下了何乐。母亲生病那两年，何欢也是来去匆匆，没在病榻前伺候过几日。一会说职场竞争激烈压力大，请假多了要开除，一会说家里孩子发烧，姐夫事业不顺遂等等。以至于母亲临终时，她都没赶上看最后一眼。那会，何乐看着何欢跪在床下，对着早已没了呼吸的母亲哭得死去活来，她甚至那样想过，何欢的悲痛是不是有几分是装出来的？
  她心里对何欢存有芥蒂，何欢各方面都比她优秀，还勤奋得不像话，若成绩没达到理想目标，何欢甚至罚自己整夜不睡，埋头学习。有何欢在的地方，何乐就像个隐形人。少年时代，何欢时不时地说何乐是家里多出来的，分走了本该属于她何欢的很多东西，还暗地里叫何乐何多多。何欢把眼睛瞪得滚圆，有些怨恨地看着她的样子，令何乐隐隐发憷。

后来的某些时候，何乐想起这些，觉得老天真会捉弄人，谁才是何多多呢？

母亲过世后，何欢更是回来得少了，总说大上海生活节奏快，婆家亲戚多事情也多。何乐跟梁辉提起何欢时，总会不自觉地从嘴里溜出"白眼狼"三个字。

好在，暂时不用被二胎的事纠缠，何乐连日来暗自绷紧的神经松懈了下来，走路也不自觉地轻快起来，虽然她的膝盖还疼着。她甚至还哼起了歌，想着晚上做一道梁沫爱吃的滑炝肉丝，再给父亲炖个山药排骨带去医院。

五

梁辉的工作越做越顺了，当然也越来越忙了，他那设备部经理的位置算是坐稳了。何乐埋怨他回家的承诺一直没有兑现，梁辉无奈又委屈，我也很想你跟女儿啊，工作累压力又大，回到宿舍还冷清清的，媳妇儿，我特想念你做的菜，想得流口水。何乐的眼眶冷不防地热起来，她的声音颤抖着，我也特别想你，想起以前，你在身边的日子真是好。她的心里突然装满了很多话，一串串地要从喉咙里跳出来，那一刻，她甚至想对着手机喊，梁辉你回来吧，赚再多钱有什么用呢？我并不开心啊！

她没有喊出口，因为那一头的梁辉又开始兴奋地说起了他的工作，说起老板对他的器重，客户对他的尊重，说到了他前所未有的高工资，以及那些不大能见光的收入。他激奋得有些止不住，声音忽而高亢忽而接近耳语，有些话他想让全世界听到，而有些话他只能跟她分享。她能想见他意气风发的样子，她竭力配合着他，在声音里注入了夸张的崇拜。男人以事业为重，梁辉应该是开心的吧？她不想扫他的兴，她明白他的不容易。

虞　燕 | 你不只是你自己

挂了电话后，何乐恹恹地靠在床头，她的身体慢慢瘪下来，像在一点点漏气的气球。

父亲的腿恢复得不错，可胆子像是小了不少。他让太极拳友的儿子带来了两双鞋子，价格贵得离谱，只因听说这个牌子的鞋子非常防滑。他不再穿拖鞋了，千叮万嘱何乐和梁沫不要滴水在地上，提醒何乐每天要用干布擦地板和瓷砖。更可笑的是，何乐发现父亲已经视厨房为不祥之地了，平时不进厨房就算了，早晚饭何乐会盛好端出来放到餐桌上的，问题是他连中饭也不做了，他让何乐早上多做点，放在桌上，中午吃。若在以前，他是多么乐意在厨房里给自己捣腾一份营养均衡的午餐啊。

何乐将这些当笑话讲给梁辉听，梁辉沉默了半晌，吐出一句，他这个人是够麻烦的。何乐愣了一下，不知道该怎么接话，她心底里有那么一点点认同梁辉说的，可同时又抗拒承认自己的亲爹是个麻烦。她想，父亲的事，以后还是少跟梁辉说起的好。她转而说到梁沫的学习，这是个让她很头大的事情。梁沫做作业拖拉是老毛病了，每晚要大声地催啊催的，越催，小妮子的对抗情绪越激烈，可不催的话，她做到第二天早上都说不定。这次期中考数学只得了五十分，何欢心里像扎了一根刺似的，睡觉都睡不踏实。

我每晚盯着她做作业，检查完作业再盯着她一个个改正，可她怎么那么不争气啊！还二胎呢，一个都搞不定，唉！我是真的力不从心了。要是你在就好了，你在她心中威信高，她会听你的。何乐一口气抱怨完，沮丧感却没有减少一分一毫。梁辉说，媳妇儿，现在是黎明前的黑暗时刻嘛，相信我，过不了多久，一切都会好起来的。何乐嘴里没吭声，心里却在苦笑，只怕这天亮不起来了。

六

　　父亲迷上了一部抗日剧，每晚八点准时在沙发上坐定，枪炮声"哒哒哒""轰隆隆"在客厅里响得震天。梁沫噘着嘴到客厅抗议，电视声音太大了，影响我做作业。父亲摘掉老花镜瞪了外孙女一眼，不情不愿地把声音关小了一点。梁沫说声音还是太大了。父亲把眼镜盒"啪嗒"往茶几上一摔，影响个屁！我以前没看电视你不也只考了五十分啊！梁沫"哇"地大哭。正在洗碗的何乐箭一般从厨房里冲出来，强忍着不满跟父亲讲，你这样会伤到孩子自尊的！

　　我不要外公住在这儿！梁沫吼完便"砰"一声关上了自己房间的门并反锁了。何乐被惊得心脏突突突跳得飞快。父亲闻言气得跳脚，你这小东西凭什么赶我走？这房子我是出了钱的，我想住就住，想烧就烧。还有你，你是怎么教育女儿的……何乐脱下袖套往地上一扔，也"砰"地关门，进了自己房间。

　　何乐坐在床边做了好几个深呼吸，才克制住了向梁辉控诉父亲的冲动。

　　梁辉前两天跟她商量，等他在南方小城的根基再稳一点，就把她们娘俩接过去，可以先租房，各方面条件都成熟了再买房。何乐想工作就找个活干，不想工作就养养孩子养养花花草草。何乐说她要工作的，自己一点没收入没安全感，梁辉说你啊就是劳碌命，到时俩娃就够你忙了。何乐捏紧了手机，梁辉是铁了心要二胎了，未来的规划里怕是处处都会有那个儿子或小女儿了。果然，他开始描绘一家四口生活在一起的幸福情景了，他下班了会辅导梁沫作业，会在小区里遛遛他的小女儿或儿子，起亚K2当然要换掉，换成越野车吧，方便一家子去旅行，房子也要买大一点的，人口多嘛……你看，媳妇儿，黎明前的黑暗马上要过去了。

虞　燕 | 你不只是你自己

　　看何乐一直没作声，梁辉在那头半开玩笑道，怎么啦媳妇儿？不想陪在老公身边啊？你可不只是你自己，你是我老婆。难道你在老家有相好了，不舍得离开？何乐"嗤"了一声，还相好呢！她活得跟一个钟似的，每走动一小格都是严密设定好的，每天的事情都列好了队等着她，井然有序，周而复始。那个王浩倒是对她不错，但她压根没往那方面想过，别说出轨，她连想一下出轨的时间都没有。不对，她活得还不如一个钟，钟罢工了还可以换一个，她连生个病都不敢，她只有她一个，她不只是她自己的，她若出一点状况，家里人的生活秩序都要乱了。她犹豫的是，到时父亲怎么办？留在老家还是跟他们走？若跟他们一起，梁辉愿意吗？若留在老家，父亲愿意吗？

　　何乐憋着气没处撒，在心里斥责父亲，你这坏脾气老头，这房子你资助过一点就要上天了？我们让给你还不成吗？以后你就一个人住着吧，你烧着玩吧，你摔了病了都自己解决吧！

　　她突然想起了梁沫，埋怨自己气昏了头，这丫头现在应该平静些了吧？何乐迅速调整好自己的情绪，她得去劝慰疏导她。现在的孩子想法多自尊心强，实在疏忽不得。

七

　　正好到了法定假日，梁辉向公司申请延长假期，大老远回一趟家，总得多待上几日。

　　何乐后来回想，梁辉那次郑重其事的回家，更像是一次有预谋的行动。

　　那个熟悉的身影风尘仆仆地出现在门口，她接过他的行李箱，他弯腰换鞋。她心里雀跃着，当着父亲和女儿的面却不好意思表现出来，她把精心烹制的菜肴

——端上桌,都是梁辉爱吃的:红烧肘子、香辣千张、熏鲅鱼、香葱虾皮煎饼……在厨房拿碗的时候,梁辉在何乐脸上偷亲了一下,她笑看他的眉眼,平淡温和,他仿佛永远会是她最初认识的样子。

　　夜晚,在属于他们的房间,他们像热恋时那样拥抱、接吻。梁辉猴急地将何乐压倒在床上,她热烈地回应他,毕竟,他们有好久没在一起了。紧要关头,何乐还没忘记提醒梁辉要用避孕套,梁辉没作停顿,他讨好地吻她的脖子和锁骨,并加快了速度。她挣扎了一下,被他强有力地镇压。他喘着粗气,媳妇儿,老是让我的小弟弟穿着衣服做按摩是很不人道的,有了就有了吧,我们反正要再生一个的。何乐原本高涨的热情就此凝滞,还没来得及做出反应,一股喷涌的热流突然倾注在她内里。她瞪大了眼睛后又木然闭上了。

　　梁辉四仰八叉地在边上摊了会,而后侧过身支起肘子,用另一只手抚摸何乐的头发。我还没准备好。二胎。何乐直挺挺躺着没动。我问过梁沫,她不怎么同意。何乐又补上一句。她想起当日问梁沫喜不喜欢有个弟弟或妹妹,梁沫说,我不好吗? 为什么还要弟弟妹妹? 梁沫的眼神令她想起当年何欢瞪着她的样子。

　　别拿梁沫当挡箭牌。梁辉坐了起来。你老说没有准备好,你以为自己才二十几? 年龄不饶人,再不抓紧,怕你生不出来了。何乐的脑门感到一阵尖锐的刺痛,随即,又张牙舞爪地向背部蔓延。

　　媳妇儿啊,早生早完成任务嘛。梁辉的口气软了下来,像音乐从激奋的前奏过渡到了舒缓的间奏。你家里是不是还备了紧急避孕的药? 都扔了吧,乖! 他把下颚顶在她胸口,像撒娇又像命令。几秒钟后,梁辉打起了满足的呼噜。何乐却在黑暗里睁着眼睛,惊愕地茫然地。

　　她后来梦见自己被翻滚的海浪裹挟着,她麻木地闭着眼睛,任身体被冲过来,翻过去,抛起来,打着旋……

虞　燕 ｜ 你不只是你自己

梁辉回浙江之前嬉皮笑脸又意味深长地说了句，有好消息第一时间汇报啊！

那几晚梁辉在床上的卖力表现，何乐搞不清他有几分出自情欲，几分是为了完成下种的任务。看着梁辉从自己身上精疲力竭地翻下，然后死睡过去，她胸口突然像被塞进了块石头，喘不过气来。他已经尽力了，那么剩下的，好像就都是她的事情了。

八

何欢的到来，令何乐颇觉意外。她消瘦了不少，没上口红的嘴唇如飘落在地上的玉兰花瓣，苍白，羸弱。她说，何乐，我离婚了。你知道的啊，我从小就自我要求高的。后来，我是妻子、儿媳、母亲、嫂子、公司的顶梁柱，我不只是我自己了，我特别怕哪里没做好招人诟病。他驻苏州分公司时与那个女人在一起了，我没抛下工作和他去苏州是不是错了？可我在公司奋斗到那个位置实在不容易啊！他现在死活要跟我争睿辰的抚养权，我很累，特别累！何欢低着头轻轻啜泣，十二岁时我偷听了父亲母亲的谈话，知道自己不是他们亲生的，我嫉妒你，怕你把什么都抢走。我疯了似的用功，我怕我不优秀了，大家就不要我了。可我活得那么努力又怎样？管得了这头管不好那头，到头来还是一败涂地。

临行前，何欢说，这些年我很少回来，辛苦你了何乐。何乐说，姐，有空了多回来。

何乐万万没想到，何欢再也不会回来了。

三天后，何欢从上海的家中跳下，九楼。何欢留了遗书，她被抑郁症折磨多年，所有的人竟全然不知。

何乐连续失眠。她被包裹在苍茫的暗夜里，身上的每一根汗毛都战战兢兢地耸立着,好似随时恭候着意外或可怕的事。偶尔的轻微的声响被放大无数倍,它们全化成槌子,狠狠敲打她的神经。她开灯,关灯,开手机,关手机,反反复复。有时,把自己折腾够了也能睡过去,她梦见何欢年少时瞪着她的样子,还有那天苍白着嘴唇的样子。她蜷着身子醒来,忍不住给梁辉打电话,边说话边不由自主地发抖,说着说着,又泣不成声。

她知道梁辉很忙很累,不该这样大半夜搅扰他,可她就是忍不住,除了他,她不知道还可以跟谁说说话。至于父亲,何乐心酸地发现,两人面对面的时刻已成了一种煎熬,他们共同的亲人走了,走得那么猝不及防那么让人哀恸,她不敢安慰父亲,也不知道该怎么安慰。他们心照不宣地不去提及,却让沉默滋长出无数疯狂的藤蔓,藤蔓锲而不舍地缠绕他们,攫紧他们,直至窒息。

何乐的状态让梁辉忧心极了,他电话、微信轮番开导了几天后,最后决定,提前实施全家搬到浙江的规划。何乐一惊,会不会太快了?梁辉说特殊情况特殊对待,你在我身边我才放心,我可以照顾到你。你现在的身体可不只是你自己的,千万要调节好,要顾及肚子里的宝宝啊!

何乐顾不得计较梁辉有几分是真正眷顾她的,她比谁都渴望从这样糟糕的状态中解脱出来。腹中的宝宝两个多月了,如果真的因此影响到他的健康,那会悔恨终生的。何乐想,换一个地方,换一个有梁辉在的地方,或许是最好的选择。

可是父亲呢?她现在不可能抛下他。

九

何欢走后,父亲迅速委顿、苍老下去。他变得沉默、温顺、懒惰、反应迟缓,他不再点评每天的菜够不够营养,不再关心地上是否滴上了水,他连太极拳都懒

虞　燕 | 你不只是你自己

得去打了。他的背不知道什么时候开始变驼了，肩部塌了下来，脚步缓而轻，仿佛怕惊动这屋子里的一切物什。

好几次，何乐从厨房走出来，看到父亲一动不动地蜷在沙发里。她发现父亲越来越小了，只占了沙发那么一个角落。电视声音放得很大，其实他并没有在看，他像陷入了沉思，又像在发呆，有时候似乎是睡着了。有一瞬间，何乐突然怕父亲就这样没了呼吸，她的心悬了起来，鸡皮疙瘩升起，她唤父亲的声音不自觉地发颤，直到父亲应了一声，她才呼出一大口气，手心竟冒出了冷汗。

何乐甚至怀念起以前那个暴躁、固执、蛮不讲理的父亲来。

她一连给梁辉打了四个电话，无非是想让梁辉同意父亲一起去浙江。打最后一个电话的时候，她边喝牛奶边说话，说了一半又呕吐，吐完擦了擦嘴继续跟梁辉说，我是你媳妇儿，是俩娃的妈妈，我也是父亲的女儿啊。他若不跟过去，你叫我怎么心安？！

最后梁辉说，你妊娠反应那么大，就别激动了，依你好了。从有些不耐烦的口气里，何乐觉察到梁辉似乎认为她在拿怀孕要挟他就范。但她管不了那么多，目的达到就好。

父亲的固执劲又上来了。他说你们去吧，我留下来看房子。你们不在也好，我多自由。说这些的时候，父亲晦暗的眼皮往上一抬，偷眼瞧了下何乐后，又迅速合上。他还特意在沙发上摆了个很舒服的姿势，闭目养神起来。

何乐想起父亲上次摔倒，要是运气不好后脑勺着地怎么办？要是当时手机没在身边怎么办？家里没人的话，那真是叫天不应叫地不灵。她脑海里莫名浮现出那条"老人去世多日却无人发现"的新闻，脊背一阵发凉。

我不可能把你一个人留下的！你能不能别让一个孕妇操心了啊？何乐吼了起来。她现在是孕妇，孕妇脾气大也是无可厚非的。她没理会有些惊愕的父亲，径直进了自己的房间。梁沫从自己的房门口探出头,又缩了回去。

父亲说同意去浙江的时候,露出了摔倒时的那种痛苦表情,紧皱着眉,太阳穴的青筋抗议似的突起。干吗非要跑那么远呢? 我们这里多好! 生活了一辈子已经习惯了! 人老了不想挪窝,懒得挪窝了,唉! 父亲抖动着嘴唇,反复说了好几遍"懒得挪窝",边说边小心翼翼地看了何乐一眼,而后,失落地缩进沙发里。何乐心里倏地像被泼上了某种腐蚀性强烈的酸性物质,一阵尖酸的痛涌过全身。

接下来的日子,何乐的精神好了不少,起码失眠已很少缠上她了。她全心全意地为搬去浙江做准备:把有些东西先快递过去,辞职,给梁沫办转学手续。她想象着在浙江安家落户后的生活,他们还可以经常去看望何欢的儿子——睿辰,浙江跟上海近嘛。这也是何欢在遗书里托付过她的。何欢说,如果让她重活一次,她依然不知道该怎么活,每个人活着,都做不了纯粹的自己。遗书的最后写道,何乐,照顾好父亲,你是他唯一的女儿了。

去浙江的那天,天气好得过分,阳光像无数根白晃晃的针横七竖八地扎下来。何乐望着楼道门,父亲终于提着他的专属行李包出来了,行李包瘪瘪的,他却像负重的老牛,走得迟缓疲顿。他走进了阳光里,何乐被银色的光芒耀得眼花了一下,仿佛父亲就此隐匿了。

他们到了火车站,梁辉一手拖着大行李箱,一手揽住何乐。何乐偶尔回头看一眼跟在后面的父亲和梁沫。她的心里渐渐涌上了一种幸福感,就这样挺好,一家子相携着走,慢慢地走,好日子就在前面等着呢。

听见梁沫急切地喊"外公",何乐蓦地转身,父亲正拎着那个看起来空无一物的包袱往回走,他像绽开了羽毛的凫,把脑袋尽力往前伸,双腿却迈得吃力,躯体摇晃如风中的枯叶。何乐紧追几步大叫父亲,梁辉把行李箱交给何乐,说,你在这里别动,我去看看!

虞　燕 | 你不只是你自己

　　父亲对着梁辉咆哮，我不走，我不走！叶落还要归根啊，你滚开！何乐脑袋里"嗡"的一声，她好似看到蜂拥的人流如潮水般涌向父亲，父亲是那条最微小的鱼，一下子就被风浪旋进了无边的黑暗里。她疯了似的朝前跑，朝父亲飞跑。她猛地扑倒在地，单薄得如从半空扔下的一件衣服。紧贴地面的身体部分突然传来剧痛，像有只手要把什么东西给生生挖下来。许多嘈杂的声音逼近、回旋，她想捂住耳朵闭紧眼睛，拒绝接收所有的信息。

　　她突然想起了何欢，苍白着嘴唇的何欢面无表情地朝她招了招手，而后，张开双臂以飞翔的姿态从九楼跃下，那极速冲向地面的脸庞竟浮上了轻松的微笑。

（选自《作品》2018年第1期）

大头马

大头马，1989年生，出版有中短篇小说集《谋杀电视机》《不畅销小说写作指南》，长篇小说《潜能者们》。《谋杀电视机》被改编为同名话剧2016年于人艺上演。曾获第二届豆瓣征文大赛虚构组首奖，第十六届华语传媒文学大奖新人奖提名。

幻听音乐史

最初是一封从阿根廷布宜诺斯艾利斯国立图书馆寄来的信函引起了奥地利神经学家的注意。在信中那位据称对音乐从无热情的图书馆工作人员愤怒地咆哮，"我再也无法忍受这些漂亮的旋律了！"神经学家从混乱的语句和因浸泡泪珠而变得凹凹凸凸的信纸中，诊断这不过是一位饱受幻听困扰的神经失调患者，或许遭受过癫痫或是其他的脑部器质性病变而导致症状的产生，具体的病症和治疗方法都必须在接受检查后才可以判断，因而这位神经学家优雅地回信道，"建议您就近咨询当地的医院，记得先查询保险范围。"

但这并未打消那位图书管理员来信描述自己幻听体验的热情。和第一封相比，第二封信显得非常条理清晰，几乎不像出自同一人之手。于是，神经学家得以了解更多有关这位患者的生平，譬如对方从小在布市郊区长大，热爱足球，但因视力问题没能成为职业足球运动员，这才去了图书馆工作，因为他"非常喜爱为一切混乱的事物做分类"这样一种工作。处女座。喜欢分子料理，最讨厌西班牙菜，因为"太不讲究"。神经学家回信道："那么，我竭诚地建议您尝试一下中国菜，或许这能改变你对西班牙菜的看法。"

第三封和第四封信几乎是同时寄到的。第三封信对方几乎又回到了第一封信的混乱状态，似乎他的幻听对他造成的痛苦完完全全由纸面传达到了读信人的内心。第四封则又出乎意料地展现了这位图书管理员的耐心，他理性客观地描绘着出现在他大脑中的乐曲，用词准确，让人很难相信这是一位不曾热爱音乐的人——如果没有对于音乐的敏锐感受，你很难用语言第二次赋予其生命。神经学家仍然有耐心地回复,"如果可以的话,希望我能体会到您的痛苦。"

他决定这是最后一次回信给对方。

几天后,神经学家把这件事当作茶余饭后的谈资同妻子在晚饭时提了那么一下。神经学家的妻子是一位年轻的钢琴教师,当然了,她非常热爱音乐,音乐是她生命中不可缺少的一部分。但是在维也纳,几乎人人都是这么想的。她在音乐这一行并未取得多么高的成就,在听到这个患者的故事时,只是惊叹"这世界上竟然有无法忍受音乐的人"。"不,亲爱的,幻听患者听到的音乐和你想象的不一样。""你是说它们实际上是很糟糕的音乐?""甚至很难定义它们是不是音乐,大部分幻听症患者听到的不过是无序的旋律片段,也可以说,只是声音。""可他描述的并不是这样。""哦,亲爱的,你知道患者总是会夸大他们的病症。"

两人的争执在甜品上来之前就停止了。这之后,神经学家的妻子将这件事同她的情人在床上又再描述了一番。她的本意是为了抱怨丈夫一如既往的专断和缺乏浪漫。她的情人是维也纳最负盛名的交响乐团的指挥,他是那种真正对音乐有热情也有天赋的人,音乐反哺给他同样的人格魅力。钢琴教师不过是他为数众多的情人中的一位。不过他对每一位情人都尊重且充满爱意,至少在和她一起的时候。他仔细听完了这位幻听患者的故事,只是突发奇想地建议道,"也许他可以把他脑中的音乐演奏出来?""哦,那应该是一位不会任何乐器的可怜人。""那么他至少可以唱出来。"

也许是这一晚交响乐指挥在床上的优异表现鼓舞了神经学家的妻子。第二天下午,她带着沙赫咖啡厅的沙赫蛋糕探访了工作中的丈夫,并在无意中调皮地表示"能否看一眼那名患者的来信",神经学家无奈地答应了妻子的请求。在食用那块蛋糕的间隙,妻子记下了图书馆员的地址。回家后,模仿丈夫的笔迹给他又写了一封信,询问对方能否录下他幻听到的音乐旋律,"我有个研究音乐史的朋

大头马 | 幻听音乐史

友,他很希望可以听一听这些旋律。"妻子留下了交响乐指挥家的地址。由于她并不熟练西班牙语,这封去信十分简短。

这之后他们三人都把这件事忘了。因为那位患者很久也没有再来信。生活恢复了常规,钢琴教师照例在每周日晚上去指挥家的房子,与此同时神经学家则会驱车去郊区拜访他的某位病人,为其进行心理治疗。那位病人貌美惊人,但神经学家总会有意忽略这一点。当他询问并用笔记录下对方的睡眠时间时,杜鹃在窗外发出哀怨。

那封来信在半年之后突然出现在了指挥家的信箱里。当时他刚从布达佩斯归来,进行完连续三晚的演奏,身体疲倦但大脑亢奋。当他草草将来信拆开后,第一页复杂的西班牙语让他失去耐心,进而打开了房间里的音响,阿巴多的光辉令他深陷于炉火和柔软的沙发。第二页开始则再也没有一个陌生的字符。指挥家吃惊地快速把这八页来信看完,事实上,他几乎是把它们在头脑里演奏出来的——它们大概是这样的:

如你所见，这是乐谱。

他没有等到周日的晚上，而是直接拿着信去敲了邻居家的门，邻居是一位曾经生活在巴塞罗那的犹太人，通晓西班牙语，有智慧且为人可靠。对方告诉他第一页的内容是，这位图书管理员如何花了半年时间学习了乐理知识，然后将头脑中的音乐写了下来。是的，他没有唱出来，而是把它们写成了乐谱，"我确保它们是准确的，我尽力了。"

指挥家确信他不曾听过这样的音乐，事实上，他确信如果世界上曾有人将这样迷人的音乐创作出来，他不可能没有听过它们。

出于一种对秘密的觉察和渴望，三天后，指挥家和那位图书管理员在布宜诺斯艾利斯的托罗尼咖啡厅见面了。我们不知道他们进行了怎样深度的谈话，十天后，指挥家筋疲力尽地带着一份厚厚的乐谱手稿回到了欧洲。他拒绝了一切演出和社交，通宵数晚不知疲惫地研究这份手稿。当他再次出现在维也纳初春的街道上时，有三位情人离开了他。指挥家并不在意，他知道他即将获得巨大的成功。

为了保证这份手稿不会被泄露，指挥家只在深夜在大脑中进行乐曲的排演，他担心任何一个音符的流传都会走漏这份上帝的礼物的风声。自然，乐团的其他成员在演奏会的前一晚也都没有机会看到这份乐谱。他们得到的是指挥家对他们的天赋和勤奋的肯定，"我们不需要排练，必须一次成功，只能一次成功。"

三个月后，演奏会在维也纳金色大厅举办。神经学家和他的妻子亦在观众席上，演奏会开始前，神经学家仍然在抱怨安娜·弗洛伊德为自己的工作添了多少麻烦，"他们应该吃药！而不是进行什么有关童年的探讨。"他的妻子得体地报以微笑，瞳仁倒映舞台中央那个瘦长的背影。

三个充满激情的和弦作为前引拉开这个四个乐章的交响乐的序曲，这三个和弦在随后亦多次出现，作为情绪的转折，提示人们勇气和信心。整个乐曲织体浑

大头马 | 幻听音乐史

厚,在主弦律的中间总是充满着对位音形。单簧管和大管模拟管风琴效果,体现优雅的动机。不同节奏型的共置和重拍的巧妙移动是所谓天外之音。乐团的配合非常完美,事实上,每个人在以器乐对这份乐章进行他们有生以来的第一次阅读时,都像那位指挥家一样被深深地迷住了。与其说他们演奏出了这个乐曲,不如说是乐曲借由他们之手完成了对自己的表达。

最后一个音符结束之后,指挥家感到目眩神迷,他不得不闭着眼睛站在台上许久,才得以缓过神来,当他试图用衣袖擦去额头的汗珠时,才发现眼泪淌成了湖泊。这让他突然感到巨大的悲伤,他觉得这是他最后一次看见太阳。

当他转过身鞠躬之后,才发现观众席上所有人的愕然之色。起初他以为那是同他一样为音乐所震撼的表情。"为什么要开这样的玩笑?"第一个观众起身愤怒地喊道。然后是第二个,"我们不接受这样的愚弄!"观众纷纷起身离场。唯一的掌声来自一位左派知识分子,指挥家后来在报上看到他的文章,才明白这场演出被对方当成了一次嘲弄现代审美的行为艺术。

因为观众什么都没有听到,这场演出只在整个乐团的想象中进行。

指挥家不能相信这样一个事实,他很快组织了乐团的第二次演出,观众们仍然很给面子地来了,还有一些是听闻了上一次演出的结果之后好奇而来的人。大家以为这会是一次道歉。他们终于可以听到真正的音乐,发自提琴、小号和定音鼓的真实的声音。第二次演出仍然以无声的全篇结束。观众愤怒了。

指挥家没有更多的机会证明这部伟大的交响乐乃真实存在而非出自他的虚构。夏天结束之前,他死于一场车祸。这当然是个借口,在车祸发生之前,他因心碎而亡。神经学家的妻子很快找到了新的情人。金色大厅流转轮替,维也纳将这位指挥家遗忘。

又过了一些年,另一位在柏林研究音乐史的年轻人踏访维也纳郊区的墓地,遍寻这位指挥家的墓而不得。他非常失望，只好草草买了一束郁金香放在了一个不认识的人的墓前，以留下些什么。在此之前他已经去过蒙古、南非、阿尔及利亚和中国，为他的博士论文寻找证据。他的论文题目是《对于近现代幻听病症中不存在音乐的综述》。他找到的第一个病症患者是自己的祖母，和布宜诺斯艾利斯的那位图书馆馆员不同，他的祖母非常享受只存在于自己大脑中的音乐，"它们让我感到从不孤独。"这个秘密自她丈夫去世之后保守了二十年，当她因肺癌弥留于病床的最后时刻，她把它们唱了出来。年轻人并没有听见任何声音，但他看见了祖母在歌唱时脸上燃烧的表情。他认为如果不是真的有一部感人至深的乐曲此刻回荡在祖母的心中，她不会在这一刻返老还童。年轻人对自己迷茫困惑的学术生涯突然产生了希望，他看见了一条不曾有任何人看见的路。

他花了博士阶段的头几年沉浸在对历史档案的挖掘中，试图从任何残章断片里找出这些不存在的音乐的蛛丝马迹。同时他钻研神经学和心理学，查阅大量的病例集，拜访知名教授，试着拼凑出这些音乐得以产生的原因。然而结果令人失望，他慢慢发现了一个真相，这些音乐即便存在，也只能存在于人们的大脑中，无法真正显现于世。能够听到这些音乐的人只是聆听，但被音乐控制而妄图将之表达出来的人则非疯即亡。

年轻人最终来到了布宜诺斯艾利斯，找到了那位图书馆馆员，他惊讶地发现这是一位失明的老人。"其实只是白内障。"图书馆馆员说。他仍然担任着图书管理员的工作，由于他对这座建筑物的熟悉，"我其实不太需要我的眼睛。"他们谈到了音乐，在学习了乐理知识之后，这位图书馆馆员突然领悟了聆听音乐的奥秘，"现在我和它们可以坦然自若地相处了。当然，你知道，我其实更喜欢勃拉姆斯，不过有时听听它们也不坏。"图书馆馆员对多年前拜访自己的那位奥地利指挥家的事并不清楚，年轻人决定隐瞒指挥家的死，"在我失明之前我们还通过好几次信。"他说,"他的西班牙语流利程度让我惊讶。"年轻人决定不去探寻这其中的秘密,他用仅剩的钱支付了晚餐,然后买了一张回柏林的机票。

他完成了博士论文的写作,匆匆提交给了大学的学术委员会,然后决定去博物馆岛转转,这是柏林的秋天夜晚,只要出门,总能遇到一个姑娘。

学术委员会的人会对这样一份论文感到费解,只有其中最有经验的那个人会露出某种古怪的微笑,表示在他于另一个大学任教的时候,也曾看见类似的论文。

论文是长达数百页的空白,只在最后一页上有这么一句话:

凡是不应说出口的,就应当保持沉默。

(选自《西湖》2018年第9期)

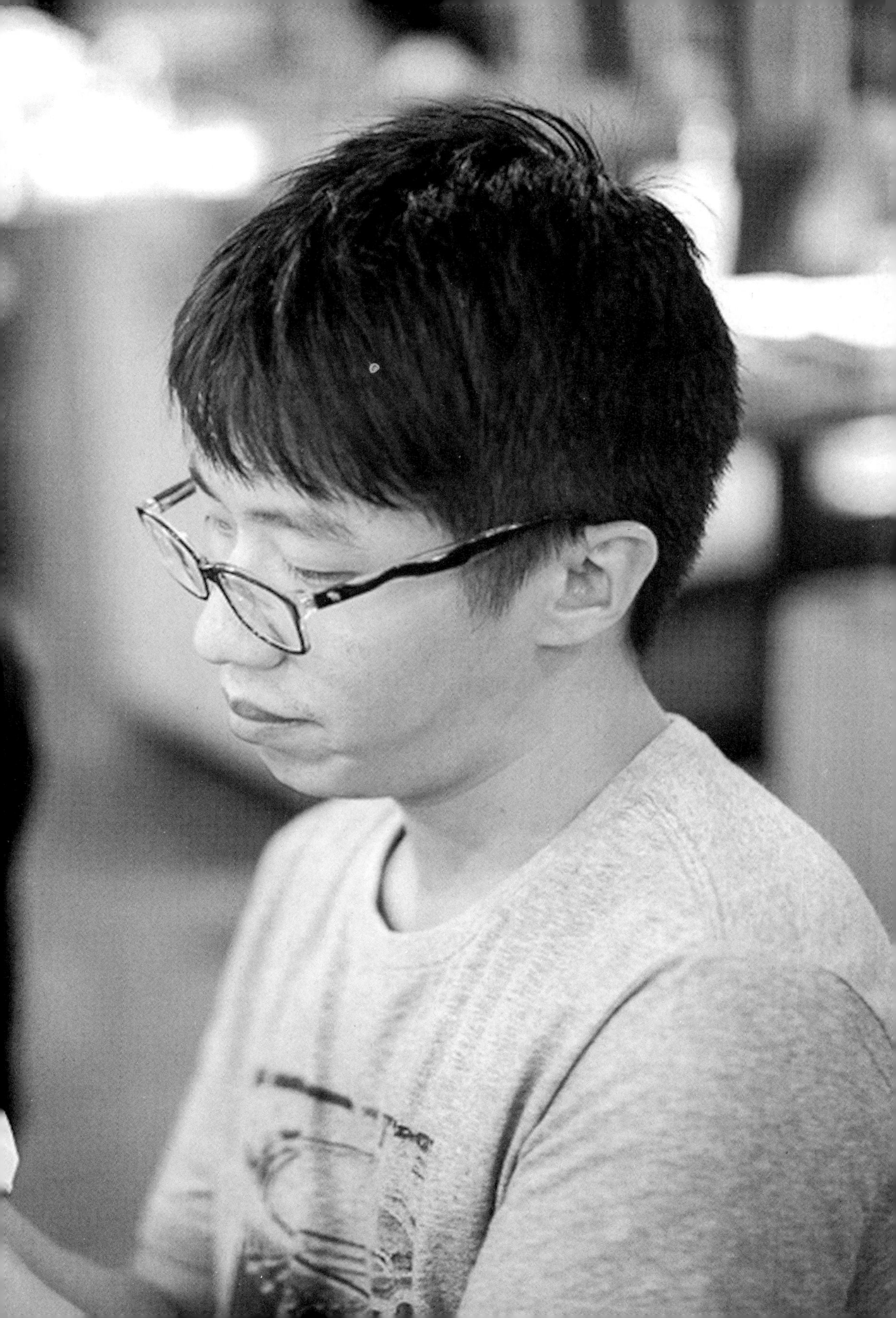

陈志炜

陈志炜,1989年生,青年作者,浙江宁波人,现居南京。小说作品见于《芙蓉》《青春》《艺术世界》《飞地》《钟山》《花城》等。

水果与他乡

比椰子更大的是商人

试着给椰子商人画像：飞快地、笔尖拉出两条竖线，相当于从他肩部向下削，一直削到脚踝。向两侧伸展出手臂（手掌沿着手臂倾斜的线条，滑落到末端），做出无奈摊手的姿势，又像在等待一个拥抱。脚尖轻轻张开，鞋带从鞋帮上冒出，将皮鞋周围的微风一齐扎住。没有帽子。他有一头短发，俊俏的那种，并不显得多老成。鼻子是要特别画的，尖锐，却又小，保持稳固。在面庞上突起，视觉上不可忽视，却不占据多少位置。

年轻人。椰子商人当然是年轻人，而且很瘦。怎么说呢，他站着，像一个纸卷。是印刷厂未裁开的纸，致密光滑的优质纸张，竖着卷成的纸筒。（当然，他从没去过印刷厂。）这就是椰子商人。其实并不高，只是瘦。但能给人一种错觉，让他看起来比实际身高更高。（也许这也是错觉：他看起来总比实际年龄更年轻。）

他抽烟，抽细长的烟。细长的烟穿过细长的手指，指向某个地方。一切保持灵巧，却又足够收敛。

"为什么不试试荔枝呢？"荔枝商人说，"你的椰子越来越小，总有一天会缩小到荔枝那么大。"

椰子商人正坐在飞往热带的飞机上。这时飞机飞得很低，像是贴着地面行进，最后一头扎入了热带的树林。如果给飞机加上拟人的修辞，可以想象，它会曲起光滑而肥肿的双翼，将槟榔叶、棕榈叶、蕨类和藤蔓拨开，不断拨开。热带阔大的树叶上滚下大块的水，飞机侧着头把双翼挡在脸前。一只红尾巴的蜥蜴不知何时贴在窗口。下意识里，椰子商人伸出手指去挥赶，好像真的能赶走似的。飞机里空调很冷，头顶液晶屏降下来，放起了椰汁广告。恬静、美好的少女将手搭在眼睛上，遮挡阳光，她穿着宽松、舒适的衣服，无所事事地从沙滩上走过；另外一群白皙、丰腴的泳装姑娘，正在奋力起跳，给了她们慢动作回放和特写镜头。飞机又从热带的树林扎出去，回到高空。飞机的玻璃窗口上，红尾巴蜥蜴消失了。它或许也付出了奋力一跃。窗外阳光闪烁，飞机像是刚穿过一场夏日高空的雨。

　　阳光猛烈，穿过玻璃窗口照射到乘客脸上。有的乘客拉下挡光板。阳光在空调的冷空气中，温柔、波动如线条。这样的阳光不属于热带，更像是来自亚热带。人声从耳膜上的鼓噪，变得细碎，最后在高空中消失殆尽。有的只是飞机低沉的轰鸣声与昏昏欲睡。椰子商人快要睡着了，像是在下坠，跳到了亚热带柔软的肚皮上。他似乎看见荔枝商人越变越小，从座椅爬上他的大腿，又揪着他的衬衫爬上他肩头，最后来到他头顶，踮着脚从行李架上摘下一颗荔枝大小的椰子。这颗椰子还是青皮的，让人一见就心生怜悯，感觉它好像永远不会成熟了。椰子商人从荔枝商人手中接过荔枝大小的椰子，放到唇边咬，第一下甚至没咬动，只浅浅磨下一层皮，涩涩的，有点像橄榄；再咬一次，才咬碎了，溅出汁水。椰子商人用灵活的舌尖去探索荔枝大小的椰子的果肉。

　　在来热带之前，椰子商人已经做了十年的椰子生意。或者说，做了十年的椰子生意，这是他第一次来热带。

　　卡车再次停在仓库间的外面，批发商从上衣口袋里取出本子，给椰子商人签字。这次退回来的更多。椰子商人拣起一个凝视，也更小。而卡车上的那些，并不比手上这个更大。椰子商人望着车上没有名字的芸芸众椰。批发商说，这批椰

陈志炜 | 水果与他乡

子进不了超市,连水果店也不愿意卖了。

"我要去热带看一看。"椰子商人在仓库间汗流浃背,转身对妻子说。妻子刚从幼儿园接孩子回家。

"以后做不做椰子生意,都无所谓了,总之想去看一眼。"椰子商人说。

飞机的玻璃窗口重新出现地面的景物。视线之中,色块逐渐扩大,变成密密麻麻的点、线,变成无精打采的建筑,变成行道树、立交桥和地面灰暗的指示灯,最后是褐色的峡谷。飞机降落到一个巨洼中。跑道坑坎不平,行李在行李架上不断碰撞,发出声音。想必地面的泥土已经干掉,形成了深而坚硬的沟壑。速度放缓,停止。静止后身体轻微的麻木。热带到了。

下飞机后,我们坐上出租车。热带的出租车仍是手摇式的车窗。我习惯性地摇上车窗,殊不知车内没有空调。车上闷热而安静,充满了难闻的气味。我再次向椰子商人建议:"香蕉如何?"

在飞机上时,我明显感觉到他松了一口气。但他立刻把眼睛闭上,脑袋靠在椅背上,不太愿意和我说话的样子。我注视了他十分钟。乘务员过来好几次,提醒关闭电子设备,调整座椅倾斜角度,确认行李架关闭。十分钟过去了,他的睫毛轻微地动了动,从小憩中醒来。飞机已经进入平流层。

"现在没有人看见我们啦!"我说。

"是啊,没有人看见我们了。"他又将眼睛闭上,好像要逃避什么不得了的坏事。

出租车开过一片荒地,荒地上堆满变形的椰子。已经变成了褐色,空落落的椰壳堆在一起。

司机向我们搭话:"你们去椰子树林做什么?"

——"见过祖先的脚印了吧?"

——"刚才那些椰子都是巨人捏碎的。"

我们坐在出租车后座上,不置一词。

椰子树林到了。付钱时我发现司机的手掌比我大了一圈,找给我的零钱也比平常大一些。

椰子商人从出租车上下来,突然精神起来,好像嗅到了空气中独特的气味。"果然是这样。"他说。

我顺着他的视线看去,发现椰子树林上空时不时蹿出一只黑鸟,往北方笔直地飞,一直到消失。

"这是椰子。"椰子商人表示。

地面开始有规律地振动。这振动并不是重复,而像一声沉默的尖叫。椰子树林中隐约出现一个巨大的身躯。走出树林前,他缓慢抬起手臂,推动了一下鼻尖上的眼镜。动作时不小心折断了身边的一颗椰子树。巨人走出椰子树林,在我们身边坐下。他有话对椰子商人说。他们像是相识已久般交谈起来。

如椰子商人所料,之前他在亚热带向批发商兜售的椰子,都是巨人从热带投掷过来的。

"我们投掷椰子的巨人,一出生就拥有三千万个椰子。"

——"只有趁我们还活着的时候,都丢掉。否则会留给下一代。"

椰子摘下来的时候是青的。在巨人手上短暂停留,被强有力地投掷出去,穿出椰子树林,穿过纬度,穿过卷积云,穿过阵雨,穿过城市的红灯,穿过鸟群。有的椰子在空中成熟了,变成褐色;有的抵达亚热带仍保持新鲜;有的在空中失去了力量,沿着盛行风带落入洋流,被密集的鱼群不断拱上海面。

"我的父亲死了。"巨人说,"所以我继承了他的椰子。"

陈志炜 | 水果与他乡

　　椰子是水果中的巨人，椰子是水果的主人。但重复的投掷抹掉了单个椰子的名字。椰子，什么都有，又什么都没有。
　　"我要纪念你的父亲。"椰子商人说。他站在坐着的巨人身边，显得身体的一切都收缩了。椰子商人变成一个没有五官的纸筒。所有的特征，在与巨人的对比下，似乎都被抹掉了。
　　——"我们一生中能有几次机会，坐下来，认认真真地谈论椰子呢？"
　　——"同样的，我们一生中，能有几次赶赴热带，找到那位曾为我们投掷椰子的巨人，并记住他呢？"

　　椰子商人已经决定在热带住下了，在可预见的未来里，他都不想再回亚热带了。我们在去旅馆的车上。他要买一辆车，这个念头甚至先于退机票，先于给他妻子打电话。
　　刚才与巨人（该如何称呼这位巨人？小巨人，小力士，眼镜巨人？）聊天时，椰子商人试图掏出智能手机，给巨人瞧一些建筑——"巨人纪念馆就该修建成这样！"但手机一掏出口袋，屏幕就冒起了烟。毫无疑问，如果他取出笔记本电脑，也难逃厄运。在热带，精细的电子设备一般是无法运转的。
　　一切设备，无论是否有运转的可能，他们都爱用人工代替。比如汽车是可以运转的，但我们搭乘的出租车其实都没有发动机，是体型较小的巨人蜷在驾驶室，用双脚搭配车底的四个轮子，在马路上飞驰。飞机也可以运转，但他们喜欢用巨人助推。
　　当椰子商人与巨人聊天时，我绕到了巨人身后，对他进行了快速、短促的击打。但巨人也没有因此倒下。我又百无聊赖地绕了回来。广阔的夏日啊，椰子树林边，热带的正午静悄悄的。

巨人取出一张名片,将一家旅馆介绍给我们。"适合亚热带游客居住。"

我们来到旅馆。巨人给我们订了一个高级套房,有落地窗户,带一个阳光充足的小花园。花园里有铺着木地板的露台,有一小块发亮的沙滩(那是泳池),有特制的电话亭。非常好,椰子商人可以给他妻子打电话,告诉她航班取消了,或者别的什么原因。反正就是回不了亚热带了。这个电话亭,也许依靠传音巨人运转着呢。也许。也可以在露台的躺椅上晒太阳,吃一点水果。或者跳入凉爽的水中,让水面高于一切。无关的声音,无关的色彩,一切无关的事物都被抛诸脑后。

第二天我还没有起床,椰子商人已经将汽车开回来了。他靠在电话亭里打电话,也许是打给他妻子,也许是打给建筑设计师和施工队,谁知道呢。

一连几天都是这么过掉的,我坐在水池边,趁着阳光还不太猛烈,看一会儿书;或者在水面的浮床上好好睡一觉。

而他有时会很早起床,开车出去;有时则靠在电话亭里,打好几个小时的电话。

有一天我正晒着太阳,他来和我说话。他已经告诉妻子,说自己暂时不想回家。也许几个月,也许好几年。还有一天,他说他在和妻子商量,是否要孩子。他们还年轻,没有必要背上这负担。最近一次他又告诉我,正犹豫是否应该和未婚妻结婚。

我看到他从赤裸裸的生活中逃离,沿着与生活相反的方向奔跑,像巨人用推力与地心引力做抗争。

我将自己这几天的梦告诉他。

几乎每天夜里,我都会梦见巨人。他们和白天的巨人不同,黑暗中有鲜艳的

陈志炜 | 水果与他乡

味道，像盐一般鲜艳。在屋子里，他们用拳头打我的头。每晚都是不同的巨人。或者把我拎起来，挤我身上的果汁，把我挤干。好像我真的是一颗橙子似的。

而他告诉我，他梦见将汽车开进热带的黑夜。道路的一边是沙滩，是潮汐起伏的海岸线；另一边是运送水果的传送带，有细微的雨，窄窄地降在水果上，传送带下冒着冷气。

他将车停在路边，没有下车，也没有说话。趴在方向盘上欣喜般失声痛哭起来。

在泳池的水流之中，有轻微的沮丧感。我在这之中更好地观察生活中的静物。

纪念馆搭起脚手架，拉起太阳般大小的银幕，整个钢架结构像扣在地上的圆帽。椰子商人告诉我，他的灵感来源于椰子。纪念馆像是半个椰子壳，扣在了地上，外面都涂成褐色；而纪念馆外的银幕，用来放映和巨人有关的影片。因为巨人很大，视觉效果也要很大，银幕就得很大。

相关影片正在筹拍中，关于热带，关于椰子，关于巨人，关于比椰子更大的椰子——那是远古之椰，自从热带开始向亚热带投掷椰子，这种椰子就逐渐消亡了，因为它无法承受自身的大，会在空中碎掉。

纪念馆外会展出巨幅艺术画。画面上我们的巨人正在哭泣，背后是热带蓝色的大海，眼里滑落热带蓝色的椰子。

唯一很难确定的是纪念馆的名字。椰子商人打电话给巨人（巨人之子），询问大巨人的名字，但巨人说，巨人都没有名字。

椰子商人在"每一个椰子都有名字纪念馆"与"丰饶之椰纪念馆"之间难以抉择。

建造纪念馆的这段时间，我几乎都一直待在旅馆里。一个人待在旅馆。我想自己可以在长躺椅上，悲伤地躺上一整个夏天（可热带每天都是夏天）。我想，你几乎知道关于我的每一个细节。除了来到热带之后的。

我给巨人打了电话，辗转几次他才接到。

我问他最喜欢吃什么水果。他说你可能不信，巨人是不吃水果的，更不用说椰子。巨人是肉食动物，是一种猛兽，喜欢吃青蚱蜢。蘸香辛料，他补充。

我又问他，最有丧失感的水果是什么。对，"丧失感"。就是最容易消亡的水果，单纯、脆弱，一折就断。

"当然是'生活'。"电话那头笑了笑，"被折断的生活，总像空中的椰子一样，在我眼前倒放。"

他戴眼镜，是个有文化的巨人。懂得怎么聊天，怎么煽情，怎么开玩笑。

巨人对纪念馆的事情不怎么上心，椰子商人叫了他好几次他才过来。此时纪念馆外巨幅艺术画已经画完了，靠在纪念馆的墙上，准备装框。工人在纪念馆边渺小地忙碌着。

"热带的巨人是不会做这样的事情的。从来没有人做过，做了也没有人会觉得重要。"巨人说。

"不。"椰子商人指挥工人先把银幕收起，"热带的巨人需要改变。之前不这样做，正是因为没有人改变他们。"

"我也曾在亚热带生活。"巨人悲伤地坐下来，这意味着他有许多话要说，"正是在那里，我染上了近视。"

——"我也曾试图改变热带。回来以后我试图让椰子树弯曲，用椰子树自身的力量弹飞椰子。弯曲一次可以将整棵树的椰子都弹飞。但最后发现丢失率极高。"

陈志炜 | 水果与他乡

——"我也试着加固椰子,好让它不在过程中破损,投掷几次后却发现,这会让人十分疲惫。"

——"这就是这个世界的坏法则,这个世界的坏法则在桎梏我们。除了用力投掷,你没有别的办法。"

——"父亲、我、你;巨人、普通人;热带、亚热带。这一切没有对错,只有选择的不同。"

——"有些人生活在生活里,有些人生活在对生活的改变里,有些人生活在生活的标签里。"

"不,巨人一定要改变。"椰子商人说。

游客的妻子将蜜桃摆放在桌上,一场茂盛的雨正经过蜜桃表面。

巨人从床上坐起来。他的胸膛宽而美,他当然很有力,他的身上冒着闷气。他和游客的妻子都睡着了一小会儿,他突然醒了。他坐起来,裸露出上半身,像是有意让身体散热。仅仅只是坐起,他的脑袋就能碰到房顶了。他将脑袋稍微往下倾。他看到游客的妻子仍好看地睡着,从被子中露出侧脸,他也看到窗外的直升机。直升机先是一个小点,传来螺旋桨抖动的声音,现在已经快胀满窗户了。扇动的气流从窗口吹进来。他伸手就可以把直升机拍下来,半边身子正好能将窗户挤碎,但是他没有。几秒钟后,像是注射死刑,一枚导弹击中了他。

椰子商人打电话给巨人。"对,我的手臂肿了,整根手臂都肿了。""是吗?在热带待久了都会这样吗?""不,我不会离开热带的,你们休想改变我!""我要留下来,就算变成巨人我也要留下来!"

我们乘着出租车（司机蜷在驾驶室里），来到机场的巨洼，来到巨人祖先的脚印。椰子商人的汽车折价卖给了旅馆。飞机歪七扭八地停放着，停在脚印深而坚硬的沟壑里。几个巨人在机场的杂草中寻找青蚱蜢，过一会儿他们将把飞机推到空中。飞机平稳地在气流中抬升，毫无异样，景物逐渐下沉，最后什么都看不见了。唯一可以预见的是，和煦、舒缓、摇荡的亚热带监狱。

　　"卷心菜也不错吧！你的手怎么了，被热带的蚊子咬了吗？"卷心菜商人说，"有户人家对我讲，你的卷心菜太棒啦！如果有一天，我们吃不到你的卷心菜，我们会死的！"

　　——"后来有一次，我的腿受伤了，在床上躺了一礼拜，再去送货时他们真的已经死了。没错，卷心菜就是这么重要。"

　　卷心菜商人夸夸其谈着，椰子商人完全没有理会。飞机机舱突然一声脆响。椰子商人低下头来，发现自己胸口出现一个椰子般的孔洞。是椰子，是椰子击中了飞机。这一列的乘客都被击穿了。又是一声脆响，边上一列的乘客也被击穿了。有的人选择当场死亡；有的人站起来，带着胸口的孔洞走来走去。大家在这样的生活里面面相觑。只有卷心菜商人的胸口是一摊菜叶，他笑得上气不接下气。

　　而此时，游客正双手伸展躺在床上，躺在稍显生硬的被子里。旅馆的被子。房间里开了空调，只有干净的木地板还带有一点温热。与玻璃窗外的热带世界截然不同。他的妻子也躺在身边，他们在午睡。游客梦见巨人，他看到巨人的脑袋在窗口忽隐忽现。他敢肯定，这是他们早上遇到的巨人。在景区，他们有过一面之缘，也许还合了影。但现在是在梦中，游客记不太清。巨人从窗口消失了。游客转头看看妻子，妻子也从枕头上消失了。最可气的是，枕头还保持着凹陷，还向上散发着身体的气味。游客再也睡不着了，他要采取行动。沿着一道缓慢的弧

陈志炜 | 水果与他乡

线,他从床上跃下来,床单自动系在了他的下身。他拉开玻璃窗,从窗口跃出。外面的世界从正午变为了黑夜。巨人的影子在城市建筑的各个角落闪过。他跟从这些影子,一路追到两幢楼房的交界处。他看到了他的妻子。黑暗中,她异常美丽。巨人经过她,用影子裹走了她。她的轮廓似乎闪着光。鲜艳的、盐的轮廓。他把脖子往被窝中缩了缩,敏捷地跳上一架直升机。

再见,柠檬!我要去见海浪……

我又失去了一颗柠檬。我原来不知道这个世界上的柠檬是如此之少。每天我都会来这家柠檬旅馆,柠檬在水果架上整齐地排列,一动也不动,我兴奋地将手指划过它们,啊,又凉又甜,哆、来、咪、发、唆、拉、西。我原地转个圈,再来一遍,哆来咪发唆拉西。手指停在哪一颗上,就是哪一颗,就是它了!我把这一颗柠檬从水果架上取下,轻轻地捏着它,柠檬真硬啊。当我取下一颗柠檬,上面的柠檬马上会滑下来,好像在玩俄罗斯方块,一竖列地滑下来,填上那个空缺。然后整个水果架上的柠檬都开始闪烁,Bi——ngo!眼前的柠檬就全部消失啦!我拿着属于我的柠檬,来到收银台付款。收银台的老板是这家柠檬旅馆的老板,他开了这家旅馆,把旅馆装修成柠檬的造型,每位前来登记的旅客都可以得到一颗柠檬。在摆满柠檬的水果架边上,有个小牌子:赠品,恕不售卖!不过柠檬旅馆的一楼,还是做成了便利店的样子,灯光透彻,冷气全开,老板就坐在收银台旁,等着你拿柠檬过去付款。一颗,千万不能多拿。只要付上一整晚的房费,就能得到一颗完美的柠檬,多么美妙!我把属于我的柠檬收好,这是属于我的柠檬,又甜又凉的柠檬。柠檬的美妙持续了很久。直到有一天,我看到一个疲惫的旅人,累得身上冒烟。那天我正好在柠檬旅馆挑选柠檬,他推开门走了进来。

339

他穿着大衣，拖着旅行箱，径直走向收银台。他把帽子脱下来，盖在收银台打印收据的机器上，询问老板这里的旅费。"喔喔喔呜呜呜嘎。"老板说，然后伸出手指：1。这家旅馆每晚的旅费是1个币。价格比别的旅馆都高，如果不是赠送柠檬，我是一定不会住这里的。但是为了柠檬，我愿意花这1个币。为了柠檬，只是为了柠檬。我还从没真正住进过这家旅馆。那个旅人看起来丝毫不惊讶，好像并不觉得贵。他把收银台上的帽子拿起，帽子下整齐地摞着一摞币。"我要住10天。"他说。然后转身向水果架后面那个深色走廊走去。当他快要消失在走廊中时，老板回过神来，叫住他："呼呼！"他忘了拿柠檬。老板指了一下水果架："哈哈。"他于是又拖着旅行箱折回来，在水果架前站定，挑选起柠檬来。他凝视了半天，终于取下一颗柠檬，捏在手上。我突然很想知道他选了一颗怎样的柠檬，我向他走近。他好像吓了一跳，把手上的柠檬放回水果架。天哪！从来没有人把拿下来的柠檬放回去过，最不可思议的是，他把柠檬放回去之后，水果架依旧整整齐齐，丝毫看不出他放回去的是哪一颗。"哇哇啦？！"我质问他。"那颗是苦的。"他对我说。顺手又取下一颗，左右端详了一下，似乎是表示满意，拖着旅行箱走了。他离开以后，我陷入一阵崩溃，我想知道他放回去的到底是哪一颗，那一颗为什么会是苦的，我为什么从来没有遇到过苦涩的柠檬。我的手指一遍遍地划过柠檬表面，柠檬表面的微粒又凉又甜，没有一颗是苦的。到底是哪一颗？突然我像是被盐粒割开了手指，摸到一个粗糙的小点。我摸到那个旅人放回去的柠檬了！我将那个柠檬取下，让我震惊的是，这颗柠檬背对着我的那一面，完全是苦涩的，像月球浅蓝的背面。我从来没有在柠檬旅馆遇到过这样的柠檬，柠檬旅馆为何会有这么不堪的柠檬？我又取下另一颗柠檬，稍微好一些，但依旧有小半是苦的。我把柠檬取下又放回去，困惑地重复着。这下好了，不管怎样我都无法找到一颗完美的柠檬了。我意识到自己失去了一颗柠檬，又一颗柠檬。每取下一颗

陈志炜 | 水果与他乡

柠檬，我就失去一颗。我在水果架前，伤心得像一只即将灭绝的恐龙。最后，我终于挑选到一颗完美无瑕的柠檬，它凉丝丝的，甜得像一阵风。我把它捏在手上，轻轻地，去收银台付款。老板知道我终于选中一颗完美的柠檬，也露出了欣慰的表情，像是为我而高兴。可是，就在我掏出1个币的前一秒，我的手指触摸到一个粗糙的小点，一个苦涩的小点！这个完美的柠檬竟然也有苦涩的微粒，甚至，这个苦涩的微粒摸起来，比刚刚所有柠檬的苦涩加起来更苦涩。我回头看了看水果架上的柠檬，它们像摆在桌上的冰镇啤酒，瓶盖整齐，瓶身冒着冷气。于是我要对旅馆老板进行复仇，他为什么可以这样售卖苦涩的柠檬？为何可以这样肆无忌惮？我从口袋里掏出手枪向他射击，旅馆老板应声向后飞去，撞倒一个水果架，柠檬像海水一样倾倒在地上。老板的脑袋溅出了明黄色的柠檬汁，溅得整面墙都是。我向发烫的枪口吹了口气，把枪放回口袋，可是老板又从柠檬堆中站了起来。他的脑袋上完全没有伤口。我不知道是他脑袋上的伤口快速愈合了，还是说，这是另一个老板。但这不妨碍我继续开枪。我再次把枪从口袋掏出，向他射击，他再次应声倒下，坠入柠檬之海中。柠檬越来越多了，源源不断地倾倒在地上，我的身子快被柠檬淹没了。老板也源源不断地站起来，我开枪的速度甚至跟不上他站起来的速度了。有时他会一下子站起三五个，我感到有些泄气。幸好从店外冲进几个拿水果刀的帮手，帮我一起应付老板。他们一定也是受过老板欺骗的旅客。没错，我们都是柠檬旅馆的受害者，就差握手相认了。他们把柠檬旅馆的所有老板都劈了个遍。在这激烈混乱的打斗中，他们告诉我，老板所做的坏事还不止这些。他经常把柠檬肥皂混在柠檬中，赠送给旅客，许多旅客拿回去嚼得满嘴泡沫，却毫不自知。这让我更加愤怒。可柠檬的浪潮也越掀越高，我快看不见帮手了。一个柠檬海浪袭来，我没有躲开，等睁开眼睛的时候，帮手已经不见了。我在一片宁静而忧伤的柠檬海滩上，双脚浅浅地浸在柠檬海水里，我手上的手枪变成了照相机。我看到老板变成了一个普通的游客,混迹在别的游客之中,正在给他的妻子拍照。他的妻子表情忧伤,对老板说:"我马上就要死了,马上!我是来寻死的,是的……但我知道我是美的,我希望你能记录下我的美,用你的照相机,记录下完美的我,完美的美,我的美……"她还没有说完,一个柠檬海浪,一个比刚刚更大的柠檬海浪就卷了过来,我匆忙拍下几张照片。等海浪过去,老板的妻子已经消失了,老板正在抢夺别的游客的照相机。因为他知道,他的妻子是美的,是完美的美,但她被柠檬海浪卷走的那个片刻是苦涩的。这苦涩正如一颗完美的柠檬上那苦涩的小点,比所有别的柠檬的苦涩加起来更苦涩。我躲到老板身后,低下头悄悄查看了我的相机,没错,我也记录下了那个片刻。我不知道这场战斗还要持续多久,但我知道这场战斗还远远没有结束,这不仅仅是我与老板的战斗,战斗规模还要扩大! 我也知道,我们所有人都被那个疲惫的旅人的好品味给败坏了,他随手便摧毁了全世界几乎所有的柠檬。再见了,柠檬!我要隐匿到海浪中去,只让这苦涩的照片跟着我;告诉别人,世界由苦涩的片刻构成,连自杀都无济于事。但每晚我都不会忘记用又甜又凉的柠檬牙刷刷牙,毕竟这是我童年的美好回忆。

<h2 style="text-align:center">猴面包树与他乡</h2>

猴面包树掉落面包时,我总在外地出差。当然,猴面包树不掉落面包的时候,我也并不在故乡。我在他乡。外地比他乡更远,未必是地理距离。故乡是一块废旧的跳板,许多人都在向外跳跃,上面满是沙砾的痕迹。当我跳到他乡的时候,鞋底的沙砾便落在一块崭新的跳板上。等到了外地,我几乎是一个彻底的城市人了,不沾一点尘埃。我把硬币投入饮料机,饮料机底部滚出听装可乐,一切就是

陈志炜 | 水果与他乡

这么简单。

但沙漠的慢人会给我打电话。我的手机响了起来，是慢人的名字。一位来自故乡的快递员，他的名字闪烁着，成了我在出差时鞋底的最后一粒沙砾。

我都能想象到电话那头的情景。邻居家的垃圾又好几天没倒了，他们喜欢把垃圾成袋地放在自家门口，懒得拎下楼，于是垃圾就在走廊里发臭。他们总是自欺欺人，好像把门一关就万事大吉了。慢人从电梯中走出来的时候，走廊尽头那户人家的狗就开始叫。肯定是这样的，因为我每天上下班时它也会叫。

慢人带着猴面包树掉落的面包，敲击电报一般猛按我家的门铃，发现家里没人，便给我打电话。电话里，我总说着，不要，不要，你拿回去吧。但最后面包还是会留在我的收件柜里。

既然如此，他就不该给我打电话，完全没有必要。我出差回去之后，自然就在收件柜里看到面包了。（不知道为什么，慢人总会把一整排的收件柜都弄得乱七八糟。为此，物业公司质问过我许多次。）

或许他是想知会我一声，但有时候我明明知道收件柜中摆着面包，也会忘了去取。人一旦忙起来，开不开收件柜这种事情就全凭运气了。或者有的时候，等我回到家，面包已经烂了。这有什么办法，收件柜又不是冰箱。天气热的时候搞不好还更像烤箱。

偶尔几次，面包也会直接送到我手上。我一打开门，就能见到慢人了。来自我故乡的人啊。我似乎对他毫无感情，收下面包，照例顺手把门关上。

说起面包，我也已经吃厌。我们都是吃着面包长大的，谁长大后还想继续吃面包呢？但收到面包后，如果并没有变质，我还是会好好保存起来，分几次吃掉。吃面包对我来说，理应有一个仪式，必须有一个仪式，不管整个过程多么痛苦。

我为面包专门留出一个房间，这个房间像家中的密室，封闭而窄小，只有顶端投下白光。里面有专门存放面包的冰箱，一边的墙壁上挂着可翻起的桌子。我从冰箱中取出面包，支起桌子，搬来椅子坐下，在这不透气的密室的白色顶灯下，开始与面包交战。它静静地躺在桌上，椭圆形，像颗大橄榄；表皮灰白，带着故乡的气息。我将它撬开，露出囊肿般的颗粒。它让我苦思冥想，它代表故乡与我作战，它是我无法击败的敌人。

得知这个消息的时候，我又在外地出差。慢人的名字出现了，浮现在一片崭新的霓虹中。于是我不得不回一趟故乡，或者是，毅然决定回一趟故乡。我不能确定自己的心情如何。

出发前一天，我请了半天假，提前下班回家。坐在家里，我都不知道自己该收拾些什么。我又要回到沙漠里去了，我已经多少年没有回到沙漠去了。我不知道自己要回去多久，我不知道自己要多久才能重新适应故乡，我也不知道自己从沙漠回来以后，再次适应他乡又需要多久。我想带走自己在他乡的一切，不，不是彻底带走，而是随身携带，像提着一个公文包。但这是不可能的。我似乎想把他乡整个搬回故乡，让它们混合在一起，像混合一杯冷水和一杯热水。这怎么可能。这只是一趟临时的返乡旅程。

慢人上楼来了，敲击电报一般猛按我家的门铃。不知怎么，他也许猜到我会提前下班，也许他只是笨拙地来碰碰运气。于是我什么都没有带，坐上他的喷气式摩托，连夜回到暮色沙漠中的故乡。

我从摩托车上下来，双脚踩在沙面上，发出沙砾摩挲的声音。我就这样生涩地重回故乡，静静坐到他们中间。大家都回来了吧，都来向猴面包树告别。慢人再次上路，去接另一个人。

陈志炜 ｜ 水果与他乡

  天已经太晚了，有些人已经睡着，但我还是决定先去看一下猴面包树。我胆怯地拍了拍他们的腿，一些人站了起来。我们踩着轻而涩的脚步，来到外面的夜色下。沙漠的夜晚被戳满了小孔，漏着细微的光。
  大约要走几公里，才能看到猴面包树。路上我与他们聊天。他们分别忙碌在他乡1、他乡2、他乡3……听起来，像是房地产项目计划书上楼盘的名字，完全可以做一个"他乡"列表。
  "你们也收到过慢人送来的面包吗？"我问。
  "当然。""当然。"他们附和道。
  当然了，猴面包树总是想把面包送到每一个故乡人的手上，哪怕那人已经离开故乡很久。或者，在猴面包树眼中，是没有故乡和他乡之分的，因为她从天上掉下来，脑袋扎到了沙漠里，于是永远向下生长着，再也没有离开过沙漠。现在她要被起伏的沙丘吞没了，再也不会有人给我们送面包了。
  让我诧异的是，他们一改常态，纷纷表示自己很爱吃面包。这让我感到夜晚的陌生。他们说，为了保持一种对故乡的拒绝姿态，每次慢人将面包送到他们手上时，他们都面露难堪，摆出推托的态度。但慢人一转身，他们就在日历上打个钩，估算慢人下一次抵达的时间。这完全与我不同。他们喜欢面包（也许从来没有不喜欢过），却装作痛苦，以此维护他们在他乡的面子。而我呢，我确确实实已对面包失去了感觉。
  "不，你一定也很爱吃。"有人反驳我。
  也许是这样的反驳让人尴尬，大家渐渐都不再说话，慢吞吞地在沙地上走着。
  这样的时刻，我倒是没感觉到多少尴尬，只是觉得遗憾。我回想起许多往事，想起许多我当年认为正确的事情，至今我仍然认为是正确的。那些当年认同我的人呢，也许并不是打心底里认同，今晚他们露出了疲态。那些反对我的人呢，他们却比我更早离开了故乡，并骄傲地认为自己是先行者。

他们一定比我更尴尬吧，因为他们从来不知道什么是完完全全、彻彻底底的敌意，他们并不严肃，而像个快烂掉的面包。但话说回来，他们这样的人，又怎么可能感觉到尴尬呢？

大家只是行走着，彻底没有了声音。夜晚远远没有结束。因为夜晚像沙漠一样，似乎是不可被跋涉的，像永无边际的故乡。连生涩的脚步声都被沙漠吸收了。

在夜晚里，我们又走了一会儿，有人打破沉默，说起一个故事，说起一个人。也不知是因为他提起这个人，沉默才被打破，还是他为了打破沉默而提起这个人。那个人像是故乡的亡命之徒。

他比我更早离开了故乡，他也是我当年的支持者，但我却从未将他当成同类。离开故乡以后，他也笑嘻嘻地从慢人手上接过面包。他没有敌人，他不管交战的尊严，他只管最后的胜利。他脱下鞋子，把鞋底的沙砾在马路牙子上拍掉，却又能与这些沙砾重归于好。

他离开故乡后不久，就做起了面包生意。他买了一辆车，又买了一辆车，将猴面包树的面包源源不断地运送到他乡，做成面包干，做成罐头。他在他乡赚到了钱，像一只喷射到天空中的鸟。他又与故乡握手。他是一个和蔼可亲的亡命之徒。

"他这次有没有回来？"有人问。

"肯定没有，因为他已经死了。"讲故事的人说，"那天我就坐在他的副驾驶位上。"

亡命之徒将车开在他乡的高速公路上。他被人超了车，但他好像没有发现似

陈志炜 ｜ 水果与他乡

的。过了一会儿，他把烟从嘴唇上缓缓取下，若无其事地说，看我把他超回来。那时车上还放着舒适的音乐。也就是几秒钟，车子从路上甩了出去，瞬间停下。甚至没有发出碰撞的声音。

"我坐在副驾驶位，并没有觉得疼痛。后来证实，我也确实没有受伤。只是我的脚被卡住了。"

——"我转过头看他，发现他似乎也并不太疼。"

——"他像是个没事人那样坐着，好像随时会把手臂抬起来，将烟递到嘴边。"

——"只是啊，整个脸已经被撞烂了，像个烂水果。"

隐约之间，我从他的话中听到一个词：平滑。

他说，这整个过程是平滑的，但事情又是突如其来的。发生之后，就好像没有发生过一样。

"我没有要痛哭出来的感觉，也不觉得恐怖。"

——"我只是知道，事情发生了，但找不到自己与这件事的关系。"

——"甚至他自己，他的尸体，也像是身处这件事情之外，以烂水果的脸旁观着。"

这种事情多少有一些吓人，尤其是在沙漠的夜晚讲述。我也不知道讲述此人的故事，能有什么特别的意义，但刚讲述完他的事情，我们就看到了猴面包树。猴面包树的大半截已经在沙面下了。慢人告诉我，一组罕见的、温暖的流沙在经过这里，不出几天猴面包树就要被吞没了。

我发现猴面包树上面安装了水龙头。他们告诉我，这是几年前的事情了。只要拧开水龙头，就能喝到树干里的水了，再也不用像以前那样，用刀子剖开树干。

他们还给我演示了猴面包树上的自动贩卖装置。投入一个硬币，猴面包树发出了卡通片中的声音,询问我们是要可口可乐,还是百事可乐。

"哐当",能听到猴面包树底部滚出了可乐,但那儿已经被沙子覆盖,饮料再也取不出来了。

我感到十分意外,此时我才发现自己确实太久没回故乡了。沙漠很渴,我们每个人都很渴,所以才要离开。但我似乎并不想改变沙漠,或者,我并不认为它会改变。

慢人的喷气摩托追上了我们。我们倚靠在猴面包树仅存的树干上,等着慢人一趟一趟把我们送回去。

那天晚上我做了一个梦,梦见那人从车祸中站起来,脸依旧像烂掉的水果。他显然已经是一个幽灵了。但他还要继续生活,于是他离开了那辆车,拍拍裤脚上的尘土。

他一直向前走,走到沙漠中,却没有再带上一粒沙砾。他一直走到猴面包树跟前。

"沙漠是我的孪生兄弟,我却死在海上。"他说,"我害怕自己和父亲一样。"

说完这两句话,我知道他并不是那个死去的人。至少不完全是。他像是一些故乡人的混合物,混合了那些尴尬的、不尴尬的,当然,包括了我。他似乎在陈述自己的死亡。

"我的父亲是沙漠,我的兄弟是沙漠,我也是沙漠。"

——"我离开故乡的时候,脚跟被沙漠的边缘粘住了,像胶。"

——"我要远远地离开它,于是我来到了海上。"

——"但我的脚跟又被胶粘住了,脚跟被拉得长长的,一直从海上拉到沙漠。"

陈志炜 | 水果与他乡

——"我做起了航运,将面包做成面包干、水果罐头,运送到海水的那边。"
——"直到有一天,船被海浪掀翻了。"

他说到这里的时候,我突然走神了。我想到那些喜欢面包,却强撑着面子的人。他们与故乡达成了一种默契,故乡向他们使一把力,他们也像故乡使一把力,仿佛在推搡,或者拉扯,但从来不是真的为了对抗。这种平衡的默契,让运送面包的船行驶在了海上。

但故乡和他们之间,要是谁先松手,那么另外一方就会翻倒在海面上,咕噜咕噜地向下沉没。

"你知道在冰冷的海水中,我向上伸起双手时,我在想什么吗?"
——"我在想,故乡真是废物,竟然没有任何一个人可以帮到我。"
——"去死吧,永无边际的沙漠!"

第二天中午,等我们走到猴面包树跟前,她已经快被沙丘淹没了。只有三五根干枯的枝条,在沙面上冒着,像微缩的、凝滞的旱地炊烟,时不时挂住一团翻滚的干草。幽灵转过身看到我们,"嘭"的一下跳入急掠的风中。恍然间,我甚至以为他是猴面包树出窍的灵魂。

我们帮猴面包树把最后几根枝条埋上,然后一一离开。最后的告别太过短暂。甚至还有人在赶来故乡的路上。有人像光线一样出现在沙漠的边缘,也有人像光线一样逃逸。没有一个集体告别,就像没有一个集体的开始一样。

穿过沙漠的慢人,骑在他的喷气式摩托上,将已属于他乡的人,一个一个载到远方。他们都变成了故乡的影子。一直到我也坐在他的摩托后座上,一直到我也变成一个影子。沙漠的风沙扑在我的脸上。

事实是，失去了故乡之后，每一处都是他乡，每一处都是新的故乡。

故乡的影子会比故乡活得更久，比事物本身活得更久。

"我是一个批判者。"我突然说。

"什么？"慢人在前面大喊。

我让他把摩托车停下，我想下来步行，踏上沙地，一直走到沙漠边缘再上摩托车。一直走到沙漠之外，一直走到城市里，一直走到他乡。

"可是这是一辆沙漠摩托，在沙漠里开得更快。"慢人说。

"没关系。"我下了车，"我是一个恶毒的批判者。"

"好吧。"他不置可否，把车开到了前面，但速度不快。

"批判啊……一种奇怪的冲动。"我走在后面说，声音在风沙中含混着，连我自己都无法听清。批判的冲动绵延到最后，会让人批判自己，像沙丘总是吞没沙丘。

我在沙地上走一段路，看到到处是滚动的草、飞到天上的门框。那些滚动的草在记忆中是很常见的。草丝几乎完全干枯了，被风吹着在沙面上滚动，于是变成一个毫无内容的球。

我走在沙地上，似乎重新抵达了故乡，重新领略了故乡。但我又看到了什么？我看到的都是以往常见的事物，我看到的是自己记忆的重现。我也不知道自己看到了什么新鲜的东西。

慢人突然把车速放慢，对我说："你是一个批判者。"

我吓了一跳，但还是回应了他："是啊。"

他继续说："也许，猴面包树是最好的状态。"

"什么？"我听清了他的话，我只是有一些惊讶。

"猴面包树是最好的状态。"他又重复了一遍。

陈志炜　|　水果与他乡

  我没有继续搭话，拎着公文包，慢吞吞地走在他后面。我当然不认同他的话，我想他自己也未必认同他自己。但我也不认同我自己，毕竟我从来都不认同我自己。

（选自《钟山》2018年第3期）

「青春文学」